U0740391

鲁迅全集

第 九 卷

中国小说史略

汉文学史纲要

人民文学出版社

图书在版编目（CIP）数据

鲁迅全集. 9/鲁迅著. —北京：人民文学出版社，2005. 11（2022.11 重印）
ISBN 978-7-02-005033-8

I. ①鲁… Ⅱ. ①鲁… Ⅲ. ①鲁迅著作—全集②文学史—中国 Ⅳ. ①I210.1

中国版本图书馆 CIP 数据核字（2005）第 070006 号

责任编辑　刘　伟
装帧设计　李吉庆
责任校对　杨益民
责任印制　王重艺

画像（陶元庆作）

在西安讲学时合影（1924）

《中国小说史略》讲义写印本、铅印本书影

中國文學史略

第一篇　自文字至文章

在昔原始之民，其居群中，蓋惟以姿態聲音，自達其情意而已。聲音繁變，寖成言辭，言辭諧美，乃其歌詠。時屬草昧，庶民朴淳，心志郁于內，則任情而歌呼，天地變于外，則竭誠以頌祝。神施鬼設，時越侪輩，為眾所矚目，亦以耳相傳，或逮後世。迨有文字，乃或書之。然吾聞古之言文章者，曰：「情動于中而形于言，言之不足，故嗟歎之，嗟歎之不足，故永歌之，永歌之不足，不知手之舞之足之蹈之也。」（《詩序》）以為「在心為志，發言為詩」。然以事理言，則其在人群，當有先于文字者，以自達其情意，蓋惟聲音。故巫覡之祝，祀神之頌，其用乃盈庶廣大……神施鬼設……

雄於天地……樂三人操牛尾投足以歌八闋……

此本伏羲仲夏紀古事……鄭玄則謂「詩之興也，諒不於上皇之世」（《詩譜序》）……微信而徵信，而人間之情理者矣。

昔者黃帝時已漸盡其餘蹟唐虞獨特，口耳相傳，諸之聖人行事功……

達巫重後侍人感物而發為歌詠於己感物其事陟降行於事功……

助傳者□語大備遠志故古者學徒絕無而有後世之易易者之善述傳之法令不能記事者相傳「古者庖犧氏之王天下也仰則觀象於天俯則……行於天術則□□□□觀信行比象鳥獸之跡近取諸身遠取諸物于是始作八卦」（易下繫辭）「神農氏復重卦之文終始之宣取其身遠諸物行其善好作八卦」（易下繫辭）「黃帝之史倉頡見鳥獸蹄迒之迹知分理之可相別異也初造書契」（説文解字序）蓋文字之生見鳥獸蹄迒時當在倉頡之世□初造書契乃始流行，誰為作者，殊難確指，歸功一聖，亦憑臆之說已。

目　　录

I

附　录

中国小说的历史的变迁

中国小说史略

本书原为作者在北京大学授课时的讲义，后经修订增补，先后于 1923 年 12 月、1924 年 6 月由北京大学新潮社以《中国小说史略》为题分上下册出版，1925 年 9 月由北京北新书局合印一册出版。1931 年 7 月上海北新书局出修订本初版，1935 年 6 月第十版时又作了改订。以后各版均与第十版同。作者生前共印行十一版次。

题　记

　　回忆讲小说史时,距今已垂十载,即印此梗概,亦已在七年之前矣。尔后研治之风,颇益盛大,显幽烛隐,时亦有闻。如盐谷节山[1]教授之发见元刊全相平话残本及"三言",并加考索,在小说史上,实为大事;即中国尝有论者[2],谓当有以朝代为分之小说史,亦殆非肤泛之论也。此种要略,早成陈言,惟缘别无新书,遂使尚有读者,复将重印,义当更张,而流徙以来,斯业久废,昔之所作,已如云烟,故仅能于第十四十五及二十一篇,稍施改订,余则以别无新意,大率仍为旧文。大器晚成,瓦釜以久,虽延年命,亦悲荒凉,校讫黯然,诚望杰构于来哲也。

　　一九三〇年十一月二十五日之夜,鲁迅记。

　　*　　　　*　　　　*

　　〔1〕　盐谷节山(1878—1962)　盐谷温,字节山,日本汉学家。著有《中国文学概论讲话》等。他在所著《关于明的小说"三言"》一文中,介绍了新发现的元刊全相平话五种及"三言"(载一九二四年日本汉学杂志《斯文》第八编第六号)。"平话五种"及"三言",分别参看本书第十四篇和第二十一篇。

　　〔2〕　论者　指郑振铎。本篇手稿原作:"郑振铎教授之谓当有以朝代为分之小说史,亦殆非肤泛之论也。"

序　言

　　中国之小说自来无史;有之,则先见于外国人所作之中国文学史[1]中,而后中国人所作者中亦有之,然其量皆不及全书之什一,故于小说仍不详。

　　此稿虽专史,亦粗略也。然而有作者,三年前,偶当讲述此史,自虑不善言谈,听者或多不憭,则疏其大要,写印以赋同人;又虑钞者之劳也,乃复缩为文言,省其举例以成要略,至今用之。

　　然而终付排印者,写印已屡,任其事者实早劳矣,惟排字反较省,因以印也。

　　自编辑写印以来,四五友人或假以书籍,或助为校勘,雅意勤勤,三年如一,呜呼,于此谢之!

　　一九二三年十月七日夜,鲁迅记于北京。

＊　　　＊　　　＊

　　〔1〕　外国人所作之中国文学史　最早有俄国王西里(В.П.Васильев)《中国文学史纲》(1880年圣彼得堡出版)、日本末松谦澄《中国古文学略史》(1882年东京出版)、英国翟理斯(H. Giles)《中国文学史》(1901年伦敦出版)、德国葛鲁贝(W. Grube)《中国文学史》(1902年莱比锡出版)等。中国人所作者,二十世纪初有林传甲《中国文学史》

(1904年编印)、窦警凡《历朝文学史》(1906年出版)、黄人《中国文学史》(1907年陆续出版)等,都不谈或很少论及小说。1918年出版的谢无量《中国大文学史》,全书六十三章,只有六个章节论及小说。

第一篇　史家对于小说
之著录及论述

　　小说之名，昔者见于庄周之云"饰小说以干县令"[1]（《庄子》《外物》），然案其实际，乃谓琐屑之言，非道术所在，与后来所谓小说者固不同。桓谭言"小说家合残丛小语，近取譬喻，以作短书，治身理家，有可观之辞。"[2]（李善注《文选》三十一引《新论》）始若与后之小说近似，然《庄子》云尧问孔子，《淮南子》云共工争帝地维绝，当时亦多以为"短书不可用"[3]，则此小说者，仍谓寓言异记，不本经传，背于儒术者矣。后世众说，弥复纷纭，今不具论，而征之史：缘自来论断艺文，本亦史官之职也。

　　秦既燔灭文章以愚黔首[4]，汉兴，则大收篇籍，置写官，成哀二帝，复先后使刘向及其子歆校书秘府，歆乃总群书而奏其《七略》[5]。《七略》今亡，班固作《汉书》[6]，删其要为《艺文志》，其三曰《诸子略》，所录凡十家，而谓"可观者九家"[7]，小说则不与，然尚存于末，得十五家。班固于志自有注，其有某曰云云者，唐颜师古[8]注也。

　　《伊尹说》[9]二十七篇。（其语浅薄，似依托也。）

　　《鬻子说》[10]十九篇。（后世所加。）

　　《周考》[11]七十六篇。（考周事也。）

《青史子》[12]五十七篇。（古史官记事也。）

《师旷》[13]六篇。（见《春秋》，其言浅薄本与此同，似因托之。）

《务成子》[14]十一篇。（称尧问，非古语。）

《宋子》[15]十八篇。（孙卿道："宋子，其言黄老意。"）

《天乙》[16]三篇。（天乙谓汤，其言者殷时，皆依托也。）

《黄帝说》四十篇。（迂诞依托。）

《封禅方说》十八篇。（武帝时。）

《待诏臣饶心术》二十五篇。（武帝时。师古曰，刘向《别录》云："饶，齐人也，不知其姓，武帝时待诏，作书，名曰《心术》。"）

《待诏臣安成未央术》一篇。（应劭曰，道家也，好养生事，为未央之术。）

《臣寿周纪》七篇。（项国圉人，宣帝时。）

《虞初周说》九百四十三篇。（河南人，武帝时以方士侍郎，号黄车使者。应劭曰：其说以《周书》为本。师古曰，《史记》云："虞初，洛阳人。"即张衡《西京赋》"小说九百，本自虞初"者也。）

《百家》百三十九卷。

右小说十五家，千三百八十篇。[17]

小说家者流，盖出于稗官，街谈巷语，道听途说者之所造也。孔子曰，"虽小道，必有可观者焉，致远恐泥。"[18]是以君子弗为也，然亦弗灭也，闾里小知者之所及,亦使缀而不忘,如或一言可采,此亦刍荛狂夫之议也。

右所录十五家,梁时已仅存《青史子》一卷,至隋亦佚;惟据班固注,则诸书大抵或托古人,或记古事,托人者似子而浅薄,记事者近史而悠缪者也。

唐贞观中,长孙无忌[19]等修《隋书》,《经籍志》撰自魏征[20],祖述晋荀勖《中经簿》[21]而稍改变,为经史子集四部,小说故隶于子。其所著录,《燕丹子》[22]而外无晋以前书,别益以记谈笑应对,叙艺术器物游乐者,而所论列则仍袭《汉书》《艺文志》(后略称《汉志》):

小说者,街谈巷语之说也,《传》载舆人之颂,《诗》美询于刍荛,古者圣人在上,史为书,瞽为诗,工诵箴谏,大夫规诲,士传言而庶人谤;孟春,徇木铎以求歌谣,巡省,观人诗以知风俗,过则正之,失则改之,道听途说,靡不毕纪,周官诵训掌道方志以诏观事,道方慝以诏避忌,而职方氏掌道四方之政事与其上下之志,诵四方之传道而观其衣物是也。[23]孔子曰,"虽小道,必有可观者焉,致远恐泥。"

石晋时,刘昫等因韦述旧史作《唐书》《经籍志》(后略称《唐志》)则以毋煚等所修之《古今书录》为本,[24]而意主简略,删其小序发明,[25]史官之论述由是不可见。所录小说,与《隋书》《经籍志》(后略称《隋志》)亦无甚异,惟删其亡书,而增张华《博物志》[26]十卷,此在《隋志》,本属杂家,至是乃入小说。

宋皇祐中,曾公亮[27]等被命删定旧史,撰志者欧阳修[28],其《艺文志》(后略称《新唐志》)小说类中,则大增晋至

隋时著作,自张华《列异传》戴祚《甄异传》至吴筠《续齐谐记》
等志神怪者十五家一百十五卷,[29]王延秀《感应传》至侯君素
《旌异记》等明因果者九家七十卷,[30]诸书前志本有,皆在史
部杂传类,与耆旧高隐孝子良吏列女等传同列,至是始退为小
说,而史部遂无鬼神传;又增益唐人著作,如李恕《诫子拾
遗》[31]等之垂教诫,刘孝孙《事始》[32]等之数典故,李涪《刊
误》[33]等之纠讹谬,陆羽《茶经》[34]等之叙服用,并入此类,例
乃愈棼,元修《宋史》,亦无变革,仅增芜杂而已。

明胡应麟[35](《少室山房笔丛》二十八)以小说繁夥,派别
滋多,于是综核大凡,分为六类:

一曰志怪:《搜神》,《述异》,《宣室》,《酉阳》之类[36]
是也;

一曰传奇:《飞燕》,《太真》,《崔莺》,《霍玉》之类[37]
是也;

一曰杂录:《世说》,《语林》,《琐言》,《因话》之类[38]
是也;

一曰丛谈:《容斋》,《梦溪》,《东谷》,《道山》之类[39]
是也;

一曰辩订:《鼠璞》,《鸡肋》,《资暇》,《辩疑》之类[40]
是也;

一曰箴规:《家训》,《世范》,《劝善》,《省心》之类[41]
是也。

清乾隆中,敕撰《四库全书总目提要》[42],以纪昀总其事,
于小说别为三派,而所论列则袭旧志。

……迹其流别,凡有三派:其一叙述杂事,其一记录异闻,其一缀缉琐语也。唐宋而后,作者弥繁,中间诬谩失真,妖妄荧听者,固为不少,然寓劝戒,广见闻,资考证者,亦错出其中。班固称"小说家流盖出于稗官",如淳[43]注谓"王者欲知闾巷风俗,故立稗官,使称说之"。然则博采旁搜,是亦古制,固不必以冗杂废矣。今甄录其近雅驯者,以广见闻,惟猥鄙荒诞,徒乱耳目者,则黜不载焉。

《西京杂记》[44]六卷。《世说新语》三卷。……

右小说家类杂事之属……

《山海经》[45]十八卷。《穆天子传》六卷。《神异经》一卷。……

《搜神记》二十卷。……《续齐谐记》一卷。……

右小说家类异闻之属……

《博物志》十卷。《述异记》二卷。《酉阳杂俎》二十卷,《续集》十卷。……

右小说家类琐语之属……

右三派者,校以胡应麟之所分,实止两类,前一即杂录,后二即志怪,第析叙事有条贯者为异闻,钞录细碎者为琐语而已。传奇不著录;丛谈辩订箴规三类则多改隶于杂家,小说范围,至是乃稍整洁矣。然《山海经》《穆天子传》又自是始退为小说,案语云,"《穆天子传》旧皆入起居注类,……实则恍忽无征,又非《逸周书》[46]之比,……以为信史而录之,则史体杂,史例破矣。今退置于小说家,义求其当,无庸以变古为嫌也。"

于是小说之志怪类中又杂入本非依托之史，而史部遂不容多含传说之书。

　　至于宋之平话，元明之演义，自来盛行民间，其书故当甚夥，而史志皆不录。惟明王圻作《续文献通考》[47]，高儒作《百川书志》[48]，皆收《三国志演义》及《水浒传》，清初钱曾作《也是园书目》[49]，亦有通俗小说《三国志》等三种，宋人词话《灯花婆婆》等十六种。然《三国》《水浒》，嘉靖中有都察院刻本[50]，世人视若官书，故得见收，后之书目，寻即不载，钱曾则专事收藏，偏重版本，缘为旧刊，始以入录，非于艺文有真知，遂离叛于曩例也。史家成见，自汉迄今盖略同：目录亦史之支流，固难有超其分际者矣。

*　　　　*　　　　*

　　〔1〕"饰小说以干县令"　语见《庄子·杂篇·外物》。县令，鲁迅《中国小说的历史的变迁》中说："'县'是高，言高名；'令'是美，言美誉。"

　　〔2〕桓谭（前？—56）　字君山，东汉沛国相（今安徽淮北市）人，官至议郎给事中。所撰《新论》，《隋书·经籍志》著录十七卷，已散佚，今存清人辑本。此处所引"小说家合残丛小语"等语，见《文选》卷三十一江淹诗《李都尉》李善注，"残丛"作"丛残"，"譬喻"作"譬论"。

　　〔3〕"短书不可用"　《太平御览》卷六〇二引桓谭《新论》："余为《新论》，术辨古今，亦欲兴治也，何异《春秋》褒贬耶？今有疑者，所谓蚌异蛤、二五非十也。谭见刘向《新序》、陆贾《新语》，乃为《新论》。庄周寓言，乃云：'尧问孔子'，《淮南子》云：'共工争帝，地维绝'，亦皆为妄作，故世人多云：'短书不可用'。然论天间莫明于圣明，庄周等虽虚诞，

故当采其善,何云尽弃耶?"按《庄子》,战国庄周撰。《汉书·艺文志》著录五十二篇,今存三十三篇。"尧问孔子",不见今本《庄子》。《淮南子》,西汉淮南王刘安及其门客编撰。《汉书·艺文志》著录内篇二十一篇,外篇三十三篇,今存内篇。该书《天文训》说:"昔者共工与颛顼争为帝,怒而触不周之山,天柱折,地维绝。天倾西北,故日月星辰移焉;地不满东南,故水潦尘埃归焉。"

〔4〕 燔灭文章以愚黔首 语见《汉书·艺文志》总序。黔首,唐颜师古注:"秦谓人为黔首,言其头黑也。"

〔5〕 刘向(约前77—前6) 本名更生,字子政,西汉沛(今江苏沛县)人,官谏大夫、中垒校尉等。曾于天禄阁领校群书,撰成《别录》。原有《刘向集》六卷,已散佚,明人辑有《刘中垒集》。刘歆(?—23),字子骏,官骑都尉、奉车光禄大夫。受诏与父向领校秘书,撰成《七略》。原有《刘歆集》,已散佚,明人辑有《刘子骏集》。《七略》,我国最早的一部目录书,《隋书·经籍志》著录七卷,已散佚,今存清人辑本一卷。

〔6〕 班固(32—92) 字孟坚,东汉安陵(今陕西咸阳)人,官兰台令史。曾校书秘府,继其父班彪编撰《汉书》共一百卷。其中《艺文志》载:刘歆曾"总群书而奏其《七略》,故有《辑略》,有《六艺略》,有《诸子略》,有《诗赋略》,有《兵书略》,有《术数略》,有《方技略》。今删其要,以备篇籍"。

〔7〕 "可观者九家" 《汉书·艺文志·诸子略》记述十家,指儒家、道家、阴阳家、法家、名家、墨家、纵横家、杂家、农家及小说家,并评论云:"诸子十家,其可观者九家而已。"

〔8〕 颜师古(581—645) 名籀,唐万年(今陕西西安)人,曾任中书侍郎、秘书少监。精于训诂,以注《汉书》著称。

〔9〕 《伊尹说》 已散佚。《汉书·艺文志》道家类著录《伊尹》五十一篇,亦已散佚。《玉函山房辑佚书》辑有《伊尹书》一卷,《全上古三

代秦汉三国六朝文》辑有伊尹遗文十一则。伊尹,名挚,商初大臣。

〔10〕《鬻子说》　已散佚。又道家类著录《鬻子》二十二篇,亦已散佚。《全上古三代秦汉三国六朝文》辑有一卷。鬻子,名熊,《史记·楚世家》称他是周文王时人,周成王封其后裔熊绎于楚蛮,是为楚国之始。

〔11〕《周考》　已散佚。

〔12〕《青史子》　周青史子撰,已散佚。《隋书·经籍志》《燕丹子》题下附注:"梁有《青史子》一卷,……亡。"鲁迅《古小说钩沉》有辑本。青史子,青史系复姓,古代史官。

〔13〕《师旷》　已散佚。又兵阴阳家类著录《师旷》八篇,亦已散佚。师旷,字子野,春秋晋国人,平公臣子,精通音乐。其言论见于《春秋左氏传》、《逸周书》等。

〔14〕《务成子》　已散佚。又五行家类著录《务成子灾异应》十四卷,房中家类著录《务成子阴道》三十六卷,均散佚。务成系复姓,名昭,一说名跗。东汉王符《潜夫论·赞学》有"尧师务成"的记载。

〔15〕《宋子》　已散佚。《玉函山房辑佚书》辑有一卷。宋子,名钘,战国时宋国人。参看本书第三篇。

〔16〕《天乙》　已散佚。《史记·殷本纪》:"主癸卒,子天乙立,是为成汤。"文中所引"其言者殷时",《汉书》作"其言非殷时"。下文《黄帝说》、《封禅方说》、《待诏臣饶心术》、《待诏臣安成未央术》、《臣寿周纪》、《虞初周说》、《百家》,亦均散佚。《百家》,刘向编撰。

〔17〕《汉书·艺文志》所录小说总数,应为"千三百九十篇"。

〔18〕"虽小道,必有可观者焉"等句,见《论语·子张》:"子夏曰:'虽小道,必有可观者焉,致远恐泥,是以君子不为也'。"

〔19〕长孙无忌(?—659)　字辅机,唐洛阳(今属河南)人,官至太尉,封赵国公。永徽三年(652)奉命监修《隋书》十志。

〔20〕魏征(580—643)　字玄成,唐馆陶(今属河北)人,官至侍

中,封郑国公。曾校定秘府图书,贞观三年(629)主持梁、陈、北齐、北周、隋五朝史的编撰工作。按魏征只参与编撰《隋书》纪传部分,《经籍志》系长孙无忌等人编撰。

〔21〕 荀勖(？—289) 字公曾,晋颍阴(今河南许昌)人。由魏入晋,领秘书监,官至尚书令。他曾据魏郑默《中经》撰成《中经簿》,系继《七略》之后最详尽的目录学著作,现已散佚。据《隋书·经籍志》,《中经簿》分四部:甲部收六艺及小学等书,乙部收古诸子家、近世子家、兵书、兵家、术数,丙部收史记、旧事、皇览簿、杂事,丁部收诗赋、图赞、汲冢书。《隋书·经籍志》即据此将群书分为经、史、子、集四部;但以甲为经、乙为史、丙为子、丁为集,与荀勖所定以乙为子、丙为史有所不同。

〔22〕 《燕丹子》 作者未详,或言汉人所撰。《隋书·经籍志》著录一卷。内容叙写战国时燕太子丹命荆轲往刺秦王的故事。

〔23〕 此处"职方氏"应作"训方氏"。据《周礼·夏官》:"训方氏掌道四方之政事,与其上下之志。诵四方之传道,正岁则布而训四方,而观新物";"职方氏掌天下之图,以掌天下之地"。

〔24〕 刘昫(887—946) 字耀远,后晋归义(今河北雄县)人,官至太保,曾监修《旧唐书》。韦述(？—757),唐万年(今陕西西安)人,官至工部侍郎。玄宗时曾主修国史。毋煚,唐洛阳(今属河南)人,曾任右率府胄曹参军。参与整理、校订内府图书,与韦述等人重修成《群书四部录》二百卷,后又独自节取该书编成《古今书录》四十卷。

〔25〕 《汉书·艺文志》除总序外,每部类均有扼要评述,通称小序。据《旧唐书·经籍志序》:"煚等撰集,依班固《艺文志》体例,诸书随部皆有小序,发明其指。"其后《旧唐书》撰者据《古今书录》编撰《经籍志》时,为简略起见,将小序全部删去。

〔26〕 张华(232—300) 字茂先,晋方城(今河北固安)人。武帝时曾任中书令,后累迁至侍中、司空。所撰《博物志》,《新唐书·艺文志》

著录十卷。下文《列异传》，一说魏曹丕撰，已散佚，鲁迅《古小说钩沉》有辑本。参看本书第五篇。

〔27〕　曾公亮（999—1078）　字明仲，北宋晋江（今属福建）人。曾任史馆修撰，官至同中书门下平章事、集贤殿大学士。他主持《新唐书》编撰工作，书成，由其具名奏进。

〔28〕　欧阳修（1007—1072）　字永叔，号六一居士，北宋吉安（今属江西）人，官至枢密副使、参知政事。与宋祁合修《新唐书》，所撰有《新五代史》、《欧阳文忠集》。

〔29〕　戴祚　字延之，晋江东人，曾随刘裕西征姚秦，后任西戎主簿。所撰《甄异传》，《隋书·经籍志》著录三卷，已散佚，鲁迅《古小说钩沉》有辑本。吴筠（469—520），字叔庠，南朝梁故鄣（今浙江安吉）人。官至奉朝请。据《梁书·文学传》、《隋书·经籍志》、两《唐志》，吴筠均作"吴均"。参看本书第五篇。此处所说"志神怪者十五家一百十五卷"，指张华《列异传》一卷，戴祚《甄异传》三卷，袁王寿《古异传》三卷，祖冲之《述异记》十卷，刘质《近异录》二卷，干宝《搜神记》三十卷，刘之遴《神录》五卷，梁元帝《妍神记》十卷，祖台之《志怪》四卷，孔氏《志怪》四卷，荀氏《灵鬼志》三卷，谢氏《鬼神列传》二卷，刘义庆《幽明录》三十卷，东阳无疑《齐谐记》七卷，吴均《续齐谐记》一卷。

〔30〕　王延秀　南朝宋太原（今属山西）人。曾任尚书郎。所撰《感应传》，《新唐书·艺文志》著录八卷，已散佚；《太平广记》存佚文二则。侯君素，名白字君素，隋魏郡（郡治今河南临漳）人。参看本书第七篇。所撰《旌异记》，《新唐书·艺文志》著录十五卷，已散佚；鲁迅《古小说钩沉》有辑本。此处所说"明因果者九家七十卷"，指王延秀《感应传》八卷，陆果《繋应验记》一卷，王琰《冥祥记》十卷（《新唐书·艺文志》著录一卷，《隋书·经籍志》和《旧唐书·经籍志》均著录十卷。按九家七十卷，则以十卷为是），王曼颖《续冥祥记》十一卷，刘泳《因果记》十卷，颜之推

《冤魂志》三卷，又《集灵记》十卷，无名氏《征应集》二卷，侯君素《旌异记》十五卷。

〔31〕 李恕 据《新唐书·宰相世系表》，唐代名李恕者有三人，一为陇西郡李晟之子，曾任光禄卿，余二人皆赵郡人。《诫子拾遗》，《新唐书·艺文志》著录四卷，撰者李恕为何人，待考。

〔32〕 刘孝孙 隋末唐初荆州(治所今湖北江陵)人。太宗时曾任咨议参军、太子洗马。所撰《事始》，《新唐书·艺文志》著录三卷，系刘孝孙、房德懋合撰。据晁公武《郡斋读书志》载，《事始》全书分二十六门，内容系考述事物起源。

〔33〕 李涪 唐末人。昭宗时曾任国子祭酒、詹事府丞等职。所撰《刊误》，《新唐书·艺文志》著录二卷。书中考究典故，引古制以正唐制之误，下卷兼及杂事。

〔34〕 陆羽(733—804) 字鸿渐，唐竟陵(今湖北天门)人。长期隐居著述。所撰《茶经》，《新唐书·艺文志》著录三卷，系我国有关茶学的第一部专门著作。

〔35〕 胡应麟(1551—1602) 字元瑞，号少室山人，明兰溪(今属浙江)人。所撰《少室山房笔丛》，《明史·艺文志》著录三十二卷，又续集十六卷。内容主要为关于经史百家的考据，其中对小说戏曲的评述尤为人所重视。文中所引见于该书第二十九卷。

〔36〕 《搜神》 即晋干宝《搜神记》；《述异》，即晋祖冲之《述异记》，参看本书第五篇。《宣室》，即唐张读《宣室志》；《酉阳》，即唐段成式《酉阳杂俎》，参看本书第十篇。

〔37〕 《飞燕》 即宋秦醇《赵飞燕外传》；《太真》，即宋乐史《杨太真外传》，参看本书第十一篇。《崔莺》，即唐元稹《莺莺传》；《霍玉》，即唐蒋防《霍小玉传》，参看本书第九篇。

〔38〕 《世说》 即南朝宋刘义庆《世说新语》；《语林》，即晋裴启

《语林》，参看本书第七篇。《琐言》，即《北梦琐言》，宋孙光宪撰，《宋史·艺文志》著录十二卷，记唐、五代士大夫遗文琐语。《因话》，即《因话录》，唐赵璘撰，《新唐书·艺文志》著录六卷，记唐人遗闻佚事等。

〔39〕《容斋》　即《容斋随笔》，宋洪迈撰，《宋史·艺文志》著录五集七十四卷。内容为经史百家以及医卜星算的辩订考据。《梦溪》，即《梦溪笔谈》，宋沈括撰，二十六卷，又《补笔谈》三卷、《续笔谈》一卷。内容涉及史地、科技、艺文等。《东谷》，即《东谷所见》，宋李之彦撰，《宋史·艺文志补》著录一卷，系论说性短文。《道山》，即《道山清话》，撰者未详。《四库全书总目提要》著录一卷，记宋代杂事。

〔40〕《鼠璞》　宋戴埴撰，《宋史·艺文志补》著录一卷，书中多考证经史疑义及名物典故的异同。《鸡肋》，即《鸡肋编》，宋庄季裕撰，三卷，内容系考证古义，记叙轶事遗闻。《资暇》，即《资暇集》，唐李匡文撰，《新唐书·艺文志》著录三卷，内容系考订古物，记述史事。《辩疑》，即《辩疑志》，唐陆长源撰，《新唐书·艺文志》著录三卷。据《说郛》所收佚文，内容系辨明释道二教神怪灵验说的虚妄。据《新唐书·艺文志》、宋陈振孙《直斋书录解题》，"辩"均作"辨"。

〔41〕《家训》　即《颜氏家训》，北齐颜之推撰，《旧唐书·经籍志》著录七卷，内容以讲述立身治家之道为主，兼及考订典故，评论文艺。《世范》，即《袁氏世范》，宋袁采撰，《宋史·艺文志》著录三卷。《劝善》，《宋史·艺文志》著录王敏中《劝善录》六卷，《郡斋读书志》著录周明寂《劝善录》六卷，明沈节甫辑《由醇录》中有秦观《劝善录》一卷。此处指何书待考。《省心》，即《省心杂言》，宋李邦献撰，《宋史·艺文志》著录一卷。以上三书均系讲述立身处世之道。

〔42〕《四库全书总目提要》　清乾隆三十七年(1772)至乾隆四十六年(1781)，永瑢、纪昀奉命纂修《四库全书》，曾将抄录入库和抄存卷目的图书，全部撰写提要，共二百卷。收正式入库书三四七〇种，存目

书六八一九种。纪昀,字晓岚。参看本书第二十二篇。

〔43〕 如淳 三国魏冯翊(治所今陕西大荔)人,官陈郡丞。曾为《汉书》作注。引文见《汉书·艺文志》注。

〔44〕《西京杂记》《旧唐书·经籍志》、《新唐书·艺文志》题葛洪撰,参看本书第四篇。

〔45〕《山海经》 作者不详,参看本书第二篇。《穆天子传》,晋代从战国魏襄王墓中发现先秦古书的一种,参看本书第二篇。《神异经》,旧传汉东方朔撰,已散佚,今存辑本一卷,参看本书第四篇。

〔46〕《逸周书》 即《周书》,连序七十一篇。

〔47〕 王圻 字元翰,明上海人。嘉靖进士,曾任陕西布政使参议。所撰《续文献通考》,共二五四卷,分类记载南宋嘉定至明万历初之间典章制度的沿革情况。关于《水浒传》的记载,见该书卷一七七《经籍考》传记类。

〔48〕 高儒 明涿州(治所今河北涿县)人。武弁出身,喜藏书。所撰《百川书志》,二十卷,系其藏书目录。该书史部野史类著录有《三国志通俗演义》、《忠义水浒传》。

〔49〕 钱曾(1629—1701) 字遵王,清常熟(今属江苏)人。钱谦益的族孙。他藏书甚多,所撰《也是园书目》,十卷,分经、史、子、集、三藏、道藏、戏曲小说七类。该书戏曲小说类通俗小说部分,著录《古今演义三国志》、《旧本罗贯中水浒传》、《黎园广记》三种;宋人词话部分著录《灯花婆婆》、《种瓜张老》、《紫罗盖头》、《女报冤》、《风吹轿儿》、《错斩崔宁》、《小(山)亭儿》、《西湖三塔》、《冯玉梅团圆》、《简帖和尚》、《李焕生五阵雨》、《小金钱》、《宣和遗事》、《烟粉小说》、《奇闻类记》及《湖海奇闻》十六种。

〔50〕 都察院刻本 据明周弘祖《古今书刻》上编,都察院项下列有《三国志演义》和《水浒传》。

第二篇　神话与传说

志怪之作,庄子谓有齐谐,列子则称夷坚,[1]然皆寓言,不足征信。《汉志》乃云出于稗官,然稗官者,职惟采集而非创作,"街谈巷语"自生于民间,固非一谁某之所独造也,探其本根,则亦犹他民族然,在于神话与传说。

昔者初民,见天地万物,变异不常,其诸现象,又出于人力所能以上,则自造众说以解释之:凡所解释,今谓之神话。神话大抵以一"神格"为中枢,又推演为叙说,而于所叙说之神,之事,又从而信仰敬畏之,于是歌颂其威灵,致美于坛庙,久而愈进,文物遂繁。故神话不特为宗教之萌芽,美术所由起,且实为文章之渊源。惟神话虽生文章,而诗人则为神话之仇敌,盖当歌颂记叙之际,每不免有所粉饰,失其本来,是以神话虽托诗歌以光大,以存留,然亦因之而改易,而销歇也。如天地开辟之说,在中国所留遗者,已设想较高,而初民之本色不可见,即其例矣。

　　天地混沌如鸡子,盘古生其中,一万八千岁。天地开辟,阳清为天,阴浊为地,盘古在其中,一日九变,神于天,圣于地。天日高一丈,地日厚一丈,盘古日长一丈,如此万八千岁,天数极高,地数极深,盘古极长。后乃有三皇。(《艺文类聚》一引徐整《三五历记》)

天地,亦物也。物有不足,故昔者女娲氏练五色石以补其阙,断鳌之足以立四极。其后共工氏与颛顼争为帝,怒而触不周之山,折天柱,绝地维,故天倾西北,日月星辰就焉,地不满东南,故百川水潦归焉。(《列子》《汤问》)

迨神话演进,则为中枢者渐近于人性,凡所叙述,今谓之传说。传说之所道,或为神性之人,或为古英雄,其奇才异能神勇为凡人所不及,而由于天授,或有天相者,简狄吞燕卵而生商[2],刘媪得交龙而孕季[3],皆其例也。此外尚甚众。

尧之时,十日并出,焦禾稼,杀草木,而民无所食。猰㺄凿齿九婴大风封豨脩蛇,皆为民害。尧乃使羿……上射十日而下杀猰㺄。……万民皆喜,置尧以为天子。(《淮南子》《本经训》)

羿请不死之药于西王母,姮娥窃以奔月。(《淮南子》《览冥训》。高诱注曰,姮娥羿妻。羿请不死之药于西王母,未及服之。姮娥盗食之,得仙,奔入月中为月精。)

昔尧殛鲧于羽山,其神化为黄熊以入于羽渊。(《春秋》《左氏传》)

瞽瞍使舜上涂廪,从下纵火焚廪,舜乃以两笠自扞而下,去,得不死。瞽瞍又使舜穿井,舜穿井为匿空,旁出。(《史记》《舜本纪》)[4]

中国之神话与传说,今尚无集录为专书者,仅散见于古籍,而《山海经》中特多。《山海经》今所传本十八卷,记海内外山川神祇异物及祭祀所宜,以为禹益作者固非,而谓因《楚辞》而造者亦未是;[5]所载祠神之物多用糈(精米),与巫术合,盖古之巫书也,然秦汉人亦有增益。其最为世间所知,常引为故实者,有昆仑山与西王母。

昆仑之丘,是实惟帝之下都,神陆吾司之,其神状虎身而九尾,人面而虎爪。是神也,司天之九部及帝之囿时。(《西山经》)

玉山,是西王母所居也。西王母其状如人,豹尾虎齿而善啸,蓬发戴胜,是司天之厉及五残。(同上)

昆仑之墟方八百里,高万仞;上有木禾,长五寻,大五围;面有九井,以玉为槛;面有九门,门有开明兽守之。百神之所在。在八隅之岩,赤水之际,非仁羿莫能上。(《海内西经》)

西王母梯几而戴胜杖(案此字当衍),其南有三青鸟,为西王母取食,在昆仑墟北。(《海内北经》)

大荒之中有山,名曰丰沮玉门,日月所入。有灵山,巫咸巫即巫盼巫彭巫姑巫真巫礼巫抵巫谢巫罗十巫从此升降,百药爰在。(《大荒西经》)

西海之南,流沙之滨,赤水之后,黑水之前,有大山,名曰昆仑之丘。有神人面虎身有尾皆白处之。其下有弱水之渊环之。其外有炎火之山,投物辄然。有人戴胜,虎齿豹尾,穴处,名曰西王母。此山万物尽有。(同上)

晋咸宁五年,汲县民不準盗发魏襄王冢[6],得竹书《穆天子传》五篇,又杂书十九篇。《穆天子传》今存,凡六卷;前五卷记周穆王驾八骏西征之事,后一卷记盛姬卒于途次以至反葬,盖即杂书之一篇。《传》亦言见西王母,而不叙诸异相,其状已颇近于人王。

　　吉日甲子,天子宾于西王母,乃执白圭玄璧以见西王母。好献锦组百纯,□组三百纯,西王母再拜受之。□乙丑。天子觞西王母于瑶池之上。西王母为天子谣,曰,"白云在天,山陵[7]自出,道里悠远,山川间之,将子无死,尚能复来。"天子答之曰,"予归东土,和治诸夏,万民平均,吾愿见汝,比及三年,将复而野。"天子遂驱升于弇山,乃纪丌迹于弇山之石,而树之槐,眉曰西王母之山。(卷三)

　　有虎在乎葭中。天子将至。七萃之士高奔戎请生捕虎,必全之,乃生捕虎而献之。天子命之为柙而畜之东虞,是为虎牢。天子赐奔戎畋马十驷,归之太牢,奔戎再拜稽首。(卷五)

汉应劭[8]说,《周书》为虞初小说所本,而今本《逸周书》中惟《克殷》《世俘》《王会》《太子晋》[9]四篇,记述颇多夸饰,类于传说,余文不然。至汲冢所出周时竹书中,本有《琐语》十一篇,为诸国卜梦妖怪相书,今佚,《太平御览》[10]间引其文;又汲县有晋立《吕望表》[11],亦引《周志》,皆记梦验,甚似小说,或虞初所本者为此等,然别无显证,亦难以定之。

　　齐景公伐宋,至曲陵,梦见有短丈夫宾于前。晏子曰,"君所梦何如哉?"公曰,"其宾者甚短,大上小下,其言甚怒,好俯。"晏子曰,"如是,则伊尹也。伊尹甚大而短,大上小下,赤色而髯,其言好俯而下声。"公曰,"是矣。"晏子曰,"是怒君师,不如违之。"遂不果伐宋。(《太平御览》

三百七十八）

文王梦天帝服玄襄以立于令狐之津。帝曰，"昌，赐汝望。"文王再拜稽首，太公于后亦再拜稽首。文王梦之之夜，太公梦之亦然。其后文王见太公而讪之曰，"而名为望乎？"答曰，"唯，为望。"文王曰，"吾如有所见于汝。"太公言其年月与其日，且尽道其言，"臣以此得见也。"文王曰，"有之，有之。"遂与之归，以为卿士。（晋立《太公吕望表》石刻，以东魏立《吕望表》补阙字。）

他如汉前之《燕丹子》，汉杨雄[12]之《蜀王本纪》，赵晔之《吴越春秋》[13]，袁康，吴平之《越绝书》[14]等，虽本史实，并含异闻。若求之诗歌，则屈原所赋，尤在《天问》[15]中，多见神话与传说，如"夜光何德，死则又育？厥利惟何，而顾菟在腹？""鲧何所营？禹何所成？康回凭怒，地何故以东南倾？""昆仑县圃，其尻安在？增城九重，其高几里？""鲮鱼何所？鬿堆焉处？羿焉彃日？乌焉解羽？"是也。王逸[16]曰，"屈原放逐，彷徨山泽，见楚有先王之庙及公卿祠堂，图画天地山川神灵琦玮谲诡及古贤圣怪物行事，……因书其壁，何而问之。"（本书注）是知此种故事，当时不特流传人口，且用为庙堂文饰矣。其流风至汉不绝，今在墟墓间犹见有石刻神祇怪物圣哲士女之图。晋既得汲冢书，郭璞[17]为《穆天子传》作注，又注《山海经》，作图赞，其后江灌[18]亦有图赞，盖神异之说，晋以后尚为人士所深爱。然自古以来，终不闻有荟萃融铸为巨制，如希腊史诗[19]者，第用为诗文藻饰，而于小说中常见其迹象而已。

中国神话之所以仅存零星者，说者[20]谓有二故：一者华土之民,先居黄河流域,颇乏天惠,其生也勤,故重实际而黜玄想,不更能集古传以成大文。二者孔子出,以修身齐家治国平天下等实用为教,不欲言鬼神,太古荒唐之说,俱为儒者所不道,故其后不特无所光大,而又有散亡。

然详案之,其故殆尤在神鬼之不别。天神地祇人鬼,古者虽若有辨,而人鬼亦得为神祇。人神淆杂,则原始信仰无由蜕尽;原始信仰存则类于传说之言日出而不已,而旧有者于是僵死,新出者亦更无光焰也。如下例,前二为随时可生新神,后三为旧神有转换而无演进。

> 蒋子文,广陵人也,嗜酒好色,佻挞无度;常自谓骨青,死当为神。汉末为秣陵尉,逐贼至锺山下,贼击伤额,因解绥缚之,有顷遂死。及吴先主之初,其故吏见文于道,……谓曰,"我当为此土地神,以福尔下民,尔可宣告百姓,为我立庙,不尔,将有大咎。"是岁夏大疫,百姓辄相恐动,颇有窃祠之者矣。(《太平广记》二九三引《搜神记》)

> 世有紫姑神,古来相传云是人家妾,为大妇所嫉,每以秽事相次役,正月十五日感激而死。故世人以其日作其形,夜于厕间或猪栏边迎之。……投者觉重(案投当作捉,持也),便是神来,奠设酒果,亦觉貌辉辉有色,即跳蹀不住;能占众事,卜未来蚕桑,又善射钩;好则大儛,恶便仰眠。(《异苑》五)

> 沧海之中,有度朔之山,上有大桃木,……其枝间东北曰鬼门,万鬼所出入也。上有二神人,一曰神荼,一曰

郁垒,主阅领万鬼,害恶之鬼,执以苇索而以食虎。于是
黄帝乃作礼,以时驱之,立大桃人,门户画神荼郁垒与虎,
悬苇索,以御凶魅。(《论衡》二十二引《山海经》,案今本
中无之。)

东南有桃都山,……下有二神,左名隆,右名窫,并执
苇索,伺不祥之鬼,得而煞之。今人正朝作两桃人立门
旁,……盖遗象也。(《太平御览》二九及九一八引《玄中
记》以《玉烛宝典》注补)

门神,乃是唐朝秦叔保胡敬德二将军也。按传,唐太
宗不豫,寝门外抛砖弄瓦,鬼魅呼号。……太宗惧之,以
告群臣。秦叔保出班奏曰,"臣平生杀人如剖瓜,积尸如
聚蚁,何惧魍魉乎? 愿同胡敬德戎装立门外以伺。"太宗
可其奏,夜果无警,太宗嘉之,命画工图二人之形像,……
悬于宫掖之左右门,邪祟以息。后世沿袭,遂永为门神。
(《三教搜神大全》七)

* 　　　* 　　　*

〔1〕　齐谐　《庄子·逍遥游》载:"齐谐者,志怪者也。"后人有以齐
谐为志怪小说集书名的,如刘宋东阳无疑《齐谐记》、梁吴均《续齐谐
记》。夷坚,《列子·汤问》载:溟海有鲲、鹏,"禹行而见之,伯益知而名
之,夷坚闻而志之。"后人有以夷坚为志怪小说集书名的,如宋洪迈《夷
坚志》、金元好问《续夷坚志》。

〔2〕　简狄吞燕卵而生商　见《史记·殷本纪》:"殷契,母曰简狄,
有娀氏之女,为帝喾次妃。三人行浴,见玄鸟堕其卵,简狄取而吞之,因

孕生契。"商,即契,商朝的始祖。

〔3〕 刘媪得交龙而孕季 见《史记·高祖本纪》:"刘媪尝息大泽之陂,梦与神遇。是时雷电晦冥,太公往视,则见蛟龙于其上。已而有身,遂产高祖。"蛟龙,《汉书·高帝纪》作"交龙"。季,汉高祖。刘邦,字季。

〔4〕 关于瞽瞍欲害舜事,《史记·五帝本纪》原作:"瞽叟尚复欲杀之,使舜上涂廪,瞽叟从下纵火焚廪。舜乃以两笠自扞而下,去,得不死。后瞽叟又使舜穿井,舜穿井为匿空旁出。舜既入深,瞽叟与象共下土实井,舜从匿空出,去。"

〔5〕 关于《山海经》作者,称它为禹、益所作,见汉刘歆《上山海经表》:"禹别九州,任土作贡,而益等类物善恶,著《山海经》";汉王充《论衡·别通篇》:"禹、益并治洪水,……以所闻见作《山海经》。"《山海经》因《楚辞》而造,见宋朱熹《楚辞辨证》(下):"大抵古今说《天问》者,皆本此二书(按指《山海经》和《淮南子》),今以文意考之,疑此二书,本皆缘解此《问》而作。"

〔6〕 不準盗发魏襄王冢 《晋书·武帝纪》载:咸宁五年(279)冬十月,"汲郡人不準掘魏襄王冢,得竹简小篆古书十余万言。"不準,人名。魏襄王冢,一说安釐王冢。据《晋书·束皙传》载:从汲冢中得竹书数十车,"其《纪年》十三篇,记夏以来至周幽王为犬戎所灭,以事接之,三家分,仍述魏事至安釐王之二十年。……《琐语》十一篇,诸国卜梦妖怪相书也。……《穆天子传》五篇,言周穆王游行四海,见帝台、西王母。……又杂书十九篇:《周食田法》、《周书》、《论楚事》、《周穆王美人盛姬死事》。"

〔7〕 隑 陵的异体字。下文的"丌"、"諎"分别为"其"、"稽"的异体字。

〔8〕 应劭 字仲远,东汉汝南南顿(今河南项城)人。灵帝时曾

任泰山太守。撰有《风俗通义》、《汉书集解音义》等。

〔9〕《克殷》　见《逸周书》第三十六，记周武王在牧野战胜殷纣事。《世俘》，见《逸周书》第四十，记周武王灭殷后，继续追击殷诸侯国及以俘虏祭祀事。《王会》，见《逸周书》第五十九，记周成王大会诸侯，各国进献奇珍异物事。《太子晋》，见《逸周书》第六十四，记周灵王太子晋与晋大夫师旷对话时能言善辩事。

〔10〕《太平御览》　类书，北宋李昉等人奉旨编辑，太平兴国八年（983）书成。共一千卷，分五十五门，引书多至一六九〇种。该书引有《琐语》十七则。

〔11〕晋立《吕望表》　石刻碑文，一名《太公碑》。吕望，姓姜名尚，一名望，字子牙，祖先封于吕。宋赵明诚《金石录》载："晋太康十年三月，汲县令卢无忌立。"表内引有《周志》"文王梦天帝"一段文字。《周志》，《左传》文公二年："志者记也，谓之《周志》，明是周世之书，不知其书何所名也。"下文"东魏立《吕望表》"，据清毕沅《中州金石记》载，晋立太公碑损裂后，于东魏武定八年（548）四月再立。由穆子容书写。

〔12〕杨雄（前53—18）　亦作扬雄，字子云，西汉蜀郡成都（今属四川）人，成帝时为给事黄门郎。其著作有明人所辑《扬子云集》，六卷。所撰《蜀王本纪》，一卷，记蜀国开国至秦时诸蜀王的异事。

〔13〕赵晔　字长君，东汉山阴（今浙江绍兴）人。光武帝时曾为县令，后弃官治学。所撰《吴越春秋》，《隋书·经籍志》著录十二卷，内容记述吴国自太伯至夫差，越国自无余至勾践的历史故事，其中有不少民间传说。

〔14〕袁康　东汉会稽（今浙江绍兴）人。吴平，字君高，东汉会稽人。《越绝书》，内容记述吴越的历史地理及夫差、伍子胥、文种、范蠡等人的活动。《旧唐书·经籍志》著录十六卷，题子贡撰。按该书记事下及秦汉，撰者不可能是子贡。《四库全书总目提要》推断为"会稽袁康所

作,同郡吴平所定。"

〔15〕《天问》 《楚辞》篇名,屈原撰。全诗由一百七十多个问题组成,对某些古代史事、神话传说和自然现象提出疑问。鲁迅《摩罗诗力说》称此诗"怀疑自遂古之初直至百物之琐末,放言无惮,为前人所不敢言。"

〔16〕 王逸 字叔师,东汉南郡宜城(今属湖北)人。安帝元初中为校书郎,顺帝时进侍中。所撰《楚辞章句》,系《楚辞》最早注本。下文"本书注",指王逸《楚辞章句》中《天问》章句序,这里有删节。

〔17〕 郭璞(276—324) 字景纯,晋河东闻喜(今属山西)人。曾任著作佐郎、王敦记室参军。图赞,《隋书·经籍志》著录郭璞《山海经图赞》二卷,是以《山海经》内容为题材的图画的赞诗。

〔18〕 江灌 字道群,晋陈留(今属河南开封县)人,简文帝时曾任吏部郎,官至吴郡太守。据《旧唐书·经籍志》、《新唐书·艺文志》,江灌所撰系《尔雅图赞》。

〔19〕 希腊史诗 指长诗《伊利亚特》、《奥德赛》,相传为公元前九世纪盲诗人荷马所作,经过长期的口头传诵,公元前六世纪整理成书。作品串联许多神话和历史传说,为后世的文学艺术创作提供了丰富的素材。

〔20〕 说者 指日本盐谷温。他解释中国古代神话很少的两个原因,见他所著《中国文学概论讲话》第六章(孙俍工译)。

第三篇　《汉书》《艺文志》所载小说

　　《汉志》之叙小说家，以为"出于稗官"，如淳曰，"细米为稗。街谈巷说，其细碎之言也。王者欲知里巷风俗，故立稗官，使称说之。"（本注）其所录小说，今皆不存，故莫得而深考，然审察名目，乃殊不似有采自民间，如《诗》之《国风》[1]者。其中依托古人者七，曰：《伊尹说》，《鬻子说》，《师旷》，《务成子》，《宋子》，《天乙》，《黄帝》。记古事者二，曰：《周考》，《青史子》，皆不言何时作。明著汉代者四家，曰：《封禅方说》，《待诏臣饶心术》，《臣寿周纪》，《虞初周说》。《待诏臣安成未央术》与《百家》，虽亦不云何时作，而依其次第，自亦汉人。

　　《汉志》道家有《伊尹说》[2]五十一篇，今佚；在小说家之二十七篇亦不可考，《史记》《司马相如传》注引《伊尹书》曰，"箕山之东，青鸟之所，有卢橘夏熟。"当是遗文之仅存者。《吕氏春秋》《本味篇》[3]述伊尹以至味说汤，亦云"青鸟之所有甘栌"，说极详尽，然文丰赡而意浅薄，盖亦本《伊尹书》。伊尹以割烹要汤[4]，孟子尝所详辩，则此殆战国之士之所为矣。

　　《汉志》道家有《鬻子》二十二篇，今仅存一卷，或以其语浅薄，疑非道家言。然唐宋人所引逸文，又有与今本《鬻子》颇不类者，则殆真非道家言也。

　　　　武王率兵车以伐纣。纣虎旅百万，阵于商郊，起自黄

29

鸟,至于赤斧,走如疾风,声如振霆。三军之士,靡不失色。武王乃命太公把白旄以麾之,纣军反走。(《文选李善注》及《太平御览》三百一)

青史子为古之史官,然不知在何时。其书隋世已佚,刘知几《史通》[5]云"《青史》由缀于街谈"者,盖据《汉志》言之,非逮唐而复出也。遗文今存三事,皆言礼,亦不知当时何以入小说。

古者胎教,王后腹之七月而就宴室,太史持铜而御户左,太宰持斗而御户右,太卜持蓍龟而御堂下,诸官皆以其职御于门内。比及三月者,王后所求声音非礼乐,则太史缊瑟而称不习,所求滋味者非正味,则太宰倚斗而不敢煎调,而言曰,"不敢以待王太子。"太子生而泣,太史吹铜曰,"声中某律。"太宰曰,"滋味上某。"太卜曰,"命云某。"然后为王太子悬弧之礼义。……(《大戴礼记》《保傅篇》,《贾谊新书》《胎教十事》)

古者年八岁而出就外舍,学小艺焉,履小节焉;束发而就大学,学大艺焉,履大节焉。居则习礼文,行则鸣珮玉,升车则闻和鸾之声,是以非僻之心无自入也。……古之为路车也,盖圆以象天,二十八橑以象列星,轸方以象地,三十幅以象月。故仰则观天文,俯则察地理,前视则睹和鸾之声,侧听则观四时之运:此巾车教之道也。(《大戴礼记》《保傅篇》)

鸡者,东方之牲也。岁终更始,辨秩东作,万物触户而出,故以鸡祀祭也。(《风俗通义》八)

　　《汉志》兵阴阳家有《师旷》[6]八篇，是杂占之书；在小说家者不可考，惟据本志注，知其多本《春秋》而已。《逸周书》《太子晋》篇记师旷见太子，聆声而知其不寿，太子亦自知"后三年当宾于帝所"，其说颇似小说家。

　　虞初事详本志注，又尝与丁夫人[7]等以方祠诅匈奴大宛，见《郊祀志》，所著《周说》几及千篇，而今皆不传。晋唐人引《周书》者，有三事如《山海经》及《穆天子传》，与《逸周书》不类，朱右曾[8]（《逸周书集训校释》十一）疑是《虞初说》。

　　岷山，神蓐收居之。是山也，西望日之所入，其气圆，神经光之所司也。（《太平御览》三）

　　天狗所止地尽倾，余光烛天为流星，长十数丈，其疾如风，其声如雷，其光如电。（《山海经》注十六）

　　穆王田，有黑鸟若鸠，翩飞而跱于衡，御者毙之以策，马佚，不克止之，踬于乘，伤帝左股。（《文选李善注》十四）

　　《百家》者，刘向《说苑》[9]叙录云，"《说苑杂事》，……其事类众多，……除去与《新序》复重者，其余者浅薄不中义理，别集以为《百家》。"《说苑》今存，所记皆古人行事之迹，足为法戒者，执是以推《百家》，则殆为故事之无当于治道者矣。

　　其余诸家，皆不可考。今审其书名，依人则伊尹鬻熊师旷黄帝，说事则封禅养生，盖多属方士假托。惟青史子非是。又务成子名昭，见《荀子》，《尸子》尝记其"避逆从顺"之教[10]；宋子名钘，见《庄子》，《孟子》作宋牼，《韩非子》作宋荣子，《荀子》引子宋子曰，"明见侮之不辱，使人不斗"[11]，则"黄老意"，然俱非方士之说也。

*　　　*　　　*

〔1〕 国风 《诗经》组成部分,大多是周初至春秋中期民歌。《汉书·艺文志》载:"古有采诗之官,王者所以观风俗、知得失,自考正也。"

〔2〕 《伊尹说》 《汉书·艺文志》道家类作《伊尹》。其遗文以《吕氏春秋·本味》所引者最为重要。

〔3〕 《吕氏春秋》 战国末秦相吕不韦集门客共同编撰,《汉书·艺文志》著录二十六卷,共一六〇篇。《本味篇》,见《吕氏春秋·孝行览》,记伊尹历举各地山珍海味,谓仅天子之国始能享受,劝说汤改革政治,以取天下。

〔4〕 割烹要汤 《孟子·万章》:"万章问曰:'人有言,伊尹以割烹要汤,有诸?'孟子曰:'否,不然!伊尹耕于有莘之野,而乐尧舜之道焉。……吾闻其以尧舜之道要汤,未闻以割烹也'。"

〔5〕 刘知几(661—721) 字子玄,唐彭城(今江苏徐州)人。曾任著作郎、左史等官,多次参加官修史书。所撰《史通》,系我国第一部史籍评著。二十卷,分内外篇,内篇论史家体例,外篇论史籍源流得失。又,"《青史》由缀于街谈",见刘勰《文心雕龙·诸子篇》,"由"原作"曲"。

〔6〕 兵阴阳家 即兵书中的阴阳家。《汉书·艺文志》:"阴阳者,顺时而发,推刑德,随斗击,因五胜,假鬼神而为助者也。"唐颜师古注:"五胜,五行相胜也。"《师旷》,《汉书·艺文志》著录小说六篇,已散佚。师旷,字子野,春秋冀州南和(今河北南和)人。晋国主乐大师,活动时代略早于孔子。

〔7〕 丁夫人 《汉书·郊祀志》载:武帝太初元年(前104),西伐大宛,"丁夫人与雒阳虞初等以方祠诅匈奴、大宛焉。"唐韦昭注:"丁,姓;夫人,名也。"

〔**8**〕　**朱右曾**　字尊鲁,清嘉定(今属上海)人。道光进士,曾官贵州遵义知府。撰有《逸周书集训校释》、《左氏传解谊》等。

〔**9**〕　**《说苑》**　西汉刘向撰,《隋书·经籍志》著录二十卷。分类纂述春秋战国至秦汉间历史故事,杂以议论。《说苑杂事》,即《说苑》。《新序》,刘向撰,《隋书·经籍志》著录三十卷,内容体例与《说苑》相似。

〔**10**〕　**务成子**　见《荀子·大略篇》:"不学不成。尧学于君畴,舜学于务成昭,禹学于西王国。"《尸子》卷下引务成子教舜曰:"避天下之逆,从天下之顺,天下不足取也。"《尸子》,战国鲁国尸佼撰,《汉书·艺文志》著录二十篇,已散佚。今本《尸子》疑为魏晋时人依托补撰。

〔**11**〕　**"明见侮之不辱,使人不斗"**　语见《荀子·正论》。

第四篇　今所见汉人小说

现存之所谓汉人小说，盖无一真出于汉人，晋以来，文人方士，皆有伪作，至宋明尚不绝。文人好逞狡狯，或欲夸示异书，方士则意在自神其教，故往往托古籍以衒人；晋以后人之托汉，亦犹汉人之依托黄帝伊尹矣。此群书中，有称东方朔班固[1]撰者各二，郭宪刘歆[2]撰者各一，大抵言荒外之事则云东方朔郭宪，关涉汉事则云刘歆班固，而大旨不离乎言神仙。

称东方朔撰者有《神异经》一卷，仿《山海经》，然略于山川道里而详于异物，间有嘲讽之辞。《山海经》稍显于汉而盛行于晋，则此书当为晋以后人作；其文颇有重复者，盖又尝散佚，后人钞唐宋类书所引逸文复作之也。有注，题张华作，亦伪。

> 南方有炎瘴之林，其高百丈，围三尺八寸，促节，多汁，甜如蜜。咋啮其汁，令人润泽，可以节蛕虫。人腹中蛕虫，其状如蚓，此消谷虫也，多则伤人，少则谷不消。是甘蔗能灭多益少，凡蔗亦然。（《南荒经》）

> 西南荒中出讹兽，其状若菟，人面能言，常欺人，言东而西，言恶而善。其肉美，食之，言不真矣。（原注，言食其肉，则其人言不诚。）一名诞。（《西南荒经》）

> 昆仑之山有铜柱焉，其高入天，所谓"天柱"也，围三千里，周圆如削。下有回屋，方百丈，仙人九府治之。上

有大鸟，名曰希有，南向，张左翼覆东王公，右翼覆西王母；背上小处无羽，一万九千里，西王母岁登翼上，会东王公也。（《中荒经》）

《十洲记》[3]一卷，亦题东方朔撰，记汉武帝闻祖洲瀛洲玄洲炎洲长洲元洲流洲生洲凤麟洲聚窟洲等十洲于西王母，乃延朔问其所有之物名，亦颇仿《山海经》。

玄洲在北海之中，戌亥之地，方七千二百里，去南岸三十六万里。上有大玄都，仙伯真公所治。多丘山。又有风山，声响如雷电，对天西北门。上多太玄仙官宫室，宫室各异。饶金芝玉草。乃是三天君下治之处，甚肃肃也。

征和三年，武帝幸安定。西胡月支献香四两，大如雀卵，黑如桑椹。帝以香非中国所有，以付外库。……到后元元年，长安城内病者数百，亡者大半。帝试取月支神香烧之于城内，其死未三月者皆活，芳气经三月不歇，于是信知其神物也，乃更秘录余香，后一旦又失之。……明年，帝崩于五柞宫，已亡月支国人鸟山震檀却死等香也。向使厚待使者，帝崩之时，何缘不得灵香之用耶？自合殒命矣！

东方朔虽以滑稽名，然诞谩不至此。《汉书》《朔传》赞云，"朔之诙谐逢占射覆，其事浮浅，行于众庶，儿童牧竖，莫不眩耀，而后之好事者因取奇言怪语附著之朔。"则知汉世于朔，已多附会之谈。二书虽伪作，而《隋志》已著录，又以辞意新异，齐梁文人亦往往引为故实。《神异经》固亦神仙家言，然文思较深茂,盖文人之为。《十洲记》特浅薄,观其记月支国反生香,及篇首云,"方朔云:臣,学仙者也,非得道之人,以国家之盛美,将招名儒墨于文教之内,抑绝俗之道于虚诡之迹,臣故韬隐逸而赴王庭,藏养生而侍朱阙。"则但为方士窃虑失志,借以震眩流俗,且自解嘲之作而已。

称班固作者,一曰《汉武帝故事》〔4〕,今存一卷,记武帝生于猗兰殿至崩葬茂陵杂事,且下及成帝时。其中虽多神仙怪异之言,而颇不信方士,文亦简雅,当是文人所为。《隋志》著录二卷,不题撰人,宋晁公武《郡斋读书志》始云"世言班固作",又云,"唐张柬之书《洞冥记》后云,《汉武故事》,王俭造也。"〔5〕然后人遂径属之班氏。

帝以乙酉年七月七日生于猗兰殿,年四岁,立为胶东王。数岁,长公主抱置膝上,问曰,"儿欲得妇不?"胶东王曰,"欲得妇。"长主指左右长御百余人,皆云不用。末指其女问曰,"阿娇好不?"于是乃笑对曰,"好。若得阿娇,当作金屋贮之也。"长主大悦,乃苦要上,遂成婚焉。

上尝辇至郎署,见一老翁,须鬓皓白,衣服不整。上问曰,"公何时为郎?何其老也?"对曰,"臣姓颜名驷,江都人也,以文帝时为郎。"上问曰,"何其老而不遇也?"驷曰,"文帝好文而臣好武,景帝好老而臣尚少,陛下好少而臣已老:是以三世不遇。"上感其言,擢拜会稽都尉。

七月七日,上于承华殿斋,日正中,忽见有青鸟从西方来。上问东方朔,朔对曰,"西王母暮必降尊像上。"〔6〕……是夜漏七刻,空中无云,隐如雷声,竟天紫气。有顷,王母至，乘紫车，玉女夹驭；戴七胜；青气如云；有二青鸟，夹侍母旁。下车，上迎拜，延母坐，请不死之药。母曰，"……帝滞情不遣，欲心尚多，不死之药，未可致也。"因出桃七枚，母自啖二枚，与帝五枚。帝留核著前。王母问曰，"用此何为？"上曰，"此桃美，欲种之。"母笑曰，"此桃三千年一著子，非下土所植也。"留至五更，谈语世事而不肯言鬼神，肃然便去。东方朔于朱鸟牖中窥母。母曰，"此儿好作罪过，疏妄无赖，久被斥逐，不得还天，然原心无恶，寻当得还，帝善遇之！"母既去，上惆怅良久。

其一曰《汉武帝内传》[7]，亦一卷，亦记孝武初生至崩葬事，而于王母降特详。其文虽繁丽而浮浅，且窃取释家言，又多用《十洲记》及《汉武故事》中语，可知较二书为后出矣。宋时尚不题撰人，至明乃并《汉武故事》皆称班固作，盖以固名重，因连类依托之。

　　到夜二更之后，忽见西南如白云起，郁然直来，径趋宫庭，须臾转近。闻云中箫鼓之声，人马之响。半食顷，王母至也。县投殿前，有似鸟集，或驾龙虎，或乘白麟，或乘白鹤，或乘轩车，或乘天马，群仙数千，光曜庭宇。既至，从官不复知所在，唯见王母乘紫云之辇，驾九色斑龙。别有五十天仙，……咸住殿下。王母唯扶二侍女上殿。侍女年可十六七，服青绫之袿，容眸流盼，神姿清发，真美人也！王母上殿，东向坐，著黄金褡襦，文采鲜明，光仪淑穆，带灵飞大绶，腰佩分景之剑，头上太华髻，戴太真晨婴之冠，履玄璃凤文之舄，视之可年三十许，修短得中，天姿掩蔼，容颜绝世，真灵人也！

帝跪谢。……上元夫人使帝还坐。王母谓夫人曰，"卿之为戒，言甚急切，更使未解之人，畏于意志。"夫人曰，"若其志道，将以身投饿虎，忘躯破灭，蹈火履水，固于一志，必无忧也。……急言之发，欲成其志耳，阿母既有念，必当赐以尸解之方耳。"王母曰，"此子勤心已久，而不遇良师，遂欲毁其正志，当疑天下必无仙人，是故我发阆宫，暂舍尘浊，既欲坚其仙志，又欲令向化不惑也。今日相见，令人念之。至于尸解下方，吾甚不惜。后三年，吾必欲赐以成丹半剂，石象散一。具与之，则彻不得复停。当今匈奴未弥，边陲有事，何必令其仓卒舍天下之尊，而便入林岫？但当问笃志何如。如其回改，吾方数来。"王母因拊帝背曰，"汝用上元夫人至言，必得长生，可不勖勉耶？"帝跪曰，"彻书之金简，以身佩之焉。"

又有《汉武洞冥记》四卷，题后汉郭宪撰。全书六十则，皆言神仙道术及远方怪异之事；其所以名《洞冥记》者，序云，"汉武帝明俊特异之主，东方朔因滑稽以匡谏，洞心于道教，使冥迹之奥，昭然显著。今籍旧史之所不载者，聊以闻见，撰《洞冥记》四卷，成一家之书，"则所凭藉亦在东方朔。郭宪字子横，汝南宋人，光武时征拜博士，刚直敢言，有"关东觥觥郭子横"[8]之目，徒以渫酒救火一事，遂为方士攀引，范晔作《后汉书》[9]，遂亦不察而置之《方术列传》中。然《洞冥记》称宪作，实始于刘昫《唐书》，《隋志》但云郭氏，无名。六朝人虚造神仙家言，每好称郭氏，殆以影射郭璞，故有《郭氏玄中记》，有《郭

氏洞冥记》。《玄中记》[10]今不传,观其遗文,亦与《神异经》相类;《洞冥记》今全,文如下:

> 黄安,代郡人也,为代郡卒,……常服朱砂,举体皆赤,冬不著裘,坐一神龟,广二尺。人问"子坐此龟几年矣?"对曰,"昔伏羲始造网罟,获此龟以授吾;吾坐龟背已平矣。此虫畏日月之光,二千岁即一出头,吾坐此龟,已见五出头矣。"……(卷二)

> 天汉二年,帝升苍龙阁,思仙术,召诸方士言远国遐方之事。唯东方朔下席操笔跪而进。帝曰,"大夫为朕言乎?"朔曰,"臣游北极,至种火之山,日月所不照,有青龙衔烛火以照山之四极。亦有园圃池苑,皆植异木异草;有明茎草,夜如金灯,折枝为炬,照见鬼物之形。仙人甯封常服此草,于夜暝时,转见腹光通外。亦名洞冥草。"帝令锉此草为泥,以涂云明之馆,夜坐此馆,不加灯烛;亦名照魅草;以藉足,履水不沉。(卷三)

至于杂载人间琐事者,有《西京杂记》[11],本二卷,今六卷者宋人所分也。末有葛洪跋,言"其家有刘歆《汉书》一百卷,考校班固所作,殆是全取刘氏,小有异同,固所不取,不过二万许言。今钞出为二卷,以补《汉书》之阙。"然《隋志》不著撰人,《唐志》则云葛洪撰,可知当时皆不信为真出于歆。段成式[12](《酉阳杂俎》《语资篇》)云,"庾信作诗,用《西京杂记》事,旋自追改曰,'此吴均语,恐不足用。'"后人因以为均作。然所谓吴均语者,恐指文句而言,非谓《西京杂记》也,梁武帝敕殷芸撰《小说》[13],皆钞撮故书,已引《西京杂记》甚多,则梁初已流行世间,固以葛洪所造为近是。或又以文中称刘向为家君,因疑非葛洪作,然既托名于歆,则摹拟歆语,固亦理势所必至矣。书之所记,正如黄省曾[14]序言,"大约有四:则猥琐可略,闲漫无归,与夫杳昧而难凭,触忌而须讳者。"然此乃判以史裁,若论文学,则此在古小说中,固亦意绪秀异,文笔可观者也。

司马相如初与卓文君还成都,居贫忧懑,以所著鹔鹴裘就市人阳昌贳酒,与文君为欢。既而文君抱颈而泣曰,"我生平富足,今乃以衣裘贳酒!"遂相与谋,于成都卖酒。相如亲着犊鼻裈涤器,以耻王孙。王孙果以为病,乃厚给文君,文君遂为富人。文君姣好,眉色如望远山,脸际常若芙蓉,肌肤柔滑如脂,为人放诞风流,故悦长卿之才而越礼焉。……(卷二)

郭威,字文伟,茂陵人也,好读书,以谓《尔雅》周公所制,而《尔雅》有"张仲孝友",张仲,宣王时人,非周公之制明矣。余尝以问杨子云,子云曰,"孔子门徒游夏之俦所记,以解释六艺者也"。家君以为《外戚传》称"史佚教其子以《尔雅》",《尔雅》,小学也。又记言"孔子教鲁哀公学《尔雅》",《尔雅》之出远矣,旧传学者皆云周公所记也,"张仲孝友"之类,后人所足耳。(卷三)

司马迁发愤作《史记》百三十篇,先达称为良史之才。其以伯夷居列传之首,以为善而无报也;为项羽本纪,以踞高位者非关有德也。及其序屈原贾谊,辞旨抑扬,悲而不伤,亦近代之伟才。(卷四)

(广川王去疾聚无赖发)栾书冢,棺椁明器,朽烂无余。有一白狐，见人惊走，左右击之，不能得，伤其左脚。其夕，王梦一丈夫须眉尽白，来谓王曰，"何故伤吾左脚？"乃以杖叩王左脚。王觉，脚肿痛生疮，至死不差。（卷六）

葛洪字稚川，丹阳句容人，少以儒学知名，究览典籍，尤好神仙导养之法，太安中，官伏波将军。以平贼功封关内侯。干宝深相亲善，荐洪才堪国史，而洪闻交趾出丹，自求为勾漏令，行至广州，为刺史所留，遂止罗浮，年八十一，兀然若睡而卒（约二九〇——三七〇），有传在《晋书》。洪著作甚多，可六百卷，其《抱朴子》（内篇三）言太丘长颍川陈仲弓有《异闻记》[15]，且引其文，略云郡人张广定以避乱置其四岁女于古冢中，三年复归，而女以效龟息得不死。然陈实此记，史志既所不载，其事又甚类方士常谈，疑亦假托。葛洪虽去汉未远，而溺于神仙，故其言亦不足据。

又有《飞燕外传》[16]一卷，记赵飞燕姊妹故事，题汉河东都尉伶玄子于撰，司马光尝取其"祸水灭火"语入《通鉴》[17]，殆以为真汉人作，然恐是唐宋人所为。又有《杂事秘辛》一卷，记后汉选阅梁冀妹及册立事[18]，杨慎[19]序云，"得于安宁土知州万氏"，沈德符[20]（《野获编》二十三）以为即慎一时游戏之作也。

*　　　*　　　*

〔1〕　东方朔　参看《汉文学史纲要》第九篇及注〔14〕。班固，参看本卷第12页注〔6〕。

〔2〕　郭宪　字子横，东汉汝南新郪（今安徽太和）人，光武帝时官

至光禄勋。《隋书·经籍志》著录《汉武洞冥记》一卷,题郭氏撰;至《旧唐书·经籍志》著录《汉别国洞冥记》,四卷,径题郭宪撰。刘歆,参看本卷第12页注〔5〕。

〔3〕《十洲记》《隋书·经籍志》著录一卷,题东方朔撰,实系齐梁以后方士伪托。

〔4〕《汉武帝故事》《隋书·经籍志》著录二卷,不题撰人。书已散佚,明吴琯《古今逸史》存一卷,鲁迅《古小说钩沉》有辑本。

〔5〕晁公武 字子止,南宋钜野(今属山东)人。绍兴进士,后官至吏部侍郎。家富藏书,所撰《郡斋读书志》,是我国最早一部附有提要的私家书目,不少失传古籍可由此书知其梗概。关于《汉武帝故事》撰人的引文,见该书卷二史部传记类:“世言班固撰。唐张柬之书《洞冥记》后云:‘《汉武故事》,王俭造’。”

〔6〕关于“西王母暮必降尊像上”句,鲁迅《古小说钩沉·汉武故事》据《绀珠集》卷九校补,作:“西王母暮必降尊像,上宜洒扫以待之。”

〔7〕《汉武帝内传》《隋书·经籍志》著录三卷,不题撰人。《宋史·艺文志》著录二卷,注称“不知作者”。明何允中《广汉魏丛书》著录一卷,题汉班固撰。

〔8〕“关东觓觓郭子横”《后汉书·方术列传》载:“时匈奴数犯塞,帝患之,乃召百僚廷议。宪以为天下疲敝,不宜动众,谏争不合,乃伏地称眩瞀不复言。帝令两郎扶下殿,宪亦不拜。帝曰:‘常闻关东觓觓郭子横,竟不虚也!’”又载:郭宪曾从驾南郊。“宪在位,忽回向东北,含酒三潠。执法奏为不敬。诏问其故。宪对曰:‘齐国失火,故以此厌之’。后齐果上火灾,与郊同日”。

〔9〕范晔(398—445)字蔚宗,南朝宋顺阳(今河南淅川)人,官至左卫将军、太子詹事。撰《后汉书》,成帝纪列传部分九十卷,志的部分未成而死,后人将西晋司马彪《续汉书》的八篇志分为三十卷并入。

〔10〕《玄中记》 《隋书·经籍志》及两《唐志》均未著录,撰人不详。此书旧题《郭氏玄中记》,宋罗泌《路史》以为晋郭璞撰。鲁迅《古小说钩沉》有辑本。

〔11〕《西京杂记》 《旧唐书·经籍志》、《新唐书·艺文志》著录二卷,均题葛洪撰。葛洪跋中所说刘歆的《汉书》一百卷,史书经籍志、艺文志均未著录。《西京杂记》所记皆西汉遗闻佚事,杂有怪诞传说。下文的引文见于《四库全书总目提要》。

〔12〕 段成式(约 803—863) 字柯古,唐临淄(今山东淄博)人。曾官校书郎、尚书郎、太常少卿等职。所撰《酉阳杂俎》,参看本书第十篇。

〔13〕 殷芸(471—529) 字灌蔬,南朝梁陈郡长平(今河南西华)人,任安右长史、秘书监。梁武帝命其撰《小说》,《隋书·经籍志》著录十卷,世称《殷芸小说》。鲁迅《古小说钩沉》有辑本。

〔14〕 黄省曾(1490—1540) 字勉之,明吴县(今属江苏)人。累会试不第,未仕。引文见其所撰《西京杂记序》。

〔15〕《抱朴子》 葛洪自号抱朴子,以其号为书名。《隋书·经籍志》著录内篇二十一卷,音一卷,外篇三十卷。内篇《对俗》曾引陈仲弓《异闻记》"张广定"一则。陈仲弓(104—187),名寔,东汉颍川许(今河南许昌)人。曾任太丘长。所撰《异闻记》,已散佚。鲁迅《古小说钩沉》有辑本。

〔16〕《飞燕外传》 《隋书·经籍志》及两《唐志》均未著录。《宋史·艺文志》著录《赵飞燕外传》一卷,题伶玄撰。内容记汉成帝皇后赵飞燕姊妹宫廷生活。伶玄,字子于,西汉末潞水(今河北三河)人。曾官河东都尉。

〔17〕 司马光(1019—1086) 字君实,北宋陕州夏县(今属山西)人。官至尚书左仆射、兼门下侍郎。曾主编《通鉴》(《资治通鉴》)。"祸

水灭火",《通鉴》卷三十一载:飞燕姊妹被召入宫,"有宣帝时披香博士淖方成在帝后,唾曰'此祸水也,灭火必矣!'"

〔18〕《杂事秘辛》 明何允中《广汉魏丛书》著录一卷,题汉无名氏撰。梁冀(？—159),字伯卓,东汉安定乌氏(今甘肃平凉)人。以外戚官大将军。

〔19〕 杨慎(1488—1559) 字用修,号升庵,明新都(今属四川)人,官翰林学士。著作多至百余种,明万历间张士佩将其主要者编为《升庵集》八十一卷。

〔20〕 沈德符(1578—1642) 字景倩,又字虎臣,明秀水(今浙江嘉兴)人。万历举人,潜心著述,所撰《野获编》,二十卷,续编十二卷。多记明开国至万历年间朝章国故及街谈琐语,并保存一些戏曲小说资料。关于杨慎伪作《杂事秘辛》的事,《野获编》卷二十三载:"近日刻《杂事秘辛》记后汉选阅梁冀妹事,因中有约束如禁中一语,遂以为始于东汉。不知此书本杨用修伪撰,托名王忠文得之士酉家者,杨不过一时游戏,后人信书太真,遂为所惑耳。"

第五篇　六朝之鬼神志怪书(上)

中国本信巫,秦汉以来,神仙之说盛行,汉末又大畅巫风,而鬼道愈炽;会小乘佛教亦入中土,渐见流传。凡此,皆张皇鬼神,称道灵异,故自晋讫隋,特多鬼神志怪之书。其书有出于文人者,有出于教徒者。文人之作,虽非如释道二家,意在自神其教,然亦非有意为小说,盖当时以为幽明虽殊途,而人鬼乃皆实有,故其叙述异事,与记载人间常事,自视固无诚妄之别矣。

《隋志》有《列异传》三卷,魏文帝[1]撰,今佚。惟古来文籍中颇多引用,故犹得见其遗文,则正如《隋志》所言,"以序鬼物奇怪之事"者也。文中有甘露年间事,在文帝后,或后人有增益,或撰人是假托,皆不可知。两《唐志》皆云张华撰,亦别无佐证,殆后有悟其抵牾者,因改易之。惟宋裴松之[2]《三国志注》,后魏郦道元《水经注》[3]皆已征引,则为魏晋人作无疑也。

南阳宗定伯年少时,夜行逢鬼,问曰,"谁?"鬼曰,"鬼也。"鬼曰,"卿复谁?"定伯欺之,言我亦鬼也。鬼问欲至何所,答曰欲至宛市,鬼言我亦欲至宛市。共行数里,鬼言步行大亟,可共迭相担也。定伯曰大善。鬼便先担定伯数里,鬼言卿大重,将非鬼也?定伯言,我新死,故重耳。定伯因复担鬼,鬼略无重。如是再三。定伯复言,我新死,不知鬼悉何所畏忌? 鬼曰,唯不喜人唾。……行欲至宛市,定伯便担鬼至头上,急持之。鬼大呼,声咋咋索下。不复听之,径至宛市中,著地化为一羊。便卖之。恐其便化,乃唾之,得钱千五百。(《太平御览》八百八十四,《法苑珠林》六)

神仙麻姑降东阳蔡经家,手爪长四寸。经意曰,"此女子实好佳手,愿得以搔背。"麻姑大怒。忽见经顿地,两目流血。(《太平御览》三百七十)

武昌新县北山上有望夫石,状若人立者。相传云,昔有贞妇,其夫从役,远赴国难,妇携幼子,饯送此山,立望而形化为石。(《太平御览》八百八十八)

晋以后人之造伪书,于记注殊方异物者每云张华,亦如言仙人神境者之好称东方朔。张华字茂先,范阳方城人,魏初举太常博士,入晋官至司空,领著作,封壮武郡公,永康元年四月赵王伦之变[4],华被害,夷三族,时年六十九(二三二——三〇〇),传在《晋书》。华既通图纬,又多览方伎书,能识灾祥异物,故有博物洽闻之称,然亦遂多附会之说。梁萧绮所录王嘉《拾遗记》[5](九)言华尝"捃采天下遗逸,自书契之始,考验神怪,及世间闾里所说,造《博物志》四百卷,奏于武帝",帝令芟截浮疑,分为十卷。其书今存,乃类记异境奇物及古代琐闻杂事,皆剌取故书,殊乏新异,不能副其名,或由后人缀辑复成,非其原本欤? 今所存汉至隋小说,大抵此类。

《周书》曰,"西域献火浣布,昆吾氏献切玉刀,火浣布污则烧之则洁，刀切玉如蜡。"布汉世有献者，刀则未闻。
（卷二《异产》）

取鳖锉令如棋子大，捣赤苋汁和合，厚以茅苞，五六月中作，投池中，经旬脔脔尽成鳖也。（卷四《戏术》）

燕太子丹质于秦，……欲归，请于秦王。王不听。谬言曰，"令乌头白，马生角，乃可。"丹仰而叹，乌即头白，俯而嗟，马生角。秦王不得已而遣之，为机发之桥，欲陷丹，丹驱驰过之而桥不发。遁到关，关门不开，丹为鸡鸣，于是众鸡悉鸣，遂归。（卷八《史补》）

老子云，"万民皆付西王母；唯王，圣人，真人，仙人，道人之命，上属九天君耳。"（卷九《杂说》上）

新蔡干宝字令升，晋中兴后置史官，宝始以著作郎领国史，因家贫求补山阴令，迁始安太守，王导[6]请为司徒右长史，迁散骑常侍（四世纪中）。宝著《晋纪》[7]二十卷，时称良史；而性好阴阳术数，尝感于其父婢死而再生，及其兄气绝复苏，自言见天神事，乃撰《搜神记》[8]二十卷。以"发明神道之不诬"（自序中语），见《晋书》本传。《搜神记》今存者正二十卷，然亦非原书，其书于神祇灵异人物变化之外，颇言神仙五行，又偶有释氏说。

汉下邳周式，尝至东海，道逢一吏，持一卷书，求寄载，行十余里，谓式曰，"吾暂有所过，留书寄君船中，慎勿发之！"去后，式盗发视，书皆诸死人录，下条有式名。须臾吏还，式犹视书。吏怒曰，"故以相告，而忽视之！"式叩头流血，良久，吏曰，"感卿远相载，此书不可除卿名，今日已去,还家三年勿出门,可得度也。勿道见吾书!"式还,不出已二年余,家皆怪之。邻人卒亡,父怒使往吊之,式不得已,适出门,便见此吏。吏曰,"吾令汝三年勿出,而今出门,知复奈何?吾求不见连累为鞭杖,今已见汝,可复奈何?后三日日中,当相取也。"……至三日日中,果见来取,便死。(卷五)

阮瞻字千里,素执无鬼论,物莫能难,每自谓此理足以辨正幽明。忽有客通名诣瞻,寒温毕,聊谈名理,客甚有才辨,瞻与之言良久,及鬼神之事,反复甚苦,客遂屈,乃作色曰,"鬼神古今圣贤所共传,君何得独言无?即仆便是鬼!"于是变为异形,须臾消灭。瞻默然,意色大恶,岁余而卒。(卷十六)

焦湖庙有一玉枕,枕有小坼。时单父县人杨林为贾客,至庙祈求,庙巫谓曰,"君欲好婚否?"林曰,"幸甚。"巫即遣林近枕边,因入坼中,遂见朱楼琼室。有赵太尉在其中,即嫁女与林,生六子,皆为秘书郎。历数十年,并无思归之志,忽如梦觉,犹在枕傍,林怆然久之。(今本无此条,见《太平寰宇记》一百二十六引)

续干宝书者,有《搜神后记》十卷。题陶潜撰[9]。其书今具存,亦记灵异变化之事如前记,陶潜旷达,未必拳拳于鬼神,盖伪托也。

干宝字令升,其先新蔡人。父莹,有嬖妾。母至妒,宝父葬时,因生推婢著藏中,宝兄弟年小,不之审也。经十年而母丧,开墓,见其妾伏棺上,衣服如生,就视犹暖,舆还家,终日而苏,云宝父常致饮食,与之寝接,恩情如生。家中吉凶辄语之,校之悉验,平复数年后方卒。宝兄常病,气绝积日不冷,后遂寤,云见天地间鬼神事,如梦觉,不自知死。(卷四)

晋中兴后,谯郡周子文家在晋陵,少时喜射猎。常入山,忽山岫间有一人长五六丈,手提弓箭,箭镝头广二尺许,白如霜雪,忽出声唤曰,"阿鼠!"(原注,子文小字)子文不觉应曰"喏"。此人便牵弓满镝向子文,子文便失魂厌伏。(卷七)

晋时,又有荀氏作《灵鬼志》,[10] 陆氏作《异林》,[11] 西戎主簿戴祚[12] 作《甄异传》,祖冲之作《述异记》[13],祖台之作《志怪》,[14] 此外作志怪者尚多,有孔氏殖氏曹毗[15] 等,今俱佚,间存遗文。至于现行之《述异记》二卷,称梁任昉[16] 撰者,则唐宋间人伪作,而袭祖冲之之书名者也,故唐人书中皆未尝引。

刘敬叔字敬叔,彭城人,少颖敏有异才,晋末拜南平国郎中令,入宋为给事黄门郎,数年,以病免,泰始中卒于家(约三九〇——四七〇),所著有《异苑》[17] 十余卷,行世。(详见明胡震亨所作小传,在汲古阁本《异苑》卷首)《异苑》今存者十卷,然亦非原书。

魏时,殿前大钟无故大鸣,人皆异之,以问张华,华曰,"此蜀郡铜山崩,故钟鸣应之耳。"寻蜀郡上其事,果如华言。(卷二)

义熙中,东海徐氏婢兰忽患羸黄,而拂拭异常,共伺

49

察之,见扫帚从壁角来趋婢床,乃取而焚之,婢即平复。(卷八)

晋太元十九年,鄱阳桓闿杀犬祭乡里绥山,煮肉不熟。神怒,即下教于巫曰,"桓闿以肉生贻我,当谪令自食也。"其年忽变作虎,作虎之始,见人以斑皮衣之,即能跳跃噬逐。(卷八)

东莞刘邕性嗜食疮痂,以为味似鳆鱼。尝诣孟灵休,灵休先患灸疮,痂落在床,邕取食之,灵休大惊,痂未落者悉褫取饴邕。南康国吏二百许人,不问有罪无罪,递与鞭,疮痂落,常以给膳。(卷十)

临川王刘义庆[18](四〇三——四四四)为性简素,爱好文义,撰述甚多(详见《宋书》《宗室传》),有《幽明录》三十卷,见《隋志》史部杂传类,《新唐志》入小说。其书今虽不存,而他书征引甚多,大抵如《搜神》《列异》之类;然似皆集录前人撰作,非自造也。唐时尝盛行,刘知几(《史通》)云《晋书》多取之。

宋散骑侍郎东阳无疑有《齐谐记》[19]七卷,亦见《隋志》,今佚。梁吴均作《续齐谐记》[20]一卷,今尚存,然亦非原本。吴均字叔庠,吴兴故鄣人,天监初为吴兴主簿,旋兼建安王伟记室,终除奉朝请,以撰《齐春秋》不实免职,已而复召,使撰通史,未就[21],普通元年卒,年五十二(四六九——五二〇),事详《梁书》《文学传》。均凤有诗名,文体清拔,好事者或模拟之,称"吴均体"[22],故其为小说,亦卓然可观,唐宋文人多引为典据,阳羡鹅笼之记,尤其奇诡者也。

阳羡许彦于绥安山行,遇一书生,年十七八,卧路侧,云脚痛，求寄鹅笼中。彦以为戏言，书生便入笼，笼亦不更广，书生亦不更小，宛然与双鹅并坐，鹅亦不惊。彦负笼而去，都不觉重。前行息树下，书生乃出笼谓彦曰，"欲为君薄设。"彦曰，"善。"乃口中吐出一铜奁子，奁子中具诸肴馔。……酒数行，谓彦曰，"向将一妇人自随。今欲暂邀之。"彦曰，"善。"又于口中吐一女子，年可十五六，衣服绮丽，容貌殊绝，共坐宴。俄而书生醉卧，此女谓彦曰，"虽与书生结妻，而实怀怨，向亦窃得一男子同行，书生既眠，暂唤之，君幸勿言。"彦曰，"善。"女子于口中吐出一男子，年可二十三四，亦颖悟可爱，乃与彦叙寒温。书生卧欲觉，女子口吐一锦行障遮书生，书生乃留女子共卧。男子谓彦曰，"此女虽有情，心亦不尽，向复窃得一女人同行，今欲暂见之，愿君勿泄。"彦曰，"善。"男子又于口中吐一妇人，年可二十许，共酌，戏谈甚久，闻书生动声，男子曰，"二人眠已觉。"因取所吐女人，还纳口中。须臾，书生处女乃出谓彦曰，"书生欲起。"乃吞向男子，独对彦坐。然后书生起谓彦曰，"暂眠遂久，君独坐，当悒悒耶？日又晚，当与君别。"遂吞其女子，诸器皿悉纳口中，留大铜盘可二尺广，与彦别曰，"无以藉君，与君相忆也。"彦大元中为兰台令史，以盘饷侍中张散；散看其铭题，云是永平三年作。

然此类思想，盖非中国所故有，段成式已谓出于天竺，《酉阳杂俎》（《续集》《贬误篇》）云，"释氏《譬喻经》云，昔梵志作术，吐出一壶，中有女子与屏，处作家室。梵志少息，女复作术,吐出一壶,中有男子,复与共卧。梵志觉,次第互吞之,柱杖而去。余以吴均尝览此事,讶其说以为至怪也。"所云释氏经者,即《旧杂譬喻经》,吴时康僧会译,[23]今尚存;而此一事,则复有他经为本,如《观佛三昧海经》(卷一)说观佛苦行时白毫毛相[24]云,"天见毛内有百亿光,其光微妙,不可具宣。于其光中,现化菩萨,皆修苦行,如此不异。菩萨不小,毛亦不大。"当又为梵志吐壶相之渊源矣。魏晋以来,渐译释典,天竺故事亦流传世间,文人喜其颖异,于有意或无意中用之,遂蜕化为国有,如晋人荀氏作《灵鬼志》,亦记道人入笼子中事,尚云来自外国,至吴均记,乃为中国之书生。

　　太元十二年,有道人外国来,能吞刀吐火,吐珠玉金银,自说其所受师,即白衣,非沙门也。尝行,见一人担担,上有小笼子,可受升余,语担人云,"吾步行疲极,欲寄君担。"担人甚怪之,虑是狂人,便语之云,"自可耳。"……即入笼中,笼不更大,其人亦不更小,担之亦不觉重于先。既行数十里,树下住食,担人呼共食,云"我自有食",不肯出。……食未半,语担人"我欲与妇共食",即复口吐出女子,年二十许,衣裳容貌甚美,二人便共食。食欲竟,其夫便卧;妇语担人,"我有外夫,欲来共食,夫觉,君勿道之。"妇便口中出一年少丈夫,共食。笼中便有三人,宽急之事,亦复不异。有顷,其夫动,如欲觉,妇便以外夫内口中。夫起,语担人曰,"可去!"即以妇内口中,次及食器物。……(《法苑珠林》六十一,《太平御览》三百五十九)

＊　　　＊　　　＊

〔1〕　魏文帝　即曹丕(187—226),字子桓。沛国谯(今安徽亳县)人。曹操次子。操死,丕袭位为魏王。后代汉称帝,国号魏。撰有《魏文帝集》。

〔2〕　裴松之(372—451)　字世期,南朝宋闻喜(今属山西)人,任国子博士。奉命注晋陈寿《三国志》,博采群书一百四十余种,保存不少文史资料。

〔3〕　郦道元(466或472—527)　字善长,北魏范阳(今河北涿县)人,官御史中尉、关右大使。所撰《水经注》四十卷,系我国古代具有文学价值的地理名著。

〔4〕　赵王伦之变　赵王伦,即司马伦(？—301),字子彝。晋司马懿第九子,晋武帝时封赵王。据《晋书·孝惠帝纪》载,永康元年(300)四月,赵王伦等"矫诏废贾后为庶人,司空张华、尚书仆射裴颜皆遇害"。

〔5〕　萧绮　南朝梁南兰陵(今江苏常州)人。关于他节录王嘉《拾遗记》事,参看本书第六篇。

〔6〕　王导(276—339)　字茂弘,东晋琅琊临沂(今属山东)人。出身士族,历仕元、明、成三帝,官至丞相。

〔7〕　《晋纪》　《隋书·经籍志》著录二十三卷,东晋干宝撰。记晋宣帝至愍帝前后五十三年间事。《晋书·干宝传》载:"其书简略,直而能婉,咸称良史。"

〔8〕　《搜神记》　《隋书·经籍志》著录三十卷,题干宝撰。今本二十卷,系后人从类书中辑录而成。

〔9〕　《搜神后记》　《隋书·经籍志》著录十卷,题陶潜撰。陶潜(约372—427),又名渊明,字元亮,东晋浔阳柴桑(今江西九江)人。

〔10〕　荀氏　生平不详。所撰《灵鬼志》,《隋书·经籍志》著录三卷,已散佚。鲁迅《古小说钩沉》有辑本。

〔11〕 陆氏 据《三国志·钟繇传》裴松之注称陆氏为陆云之侄。生平不详。所撰《异林》，已散佚。鲁迅《古小说钩沉》有辑本，记钟繇遇鬼妇事。

〔12〕 戴祚 参看本卷第 15 页注〔29〕。

〔13〕 祖冲之(429—500) 字文远，南齐范阳蓟(今北京大兴)人，官至长水校尉。他在数学、历法等方面均有很高的成就。所撰《述异记》，《隋书·经籍志》著录十卷，已散佚。鲁迅《古小说钩沉》有辑本。

〔14〕 祖台之 字元辰，祖冲之曾祖父。东晋安帝时官至侍中、光禄大夫。所撰《志怪》，《隋书·经籍志》著录二卷，已散佚。鲁迅《古小说钩沉》有辑本。

〔15〕 孔氏 指孔约，晋人，生平不详。所撰《志怪》，《隋书·经籍志》著录四卷。殖氏，生平不详。所撰《志怪记》，《隋书·经籍志》著录三卷。曹毗，字辅佐，谯国人，官至光禄勋。所撰《志怪》，《隋书·经籍志》及两《唐志》均未著录。三书均已散佚，鲁迅《古小说钩沉》各有辑本。

〔16〕 任昉(460—508) 字彦升，南朝梁乐安博昌(今山东寿光)人。历仕宋、齐、梁三朝。《述异记》，《宋史·艺文志》著录二卷，题任昉撰。

〔17〕《异苑》《隋书·经籍志》著录十卷，题宋给事刘敬叔撰。

〔18〕 刘义庆(403—444) 南朝宋彭城(今江苏徐州)人。宋宗室，袭封临川王。撰有《世说》、《徐州先贤传》等。《幽明录》，《隋书·经籍志》著录二十卷，已散佚。鲁迅《古小说钩沉》有辑本。刘知几关于唐修《晋书》多取《幽明录》等书的话，见《史通·采撰》："晋世杂书，谅非一族，若《语林》、《世说》、《幽明录》、《搜神记》之徒，其所载或诙谐小辩，或神鬼怪物。其事非圣，扬雄所不观；其言乱神，宣尼所不语。皇朝新撰晋史，多采以为书。"

〔19〕 东阳无疑 生平不详。所撰《齐谐记》，《隋书·经籍志》著录

七卷,已散佚。鲁迅《古小说钩沉》有辑本。

〔20〕《续齐谐记》《隋书·经籍志》著录一卷,原本久佚。今存明辑本,系从《太平广记》等书钞合而成。

〔21〕关于吴均撰《齐春秋》不实免职事,见《梁书·吴均传》:"均表求撰《齐春秋》,书成奏之,高祖(梁武帝萧衍)以其书不实,使中书舍人刘之遴诘问数条,竟支离无对,敕付省焚之,坐免职。寻有敕召见,使撰《通史》,起三皇,讫齐代,均草本纪、世家,功已毕。唯列传未就。"

〔22〕"吴均体"《梁书·吴均传》载,吴均"文体清拔有古气,好事者或效之,谓为'吴均体'"。

〔23〕《旧杂譬喻经》二卷,经文以譬喻宣扬教义。康僧会(?—280),三国吴僧人,世居天竺,后移居交趾。吴赤乌十年(247)至建业(今江苏南京),孙权为之建塔寺,使译经。译有《六度集》、《旧杂譬喻经》等。

〔24〕《观佛三昧海经》十卷,东晋佛陀跋陀译。白毫毛相,系佛教所说佛的三十二种形象之一,谓佛眉长有白色毫毛,长一丈五尺,平时缩卷于眉毛旁。以下所引经文,源于佛家圆融互摄理论。其说以为世界万事万物均发源于心,心无大小,"相"亦无大小,故毛内有菩萨,菩萨不小,毛亦不大。

第六篇　六朝之鬼神志怪书(下)

　　释氏辅教之书,《隋志》著录九家,在子部及史部,今惟颜之推《冤魂志》[1]存,引经史以证报应,已开混合儒释之端矣,而余则俱佚。遗文之可考见者,有宋刘义庆《宣验记》[2],齐王琰《冥祥记》[3],隋颜之推《集灵记》,侯白《旌异记》[4]四种,大抵记经像之显效,明应验之实有,以震耸世俗,使生敬信之心,顾后世则或视为小说。王琰者,太原人,幼在交趾,受五戒,于宋大明及建元(五世纪中)年,两感金像之异,因作记,撰集像事,继以经塔,凡十卷,谓之《冥祥》,自序其事甚悉(见《法苑珠林》卷十七)。《冥祥记》在《珠林》及《太平广记》中所存最多,其叙述亦最委曲详尽,今略引三事,以概其余。

　　汉明帝梦见神人,形垂二丈,身黄金色,项佩日光。以问群臣,或对曰,"西方有神,其号曰佛,形如陛下所梦,得无是乎?"于是发使天竺,写致经像。表之中夏,自天子王侯,咸敬事之,闻人死精神不灭,莫不惧然自失。初,使者蔡愔将西域沙门迦叶摩腾等赍优填王画释迦佛像,帝重之,如梦所见也,乃遣画工图之数本,于南宫清凉台及高阳门显节寿陵上供养。又于白马寺壁画千乘万骑绕塔三匝之像,如诸传备载。(《珠林》十三)

　　晋谢敷字庆绪,会稽山阴人也,……少有高操,隐于东山,笃信大法,精勤不倦,手写《首楞严经》,当在都白马寺中,寺为灾火所延,什物余经,并成煨尽,而此经止烧纸头界外而已,文字悉存,无所毁失。敷死时,友人疑其得道,及闻此经,弥复惊异。……(《珠林》十八)

晋赵泰字文和,清河贝丘人也,……年三十五时,尝卒心痛,须臾而死。下尸于地,心暖不已,屈伸随人。留尸十日,平旦,喉中有声如雨,俄而苏活。说初死之时,梦有一人来近心下,复有二人乘黄马,从者二人,扶泰腋径将东行,不知可几里,至一大城,崔巍高峻,城色青黑。将泰向城门入,经两重门,有瓦屋可数千间,男女大小亦数千人,行列而立。吏著皂衣,有五六人,条疏姓字,云"当以科呈府君"。泰名在三十,须臾,将泰与数千人男女一时俱进。府君西向坐,简视名簿讫,复遣泰南入黑门。有人著绛衣坐大屋下,以次呼名,问"生时所事?作何孽罪?行何福善?谛汝等辞,以实言也!此恒遣六部使者常在人间,疏记善恶,具有条状,不可得虚。"泰答"父兄仕宦,皆二千石。我少在家,修学而已,无所事也,亦不犯恶。"乃遣泰为水官将作。……后转泰水官都督知诸狱事,给泰兵马,令案行地狱。所至诸狱,楚毒各殊:或针贯其舌,流血竟体;或被头露发,裸形徒跣,相牵而行,有持大杖,从后催促,铁床铜柱,烧之洞然,驱迫此人,抱卧其上,赴即焦烂,寻复还生;……或剑树高广,不知限量,根茎枝叶,皆剑为之,人众相訾,自登自攀,若有欣竞,而身首割截,尺寸离断。泰见祖父母及二弟在此狱中,相见涕泣。

泰出狱门,见有二人赍文书,来语狱吏,言有三人,其家为其于塔寺中悬幡烧香,救解其罪,可出福舍。俄见三人自狱而出,已有自然衣服,完整在身,南诣一门,云名开光大舍。……泰案行毕,还水官处。……主者曰,"卿无罪过,故相使为水官都督,不尔,与地狱中人无以异也。"泰问主者曰,"人有何行,死得乐报?"主者唯言"奉法弟子精进持戒,得乐报,无有谪罚也。"泰复问曰,"人未事法时所行罪过,事法之后,得以除不?"答曰,"皆除也。"语毕,主者开滕箧检泰年纪,尚有余算三十年在,乃遣泰还。……时晋太始五年七月十三日也……(《珠林》七,《广记》三百七十七)

佛教既渐流播,经论日多,杂说亦日出,闻者虽或悟无常而归依,然亦或怖无常而却走。此之反动,则有方士亦自造伪经,多作异记,以长生久视之道,网罗天下之逃苦空者,今所存汉小说,除一二文人著述外,其余盖皆是矣。方士撰书,大抵托名古人,故称晋宋人作者不多有,惟类书间有引《神异记》[5]者,则为道士王浮作。浮,晋人,有浅妄之称,即惠帝时(三世纪末至四世纪初)与帛远抗论屡屈,遂改换《西域传》造老子《明威化胡经》者也[6](见唐释法琳《辩正论》六)。其记似亦言神仙鬼神,如《洞冥》《列异》之类。

陈敏,孙皓之世为江夏太守,自建业赴职,闻宫亭庙验(原注云言灵验),过乞在任安稳,当上银杖一枚。年限既满,作杖拟以还庙,捶铁以为干,以银涂之。寻征为散骑常侍,往宫亭送杖于庙中,讫即进路。日晚,降神巫宣教曰，"陈敏许我银杖，今以涂杖见与，便投水中，当以还之。欺蔑之罪，不可容也！"于是取银杖看之，剖视中见铁干，乃置之湖中。杖浮在水上，其疾如飞，遥到敏舫前，敏舟遂覆也。（《太平御览》七百十）

丹丘生大茗，服之生羽翼。（《事类赋》注十六）

《拾遗记》十卷，题晋陇西王嘉撰，梁萧绮录。《晋书》《艺术列传》中有王嘉，略云，嘉字子年，陇西安阳人，初隐于东阳谷，后入长安，苻坚累征不起，能言未然之事，辞如谶记，当时鲜能晓之。姚苌入长安，逼嘉自随；后以答问失苌意，为苌所杀（约三九〇）。嘉尝造《牵三歌谶》[7]，又著《拾遗录》十卷，其事多诡怪，今行于世。传所云《拾遗录》者，盖即今记，前有萧绮序，言书本十九卷，二百二十篇，当苻秦之季，典章散灭，此书亦多有亡，绮更删繁存实，合为一部，凡十卷。今书前九卷起庖牺迄东晋，末一卷则记昆仑等九仙山，与序所谓"事讫西晋之末"者稍不同。其文笔颇靡丽，而事皆诞谩无实，萧绮之录亦附会，胡应麟（《笔丛》三十二）以为"盖即绮撰而托之王嘉"者也。

少昊以金德王，母曰皇娥，处璇宫而夜织，或乘桴木而昼游，经历穷桑沧茫之浦。时有神童，容貌绝俗，称为白帝之子，即太白之精，降乎水际，与皇娥宴戏，奏便娟之乐，游漾忘归。穷桑者，西海之滨，有孤桑之树，直上千寻，叶红椹紫，万岁一实，食之后天而老。……帝子与皇娥并坐，抚桐峰梓瑟，皇娥倚瑟而清歌曰，"天清地旷浩茫茫，万象回薄化无方，浛天荡荡望沧沧，乘桴轻漾著日傍，当其何所至穷桑,心知和乐悦未央。"俗谓游乐之处为桑中也,《诗》《卫风》[8]云"期我乎桑中",盖类此也。……及皇娥生少昊,号曰穷桑氏,亦曰桑丘氏。至六国时,桑丘子著阴阳书,即其余裔也。……(卷一)

刘向于成帝之末,校书天禄阁,专精覃思。夜,有老人著黄衣,植青藜杖,登阁而进,见向暗中独坐诵书,老父乃吹杖端,烟燃,因以见向,说开辟已前。向因受五行洪范之文,恐辞说繁广忘之,乃裂帛及绅,以记其言,至曙而去。向请问姓名,云"我是太一之精,天帝闻卯金之子有博学者,下而观焉"。乃出怀中竹牒,有天文地图之书,"余略授子焉"。至向子歆,从向授其术。向亦不悟此人焉。(卷六)

洞庭山浮于水上,其下有金堂数百间,玉女居之,四时闻金石丝竹之声,彻于山顶。楚怀王之时,举群才赋诗于水湄。……后怀王好进奸雄,群贤逃越。屈原以忠见斥,隐于沅湘,披蓁茹草,混同禽兽,不交世务,采柏实以和桂膏,用养心神,被王逼逐,乃赴清泠之水,楚人思慕,谓之水仙。其神游于天河,精灵时降湘浦,楚人为之立祠,汉末犹在。(卷十)

*　　　*　　　*

〔1〕　颜之推(531—591)　字介,北齐琅玡临沂(今属山东)人。初仕梁为散骑侍郎,入北齐为黄门侍郎,后在周、隋为官。所撰《冤魂志》,《隋书·经籍志》著录三卷,今本皆称《还冤志》。下文所说《集灵记》,《隋

书·经籍志》著录二十卷,已散佚。鲁迅《古小说钩沉》有辑本。

〔2〕《宣验记》《隋书·经籍志》著录十三卷,刘义庆撰,已散佚。鲁迅《古小说钩沉》有辑本。

〔3〕 王琰　南齐太原(今属山西)人。齐太子舍人,入梁为吴兴令。所撰《冥祥记》,《隋书·经籍志》著录十卷,已散佚。鲁迅《古小说钩沉》有辑本。

〔4〕 侯白　参看本书第七篇。所撰《旌异记》,《隋书·经籍志》著录十五卷,已散佚。鲁迅《古小说钩沉》有辑本。

〔5〕《神异记》 王浮撰。《隋书·经籍志》及两《唐志》均未著录。卷数未详。鲁迅《古小说钩沉》有辑本。

〔6〕 帛远　佛教徒。俗姓万,字法祖,晋河内(今河南泌阳)人。曾在长安讲经。王浮与帛远辩论,多次失败,遂托名老子撰《明威化胡经》。按《西域传》认为佛教先于老子,书中叙老子至罽宾国云:"我生何以晚,佛出一何早"。王浮撰《明威化胡经》则予倒换,说老子至流沙,成浮图,死后变为佛,因而形成佛教。这反映佛道二教争夺正统地位的斗争。

〔7〕《牵三歌谶》 晋王嘉撰,《隋书·经籍志》及两《唐志》均未著录,已散佚。《晋书·王嘉传》载:"其所造《牵三歌谶》,事过皆验,累世犹传之。"

〔8〕《卫风》应作《鄘风》。

第七篇 《世说新语》与其前后

汉末士流,已重品目,声名成毁,决于片言,魏晋以来,乃弥以标格语言相尚,惟吐属则流于玄虚,举止则故为疏放,与汉之惟俊伟坚卓为重者,甚不侔矣。盖其时释教广被,颇扬脱俗之风,而老庄之说亦大盛,其因佛而崇老为反动,而厌离于世间则一致,相拒而实相扇,终乃汗漫而为清谈。渡江以后,此风弥甚,有违言者,惟一二枭雄而已。世之所尚,因有撰集,或者掇拾旧闻,或者记述近事,虽不过丛残小语,而俱为人间言动,遂脱志怪之牢笼也。

记人间事者已甚古,列御寇韩非皆有录载,惟其所以录载者,列在用以喻道,韩在储以论政。若为赏心而作,则实萌芽于魏而盛大于晋,虽不免追随俗尚,或供揣摩,然要为远实用而近娱乐矣。晋隆和(三六二)中,有处士河东裴启,撰汉魏以来迄于同时言语应对之可称者,谓之《语林》[1],时颇盛行,以记谢安语不实[2],为安所诋,书遂废(详见《世说新语》《轻诋篇》)。后仍时有,凡十卷,至隋而亡,然群书中亦常见其遗文也。

> 娄护字君卿,历游五侯之门,每旦,五侯家各遗饷之,君卿口厌滋味,乃试合五侯所饷之鲭而食,甚美。世所谓"五侯鲭",君卿所致。(《太平广记》二百三十四)

魏武云，"我眠中不可妄近，近辄斫人不觉。左右宜慎之！"后乃阳冻眠，所幸小儿窃以被覆之，因便斫杀，自尔莫敢近。（《太平御览》七百七）

钟士季尝向人道，"吾年少时一纸书，人云是阮步兵书，皆字字生义，既知是吾，不复道也。"（《续谈助》四）

祖士言与钟雅语相调，钟语祖曰，"我汝颍之士利如锥，卿燕代之士钝如槌。"祖曰，"以我钝槌，打尔利锥。"钟曰，"自有神锥，不可得打。"祖曰，"既有神锥，必有神槌。"钟遂屈。（《御览》四百六十六）

王子猷尝暂寄人空宅住，使令种竹。或问暂住何烦尔？啸咏良久，直指竹曰，"何可一日无此君。"（《御览》三百八十九）

《隋志》又有《郭子》三卷，东晋中郎郭澄之撰[3]，《唐志》云，"贾泉注"，今亡。审其遗文，亦与《语林》相类。

宋临川王刘义庆有《世说》八卷，梁刘孝标注之为十卷[4]，见《隋志》。今存者三卷曰《世说新语》，为宋人晏殊所删并[5]，于注亦小有剪裁，然不知何人又加新语二字，唐时则曰新书，殆以《汉志》儒家类录刘向所序六十七篇中，已有《世说》，因增字以别之也。《世说新语》今本凡三十八篇，自《德行》至《仇隙》，以类相从，事起后汉，止于东晋，记言则玄远冷俊，记行则高简瑰奇，下至缪惑，亦资一笑。孝标作注，又征引浩博。或驳或申，映带本文，增其隽永，所用书四百余种，今又多不存，故世人尤珍重之。然《世说》文字，间或与裴郭二家书所记相同，殆亦犹《幽明录》《宣验记》然，乃纂缉旧文，非由自造:《宋书》[6]言义庆才词不多,而招聚文学之士,远近必至,则诸书或成于众手,未可知也。

阮光禄在剡,曾有好车,借者无不皆给。有人葬母,意欲借而不敢言。阮后闻之,叹曰,"吾有车而使人不敢借,何以车为?"遂焚之。(卷上《德行篇》)

阮宣子有令闻,太尉王夷甫见而问曰,"老庄与圣教同异?"对曰,"将无同。"太尉善其言,辟之为掾,世谓"三语掾"。(卷上《文学篇》)

祖士少好财,阮遥集好屐,并恒自经营,同是一累,而未判其得失。人有诣祖,见料视财物,客至,屏当未尽,余两小簏,著背后倾身障之,意未能平。或有诣阮,见自吹火蜡屐,因叹曰,"未知一生当著几量屐?"神色闲畅。于是胜负始分。(卷中《雅量篇》)

世目李元礼"谡谡如松下劲风"。(卷中《赏誉篇》)

公孙度目邴原:"所谓云中白鹤,非燕雀之网所能罗也。"(同上)

刘伶恒纵酒放达,或脱衣裸形在屋中。人见讥之。伶曰,"我以天地为栋宇,屋室为裈衣,诸君何为入我裈中?"(卷下《任诞篇》)

石崇每要客燕集,常令美人行酒,客饮酒不尽者,使黄门交斩美人。王丞相与大将军尝共诣崇,丞相素不能饮,辄自勉强,至于沉醉。每至大将军,固不饮以观其变,已斩三人,颜色如故,尚不肯饮,丞相让之,大将军曰,"自杀伊家人,何预卿事?"(卷下《汰侈篇》)

梁沈约(四四一——五一三,《梁书》有传)作《俗说》[7]三卷,亦此类,今亡。梁武帝尝敕安右长史殷芸(四七一——五二九,《梁书》有传)撰《小说》三十卷,至隋仅存十卷,明初尚存,今乃止见于《续谈助》及原本《说郛》[8]中,亦采集群书而成,以时代为次第,而特置帝王之事于卷首,继以周汉,终于南齐。

晋咸康中,有士人周谓者,死而复生,言天帝召见,引升殿,仰视帝,面方一尺。问左右曰,"是古张天帝耶?"答云,"上古天帝,久已圣去,此近曹明帝也。"(《绀珠集》二)

孝武未尝见驴,谢太傅问曰,"陛下想其形当何所似?"孝武掩口笑云,"正当似猪。"(《续谈助》四。原注云,出《世说》。案今本无之。)

孔子尝游于山,使子路取水。逢虎于水所,与共战,揽尾得之,内怀中;取水还。问孔子曰,"上士杀虎如之何?"子曰,"上士杀虎持虎头。"又问曰,"中士杀虎如之何?"子曰,"中士杀虎持虎耳。"又问,"下士杀虎如之何?"子曰,"下士杀虎捉虎尾。"子路出尾弃之,因恚孔子曰,"夫子知水所有虎,使我取水,是欲死我。"乃怀石盘欲中孔子,又问"上士杀人如之何?"子曰,"上士杀人使笔端。"又问曰,"中士杀人如之何?"子曰,"中士杀人用舌端。"又问"下士杀人如之何?"子曰,"下士杀人怀石盘。"子路出而弃之,于是心服。(原本《说郛》二十五。原注云,出《冲波传》。)

鬼谷先生与苏秦张仪书云,"二君足下,功名赫赫,但春华到秋，不得久茂。日数将冬，时讫将老。子独不见河边之树乎？仆御折其枝，波浪激其根；此木非与天下人有仇怨，盖所居者然。子见嵩岱之松柏，华霍之树檀？上叶干青云，下根通三泉，上有猿狖，下有赤豹麒麟，千秋万岁，不逢斧斤之伐：此木非与天下之人有骨肉，亦所居者然。今二子好朝露之荣，忽长久之功，轻乔松之求延，贵一旦之浮爵，夫‘女爱不极席，男欢不毕轮’，痛夫痛夫，二君二君！”（《续谈助》四。原注云，出《鬼谷先生书》。）

《隋志》又有《笑林》[9]三卷，后汉给事中邯郸淳撰。淳一名竺，字子礼，颍川人，弱冠有异才，元嘉元年（一五一），上虞长度尚为曹娥立碑[10]，淳者尚之弟子，于席间作碑文，操笔而成，无所点定，遂知名，黄初初（约二二一），为魏博士给事中，见《后汉书》《曹娥传》及《三国》《魏志》《王粲传》等注。《笑林》今佚，遗文存二十余事，举非违，显纰缪，实《世说》之一体，亦后来诽谐文字之权舆也。

　　鲁有执长竿入城门者，初，竖执之不可入，横执之亦不可入，计无所出。俄有老父至曰，“吾非圣人，但见事多矣，何不以锯中截而入！”遂依而截之。（《太平广记》二百六十二）

　　平原陶丘氏，取渤海墨台氏女，女色甚美，才甚令，复相敬，已生一男而归。母丁氏，年老，进见女婿。女婿既归而遣妇。妇临去请罪，夫曰，“曩见夫人年德已衰，非昔日比，亦恐新妇老后，必复如此，是以遣，实无他故。”（《太平御览》四百九十九）

甲父母在，出学三年而归。舅氏问其学何所得，并序别父久。乃答曰，"渭阳之思，过于秦康。"既而父数之，"尔学奚益。"答曰，"少失过庭之训，故学无益。"(《广记》二百六十二)

甲与乙争斗，甲啮下乙鼻，官吏欲断之，甲称乙自啮落。吏曰，"夫人鼻高而口低，岂能就啮之乎？"甲曰，"他踏床子就啮之。"(同上)

《笑林》之后，不乏继作，《隋志》有《解颐》〔11〕二卷。杨松玢撰，今一字不存，而群书常引《谈薮》〔12〕，则《世说》之流也。《唐志》有《启颜录》十卷，侯白撰。白字君素，魏郡人，好学有捷才，滑稽善辩，举秀才为儒林郎，好为诽谐杂说，人多爱狎之，所在之处，观者如市。隋高祖闻其名，召令于秘书修国史，后给五品食，月余而死(约六世纪后叶)。见《隋书》《陆爽传》。《启颜录》今亦佚，然《太平广记》引用甚多，盖上取子史之旧文，近记一己之言行，事多浮浅，又好以鄙言调谑人，诽谐太过，时复流于轻薄矣。其有唐世事者，后人所加也；古书中往往有之，在小说尤甚。

开皇中，有人姓出名六斤，欲参(杨)素，赍名纸至省门，遇白，请为题其姓，乃书曰"六斤半"。名既入，素召其人，问曰，"卿姓六斤半？"答曰，"是出六斤。"曰，"何为六斤半？"曰，"向请侯秀才题之，当是错矣。"即召白至，谓曰，"卿何为错题人姓名？"对云，"不错。"素曰，"若不错，何因姓出名六斤，请卿题之，乃言六斤半？"对曰，"白在省门，会卒无处觅称，既闻道是出六斤，斟酌只应是六斤

半。"素大笑之。(《广记》二百四十八)

山东人娶蒲州女,多患瘿,其妻母项瘿甚大。成婚数月,妇家疑婿不慧,妇翁置酒盛会亲戚,欲以试之。问曰,"某郎在山东读书,应识道理。鸿鹤能鸣,何意?"曰,"天使其然。"又曰,"松柏冬青,何意?"曰,"天使其然。"又曰,"道边树有骨骺,何意?"曰,"天使其然。"妇翁曰,"某郎全不识道理,何因浪住山东?"因以戏之曰,"鸿鹤能鸣者颈项长,松柏冬青者心中强,道边树有骨骺者车拨伤:岂是天使其然?"婿曰,"虾蟆能鸣,岂是颈项长?竹亦冬青,岂是心中强?夫人项下瘿如许大,岂是车拨伤?"妇翁羞愧,无以对之。(同上)

其后则唐有何自然《笑林》[13],今亦佚,宋有吕居仁《轩渠录》[14],沈征《谐史》[15],周文玘《开颜集》[16],天和子《善谑集》[17],元明又十余种;大抵或取子史旧文,或拾同时琐事,殊不见有新意。惟托名东坡之《艾子杂说》[18]稍卓特,顾往往嘲讽世情,讥刺时病,又异于《笑林》之无所为而作矣。

至于《世说》一流,仿者尤众,刘孝标有《续世说》十卷,见《唐志》,然据《隋志》,则殆即所注临川书。唐有王方庆《续世说新书》[19](见《新唐志》杂家,今佚),宋有王谠《唐语林》[20],孔平仲《续世说》[21],明有何良俊《何氏语林》[22],李绍文《明世说新语》[23],焦竑《类林》及《玉堂丛话》[24],张墉《廿一史识余》[25],郑仲夔《清言》[26]等;然纂旧闻则别无颖异,述时事则伤于矫揉,而世人犹复为之不已,至于清,又有梁维枢作《玉剑尊闻》[27],吴肃公作《明语林》[28],章抚功作《汉世说》[29],李清作《女世说》〔30〕，颜从乔作《僧世说》〔31〕，王晫作《今世说》〔32〕，汪琬作《说铃》而惠栋为之补注〔33〕，今亦尚有易宗夔作《新世说》〔34〕也。

* * *

〔1〕 裴启 字荣期，东晋河东（郡治今山西永济）人。所撰《语林》，《隋书·经籍志》《燕丹子》题下附注："梁有……《语林》十卷，东晋处士裴启撰，亡。"鲁迅《古小说钩沉》有辑本。

〔2〕 谢安（320—385） 字安石，东晋陈郡阳夏（今河南太康）人，孝武帝时官中书监，录尚书事。据《世说新语·轻诋篇》载，庾道季将裴启《语林》所记谢安有关裴启、支道林的话告知谢安，谢安云："都无此二语，裴自为此辞耳。"庾读毕东亭（王珣）《经酒垆下赋》时，谢安又云："君乃复作裴氏学！"自此《语林》遂废。

〔3〕 《郭子》 《隋书·经籍志》著录三卷，郭澄之撰。郭澄之，字仲静，东晋太原阳曲（今属山西）人，曾任刘裕相国从事中郎。《郭子》已散佚，鲁迅《古小说钩沉》有辑本。贾泉（440—501），即贾渊。唐人避李渊讳，改渊为泉，字希镜。南朝宋平阳襄陵（今山西襄汾）人。仕宋为义兴郡丞，入齐迁长水校尉。

〔4〕 《世说》 即《世说新语》。今存各本自《德行》至《仇隙》均为三十六篇。刘孝标（462—521），名峻，南朝梁平原（今属山东）人，曾任荆州户曹参军。

〔5〕 晏殊（991—1055） 字同叔，北宋临川（今属江西）人，官至集贤殿学士，同平章事兼枢密使。关于晏殊删并《世说新语》事，明袁褧本《世说新语》载南宋董弅跋云："余家旧藏盖得之王原叔家，后得晏元献公手自校本，尽去重复，其注亦小加剪截，最为善本。"

〔6〕《宋书》 梁沈约编撰,一百卷,纪传体南朝宋代史。下文关于刘义庆的评述,见该书卷五十一《刘义庆传》。

〔7〕 沈约(441—513) 字休文,南朝梁吴兴武康(今浙江德清)人。曾仕宋、齐二朝,入梁官至尚书令。所撰《俗说》,《隋书·经籍志》著录三卷,已散佚。鲁迅《古小说钩沉》有辑本。

〔8〕《续谈助》 宋晁载之编,五卷,共收小说、杂著二十种。原本《说郛》,元末明初陶宗仪编,一百卷,系选辑汉魏至宋元各种笔记小说汇编而成。

〔9〕《笑林》 《隋书·经籍志》著录三卷,邯郸淳撰。已散佚,鲁迅《古小说钩沉》有辑本。

〔10〕 度尚(115—166) 字博平,东汉湖陆(今山东鱼台)人。曾任上虞长,官至辽东太守。曹娥,东汉上虞人。其父溺死后她投江寻父尸而亡,被称为孝女。度尚任上虞长时曾为之立碑,邯郸淳为作碑文。

〔11〕《解颐》 《隋书·经籍志》著录二卷,北齐杨松玢撰。今佚。

〔12〕《谈薮》 唐刘知几《史通·杂述篇》琐言类曾提及"阳玠松《谈薮》";《宋史·艺文志》著录阳松玠《八代谈薮》二卷。

〔13〕 何自然 生平不详。所撰《笑林》,《新唐书·艺文志》著录三卷,已散佚。

〔14〕 吕居仁(1084—1145) 名本中,号东莱先生,宋寿州(治所今安徽寿县)人,曾任中书舍人。所撰《轩渠录》,已散佚。陶宗仪编《说郛》卷七有辑本。

〔15〕 沈征 宋代雪溪(今浙江吴兴)人,其他不详。所撰《谐史》二卷,已散佚。陶宗仪编《说郛》卷二十三有辑本,一卷,题宋沈俶撰。

〔16〕 周文玘 宋代人,曾任试秘书省校书郎。所撰《开颜集》,《宋史·艺文志》著录二卷。已散佚。陶宗仪编《说郛》卷六十五有辑本。

〔17〕 天和子 宋代人。所撰《善谑集》,已散佚,陶宗仪《说郛》卷

六十五有辑本。

〔**18**〕 **东坡** 即苏轼(1037—1101),北宋眉山(今属四川)人,官翰林学士、礼部尚书。《艾子杂说》,又名《艾子》,一卷,记战国时艾子言行,传为苏轼所撰。已散佚。明顾元庆《顾氏文房小说》有辑本。

〔**19**〕 **王方庆**(? —702) 名綝,唐咸阳(今属陕西)人,官至凤阁侍郎知正事。《续世说新书》,《新唐书·艺文志》著录十卷,已散佚。

〔**20**〕 **王谠** 字正甫,北宋长安(今陕西西安)人。哲宗时曾任国子监丞等职。所撰《唐语林》,《宋史·艺文志》著录十一卷。

〔**21**〕 **孔平仲** 字义甫,一作毅甫,北宋临江新淦(今江西新干)人。英宗时进士,曾任集贤校理。所撰《续世说》,叙南朝至五代事,《宋史·艺文志》著录十二卷。

〔**22**〕 **何良俊**(1506—1573) 字元朗,号柘湖,明华亭(今上海松江)人,曾任南京翰林院孔目。《何氏语林》,记两汉至宋元事,《明史·艺文志》著录三十卷。

〔**23**〕 **李绍文** 字节之,明华亭(今上海松江)人。所撰《明世说新语》,记明初至嘉靖、隆庆间事,《明史·艺文志》著录八卷。

〔**24**〕 **焦竑**(1540—1620) 字弱侯,号漪园,又号澹园,明江宁(今江苏南京市)人,官至翰林院修撰。所撰《类林》,又名《焦氏类林》,为读书笔记,《明史·艺文志》著录八卷;另撰《玉堂丛话》,《明史·艺文志》著录八卷。

〔**25**〕 **张墉** 字石宗,明钱塘(今浙江杭州)人。所撰《廿一史识余》,又名《竹香斋类书》,三十七卷。取《史记》等二十一史中之佳事隽语分类编成。《四库全书总目提要》史钞类存目。

〔**26**〕 **郑仲夔** 字龙如,明末江西人。所撰《清言》,全称为《兰畹居清言》,十卷。记汉魏至明嘉靖、隆庆间隽语。收入所编《玉麈新谭》内。

〔27〕 梁维枢(1589—1662) 字慎可,清真定(今河北正定)人,曾官武德兵备道。所撰《玉剑尊闻》,分三十四类,记明代轶闻。《清史稿·艺文志》著录十卷。

〔28〕 吴肃公 字雨若,清宣城(今属安徽)人。所撰《明语林》,记明代琐事。《清史稿·艺文志》著录十四卷。

〔29〕 章抚功 字仁艳,清钱塘(今浙江杭州)人。所撰《汉世说》,记汉人言行,多采自《史记》、《汉书》。《清史稿·艺文志》著录十四卷。

〔30〕 李清(1602—1683) 字心水,又字映碧,号天一居士,明兴化(今属江苏)人,官刑科、吏科给事中。所撰《女世说》,四卷,取古代妇女中淑德、仁孝、节烈等掌故分类编成。

〔31〕 颜从乔作《僧世说》 待查。

〔32〕 王晫(1636—?) 字丹麓,清初仁和(今浙江杭州)人。所撰《今世说》,多记顺治、康熙时文人言行逸事。《清史稿·艺文志》著录八卷。

〔33〕 汪琬(1624—1691) 字苕文,号钝庵,清长洲(今江苏苏州)人,官至翰林院编修。所撰《说铃》,记其见闻及名人轶事。《清史稿·艺文志》著录一卷。惠栋(1697—1758),字定宇,号松崖,清吴县(今属江苏)人。

〔34〕 易宗夔 字蔚儒,湖南湘潭人。北洋政府时期曾任国务院法制局局长。所撰《新世说》,八卷,仿刘义庆《世说新语》体例,分三十六门,记清初至民国初年名人文士之事。1918年北京出版。

第八篇　唐之传奇文（上）

　　小说亦如诗，至唐代而一变，虽尚不离于搜奇记逸，然叙述宛转，文辞华艳，与六朝之粗陈梗概者较，演进之迹甚明，而尤显者乃在是时则始有意为小说。胡应麟（《笔丛》三十六）云，“变异之谈，盛于六朝，然多是传录舛讹，未必尽幻设语，至唐人乃作意好奇，假小说以寄笔端。”其云“作意”，云“幻设”者，则即意识之创造矣。此类文字，当时或为丛集，或为单篇，大率篇幅曼长，记叙委曲，时亦近于俳谐，故论者每訾其卑下，贬之曰“传奇”，以别于韩柳[1]辈之高文。顾世间则甚风行，文人往往有作，投谒时或用之为行卷，今颇有留存于《太平广记》[2]中者（他书所收，时代及撰人多错误不足据），实唐代特绝之作也。然而后来流派，乃亦不昌，但有演述，或者摹拟而已，惟元明人多本其事作杂剧或传奇，而影响遂及于曲。

　　幻设为文，晋世固已盛，如阮籍之《大人先生传》，刘伶之《酒德颂》，陶潜之《桃花源记》《五柳先生传》皆是矣[3]，然咸以寓言为本，文词为末，故其流可衍为王绩《醉乡记》韩愈《圬者王承福传》柳宗元《种树郭橐驼传》[4]等，而无涉于传奇。传奇者流，源盖出于志怪，然施之藻绘，扩其波澜，故所成就乃特异，其间虽亦或托讽喻以纾牢愁，谈祸福以寓惩劝，而大归则究在文采与意想，与昔之传鬼神明因果而外无他意者，甚异其趣矣。

　　隋唐间,有王度者,作《古镜记》[5](见《广记》二百三十,题曰《王度》),自述获神镜于侯生,能降精魅,后其弟勋(当作绩)远游,借以自随,亦杀诸鬼怪,顾终乃化去。其文甚长,然仅缀古镜诸灵异事,犹有六朝志怪流风。王度,太原祁人,文中子[6]通之弟,东皋子绩兄也,盖生于开皇初(宋晁公武《郡斋读书志》十云通生于开皇四年),大业中为御史,罢归河东,复入长安为著作郎,奉诏修国史,又出兼芮城令,武德中卒(约五八五——六二五),史亦不成(见《古镜记》,《唐文粹》及《新唐书》《王绩传》,惟传云兄名凝,未详孰是),遗文仅存此篇而已。绩弃官归龙门后,史不言其游涉,盖度所假设也。

　　唐初又有《补江总白猿传》一卷,不知何人作,宋时尚单行,今见《广记》(四百四十四,题曰《欧阳纥》)中。传言梁将欧阳纥[7]略地至长乐,深入溪洞,其妻遂为白猿所掠,逮救归,已孕,周岁生一子,“厥状肖焉”。纥后为陈武帝所杀,子询以江总[8]收养成人,入唐有盛名,而貌类猕猴,忌者因此作传,云以补江总,是知假小说以施诬蔑之风,其由来亦颇古矣。

　　武后时,有深州陆浑人张鷟[9]字文成,以调露初登进士第,为岐王府参军,屡试皆甲科,大有文誉,调长安尉,然性躁卞,傥荡无检,姚崇尤恶之;开元初,御史李全交劾鷟讪短时政,贬岭南,旋得内徙,终司门员外郎(约六六〇——七四〇,详见两《唐书》《张荐传》)。日本有《游仙窟》一卷,题宁州襄乐县尉张文成作,莫休符[10]谓“鷟弱冠应举,下笔成章,中书侍郎薛元超特授襄乐尉”(《桂林风土记》),则尚其年少时所为。

自叙奉使河源，道中夜投大宅，逢二女曰十娘五嫂，宴饮欢笑，以诗相调，止宿而去，文近骈俪而时杂鄙语，气度与所作《朝野金载》《龙筋凤髓判》[11]正同，《唐书》谓"鹭下笔辄成，浮艳少理致，其论著率诋诮芜秽，然大行一时，晚进莫不传记。……新罗日本使至，必出金宝购其文"，殆实录矣。《游仙窟》中国久失传，后人亦不复效其体制，今略录数十言以见大概，乃升堂燕饮时情状也。

　　……十娘唤香儿为少府设乐，金石并奏，箫管间响：苏合弹琵琶，绿竹吹竿篥，仙人鼓瑟，玉女吹笙，玄鹤俯而听琴，白鱼跃而应节。清音晀叨，片时则梁上尘飞，雅韵铿锵，卒尔则天边雪落，一时忘味，孔丘留滞不虚，三日绕梁，韩娥余音是实。……两人俱起舞，共劝下官，……遂舞著词曰，"从来巡绕四边，忽逢两个神仙，眉上冬天出柳，颊中旱地生莲，千看千处妩媚，万看万种娉妍，今宵若其不得，刺命过与黄泉。"又一时大笑。舞毕，因谢曰，"仆实庸才，得陪清赏，赐垂音乐，惭荷不胜。"十娘咏曰，"得意似鸳鸯，情乖若胡越，不向君边尽，更知何处歇？"十娘曰，"儿等并无可收采，少府公云'冬天出柳，旱地生莲'，总是相弄也。"……

然作者蔚起，则在开元天宝以后。大历中有沈既济，苏州吴人，经学该博，以杨炎[12]荐，召拜左拾遗史馆修撰。贞元[13]时炎得罪，既济亦贬处州司户参军，既入朝，位礼部员外郎，卒（约七五〇——八〇〇）。撰《建中实录》[14]，人称其能，《新唐书》有传。《文苑英华》[15]（八百三十三）录其《枕中记》

(亦见《广记》八十二,题曰《吕翁》)一篇,为小说家言,略谓开元七年,道士吕翁行邯郸道中,息邸舍,见旅中少年卢生侘傺叹息,乃探囊中枕授之。生梦娶清河崔氏,举进士,官至陕牧,入为京兆尹,出破戎虏,转吏部侍郎,迁户部尚书兼御史大夫,为时宰所忌,以飞语中之,贬端州刺史,越三年征为常侍,未几同中书门下平章事。

　　嘉谟密命,一日三接,献替启沃,号为贤相,同列害之,复诬与边将交结,所图不轨,下制狱,府吏引从至其门而急收之。生惶骇不测,谓妻子曰,“吾家山东有良田五顷,足以御寒馁,何苦求禄。而今及此,思衣短褐乘青驹行邯郸道中,不可得也!”引刃自刭,其妻救之获免。其罹者皆死,独生为中官保之,减罪死投驩州。数年,帝知冤,复追为中书令,封燕国公,恩旨殊异。生五子,……其姻媾皆天下望族,有孙十余人。……后年渐衰迈,屡乞骸骨,不许。病,中人候问,相踵于道,名医上药,无不至焉,……薨;生欠伸而悟,见其身方偃于旅舍,吕翁坐其傍,主人蒸黍未熟:触类如故。生蹶然而兴曰,“岂其梦寐也?”翁谓主人曰,“人生之适,亦如是矣。”生怃然良久,谢曰,“夫宠辱之道,穷达之运,得丧之理,死生之情,尽知之矣:此先生所以窒吾欲也。敢不受教!”稽首再拜而去。

如是意想,在歆慕功名之唐代,虽诡幻动人,而亦非出于独创,干宝《搜神记》有焦湖庙祝以玉枕使杨林入梦事(见第五篇),大旨悉同,当即此篇所本,明人汤显祖[16]之《邯郸记》,则又本之此篇。既济文笔简炼,又多规诲之意,故事虽不经,尚为当时推重，比之韩愈《毛颖传》[17]；间亦有病其俳谐者，则以作者尝为史官，因而绳以史法，失小说之意矣。既济又有《任氏传》（见《广记》四百五十二）一篇，言妖狐幻化，终于守志殉人，"虽今之妇人有不如者"，亦讽世之作也。

"吴兴才人"（李贺语）沈亚之[18]字下贤，元和十年进士第，太和初为德州行营使者柏耆判官，耆以罪贬，亚之亦谪南康尉，终郢州掾（约八世纪末至九世纪中），集十二卷，今存。亚之有文名，自谓"能创窈窕之思"，今集中有传奇文三篇（《沈下贤集》卷二卷四，亦见《广记》二百八十二及二百九十八），皆以华艳之笔，叙恍忽之情，而好言仙鬼复死，尤与同时文人异趣。《湘中怨》记郑生偶遇孤女，相依数年，一旦别去，自云"蛟宫之娣"，谪限已满矣，十余年后，又遥见之画舻中，含嚬悲歌，而"风涛崩怒"，竟失所在。《异梦录》记邢凤梦见美人，示以"弓弯"之舞；及王炎梦侍吴王久，忽闻箫鼓，乃葬西施，因奉教作挽歌，王嘉赏之。《秦梦记》则自述道经长安，客橐泉邸舍，梦为秦官有功，时弄玉婿箫史先死，因尚公主，自题所居曰翠微宫。穆公遇亚之亦甚厚，一日，公主忽无疾卒，穆公乃不复欲见亚之，遣之归。

> 将去，公置酒高会，声秦声，舞秦舞，舞者击髆拊髀呜呜而音有不快，声甚怨。……既，再拜辞去，公复命至翠微宫与公主侍人别，重入殿内时，见珠翠遗碎青阶下，窗纱檀点依然，宫人泣对亚之。亚之感咽良久，因题宫门诗曰，"君王多感放东归，从此秦宫不复期，春景自伤秦丧主，落花如雨泪胭脂。"竟别去，……觉卧邸舍。明日，亚

之与友人崔九万具道；九万，博陵人，谙古，谓余曰，"《皇览》云，'秦穆公葬雍橐泉祈年宫下'，非其神灵凭乎？"亚之更求得秦时地志，说如九万云。呜呼！弄玉既仙矣，恶又死乎？

陈鸿为文，则辞意慷慨，长于吊古，追怀往事，如不胜情。鸿少学为史，贞元二十一年登太常第，始闲居遂志，乃修《大统纪》三十卷，七年始成（《唐文粹》九十五），在长安时，尝与白居易[19]为友，为《长恨歌》作传（见《广记》四百八十六）。《新唐志》小说家类有陈鸿《开元升平源》[20]一卷，注云，"字大亮，贞元主客郎中"，或亦其人也（约八世纪后半至九世纪中叶）。所作又有《东城老父传》[21]（见《广记》四百八十五），记贾昌于兵火之后，忆念太平盛事，荣华苓落，两相比照，其语甚悲。《长恨歌传》则作于元和初，亦追述开元中杨妃入宫以至死蜀本末，法与《贾昌传》相类。杨妃故事，唐人本所乐道，然鲜有条贯秩然如此传者，又得白居易作歌，故特为世间所知，清洪昇撰《长生殿传奇》[22]，即本此传及歌意也。传今有数本，《广记》及《文苑英华》（七百九十四）所录，字句已多异同，而明人附载《文苑英华》后之出于《丽情集》及《京本大曲》[23]者尤异，盖后人（《丽情集》之撰者张君房？）又增损之。

天宝末，兄国忠盗丞相位，愚弄国柄，及安禄山引兵向阙，以讨杨氏为词。潼关不守，翠华南幸，出咸阳，道次马嵬亭，六军徘徊，持戟不进，从官郎吏伏上马前，请诛晁错以谢天下，国忠奉氂缨盘水，死于道周。左右之意未快，上问之，当时敢言者请以贵妃塞天下怨，上知不免，而

不忍见其死，反袂掩面，使牵之而去；仓皇展转，竟就死于尺组之下。（《文苑英华》所载）

天宝末，兄国忠盗丞相位，窃弄国柄，羯胡乱燕，二京连陷，翠华南幸，驾出都西门百余里，六师徘徊，拥戟不行，从官郎吏伏上马前，请诛错以谢之；国忠奉氂缨盘水，死于道周。左右之意未快，当时敢言者请以贵妃塞天下之怒，上惨容，但心不忍见其死，反袂掩面，使牵之而去。拜于上前，回眸血下，坠金钿翠羽于地，上自收之。呜呼，蕙心纨质，天王之爱，不得已而死于尺组之下，叔向母云"甚美必甚恶"，李延年歌曰"倾国复倾城"，此之谓也。（《丽情集》及《大曲》所载）

白行简字知退，其先盖太原人，后家韩城，又徙下邽，居易之弟也，贞元末进士第，累迁司门员外郎主客郎中，宝历二年（八二六）冬病卒，年盖五十余，两《唐书》皆附见《居易传》。有集二十卷，今不存，而《广记》（四百八十四）收其传奇文一篇曰《李娃传》，言荥阳巨族之子溺于长安倡女李娃，贫病困顿，至流落为挽郎，复为李娃所拯，勉之学，遂擢第，官成都府参军。行简本善文笔，李娃事又近情而耸听，故缠绵可观；元人已本其事为《曲江池》[24]，明薛近衮则以作《绣襦记》[25]。行简又有《三梦记》一篇（见原本《说郛》四），举"彼梦有所往而此遇之者，或此有所为而彼梦之者，或两相通梦者"三事，皆叙述简质，而事特瑰奇，其第一事尤胜。

天后时，刘幽求为朝邑丞，尝奉使夜归，未及家十余里，适有佛寺，路出其侧，闻寺中歌笑欢洽。寺垣短缺，尽得睹其中。刘俯身窥之,见十数人儿女杂坐,罗列盘馔,环绕之而共食。见其妻在坐中语笑。刘初愕然,不测其故,久之,且思其不当至此,复不能舍之。又熟视容止言笑无异,将就察之,寺门闭不得入,刘掷瓦击之,中其罍洗,破进散走,因忽不见。刘逾垣直入,与从者同视殿庑,皆无人,寺扃如故。刘讶益甚,遂驰归。比至其家,妻方寝,闻刘至,乃叙寒暄讫,妻笑曰,"向梦中与数十人同游一寺,皆不相识,会食于殿庭,有人自外以瓦砾投之,杯盘狼藉,因而遂觉。"刘亦具陈其见,盖所谓彼梦有所往而此遇之也。

*　　　*　　　　*

〔1〕 韩柳　指韩愈和柳宗元。韩愈(768—824),字退之,唐河南河阳(今河南孟县)人,曾任吏部侍郎等职。撰有《韩昌黎集》。柳宗元(773—819),字子厚,唐河东解(今山西运城)人,曾任柳州刺史等职。撰有《柳河东集》。二人都是唐代散文代表作家。

〔2〕 《太平广记》　类书,北宋李昉等人奉旨编辑,太平兴国三年(978)书成,五百卷。参看本书第十一篇。下文所说的"他书",据鲁迅《唐宋传奇集·序例》,指《说海》、《古今逸史》、《五朝小说》、《龙威秘书》、《唐人说荟》、《艺苑捃华》等。

〔3〕 阮籍(210—263)　字嗣宗,三国魏陈留尉氏(今属河南)人,曾任步兵校尉。他蔑视世俗礼法,所撰《大人先生传》,叙写大人先生虚无的超世俗的人生态度。刘伶,字伯伦,西晋沛国(今安徽濉溪)人,仕魏为建威参军。所撰《酒德颂》,叙写大人先生"惟酒是务"的生活。陶潜所撰《桃花源记》,叙写渔人在桃花源中所见村人安宁纯朴的生活情

景;《五柳先生传》,叙写五柳先生的安于寒素,不慕荣利。这些文章的人物和故事,均出于作者的幻设,近乎寓言。

〔4〕　王绩(585—644)　字无功,号东皋子,隋末唐初绛州龙门(今山西河津)人,曾官秘书省正字。所撰《醉乡记》,叙写超尘世的"醉乡"生活。韩愈《圬者王承福传》,叙写泥瓦匠王承福怡然自得、独善其身的处世态度。柳宗元《种树郭橐驼传》,叙写郭橐驼种树的故事,说明"任其自然,顺其本性"的道理。

〔5〕　《古镜记》　王度《古镜记》及后文所述无名氏《补江总白猿传》,沈既济《枕中记》、《任氏传》,沈亚之《湘中怨》、《异梦录》、《秦梦记》,陈鸿《长恨歌传》、《开元升平源》、《东城老父传》,白行简《李娃传》、《三梦记》等,鲁迅《唐宋传奇集》均收入。

〔6〕　文中子　即王通(584—617),字仲淹,王绩之兄。曾官蜀郡司马书佐。撰有《中说》等。死后其门人私谥为"文中子"。

〔7〕　欧阳纥(538—570)　字奉圣,南朝陈临湘(今湖南长沙)人,曾官安远将军、广州刺史。其子询(557—641),字信本,曾官太子率更令、弘文馆学士。

〔8〕　江总(519—594)　字总持,南朝陈济阳考城(今河南兰考)人,陈时曾任尚书令,世称江令。

〔9〕　关于张鷟的籍贯,两《唐书·张荐传》均作"陆泽"。陆泽系唐时深州治所,在今河北深州。

〔10〕　莫休符　唐代人,昭宗光化时官融州刺史兼御史大夫。所撰《桂林风土记》,《新唐书·艺文志》著录三卷,今存一卷。

〔11〕　《朝野佥载》　《新唐书·艺文志》著录二十卷,已散佚。今存辑本六卷,主要记述隋唐二代朝野遗闻。《龙筋凤髓判》,四卷,判词集,文皆骈俪,从中可知当时律令程式。

〔12〕　杨炎(727—781)　字公南,唐凤翔天兴(今陕西凤翔)人,官

至门下侍郎同平章事。

〔13〕 这里"贞元"应作"建中"。据两《唐书》杨炎本传,贞元时杨炎已死,他获罪贬官在建中二年(781)。

〔14〕《建中实录》《新唐书·艺文志》著录十卷,《宋史·艺文志》著录十五卷,系唐德宗建中时编年大事记。

〔15〕《文苑英华》 北宋李昉等人奉旨编撰。共一千卷,上续《文选》,收南朝梁末至唐代诗文。

〔16〕 汤显祖(1550—1616) 字义仍,号若士,明临川(今属江西)人,曾官浙江遂昌知县。《邯郸记》,共三十六出,与沈既济《枕中记》相较,情节上多有增饰。另撰有《紫钗记》、《还魂记》(一名《牡丹亭》)、《南柯记》,与《邯郸记》合称《临川四梦》。

〔17〕《毛颖传》 韩愈在文中将毛笔拟人化为毛颖,叙写他的身世,借以抒发胸中郁积。

〔18〕"吴兴才人" 语见唐李贺《送沈亚之歌》:"吴兴才人怨东风,桃花满陌千里红。"其序云:"文人沈亚之,元和七年以书不中第,返归于吴江。"沈亚之(781—832),字下贤,唐吴兴(今属浙江)人。元和十年进士,曾官殿中丞御史内供奉。工于文辞,擅长传奇。下文所说"自谓'能创窈窕之思'",见于《沈下贤集》卷二《为人撰乞巧文》。

〔19〕 白居易(772—846) 字乐天,号香山居士。唐太原(今属山西)人,官至刑部尚书。撰有《白氏长庆集》。

〔20〕《开元升平源》 撰者一说为吴兢,记姚崇向唐明皇进谏十事的故事。

〔21〕《东城老父传》 又名《贾昌传》,撰者一说为陈鸿祖。

〔22〕 洪昇(1645—1704) 字昉思,号稗畦,清钱塘(今浙江杭州)人,国子监生。所撰《长生殿传奇》,五十出,演唐玄宗、杨贵妃的爱情故事。

〔**23**〕《丽情集》　二十卷。作者张君房，北宋安陆（今属湖北）人，景德进士，官尚书度支员外郎、集贤校理。该书已散佚，今存一卷。《京本大曲》，未详。

〔**24**〕《曲江池》　元石君宝撰。杂剧，四折。

〔**25**〕　薛近兖　明代人，生活于正德、嘉靖年间。所撰《绣襦记》，四卷，四十一出。一说为明徐霖所撰。

第九篇　唐之传奇文(下)

　　然传奇诸作者中,有特有关系者二人:其一,所作不多而影响甚大,名亦甚盛者曰元稹;其二,多所著作,影响亦甚大而名不甚彰者曰李公佐。

　　元稹字微之,河南河内人,举明经,补校书郎,元和初应制策第一,除左拾遗,历监察御史,坐事贬江陵,又自虢州长史征入,渐迁至中书舍人承旨学士,进工部侍郎同平章事,未几罢相,出为同州刺史,又改越州,兼浙东观察使。太和初,入为尚书左丞检校户部尚书,兼鄂州刺史武昌军节度使,五年七月暴疾,一日而卒于镇,时年五十三(七七九——八三一),两《唐书》皆有传。稹自少与白居易唱和,当时言诗者称元白,号为"元和体"〔1〕,然所传小说,止《莺莺传》〔2〕(见《广记》四百八十八)一篇。

　　《莺莺传》者,即叙崔张故事,亦名《会真记》者也。略谓贞元中,有张生者,性貌温美,非礼不动,年二十三未尝近女色。时生游于蒲,寓普救寺,适有崔氏孀妇将归长安,过蒲,亦寓兹寺,绪其亲则于张为异派之从母。会浑瑊薨,军人因丧大扰蒲人,崔氏甚惧,而生与蒲将之党有善,得将护之,十余日后廉使杜确来治军,军遂戢。崔氏由此甚感张生,因招宴,见其女莺莺,生惑焉,托崔之婢红娘以《春词》二首通意,是夕得彩笺,题其篇曰《明月三五夜》,辞云,"待月西厢下,迎风户半开,隔墙花影动,疑是玉人来。"张喜且骇,已而崔至,则端服严容,责其非礼,竟去,张自失者久之,数夕后,崔又至,将晓而去,终夕无一言。

　　……张生辨色而兴,自疑曰,"岂其梦邪?"及明,睹妆在臂,香在衣,泪光荧荧然犹莹于茵席而已。是后又十余日,杳不复知。张生赋《会真诗》三十韵,未毕而红娘适至,因授之,以贻崔氏。自是复容之,朝隐而出,暮隐而入,同安于曩所谓西厢者几一月矣。张生常诘郑氏之情,则曰,"我不可奈何矣。"因欲就成之。无何,张生将至长安,先以情谕之,崔氏宛然无难词,然而愁怨之容动人矣。将行之夕,不可复见,而张生遂西下。……

明年,文战不利,张生遂止于京,贻书崔氏以广其意,崔报之,而生发其书于所知,由是为时人传说。杨巨源为赋《崔娘诗》[3],元稹亦续生《会真诗》三十韵[4],张之友闻者皆耸异,而张志亦绝矣。元稹与张厚,问其说,张曰:

　　"大凡天之所命尤物也,不妖其身,必妖于人。使崔氏子遇合富贵,秉娇宠,不为云为雨,则为蛟为螭,吾不知其变化矣。昔殷之辛,周之幽,据万乘之国,其势甚厚,然而一女子败之,溃其众,屠其身,至今为天下僇笑,予之德不足以胜妖孽,是用忍情。"

越岁余,崔已适人,张亦别娶,适过其所居,请以外兄见,崔终不出;后数日,张生将行,崔则赋诗一章以谢绝之云,"弃置今何道,当时且自亲,还将旧来意,怜取眼前人。"自是遂不复知。

时人多许张为善补过者云。

　　元稹以张生自寓，述其亲历之境，虽文章尚非上乘，而时有情致，固亦可观，惟篇末文过饰非，遂堕恶趣，而李绅[5]杨巨源辈既各赋诗以张之，稹又早有诗名，后秉节钺，故世人仍多乐道，宋赵德麟已取其事作《商调蝶恋花》[6]十阕(见《侯鲭录》)，金则有董解元《弦索西厢》[7]，元则有王实甫《西厢记》[8]，关汉卿《续西厢记》[9]，明则有李日华《南西厢记》[10]，陆采《南西厢记》[11]等，其他曰《竟》曰《翻》曰《后》曰《续》[12]者尤繁，至今尚或称道其事。唐人传奇留遗不少，而后来煊赫如是者，惟此篇及李朝威《柳毅传》而已。

　　李公佐字颛蒙，陇西人，尝举进士，元和中为江淮从事，后罢归长安(见所作《谢小娥传》中)，会昌初，又为杨府录事，大中二年，坐累削两任官(见《唐书》《宣宗纪》)，盖生于代宗时，至宣宗初犹在(约七七〇——八五〇)，余事未详；《新唐书》《宗室世系表》有千牛备身公佐，则别一人也。其著作今存四篇，《南柯太守传》(见《广记》四百七十五，题《淳于棼》，今据《唐语林》改正)最有名，传言东平淳于棼家广陵郡东十里，宅南有大槐一株，贞元七年九月因沉醉致疾，二友扶生归家，令卧东庑下，而自秣马濯足以俟之。生就枕，昏然若梦，见二紫衣使称奉王命相邀，出门登车，指古槐穴而去。使者驱车入穴，忽见山川，终入一大城，城楼上有金书题曰"大槐安国"。生既至，拜驸马，复出为南柯太守，守郡三十载，"风化广被，百姓歌谣，建功德碑，立生祠宇"，王甚重之，递迁大位，生五男二女，后将兵与檀萝国战，败绩，公主又薨。生罢郡，而威福日盛，王疑惮之，遂禁生游从，处之私第，已而送归。既醒，则"见家之童仆拥篲于庭，二客濯足于榻，斜日未隐于西垣，余樽尚湛于东牖，梦中倏忽，若度一世矣。"其立意与《枕中记》同，而描摹更为尽致，明汤显祖亦本之作传奇曰《南柯记》。篇末言命仆发穴，以究根源，乃见蚁聚，悉符前梦，则假实证幻，余韵悠然，虽未尽于物情，已非《枕中》之所及矣。

……有大穴，根洞然明朗，可容一榻。上有积土壤以为城郭殿台之状，有蚁数斛，隐聚其中。中有小台，其色若丹，二大蚁处之，素翼朱首，长可三寸，左右大蚁数十辅之，诸蚁不敢近，此其王矣：即槐安国都是也。又穷一穴，直上南枝可四丈，宛转方中，亦有土城小楼，群蚁亦处其中：即生所领南柯郡也。……追想前事，感叹于怀，……不欲令二客坏之，遽令掩塞如旧。……复念檀萝征伐之事，又请二客访迹于外，宅东一里有古涸涧，侧有大檀树一株，藤萝拥织，上不见日，旁有小穴，亦有群蚁隐聚其间。檀萝之国，岂非此耶？嗟乎！蚁之灵异犹不可穷，况山藏木伏之大者所变化乎？……

《谢小娥传》（见《广记》四百九十一）言小娥姓谢，豫章人，八岁丧母，后嫁历阳侠士段居贞。夫妇与父皆习贾，往来江湖间，为盗所杀，小娥亦折足堕水，他船拯起之，流转至上元县，依妙果寺尼以居。初，小娥尝梦父告以仇人为"車中猴東門草"，又梦夫告以仇人为"禾中走一日夫"，广求智者，皆不能解，至公佐乃辨之曰，"車中猴，車字去上下各一画，是申字，又申属猴，故曰車中猴；草下有門，門中有東，乃蘭字也。又禾中走是穿田过,亦是申字也;一日夫者,夫上更一画,下有日,是春字也。杀汝父是申蘭,杀汝夫是申春,足可明矣。"小娥乃变男子服为佣保,果遇二贼于浔阳,刺杀之,并闻于官,擒其党,而小娥得免死。解谜获贼,甚乏理致,而当时亦盛传,李复言[13]已演其文入《续玄怪录》,明人则本之作平话[14]。(见《拍案惊奇》十九)

所余二篇,其一未详原题,《广记》则题曰《庐江冯媪》(三百四十三),记董江妻亡更娶,而媪见有女泣路隅一室中,后乃知即亡人之墓,董闻则罪以妖妄,逐媪去之,其事甚简,故文亦不华。其一曰《古岳渎经》(见《广记》四百六十七,题曰《李汤》),有李汤者,永泰时楚州刺史,闻渔人见龟山下水中有大铁锁,乃以人牛曳出之,风涛陡作,"一兽状有如猿,白首长鬐,雪牙金爪,闯然上岸,高五丈许,蹲踞之状若猿猴,但两目不能开,兀若昏昧,……久乃引颈伸欠,双目忽开,光彩若电,顾视人焉,欲发狂怒。观者奔走,兽亦徐徐引锁曳牛入水去,竟不复出。"当时汤与楚州知名之士,皆错愕不知其由。后公佐访古东吴,泛洞庭,登包山,入灵洞,探仙书,于石穴间得《古岳渎经》第八卷,乃得其故,而其经文字奇古,编次蠹毁,颇不能解,公佐与道士焦君共详读之,如下文:

"禹理水,三至桐柏山,惊风走雷,石号木鸣,土伯拥川,天老肃兵,功不能兴。禹怒,召集百灵,授命夔龙,桐柏等山君长稽首请命,禹因囚鸿濛氏,章商氏,兜卢氏,犁娄氏,乃获淮涡水神名无支祁,善应对言语,辨江淮之浅深,原隰之远近,形若猿猴,缩鼻高额,青躯白首,金目雪

牙,颈伸百尺,力逾九象,搏击腾踔疾奔,轻利倏忽,闻视
不可久。禹授之童律,不能制;授之乌木由,不能制;授之
庚辰,能制。鸱脾桓胡木魅水灵山祆石怪奔号聚绕,以数
千载,庚辰以战(一作载)逐去,颈锁大索,鼻穿金铃,徙淮
阴之龟山之足下,俾淮水永安流注海也。庚辰之后,皆图
此形者,免淮涛风雨之难。"

宋朱熹(《楚辞辨证》中)尝斥僧伽降伏无支祁事为俚说[15],罗
泌(《路史》)有《无支祁辩》[16],元吴昌龄《西游记》杂剧[17]中
有"无支祁是他姊妹"语,明宋濂[18]亦隐括其事为文,知宋元
以来,此说流传不绝,且广被民间,致劳学者弹纠,而实则仅出
于李公佐假设之作而已。惟后来渐误禹为僧伽或泗洲大圣,
明吴承恩演《西游记》,又移其神变奋迅之状于孙悟空,于是禹
伏无支祁故事遂以堙昧也。

　　传奇之文,此外尚夥,其较显著者,有陇西李朝威作《柳毅
传》(见《广记》四百十九),记毅以下第将归湘滨,道经泾阳,遇
牧羊女子言是龙女,为舅姑及婿所贬,托毅寄书于父洞庭君,
洞庭君有弟钱塘君性刚暴,杀婿取女归,欲以配毅,因毅严拒
而止。后毅丧妻,徙家金陵,娶范阳卢氏,则龙女也,又徙南
海,复归洞庭,其表弟薛嘏尝遇之于湖中,得仙药五十丸,此后
遂绝影响。金人已取其事为杂剧(语见董解元《弦索西厢》
中)[19],元尚仲贤[20]则作《柳毅传书》,翻案而为《张生煮
海》[21],清李渔又折衷之而成《蜃中楼》[22]。又有蒋防[23]作
《霍小玉传》(见《广记》四百八十七),言李益年二十擢进士第,
入长安,思得名妓,乃遇霍小玉,寓于其家,相从者二年,其后

年,生授郑县主簿,则坚约婚姻而别。及生觐母,始知已订婚卢氏,母又素严,生不敢拒,遂与小玉绝。小玉久不得生音问,竟卧病,踪迹招益,益亦不敢往。一日益在崇敬寺,忽有黄衫豪士强邀之,至霍氏家,小玉力疾相见,数其负心,长恸而卒。益为之缟素,且夕哭泣甚哀,已而婚于卢氏,然为怨鬼所祟,竟以猜忌出其妻,至于三娶,莫不如是。杜甫《少年行》有云,"黄衫年少宜来数,不见堂前东逝波",[24]谓此也。又有许尧佐[25]作《柳氏传》(见《广记》四百八十五),记诗人韩翃得李生艳姬柳氏,会安禄山反,因寄柳于法灵寺而自为淄青节度使书记,乱平复来,则柳已为蕃将沙叱利所取,淄青诸将中有侠士许虞候者,劫以还翃。其事又见于孟棨《本事诗》[26],盖亦实录矣。他如柳珵(《广记》二百七十五《上清传》)薛调(又四百八十六《无双传》)皇甫枚(又四百九十一《非烟传》)房千里(同上《杨娼传》)[27]等,亦皆有造作。而杜光庭[28]之《虬髯客传》(见《广记》一百九十三)流传乃独广,光庭为蜀道士,事王衍,多所著述,大抵诞谩,此传则记杨素妓人之执红拂者识李靖于布衣时,相约遁去,道中又逢虬髯客,知其不凡,推资财,授兵法,令佐太宗兴唐,而自率海贼入扶余国杀其主,自立为王云。后世乐此故事,至作画图,谓之三侠;在曲则明凌初成有《虬髯翁》[29],张凤翼张太和皆有《红拂记》[30]。

上来所举之外,尚有不知作者之《李卫公别传》[31],《李林甫外传》[32],郭湜之《高力士外传》[33],姚汝能之《安禄山事迹》[34]等,惟著述本意,或在显扬幽隐,非为传奇,特以行文枝蔓,或拾事琐屑,故后人亦每以小说视之。

*　　　*　　　*

〔1〕 "元和体" 《旧唐书·元稹传》:元稹"与太原白居易友善。工为诗,善状咏风态物色,当时言诗者称元、白焉。自衣冠士子,至闾阎下俚,悉传讽之,号为'元和体'。"

〔2〕 《莺莺传》 元稹《莺莺传》及下文所述李朝威《柳毅传》,李公佐《谢小娥传》、《南柯太守传》、《庐江冯媪传》、《古岳渎经》,蒋防《霍小玉传》,柳珵《上清传》,薛调《无双传》,皇甫枚《非烟传》,房千里《杨娼传》,杜光庭《虬髯客传》,鲁迅《唐宋传奇集》均曾收入。

〔3〕 杨巨源(755—?) 字景山,唐蒲州(今山西永济)人,贞元进士,官至国子司业。所撰《崔娘诗》,《全唐诗》卷三三三收入。

〔4〕 《会真诗》三十韵 《全唐诗》卷七九〇收入。

〔5〕 李绅(772—846) 字公垂,唐无锡(今属江苏)人,官至守仆射、同平章事。与元稹、白居易交往甚密,撰有《追昔游集》。所撰《莺莺歌》,一题《东飞伯劳西飞燕歌为莺莺作》,见《全唐诗》卷四八三。其诗云:"伯劳飞迟燕飞疾,垂杨绽金花笑日。绿窗娇女字莺莺,金雀娅鬟年十七。黄姑上天阿母在,寂寞霜姿素莲质。门掩重关萧寺中,芳草花时不曾出"。

〔6〕 赵德麟(1061—1134) 名令畤,字德麟,号聊复翁,宋宗室,袭封安定郡王。所撰《侯鲭录》,八卷,内容多为琐闻杂事,也有关于文学的论述。卷五对元稹《会真记》考辨颇详,并取其事作《商调蝶恋花词》十阕。序云:"今于暇日,详观其文,略其烦亵,分之为十章。每章之下属之以词,或全摭其文,或止取其意,又别为一曲,载之传前,先叙前篇之义,调曰《商调》,曲名《蝶恋花》。"词末云"乐天曰:'天长地久有时尽,此恨绵绵无尽期',岂独在彼者耶!"

〔7〕 董解元 金代人,生活于章宗年间。所撰《弦索西厢》,一名

《西厢记诸宫调》。

〔8〕 王实甫　字德信，元大都(今北京)人。约生活于成宗年间。所撰杂剧今知有十四种，现存三种，以《西厢记》最著名。

〔9〕 关汉卿(约1220—约1300)　号已斋叟，元大都(今北京)人。晚年居杭州。所撰杂剧今知有六十余种，存十八种。有人认为王实甫《西厢记》只四本，第五本为关汉卿续作。此处之《续西厢记》即指《西厢记》第五本。

〔10〕 李日华　字实甫，明吴县(今属江苏)人。生活于正德、嘉靖年间。所撰《南西厢记》故事梗概与王实甫《西厢记》大致相同。《西厢记》为杂剧，《南西厢记》为传奇。

〔11〕 陆采(1497—1537)　原名灼，字子玄，号天池，明长洲(今江苏吴县)人。诸生。撰有《南西厢记》等传奇五种。

〔12〕《竟》　即《竟西厢》，实名《锦西厢》，清周恒综撰。《翻》，即《翻西厢》，清初研雪子撰。《后》，即《后西厢》，清石庞、薛旦、汤世滢三人各有同名剧作。《续》，即《续西厢》，清查继佐撰。

〔13〕 李复言(？—833)　名谅，字复言，唐陇西(今甘肃东南)人，贞元进士，曾任彭城令、苏州刺史等。所撰《续玄怪录》，又名《续幽怪录》，内容多为异闻轶事。其中《妙寂尼》，记谢小娥事。

〔14〕 关于明人则本之作平话，指明凌濛初所撰初刻《拍案惊奇》卷十九：《李公佐巧解梦中言，谢小娥智擒船上盗》。

〔15〕 朱熹(1130—1200)　字元晦，号晦庵，南宋徽州婺源(今属江西)人，曾任秘阁修撰等职。所撰《楚辞辨证》，二卷，内容系订正旧注之误。斥僧伽降伏无支祁事为俚说，见该书卷下："如今世俗僧伽降无支祁、许逊斩蛟蜃精之类，本无稽据，而好事者遂假托撰造以实之。明理之士皆可以一笑而挥之，正不必深与辩也。"

〔16〕 罗泌　字长源，宋庐陵(今江西吉安)人。所撰《路史》，四十

七卷,内容主要记述我国传说时期史事。《无支祁辨》,见该书《余论》卷三。

〔17〕《西游记》杂剧　现存本题元吴昌龄撰,实为元末明初杨讷(字景贤)所作。六本二十四折。第一折《收孙演咒》有云:"那胡孙气力与天齐,偷玉皇仙酒,盗老子金丹,他去那魔君中占第一,他是骊山老母兄弟,无支祁是他姊妹。"

〔18〕宋濂(1310—1381)　字景濂,号潜溪,明浦江(今属浙江)人,官至学士承旨知制诰。他关于无支祁的论述,见所撰《宋学士全集》卷二十八《删古岳渎经》。

〔19〕据董解元《弦索西厢》卷一:"比前贤乐府不中听,在诸宫调里却着数。……也不是离魂倩女,也不是谒浆崔护,也不是双渐豫章城,也不是柳毅传书。"

〔20〕尚仲贤　元真定(今河北正定)人,曾任江浙行省务官。所撰杂剧今知有十一种,现存《柳毅传书》等三种。

〔21〕《张生煮海》　一为尚仲贤撰,已佚。今存者为元李好古撰。剧情为张羽与龙女相爱,为龙王所阻,后得仙人相助,终成夫妇。

〔22〕李渔(1611—1680)　字笠鸿,号笠翁,清兰溪(今属浙江)人。流寓杭州,家设戏班。所撰《蜃中楼》,剧情为洞庭、东海二龙女在蜃楼游玩时遇见柳毅、张羽,遂各相爱成婚。

〔23〕蒋防　字子微,唐义兴(今江苏宜兴)人。有文才,由元稹等荐任翰林学士。

〔24〕杜甫(712—770)　字子美,唐巩县(今属河南)人,曾官左拾遗。撰有《杜工部集》。所作《少年行》第二首原诗作:"巢燕引雏浑去尽,江华结子已无多。黄衫年少宜来数,不见堂前东逝波。"

〔25〕许尧佐　唐代人,贞元进士,曾官太子校书郎,宪宗时官终谏议大夫。

〔26〕 孟棨 一作孟启,字初中,唐代人,乾符进士,官尚书司勋郎中。所撰《本事诗》,一卷,记述唐代诗人轶事和民间传闻。

〔27〕 柳珵 唐蒲州河东(今山西永济)人。活动于宪宗元和年间。所撰《上清传》,写唐宰相窦参宠婢上清,向唐德宗哭诉,为窦参申冤故事。薛调(829—872),唐河中宝鼎(今山西万荣)人,曾官户部员外郎、翰林学士承旨。所撰《无双传》,写刘无双和王仙客的爱情故事。皇甫枚,字遵美,唐安定(今甘肃泾川)人,懿宗时曾为汝州鲁山县令。撰有《三水小牍》等。《非烟传》,写步非烟与赵象相恋,至死不渝的故事。房千里,字鹄举,唐河南(今河南洛阳)人,太和进士,曾官国子博士、高州刺史。所撰《杨娼传》,写长安名妓杨娼为岭南帅甲所爱,帅死,杨以死相报的故事。

〔28〕 杜光庭(850—933) 字圣宾,自号东瀛子,唐末五代处州缙云(今属浙江)人。曾在天台山学道,仕唐为内廷供奉,入蜀后官谏议大夫。

〔29〕 凌初成(1580—1644) 即凌濛初,明乌程(今浙江吴兴)人,曾官上海县丞、徐州通判。参看本书第二十一篇。所撰杂剧《虬髯翁》,全名为《虬髯翁正本扶余国》,四折。

〔30〕 张凤翼(1527—1613) 字伯起,号灵墟,明长洲(今江苏吴县)人。剧作今存五种。《红拂记》,共三十四出。张太和,字幼于,号屏山,明钱塘(今浙江杭州)人。所撰《红拂记》,今佚。

〔31〕 《李卫公别传》 唐李复言撰。《太平广记》卷四一八收入,题《李靖》,文末注:"出《续玄怪录》。"

〔32〕 《李林甫外传》 一卷,见《古今说海》、叶德辉辑《唐开元小说六种》等书。

〔33〕 郭湜 唐太原(今属山西)人,曾与高力士并贬黔中,代宗时官大理司直。所撰《高力士外传》,一卷,见明顾元庆《顾氏文房小说》、

《唐开元小说六种》等书。

〔34〕　姚汝能　唐代人,代宗时曾官华阴尉。所撰《安禄山事迹》,《新唐书·艺文志》著录三卷。见缪荃孙辑《藕香零拾》、《唐开元小说六种》等书。

第十篇　唐之传奇集及杂俎

造传奇之文,会萃为一集者,在唐代多有,而煊赫莫如牛僧孺之《玄怪录》。僧孺字思黯,本陇西狄道人,居宛叶间,元和初以贤良方正对策第一,条指失政,鲠讦不避宰相,至考官皆调去,僧孺则调伊阙尉,穆宗即位,渐至御史中丞,后以户部侍郎同中书门下平章事,武宗时累贬循州长史,宣宗立,乃召还为太子少师,大中二年卒,赠太尉,年六十九(七八○——八四八),谥曰文简,有传在两《唐书》。僧孺性坚僻,而颇嗜志怪,所撰《玄怪录》十卷,今已佚,然《太平广记》所引尚三十一篇,可以考见大概。其文虽与他传奇无甚异,而时时示人以出于造作,不求见信;盖李公佐李朝威辈,仅在显扬笔妙,故尚不肯言事状之虚,至僧孺乃并欲以构想之幻自见,因故示其诡设之迹矣。《元无有》即其一例:

> 宝应中,有元无有,常以仲春末独行维扬郊野。值日晚,风雨大至,时兵荒后,人户多逃,遂入路旁空庄。须臾霁止,斜月方出,无有坐北窗,忽闻西廊有行人声,未几见月中有四人,衣冠皆异,相与谈谐吟咏甚畅,乃云,"今夕如秋,风月若此,吾辈岂得不为一言,以展平生之事也?"……吟咏既朗,无有听之具悉。其一衣冠长人即先吟曰,"齐纨鲁缟如霜雪,寥亮高声予所发。"其二黑衣冠

短陋人诗曰，"嘉宾良会清夜时，煌煌灯烛我能持。"其三故弊黄衣冠人，亦短陋，诗曰，"清冷之泉候朝汲，桑绠相牵常出入。"其四故黑衣冠人诗曰，"爨薪贮泉相煎熬，充他口腹我为劳。"无有亦不以四人为异，四人亦不虞无有之在堂隍也，递相褒赏，观其自负，则虽阮嗣宗《咏怀》，亦若不能加矣。四人迟明乃归旧所；无有就寻之，堂中惟有故杵灯台水桶破铛：乃知四人即此物所为也。（《广记》三百六十九）

牛僧孺在朝，与李德裕各立门户，为党争，[1]以其好作小说，李之门客韦瓘遂托僧孺名撰《周秦行纪》[2]以诬之。记言自以举进士落第将归宛叶，经伊阙鸣皋山下，因暮失道，遂止薄太后庙中，与汉唐妃嫔燕饮。太后问今天子为谁？则对曰，"'今皇帝先帝长子。'太真笑曰，'沈婆儿作天子也。大奇！'"复赋诗，终以昭君侍寝，至明别去，"竟不知其何如"（详见《广记》四百八十九）。德裕因作论，谓僧孺姓应图谶，《玄怪录》又多造隐语，意在惑民，《周秦行纪》则以身与后妃冥遇，欲证其身非人臣相，"及至戏德宗为沈婆儿，以代宗皇后为沈婆，令人骨战，可谓无礼于其君甚矣！"作逆若非当代，必在子孙，故"须以'太牢'少长咸置于法，则刑罚中而社稷安"也（详见《李卫公外集》四）。[3]自来假小说以排陷人，此为最怪，顾当时说亦不行。惟僧孺既有才名，又历高位，其所著作，世遂盛传。而摹拟者亦不鲜，李复言有《续玄怪录》十卷，"分仙术感应二门"，薛渔思[4]有《河东记》三卷，"亦记谲怪事，序云续牛僧孺之书"（皆见宋晁公武《郡斋读书志》十三）；又有撰《宣室志》[5]

97

十卷,以记仙鬼灵异事迹者,曰张读字圣朋,则张鹭之裔而牛僧孺之外孙也(见《唐书》《张荐传》),后来亦疑为"少而习见,故沿其流波"(清《四库提要》子部小说家类三)云。

他如武功人苏鹗有《杜阳杂编》[6],记唐世故事,而多夸远方珍异,参寥子高彦休有《唐阙史》[7],虽间有实录,而亦言见梦升仙,故皆传奇,但稍迁变。至于康骈《剧谈录》[8]之渐多世务,孙棨《北里志》[9]之专叙狭邪,范摅《云溪友议》[10]之特重歌咏,虽若弥近人情,远于灵怪,然选事则新颖,行文则透迤,固仍以传奇为骨者也。迨裴铏著书,径称《传奇》,[11]则盛述神仙怪谲之事,又多崇饰,以惑观者。铏为淮南节度副大使高骈从事,骈后失志,尤好神仙,卒以叛死,则此或当时谀导之作,非由本怀。聂隐娘胜妙手空空儿事即出此书(文见《广记》一百九十四),明人取以入伪作之段成式《剑侠传》,流传遂广,迄今犹为所谓文人者所乐道也。

段成式字柯古,齐州临淄人,宰相文昌子也,以荫为校书郎,累迁至吉州刺史,大中中归京,仕至太常少卿,咸通四年(八六三)六月卒,《新唐书》附见段志玄传末(余见《酉阳杂俎》及《南楚新闻》)。成式家多奇篇秘籍,博学强记,尤深于佛书,而少好畋猎,亦早有文名,词句多奥博,世所珍异,其小说有《庐陵官下记》[12]二卷,今佚;《酉阳杂俎》二十卷凡三十篇,今具在,并有《续集》十卷:卷一篇,或录秘书,或叙异事,仙佛人鬼以至动植,弥不毕载,以类相聚,有如类书,虽源或出于张华《博物志》,而在唐时,则犹之独创之作矣。每篇各有题目,亦殊隐僻,如纪道术者曰《壶史》,钞释典者曰《贝编》,述丧葬者

曰《尸宎》，志怪异者曰《诺皋记》，而抉择记叙，亦多古艳颖异，
足副其目也。

夏启为东明公，文王为西明公，邵公为南明公，季札
为北明公，四时主四方鬼。至忠至孝之人，命终皆为地下
主者，一百四十年，乃授下仙之教，授以大道。有上圣之
德，命终受三官书，为地下主者，一千年乃转三官之五帝，
复一千四百年方得游行太清，为九宫之中仙。（卷二《玉
格》）

始生天者五相，一光覆身而无衣，二见物生希有心，
三弱颜，四疑，五怖。（卷三《贝编》）

国初僧玄奘往五印取经，西域敬之。成式见倭国僧
金刚三昧，言尝至中天寺，寺中多画玄奘麻屩及匙箸，以
彩云乘之，盖西域所无者，每至斋日，辄膜拜焉。（同上）

天翁姓张，名坚，字刺渴，渔阳人，少不羁，无所拘忌。
常张罗得一白雀，爱而养之，梦刘天翁责怒，每欲杀之，白
雀辄以报坚，坚设诸方待之，终莫能害。天翁遂下观之，
坚盛设宾主，乃窃骑天翁车，乘白龙，振策登天，天翁乘余
龙追之，不及。坚既到玄宫，易百官，杜塞北门，封白雀为
上卿侯，改白雀之胤不产于下土。刘翁失治，徘徊五岳作
灾，坚患之，以刘翁为太山太守，主生死之籍。（卷十四
《诺皋记》）

大历中，有士人庄在渭南，遇疾卒于京，妻柳氏因庄
居。……士人祥斋日，暮，柳氏露坐逐凉，有胡蜂绕其首
面，柳氏以扇击堕地，乃胡桃也。柳氏遽取，玩之掌中；遂

长,初如拳,如椀,惊顾之际,已如盘矣。曝然分为两扇,
空中轮转,声如分蜂,忽合于柳氏首。柳氏碎首,齿著于
树。其物因飞去,竟不知何怪也。(同上)

又有聚文身之事者曰《鲸》,述养鹰之法者曰《肉攫部》,《续集》
则有《贬误》以收考证,有《寺塔记》以志伽蓝,所涉既广,遂多
珍异,为世爱玩,与传奇并驱争先矣。

成式能诗,幽涩繁缛如他著述,时有祁人温庭筠[13]字飞
卿,河内李商隐[14]字义山,亦俱用是相夸,号"三十六体"[15]。
温庭筠亦有小说三卷曰《干𫛲子》,遗文见于《广记》,仅录事
略,简率无可观,与其诗赋之艳丽者不类。李于小说无闻,今
有《义山杂纂》一卷,《新唐志》不著录,宋陈振孙[16](《直斋书
录解题》十一)以为商隐作,书皆集俚俗常谈鄙事,以类相从,
虽止于琐缀,而颇亦穿世务之幽隐,盖不特聊资笑噱而已。

　　　杀风景
　　松下喝道　　看花泪下　　苔上铺席　　斫却垂杨
　　花下晒裈　　游春重载　　石笋系马　　月下把火
　　步行将军　　背山起楼　　果园种菜　　花架下养鸡鸭
　　　恶模样
　　作客与人相争骂……　　做客踏翻台桌……
　　　对丈人丈母唱艳曲　嚼残鱼肉归盘上　对众倒
卧　横箸在羹碗上
　　　十诫
　　不得饮酒至醉　不得暗黑处惊人　不得阴损于人
　　不得独入寡妇人房　不得开人家书　不得戏取物不

令人知　不得暗黑独自行　不得与无赖子弟往还
不得借人物用了经句不还(原缺一则)

中和年间有李就今字衮求,为临晋令,亦号义山,能诗,初举时恒游倡家,见孙棨《北里志》,则《杂纂》之作,或出此人,未必定属商隐,然他无显证,未能定也。后亦时有仿作者,宋有续,称王君玉[17],有再续,称苏东坡[18],明有三续,为黄允交[19]。

＊　　　　＊　　　　＊

〔1〕 李德裕(787—850)　字文饶,唐赵郡(今河北赵县)人,武宗时官至门下侍郎、同平章事,后贬死崖州。撰有《次柳氏旧闻》、《会昌一品集》。党争,指唐穆宗、宣宗年间,以李吉甫、李德裕父子为首和以牛僧孺、李宗闵为首的两大官僚集团进行数十年之久的朋党斗争。

〔2〕 韦瓘　字茂弘,唐京兆万年(今陕西西安)人,曾官中书舍人,武宗时迁楚州刺史。所撰《周秦行纪》,鲁迅《唐宋传奇集》曾辑录。

〔3〕 李德裕据《周秦行纪》撰《周秦行纪论》,其中称:"余尝闻太牢氏(凉国李公尝呼牛僧孺为太牢。……)好奇怪其身,险易其行。以其姓应国家受命之谶,曰:'首尾三麟六十年,两角犊子恣狂颠,龙蛇相斗血成川。'及见著《玄怪录》,多造隐语,人不可解。……余得太牢《周秦行纪》,反覆觇其太牢以身与帝王后妃冥遇,欲证其身非人臣相也,将有意于'狂颠'。"按《周秦行纪论》见《李卫公外集》卷四。

〔4〕 薛渔思　生平不详。所撰《河东记》,三卷,已佚。《说郛》辑录一卷。

〔5〕《宣室志》《新唐书·艺文志》著录十卷,取汉文帝于宣室召贾谊问鬼神事为书名。撰者张读,字圣朋(一作圣用),唐深州陆泽(今

河北深县)人。大中进士,累官中书舍人、礼部侍郎,终尚书左丞。

〔6〕 苏鹗 字德祥,唐武功(今属陕西)人,光启进士。《杜阳杂编》,《新唐书·艺文志》著录三卷。

〔7〕 高彦休 号参寥子,唐末人,生活于懿宗、僖宗年间,曾官盐铁巡官、咸阳尉。所撰《唐阙史》,《新唐书·艺文志》著录三卷。

〔8〕 康骈 字驾言,唐池州(今安徽贵池)人,乾符进士,官至崇文馆校书郎。所撰《剧谈录》,《新唐书·艺文志》著录三卷。

〔9〕 孙棨 字文威,自号无为,唐博州(治今山东聊城)人,僖宗时官至翰林学士、中书舍人。所撰《北里志》,一卷。

〔10〕 范摅 自号五云溪人,唐苏州吴(今江苏苏州)人,生活于懿宗、僖宗年间,所撰《云溪友议》,《新唐书·艺文志》著录三卷。

〔11〕 裴铏 唐末人,僖宗时曾任高骈从事,后官御史大夫、成都节度副使。所撰《传奇》,《新唐书·艺文志》著录三卷,已佚。《世界文库》有辑本。下文高骈(? —887),字千里,唐末幽州(今北京)人,曾官成都尹,僖宗时历任剑南、淮南节度使等。

〔12〕《庐陵官下记》 《新唐书·艺文志》著录二卷,已散佚。清陶珽重辑《说郛》收有佚文。

〔13〕 温庭筠(约812—866) 字飞卿,唐太原(今属山西)人,曾官方城尉、国子助教。所撰《乾馔子》,《新唐书·艺文志》著录三卷,已散佚。《太平广记》收有佚文。

〔14〕 李商隐(约813—858) 字义山,号玉溪生。唐怀州河内(今河南沁阳)人,曾官秘书郎、东川节度使判官。

〔15〕"三十六体" 《新唐书·文艺传》:"商隐初为文瑰迈奇古,及在令狐楚府,楚本工章奏,因授其学。商隐俪偶长短,而繁缛过之。时温庭筠、段成式俱用是相夸,号'三十六体'。"又宋王应麟《小学绀珠》云,三人排行皆第十六,故有此称。

〔16〕　陈振孙(？—约1261)　字伯玉,号直斋,南宋安吉(今属浙江)人,孝宗时曾任国子司业,后官侍郎。所撰《直斋书录解题》,二十二卷,将历代书籍分为五十三类,详述卷数、撰者并品评得失。原书已佚,现存本从《永乐大典》辑校而成。

〔17〕　王君玉　宋代王君玉有两人。《四库全书总目提要》著录:《国老谈苑》二卷,旧本题夷门隐叟王君玉撰。又,《宋史·王珪传》载,珪从兄琪字君玉,成都华阳人,仁宗时任馆阁校勘、集贤校理。《杂纂续》,一卷,作者当为两人中之一人。

〔18〕　苏东坡　参看本书第七篇。《杂纂二续》,一卷,题苏轼撰。

〔19〕　黄允交　明歙县(今属安徽)人。所撰《杂纂三续》,一卷。

第十一篇　宋之志怪及传奇文

宋既平一宇内，收诸国图籍，而降王臣佐多海内名士，或宣怨言，遂尽招之馆阁，厚其禀饩，使修书，成《太平御览》《文苑英华》各一千卷；又以野史传记小说诸家成书五百卷，目录十卷，是为《太平广记》，以太平兴国二年(九七七)三月奉诏撰集，次年八月书成表进，八月奉敕送史馆，六年正月奉旨雕印板(据《宋会要》及《进书表》)，后以言者谓非后学所急，乃收版贮太清楼，故宋人反多未见。《广记》采摭宏富，用书至三百四十四种，自汉晋至五代之小说家言，本书今已散亡者，往往赖以考见，且分类纂辑，得五十五部，视每部卷帙之多寡，亦可知晋唐小说所叙，何者为多，盖不特稗说之渊海，且为文心之统计矣。今举较多之部于下，其末有杂传记九卷，则唐人传奇文也。

神仙五十五卷　女仙十五卷　异僧十二卷　报应三十三卷　征应(休咎也)十一卷　定数十五卷　梦七卷　神二十五卷　鬼四十卷　妖怪九卷　精怪六卷　再生十二卷　龙八卷　虎八卷　狐九卷

《太平广记》以李昉[1]监修，同修者十二人，中有徐铉[2]，有吴淑，皆尝为小说，今俱传。铉字鼎臣，扬州广陵人，南唐翰林学士，从李煜入宋，官至直学士院给事中散骑常侍，淳化二年坐累谪静难行军司马,中寒卒于贬所,年七十六(九一六——九九一),事详《宋史》《文苑传》。铉在唐时已作志怪,历二十年成《稽神录》六卷,仅一百五十事,比修《广记》,常希收采而不敢自专,使宋白[3]问李昉,昉曰,"讵有徐率更言无稽者!"遂得见收。然其文平实简率,既失六朝志怪之古质,复无唐人传奇之缠绵,当宋之初,志怪又欲以"可信"见长,而此道于是不复振也。

> 广陵有王姥,病数日,忽谓其子曰,"我死,必生西溪浩氏为牛,子当赎之,而我腹下有'王'字是也。"顷之遂卒,其西溪者,海陵之西地名也;其民浩氏,生牛,腹有白毛成"王"字。其子寻而得之,以束帛赎之以归。(卷二)

> 瓜村有渔人,妻得劳瘦疾,转相传染,死者数人。或云:取病者生钉棺中,弃之,其病可绝。顷之,其女病,即生钉棺中,流之于江,至金山,有渔人见而异之,引之至岸,开视之,见女子犹活,因取置渔舍中,多得鳗鲡鱼以食之,久之病愈,遂为渔人之妻,至今尚无恙。(卷三)

吴淑,徐铉婿也,字正仪,润州丹阳人,少而俊爽,敏于属文,在南唐举进士,以校书郎直内史,从李煜归宋,仕至职方员外郎,咸平五年卒,年五十六(九四七——一〇〇二),亦见《宋史》《文苑传》。所著《江淮异人录》三卷,今有从《永乐大典》[4]辑成本,凡二十五人,皆传当时侠客术士及道流,行事大率诡怪。唐段成式作《酉阳杂俎》,已有《盗侠》一篇,叙怪民奇异事,然仅九人,至荟萃诸诡幻人物,著为专书者,实始于吴淑,明人钞《广记》伪作《剑侠传》[5]又扬其波,而乘空飞剑之说日炽;至今尚不衰。

成幼文为洪州录事参军,所居临通衢而有窗。一日坐窗下,时雨霁泥泞而微有路,见一小儿卖鞋,状甚贫窭,有一恶少年与儿相遇,绁鞋堕泥中。小儿哭求其价,少年叱之不与。儿曰,"吾家且未有食,待卖鞋营食,而悉为所污。"有书生过,悯之,为偿其值。少年怒曰,"儿就我求食,汝何预焉?"因辱骂之。生甚有愠色;成嘉其义,召之与语,大奇之,因留之宿。夜共话,成暂入内,及复出,则失书生矣,外户皆闭,求之不得,少顷复至前曰,"且来恶子,吾不能容,已断其首。"乃掷之于地。成惊曰,"此人诚忤君子,然断人之首,流血在地,岂不见累乎?"书生曰,"无苦。"乃出少药,傅于头上,捽其发摩之,皆化为水,因谓成曰,"无以奉报,愿以此术授君。"成曰,"某非方外之士,不敢奉教。"书生于是长揖而去,重门皆锁闭,而失所在。

宋代虽云崇儒,并容释道,而信仰本根,夙在巫鬼,故徐铉吴淑而后,仍多变怪谶应之谈,张君房之《乘异记》[6](咸平元年序),张师正之《括异志》,[7]聂田之《祖异志》[8](康定元年序),秦再思之《洛中纪异》,[9]毕仲询之《幕府燕闲录》[10](元丰初作),皆其类也。迨徽宗惑于道士林灵素,笃信神仙,自号"道君",而天下大奉道法。至于南迁,此风未改,高宗退居南内,亦爱神仙幻诞之书,时则有知兴国军历阳郭象字次象作《睽车志》[11]五卷,翰林学士鄱阳洪迈字景卢作《夷坚志》四百二十卷,似皆尝呈进以供上览。诸书大都偏重事状,少所铺叙，与《稽神录》略同，顾《夷坚志》独以著者之名与卷帙之多称于世。

洪迈幼而强记，博极群书，然从二兄试博学宏词科独被黜，年五十始中第，为敕令所删定官。父皓曾忤秦桧，憾并及迈，遂出添差教授福州，累迁吏部郎兼礼部；尝接伴金使，颇折之，旋为报聘使，以争朝见礼不屈，几被抑留，还朝又以使金辱命论罢，寻起知泉州，又历知吉州，赣州，婺州，建宁及绍兴府，淳熙二年以端明殿学士致仕卒，年八十（一〇九六——一一七五）〔12〕，谥文敏，有传在《宋史》。迈在朝敢于谠言，又广见洽闻，多所著述，考订辨证，并越常流，而《夷坚志》则为晚年遣兴之书，始刊于绍兴末，绝笔于淳熙初，十余年中，凡成甲至癸二百卷，支甲至支癸三甲至三癸各一百卷，四甲四乙各十卷，卷帙之多，几与《太平广记》等，今惟甲至丁八十卷支甲至支戊五十卷三志若干卷，又摘钞本五十卷及二十卷存。奇特之事，本缘希有见珍，而作者自序，乃甚以繁夥自意，毫期急于成书，或以五十日作十卷，妄人因稍易旧说以投之，至有盈数卷者，亦不暇删润，径以入录（陈振孙《直斋书录解题》十一云），盖意在取盈，不能如本传所言"极鬼神事物之变"也。惟所作小序三十一篇，什九"各出新意，不相重复"，赵与峕尝撮其大略入所著《宾退录》〔13〕（八），叹为"不可及"，则于此书可谓知言者已。

传奇之文，亦有作者：今讹为唐人作之《绿珠传》〔14〕一卷，《杨太真外传》〔15〕二卷，即宋乐史之撰也，《宋志》又有《滕王外传》《李白外传》《许迈传》〔16〕各一卷，今俱不传。史字子正，抚州宜黄人，自南唐入宋为著作佐郎，出知陵州，以献赋召为三馆编修,又累献所著书共四百二十余卷,皆记叙科第孝弟神仙之事者,迁著作郎,直史馆,转太常博士,出知舒州,知黄州,又知商州,复职后再入文馆,掌西京勘磨司[17],赐金紫,景德四年卒,年七十八(九三〇——一〇〇七),事详《宋史》《乐黄目传》首。史又长于地理,有《太平寰宇记》[18]二百卷,征引群书至百余种,而时杂以小说家言,至绿珠太真二传,本荟萃稗史成文,则又参以舆地志语;篇末垂诫,亦如唐人,而增其严冷,则宋人积习如是也,于《绿珠传》最明白:

> ……赵王伦乱常,孙秀使人求绿珠,……崇勃然曰,"他无所爱,绿珠不可得也!"秀自是潜伦族之。收兵忽至,崇谓绿珠曰,"我今为尔获罪。"绿珠泣曰,"愿效死于君前!"于是堕楼而死。崇弃东市,后人名其楼曰绿珠楼。楼在步庚里,近狄泉;泉在正城之东。绿珠有弟子宋祎,有国色,善吹笛,后入晋明帝宫中。今白州有一派水,自双角山出,合容州江,呼为绿珠江,亦犹归州有昭君村昭君场,吴有西施谷脂粉塘,盖取美人出处为名。又有绿珠井,在双角山下,故老传云,汲此井饮者,诞女必多美丽,里闾有识者以美色无益于时,因以巨石镇之,尔后有产女端妍者,而七窍四肢多不完具。异哉,山水之使然! ……

> ……其后诗人题歌舞妓者,皆以绿珠为名。……其故何哉?盖一婢子,不知书,而能感主恩,愤不顾身,志烈懔懔,诚足使后人仰慕歌咏也。至有享厚禄,盗高位,亡仁义之性,怀反复之情,暮四朝三,唯利是务,节操反不若一妇人,岂不愧哉?今为此传,非徒述美丽,窒祸源,且欲

惩戒辜恩背义之类也。……

其后有亳州谯人秦醇[19]字子复（一作子履），亦撰传奇，今存四篇，见于北宋刘斧所编之《青琐高议前集》及《别集》[20]。其文颇欲规抚唐人，然辞意皆芜劣，惟偶见一二好语，点缀其间；又大抵托之古事，不敢及近，则仍由士习拘谨之所致矣，故乐史亦如此。一曰《赵飞燕别传》，序云得之李家墙角破筐中，记赵后入宫至自缢，复以冥报化为大鼋事，文中有"兰汤滟滟，昭仪坐其中，若三尺寒泉浸明玉"语，明人遂或击节诧为真古籍，与今人为杨慎伪造之汉《杂事秘辛》所惑正同。所谓汉伶玄撰之《飞燕外传》亦此类，但文辞殊胜而已。二曰《骊山记》，三曰《温泉记》，言张俞不第还蜀，于骊山下就故老问杨妃逸事，故老为具道；他日俞再经骊山，遇杨妃遣使相召，问人间事，且赐浴，明日敕吏引还，则惊起如梦觉，乃题诗于驿，后步野外，有牧童送酬和诗，云是前日一妇人之所托也。四曰《谭意歌传》，则为当时故事：意歌本良家子，流落长沙为倡，与汝州民张正字者相悦，婚约甚坚，而正字迫于母命，竟别娶；越三年妻殁，适有客来自长沙，责正字负义，且述意歌之贤，遂迎以归。后其子成进士，意歌"终身为命妇，夫妻偕老，子孙繁茂"，盖袭蒋防之《霍小玉传》，而结以"团圆"者也。

不知何人作者有《大业拾遗记》[21]二卷，题唐颜师古撰，亦名《隋遗录》。跋言会昌年间得于上元瓦棺寺阁上，本名《南部烟花录》，乃《隋书》遗稿，惜多缺落，因补以传；末无名，盖与造本文者出一手。记起于炀帝将幸江都，命麻叔谋开河，次及途中诸纵恣事，复造迷楼，怠荒于内，时之人望，乃归唐公，宇文化及将谋乱,因请放官奴分直上下,诏许之,"是有焚草之变"[22]。其叙述颇陵乱,多失实,而文笔明丽,情致亦时有绰约可观览者。

> ……长安贡御车女袁宝儿,年十五,腰肢纤堕,骇冶多态,帝宠爱之特厚。时洛阳进合蒂迎辇花,云得之嵩山坞中,人不知名,采者异而贡之。……帝令宝儿持之,号曰"司花女"。时虞世南草征辽指挥德音敕于帝侧,宝儿注视久之。帝谓世南曰,"昔传飞燕可掌上舞,朕常谓儒生饰于文字,岂人能若是乎?及今得宝儿,方昭前事;然多憨态,今注目于卿,卿才人,可便嘲之!"世南应诏为绝句曰,"学画鸦黄半未成,垂肩嚲袖太憨生,缘憨却得君王惜:长把花枝傍辇行。"帝大悦。……

> ……帝昏湎滋深,往往为妖祟所惑,尝游吴公宅鸡台,恍惚间与陈后主相遇。……舞女数十许,罗侍左右,中一人迥美,帝屡目之。后主云,"殿下不识此人耶?即丽华也。每忆桃叶山前乘战舰与此子北渡,尔时丽华最恨,方倚临春阁试东郭㺪紫毫笔,书小砑红绡作答江令'璧月'句,诗词未终,见韩擒虎跃青骢驹,拥万甲直来冲人,都不存去就,便至今日。"俄以绿文测海蠡酌红粱新酝劝帝,帝饮之甚欢,因请丽华舞"玉树后庭花",丽华辞以抛掷岁久,自井中出来,腰肢依拒,无复往时姿态,帝再三索之,乃徐起终一曲。后主问帝,"萧妃何如此人?"帝曰,"春兰秋菊,各一时之秀也。"……

又有《开河记》一卷,叙麻叔谋奉隋炀诏开河,虐民掘墓,纳贿，食小儿，事发遂诛死；《迷楼记》一卷，叙炀帝晚年荒恣，因王义切谏，独居二日，以为不乐，复入宫，后闻童谣，自识运尽。《海山记》二卷，则始自降生，次及兴土木，见妖鬼，幸江都，询王义，以至遇害，无不具记。三书与《隋遗录》相类，而叙述加详，顾时杂俚语，文采逊矣。《海山记》已见于《青琐高议》中，自是北宋人作，余当亦同，今本有题唐韩偓[23]撰者，明人妄增之。帝王纵恣，世人所不欲遭而所乐道，唐人喜言明皇，宋则益以隋炀，明罗贯中复撰集为《隋唐志传》[24]，清褚人获又增改以为《隋唐演义》[25]。

《梅妃传》一卷亦无撰人，盖见当时图画有把梅美人号梅妃者，泛言唐明皇时人，因造此传，谓为江氏名采苹，入宫因太真妒复见放，值禄山之乱，死于兵。有跋，略谓传是大中二年所写，在万卷朱遵度[26]家，今惟叶少蕴[27]与予得之；末不署名，盖亦即撰本文者，自云与叶梦得同时，则南渡前后之作矣。今本或题唐曹邺[28]撰，亦明人妄增之。

*　　　*　　　*

〔1〕　李昉（925—996）　字明远，北宋深州饶阳（今属河北）人，官至右仆射、中书侍郎平章事。曾参与编修《旧五代史》，并监修《太平御览》、《太平广记》和《文苑英华》。据《太平广记·进书表》所记，同修《太平广记》之十二人为吕文仲、吴淑、陈鄂、赵邻几、董淳、王克贞、张洎、宋白、徐铉、汤悦、李穆、扈蒙。

〔2〕　徐铉（916—991）　北宋扬州广陵（今江苏江都）人。仕南唐，后随李煜入宋为太子率更令。下文李昉语见宋袁褧《枫窗小牍》卷上。

所撰《稽神录》,《宋史·艺文志》著录十卷。已散佚,元末明初陶宗仪编《说郛》卷三、卷十四有辑本。

〔3〕 宋白(936—1012) 字太素,宋大名(今属河北)人,历官集贤殿直学士、翰林学士、吏部尚书。曾参与编撰《太平广记》、《文苑英华》。

〔4〕《永乐大典》 明永乐年间解缙等所辑类书。初名《文献大成》,后更广收各类图书七八千种,辑成二二八七七卷,凡例、目录六十卷,定名《永乐大典》。已散佚,今有影印出版的佚文七三〇卷。

〔5〕《剑侠传》 明人桃源居士辑编的《唐人说荟》中有题为段成式撰的《剑侠传》共十二篇。其中除《兰陵老人》、《卢生》等四篇原出段成式《酉阳杂俎》外,其他均非段成式的作品。

〔6〕 张君房 参看本卷第83页注〔23〕。他曾主持修校秘阁所藏道书,摘要编成《云笈七籤》一二二卷。所撰《乘异记》,《宋史·艺文志》著录三卷。

〔7〕 张师正 字不疑,宋邢州龙冈(今河北邢台)人,熙宁年间为辰州帅。所撰《括异志》,《宋史·艺文志》著录十卷。

〔8〕 聂田 生平不详。《祖异志》,陶宗仪编《说郛》卷六有辑本,无卷数及撰人姓名。清陶珽重辑《说郛》卷一一八著录《徂异记》一卷,题宋聂田撰。

〔9〕 秦再思 生平不详。所撰《洛中纪异》,《宋史·艺文志》著录十卷。

〔10〕 毕仲询 北宋人,神宗元丰时为岚州推官。所撰《幕府燕闲录》,《宋史·艺文志》著录十卷。

〔11〕 郭彖 字伯象,一作次象,南宋和州历阳(今安徽和县)人。由进士历官知兴国军。所撰《睽车志》,《宋史·艺文志》著录一卷,宋陈振孙《直斋书录解题》作五卷。所记多为高宗、孝宗年间事。

〔12〕 洪迈生卒年,据钱大昕《洪文敏公年谱》,洪迈生于1123年,

死于 1202 年。

〔13〕　赵与峕(1172—1228)　字行之,宋宗室,曾官丽水丞。所撰《宾退录》,十卷。

〔14〕　《绿珠传》　《宋史·艺文志》著录曾致尧《广中台记》八十卷,又《绿珠传》一卷。但马端临《文献通考·经籍考》、晁公武《郡斋读书志》等书则以为宋乐史撰。鲁迅《唐宋传奇集》曾辑录。

〔15〕　《杨太真外传》　《宋史·艺文志》著录《杨妃外传》一卷,注云"不知作者"。陈振孙《直斋书录解题》指明"《杨妃外传》一卷,直史馆临川乐史子正撰"。鲁迅《唐宋传奇集》曾辑录。

〔16〕　《滕王外传》、《李白外传》、《许迈传》,《宋史·艺文志》均著录,各一卷。前二者题乐史撰,后者不题撰者。

〔17〕　勘磨司　据《宋史·乐黄目传》作"磨勘司"。

〔18〕　《太平寰宇记》　北宋乐史编撰的地理总志,二百卷。成于太平兴国年间,内容以叙述地区沿革为主,兼及风俗、人物、经济、文化等。

〔19〕　秦醇　字子复,北宋亳州谯(今安徽亳州)人。刘斧《青琐高议》所收《赵飞燕别传》署"谯川秦醇子复撰",《温泉记》署"亳州秦醇子履撰"。余事不详。

〔20〕　刘斧　北宋人,生活于仁宗、哲宗年间,《青琐高议》卷首孙副枢序称之为"刘斧秀才"。余事不详。《青琐高议》,近人董康据士礼居写本所刻,前后集各十卷,《别集》七卷。

〔21〕　《大业拾遗记》　《宋史·艺文志》小说类著录颜师古《隋遗录》一卷,传记类著录颜师古《大业拾遗》一卷。关于《大业拾遗记》本文与跋撰者问题,鲁迅《唐宋传奇集·稗边小缀》曾云,此书"本文与跋,词意荒率,似一手所为。而托之师古,其术与葛洪之《西京杂记》,谓钞自刘歆之《汉书》遗稿者正等。然才识远逊,故罅漏殊多,不待吹求,已知

其伪。"

〔22〕 焚草之变　据《隋书·宇文化及传》载,宇文化及等发动兵变时,司马德戡曾集兵城内举火与城外相应,隋炀帝闻声问是何事,裴虔通伪称:"草坊被焚,外人救火,故喧嚣耳。"炀帝信以为真,未加提防,遂被杀。史称此次兵变为"焚草之变"。

〔23〕 韩偓(844—923)　字致尧(一作致光),小字冬郎,唐京兆万年(今陕西西安)人,曾官翰林学士、中书舍人。

〔24〕 罗贯中及《隋唐志传》,参看本书第十四篇。

〔25〕 褚人获及《隋唐演义》,参看本书第十四篇及其注〔11〕。

〔26〕 朱遵度　南唐青州(今属山东)人。好藏书,有"朱万卷"之称,避居不仕。撰有《群书丽藻目录》等。

〔27〕 叶少蕴(1077—1148)　名梦得,号石林居士,南宋吴县(今属江苏)人,曾任江东安抚制置大使,兼知建康府。撰有《避暑录话》、《石林词》等。

〔28〕 曹邺(约816—约875)　字业之,一作邺之,唐桂州阳朔(今属广西)人,大中进士,曾任祠部郎中、洋州刺史。撰有《曹祠部集》。

第十二篇　宋之话本

宋一代文人之为志怪,既平实而乏文彩,其传奇,又多托往事而避近闻,拟古且远不逮,更无独创之可言矣。然在市井间,则别有艺文兴起。即以俚语著书,叙述故事,谓之"平话",即今所谓"白话小说"者是也。

然用白话作书者,实不始于宋。清光绪中,敦煌千佛洞之藏经始显露,大抵运入英法,中国亦拾其余藏京师图书馆;书为宋初所藏,多佛经,而内有俗文体之故事数种,盖唐末五代人钞,如《唐太宗入冥记》,《孝子董永传》,《秋胡小说》则在伦敦博物馆,《伍员入吴故事》则在中国某氏,[1]惜未能目睹,无以知其与后来小说之关系。以意度之,则俗文之兴,当由二端,一为娱心,一为劝善,而尤以劝善为大宗,故上列诸书,多关惩劝,京师图书馆所藏,亦尚有俗文《维摩》《法华》等经及《释迦八相成道记》《目连入地狱故事》[2]也。

《唐太宗入冥记》首尾并阙,中间仅存,盖记太宗杀建成元吉,生魂被勘事者;讳其本朝之过,始盛于宋,此虽关涉太宗,故当仍为唐人之作也,文略如下:

　　……判官懔恶,不敢道名字。帝曰,"卿近前来。"轻道,"姓崔,名子玉。""朕当识。"言讫,使人引皇帝至院门,使人奏曰,"伏惟陛下且立在此,容臣入报判官速来。"言

115

讫,使来者到厅拜了,"启判官:奉大王处,太宗是生魂到,领判官推勘,见在门外,未敢引。"判官闻言,惊忙起立,……

宋有《梁公九谏》一卷(在《士礼居丛书》中),文亦朴陋如前记,书叙武后废太子为庐陵王,而欲传位于侄武三思,经狄仁杰极谏者九,武后始感悟,召还复立为太子。卷首有范仲淹《唐相梁公碑文》[3],乃贬守番阳时作,则书出当在明道二年(一○三三)以后矣。

第六谏

则天睡至三更,又得一梦,梦与大罗天女对手着棋,局中有子,旋被打将,频输天女,忽然惊觉。来日受朝,问诸大臣,其梦如何?狄相奏曰,"臣圆此梦,于国不祥。陛下梦与大罗天女对手着棋,局中有子,旋被打将,频输天女:盖谓局中有子,不得其位,旋被打将,失其所主。今太子庐陵王贬房州千里,是谓局中有子,不得其位,遂感此梦。臣愿东宫之位,速立庐陵王为储君,若立武三思,终当不得!"

然据现存宋人通俗小说观之,则与唐末之主劝惩者稍殊,而实出于杂剧中之"说话"。说话者,谓口说古今惊听之事,盖唐时亦已有之,段成式《酉阳杂俎》(《续集》四《贬误篇》)有云,"予太和末,因弟生日观杂戏,有市人小说,呼扁鹊作'编鹊'字,上声。……"李商隐《骄儿诗》(集一)亦云,"或谑张飞胡,或笑邓艾吃。"似当时已有说三国故事者,然未详。宋都汴,民物康阜,游乐之事甚多,市井间有杂伎艺,其中有"说话",执此业者曰"说话人"。说话人又有专家，孟元老[4]（《东京梦华录》五）尝举其目，曰小说，曰合生，曰说诨话，曰说三分，曰说《五代史》。南渡以后，此风未改，据吴自牧[5]（《梦粱录》二十）所记载则有四科如下：

　　说话者，谓之舌辨，虽有四家数，各有门庭：

　　且"小说"名"银字儿"，如烟粉灵怪传奇公案扑刀杆棒发迹变态之事。……谈论古今，如水之流。

　　"谈经"者，谓演说佛书，"说参请"者，谓宾主参禅悟道等事。……又有"说诨经"者。

　　"讲史书"者，谓讲说《通鉴》汉唐历代书史文传兴废战争之事。

　　"合生"，与起今随今[6]相似，各占一事也。

灌园耐得翁[7]（《都城纪胜》）述临安盛事，亦谓说话有四家，曰小说，曰说经说参请，曰说史，曰合生，而分小说为三类，即"一者银字儿，如烟粉灵怪传奇；说公案，皆是搏拳提刀赶棒及发迹变态之事；说铁骑儿，谓士马金鼓之事"是也。周密[8]之书（《武林旧事》六），叙四科又略异，曰演史，曰说经诨经，曰小说，曰说诨话，无合生；且谓小说有雄辩社（卷三），则其时说话人不惟各守家数，且有集会以磨炼其技艺者矣。

　　说话之事，虽在说话人各运匠心，随时生发，而仍有底本以作凭依，是为"话本"。《梦粱录》（二十）影戏条下云，"其话本与讲史书者颇同，大抵真假相半。"又小说讲经史条下云，"盖小说者，能讲一朝一代故事，顷刻间捏合。"《都城纪胜》所说同，惟"捏合"作"提破"而已。是知讲史之体，在历叙史实而杂以虚辞，小说之体，在说一故事而立知结局，今所存《五代史平话》及《通俗小说》[9]残本，盖即此二科话本之流，其体式正如此。

《新编五代史平话》者，讲史之一，孟元老所谓"说《五代史》"之话本，此殆近之矣。其书梁唐晋汉周每代二卷，各以诗起，次入正文，又以诗终。惟《梁史平话》始于开辟，次略叙历代兴亡之事，立论颇奇，而亦杂以诞妄之因果说。

> 龙争虎战几春秋，五代梁唐晋汉周，
>
> 兴废风灯明灭里，易君变国若传邮。

> 粤自鸿荒既判，风气始开，伏羲画八卦而文籍生，黄帝垂衣裳而天下治。……那时诸侯皆已顺从，独蚩尤共炎帝侵暴诸侯，不服王化。黄帝乃帅诸侯，兴兵动众，……遂杀死炎帝，活捉蚩尤，万国平定。这黄帝做着个厮杀的头脑，教天下后世习用干戈。……汤伐桀，武王伐纣，皆是以臣弑君，篡夺了夏殷的天下。汤武不合做了这个样子，后来周室衰微，诸侯强大，春秋之世二百四十年之间，臣弑其君的也有，子弑其父的也有。孔子圣人为见三纲沦，九法致，秉那直笔，做一卷书，唤做《春秋》，褒奖他善的，贬罚他恶的，故孟子道是"孔子作《春秋》而乱臣贼子惧"。只有汉高祖姓刘字季，他取秦始皇天下不用篡弑之谋，真个是：

> 手拿三尺龙泉剑，夺却中原四百州。

> 刘季杀了项羽，立着国号曰汉，只因疑忌功臣，如韩王信彭越陈豨之徒，皆不免族灭诛夷。这三个功臣抱屈

衔冤,诉于天帝,天帝可怜见三个功臣无辜被戮,令他每三个托生做三个豪杰出来:韩信去曹家托生做着个曹操,彭越去孙家托生做着个孙权,陈豨去那宗室家托生做着个刘备。这三个分了他的天下,……三国各有史,道是《三国志》是也。……

于是更自晋及唐,以至黄巢变乱,朱氏立国,其下卷今阙,必当讫于梁亡矣。全书叙述,繁简颇不同,大抵史上大事,即无发挥,一涉细故,便多增饰,状以骈俪,证以诗歌,又杂诨词,以博笑噱,如说黄巢下第,与朱温等为盗,将劫侯家庄马评事时途中情景,即其例也:

　　……黄巢道,"若去劫他时,不消贤弟下手,咱有桑门剑一口,是天赐黄巢的,咱将剑一指,看他甚人,也抵敌不住。"道罢便去,行过一个高岭,名做悬刀峰,自行了半个日头,方得下岭。好座高岭! 是:根盘地角,顶接天涯,苍苍老桧拂长空,挺挺孤松侵碧汉,山鸡共日鸡齐斗,天河与涧水接流,飞泉飘雨脚廉纤,怪石与云头相轧。怎见得高?

　　几年撅下一樵夫,至今未曾撅到底。

　　黄巢兄弟四人过了这座高岭,望见那侯家庄。好座庄舍! 但见:石惹闲云,山连溪水,堤边垂柳,弄风袅袅拂溪桥,路畔闲花,映日丛丛遮野渡。那四个兄弟望见庄舍远不出五里田地,天色正晡,同入个树林中躲了,待晚西却行到那马家门首去。……

《京本通俗小说》不知本几卷,今存卷十至十六,每卷一篇,曰《碾玉观音》,曰《菩萨蛮》,曰《西山一窟鬼》,曰《志诚张主管》,曰《拗相公》,曰《错斩崔宁》,曰《冯玉梅团圆》等,每篇各具首尾,顷刻可了,与吴自牧所记正同。其取材多在近时,或采之他种说部,主在娱心,而杂以惩劝。体制则什九先以闲话或他事,后乃缀合,以入正文。如《碾玉观音》因欲叙咸安郡王游春,则辄举春词至十余首:

> 山色晴岚景物佳,暖烘回雁起平沙,东郊渐觉花供眼,南陌依稀草吐芽。　　堤上柳,未藏鸦,寻芳趁步到山家,陇头几树红梅落,红杏枝头未着花。

这首《鹧鸪天》说孟春景致,原来又不如仲春词做得好:

> …………

这三首词,都不如王荆公看见花瓣儿片片风吹下地来,原来这春归去是东风断送的。有诗道:

> 春日春风有时好,春日春风有时恶,
> 不得春风花不开,花开又被风吹落。

苏东坡道,不是东风断送春归去,是春雨断送春归去。有诗道:

> 雨前初见花间蕊,雨后全无叶底花,
> 蜂蝶纷纷过墙去,却疑春色在邻家。

秦少游道,也不干风事,也不干雨事,是柳絮飘将春色去。有诗道:

> 三月柳花轻复散,飘扬淡荡送春归,
> 此花本是无情物,一向东飞一向西。

…………

　　王岩叟道，也不干风事，也不干雨事，也不干柳絮事，也不干蝴蝶事，也不干黄莺事，也不干杜鹃事，也不干燕子事，是九十日春光已过春归去。曾有诗道：

　　　　怨风怨雨两俱非，风雨不来春亦归，
　　　　腮边红褪青梅小，口角黄消乳燕飞，
　　　　蜀魄健啼花影去，吴蚕强食柘桑稀，
　　　　直恼春归无觅处，江湖辜负一蓑衣。

　　说话的因甚说这春归词？绍兴年间，行在有个关西延州延安府人，本身是三镇节度使咸安郡王，当时怕春归去，将带着许多钧眷游春，……

此种引首，与讲史之先叙天地开辟者略异，大抵诗词之外，亦用故实，或取相类，或取不同，而多为时事。取不同者由反入正，取相类者较有浅深，忽而相牵，转入本事，故叙述方始，而主意已明，耐得翁之所谓"提破"，吴自牧之所谓"捏合"，殆指此矣。凡其上半，谓之"得胜头回"，头回犹云前回，听说话者多军民，故冠以吉语曰得胜，非因进讲宫中，因有此名也。至于文式，则与《五代史平话》之铺叙琐事处颇相似，然较详。《西山一窟鬼》述吴秀才一为鬼诱，至所遇无一非鬼，盖本之《鬼董》[10]（四）之《樊生》，而描写委曲琐细，则虽明清演义亦无以过之，如其记订婚之始云：

　　……开学堂后，有一年之上，也罢过，那街上人家都把孩子们来与它教训，颇有些趱足。当日正在学堂里教书，只听得青布帘儿上铃声响，走将一个人入来。吴教授看那入来的人:不是别人,却是十年前搬去的邻舍王婆。原来那婆子是个"撮合山",专靠做媒为生。吴教授相揖罢,道,"多时不见。而今婆婆在那里住?"婆子道,"只道教授忘了老媳妇,如今老媳妇在钱塘门里沿城住。"教授问,"婆婆高寿?"婆子道,"老媳妇犬马之年七十有五。教授青春多少?"教授道,"小子二十有二。"婆子道,"教授方才二十有二,却像三十以上人,想教授每日价费多少心神;据我媳妇愚见,也少不得一个小娘子相伴。"教授道,"我这里也几次问人来,却没这般头脑。"婆子道,"这个'不是冤家不聚会'。好教官人得知,却有一头好亲在这里,一千贯钱房计,带一个从嫁,又好人才,却有一床乐器都会,又写得算得,又是哰嗦大官府第出身,只要嫁个读书官人。教授却是要也不?"教授听得说罢,喜从天降,笑逐颜开,道,"若还真个有这人时,可知好哩!只是这个小娘子如今在那里?"……

南宋亡,杂剧消歇,说话遂不复行,然后本盖颇有存者,后人目染,仿以为书,虽已非口谈,而犹存曩体,小说者流有《拍案惊奇》《醉醒石》[11]之属,讲史者流有《列国演义》《隋唐演义》[12]之属,惟世间于此二科,渐不复知所严别,遂俱以"小说"为通名。

* * * *

〔1〕《唐太宗入冥记》 见王重民等所辑《敦煌变文集》卷二。《孝子董永传》,见《敦煌变文集》卷一,题《董永变文》。《秋胡小说》,见

《敦煌变文集》卷二,题《秋胡变文》,现存者系残本。《伍员入吴故事》,见《敦煌变文集》卷一,题《伍子胥变文》)。

〔2〕　《维摩》　全称《维摩诘经讲经文》,见《敦煌变文集》卷五,现共存残卷六篇。《法华》,全称《妙法莲华经》,见《敦煌变文集》卷五,现存二篇。《释迦八相成道记》,按《敦煌变文集》卷四《太子成道经》、《太子成道变文》、《八相变》及卷七《八相押座文》四篇,均叙释迦成道故事,《释迦八相成道记》似指此四篇而言。《目连入地狱故事》,见《敦煌变文集》卷六,题《大目乾连冥间救母变文》)。

〔3〕　范仲淹(989—1052)　字希文,北宋吴县(今属江苏)人,曾任参知政事。撰有《范文正公集》。《唐相梁公碑文》,见《范文正公集》卷十一。据该书附录《范文正公年谱》载,范仲淹于宝元元年(1038)自鄱阳赴润州,“道由彭泽,谒狄梁公庙,慨慕名节,为之作记立碑。”

〔4〕　孟元老　号幽兰居士,宋代人,生平不详(有说可能是为宋徽宗督造艮岳的孟揆)。所撰《东京梦华录》,十卷,成书于南宋初。内容追记北宋都城汴梁的城市、街坊、岁时、风俗、伎艺等。

〔5〕　吴自牧　南宋钱塘(今浙江杭州)人,生平不详。所撰《梦粱录》,二十卷,记南宋都城临安郊庙宫殿、风俗、物产及百工杂戏等。

〔6〕　起今随今　据《梦粱录》卷二十,原作“起令随令”。

〔7〕　灌园耐得翁　一作灌圃耐得翁,姓赵,南宋时人。所撰《都城纪胜》,一卷,分市井、瓦舍众伎等十四类,记述当时都城临安街坊店铺、园林建筑和瓦舍伎艺等。

〔8〕　周密(1232—1298)　字公谨,号草窗。南宋济南人,寓浙江吴兴,曾任义乌县令。所撰《武林旧事》,十卷,成书于宋亡以后,记述南宋都城临安杂事,其中对民间伎艺记述颇详。《武林旧事》六《诸色艺人》“合生”作“合笙”。

〔9〕　《五代史平话》　即《新编五代史平话》,全书概述五代兴亡

历史。《通俗小说》,即《京本通俗小说》,话本集,残本存九篇。江东老
蟫(缪荃孙)跋云:其中"定州三怪一回,破碎太甚;金主亮荒淫两卷,过
于秽亵;未敢传摹。"故现通行本只七篇。

〔10〕 《鬼董》 一名《鬼董狐》,五卷。作者姓沈,宋人。

〔11〕 《拍案惊奇》、《醉醒石》 参看本书第二十一篇。

〔12〕 《列国演义》 参看本书第十五篇。《隋唐演义》,参看本书
第十四篇。

第十三篇 宋元之拟话本

说话既盛行,则当时若干著作,自亦蒙话本之影响。北宋时,刘斧秀才杂辑古今稗说为《青琐高议》及《青琐摭遗》[1],文辞虽拙俗,然尚非话本,而文题之下,已各系以七言,如

《流红记》(红叶题诗娶韩氏)

《赵飞燕外传》(别传叙飞燕本末)

《韩魏公》(不罪碎盏烧须人)

《王榭》(风涛飘入乌衣国)[2]

等,皆一题一解,甚类元人剧本结末之"题目"与"正名",因疑汴京说话标题,体裁或亦如是,习俗浸润,乃及文章。至于全体被其变易者,则今尚有《大唐三藏法师取经记》及《大宋宣和遗事》[3]二书流传,皆首尾与诗相始终,中间以诗词为点缀,辞句多俚,顾与话本又不同,近讲史而非口谈,似小说而无捏合。钱曾于《宣和遗事》,则并《灯花婆婆》等十五种[4]并谓之"词话"(《也是园书目》十),以其有词有话也,然其间之《错斩崔宁》《冯玉梅团圆》两种,亦见《京本通俗小说》中,本说话之一科,传自专家,谈吐如流,通篇相称,殊非《宣和遗事》所能企及。盖《宣和遗事》虽亦有词有说,而非全出于说话人,乃由作者掇拾故书,益以小说,补缀联属,勉成一书,故形式仅存,而精采遂逊,文辞又多非己出,不足以云创作也。《取经记》尤苟

简。惟说话消亡,而话本终蜕为著作,则又赖此等为其枢纽而已。

《大唐三藏法师取经记》三卷,旧本在日本,又有一小本曰《大唐三藏取经诗话》,内容悉同,卷尾一行云"中瓦子张家印",张家为宋时临安书铺,世因以为宋刊,然逮于元朝,张家或亦无恙,则此书或为元人撰,未可知矣。三卷分十七章,今所见小说之分章回者始此;每章必有诗,故曰诗话。首章两本俱阙,次章则记玄奘等之遇猴行者。

行程遇猴行者处第二

僧行六人,当日起行。……偶于一日午时,见一白衣秀才,从正东而来,便揖和尚,"万福万福! 和尚今往何处,莫不是再往西天取经否?"法师合掌曰:"贫道奉敕,为东土众生未有佛教,是取经也。"秀才曰:"和尚生前两回去取经,中路遭难,此回若去,千死万死!"法师云:"你如何得知?"秀才曰:"我不是别人,我是花果山紫云洞八万四千铜头铁额弥猴王。我今来助和尚取经,此去百万程途,经过三十六国,多有祸难之处。"法师应曰:"果得如此,三世有缘,东土众生,获大利益。"当便改呼为猴行者。僧行七人,次日同行,左右伏事。猴行者因留诗曰:

> 百万程途向那边,今来佐助大师前,
> 一心祝愿逢真教,同往西天鸡足山。

三藏法师诗答曰:

> 此日前生有宿缘,今朝果遇大明仙,
> 前途若到妖魔处,望显神通镇佛前。

于是借行者神通，偕入大梵天王宫，法师讲经已，得赐“隐形帽一顶，金镮锡杖一条，钵盂一只，三件齐全”，复反下界，经香林寺，履大蛇岭九龙池诸危地，俱以行者法力，安稳进行；又得深沙神身化金桥，渡越大水，出鬼子母国女人国而达王母池处，法师欲桃，命猴行者往窃之。

入王母池之处第十一

……法师曰：“愿今日蟠桃结实，可偷三五个吃。”猴行者曰：“我因八百岁时偷吃十颗，被王母捉下，左肋判八百，右肋判三千铁棒，配在花果山紫云洞，至今肋下尚痛，我今定是不敢偷吃也。”……前去之间，忽见石壁高岑万丈，又见一石盘，阔四五里地，又有两池，方广数十里，渌渌万丈，鸦鸟不飞。七人才坐，正歇之次，举头遥望，万丈石壁之中，有数株桃树，森森耸翠，上接青天，枝叶茂浓，下浸池水。……行者曰：“树上今有十余颗，为地神专在彼处守定，无路可去偷取。”师曰：“你神通广大，去必无妨。”说由未了，擉下三颗蟠桃入池中去，师甚敬惶，问此落者是何物？答曰：“师不要敬（惊字之略），此是蟠桃正熟，擉下水中也。”师曰：“可去寻取来吃！”……

行者以杖击石，先后现二童子，一云三千岁，一五千岁，皆挥去。

……又敲数下，偶然一孩儿出来，问曰：“你年多少？”答曰：“七千岁。”行者放下金镮杖，叫取孩儿入手中，问和尚你吃否？和尚闻语，心敬便走。被行者手中旋数下，孩儿化成一枚乳枣。当时吞入口中，后归东土唐朝，遂吐出

于西川,至今此地中生人参是也。空中见有一人,遂吟诗
曰:

> 花果山中一子才,小年曾此作场乖,
>
> 而今耳热空中见,前次偷桃客又来。

由是竟达天竺,求得经文五千四百卷,而阙《多心经》,回至香
林寺,始由定光佛见授。七人既归,则皇帝郊迎,诸州奉法,至
七月十五日正午,天宫乃降采莲舡,法师乘之,向西仙去;后太
宗复封猴行者为铜筋铁骨大圣云。

《大宋宣和遗事》世多以为宋人作,而文中有吕省元[5]
《宣和讲篇》及南儒《咏史诗》,省元南儒皆元代语,则其书或出
于元人,抑宋人旧本,而元时又有增益,皆不可知,口吻有大类
宋人者,则以钞撮旧籍而然,非著者之本语也。书分前后二
集,始于称述尧舜而终以高宗之定都临安,案年演述,体裁甚
似讲史。惟节录成书,未加融会,故先后文体,致为参差,灼然
可见。其剽取之书当有十种[6]。前集先言历代帝王荒淫之
失者其一,盖犹宋人讲史之开篇;次述王安石变法之祸者其
二,亦北宋末士论之常套;次述安石引蔡京入朝至童贯蔡攸巡
边者其三,首一为语体,次二为文言而并杂以诗者;其四,则梁
山泺聚义本末,首述杨志卖刀杀人,晁盖劫生日礼物,遂邀约
二十人,同入太行山梁山泺落草,而宋江亦以杀阎婆惜出走,
伏屋后九天玄女庙中,见官兵已退,出谢玄女。

> ……则见香案上一声响亮,打一看时,有一卷文书在
> 上。宋江才展开看了,认得是个天书;又写着三十六个姓
> 名;又题著四句道:

破国因山木，兵刀用水工，

一朝充将领，海内耸威风。

宋江读了，口中不说，心下思量：这四句分明是说了我里姓名；又把开天书一卷，仔细看觑，见有三十六将的姓名。那三十六人道个甚底？

智多星吴加亮　玉麒麟李进义　青面兽杨志　混江龙李海　九纹龙史进　入云龙公孙胜　浪里白条张顺　霹雳火秦明　活阎罗阮小七　立地太岁阮小五　短命二郎阮进　大刀关必胜　豹子头林冲　黑旋风李逵　小旋风柴进　金枪手徐宁　扑天雕李应　赤发鬼刘唐　一直撞董平　插翅虎雷横　美髯公朱同　神行太保戴宗　赛关索王雄　病尉迟孙立　小李广花荣　没羽箭张青　没遮拦穆横　浪子燕青　花和尚鲁智深　行者武松　铁鞭呼延绰　急先锋索超　拚命三郎石秀　火船工张岑　摸着云杜千　铁天王晁盖

宋江看了人名，末后有一行字写道："天书付天罡院三十六员猛将，使呼保义宋江为帅，广行忠义，殄灭奸邪。"

于是江率朱同等九人亦赴山寨，会晁盖已死，遂被推为首领，"各人统率强人，略州劫县，放火杀人，攻夺淮阳，京西，河北三路二十四州八十余县，劫掠子女玉帛，掳掠甚众"，已而鲁智深等亦来投，遂足三十六人之数。

一日，宋江与吴加亮商量，"俺三十六员猛将，并已登数,休要忘了东岳保护之恩,须索去烧香赛还心愿则个。"
择日起行,宋江题了四句放旗上道:

> 来时三十六,去后十八双,
>
> 若还少一个,定是不归乡!

宋江统率三十六将往朝东岳,赛取金炉心愿。朝廷
不奈何,只得出榜招谕宋江等。有那元帅姓张名叔夜的,
是世代将门之子,前来招诱;宋江和那三十六人归顺宋
朝,各受大夫诰敕,分注诸路巡检使去也;因此三路之寇,
悉得平定。后遣宋江收方腊有功,封节度使。

其五,为徽宗幸李师师家,曹辅进谏及张天觉隐去;其六,为道
士林灵素进用及其死葬之异;其七,为腊月预赏元宵及元宵看
灯之盛,皆平话体。其叙元宵看灯云:

宣和六年正月十四日夜,去大内门直上一条红绵绳
上,飞下一个仙鹤儿来,口内衔一道诏书,有一员中使接
得展开,奉圣旨:宣万姓。有那快行家手中把着金字牌,
喝道,"宣万姓!"少刻,京师民有似云浪,尽头上戴着玉
梅,雪柳,闹蛾儿,直到鳌山下看灯。却去宣德门直上有
三四个贵官,……得了圣旨,交撒下金钱银钱,与万姓抢
金钱。那教坊大使袁陶曾作词,名做《撒金钱》:

> 频瞻礼,喜升平又逢元宵佳致。鳌山高耸翠,对
> 端门珠玑交制,似嫦娥,降仙宫,乍临凡世。 恩露
> 匀施,凭御阑圣颜垂视。撒金钱,乱抛坠,万姓推抢
> 没理会;告官里,这失仪,且与免罪。

是夜撒金钱后,万姓各各遍游市井,可谓是:

灯火荧煌天不夜,笙歌嘈杂地长春。

后集则始自金人来运粮,以至京城陷为第八种;又自金兵入城,帝后北行受辱,以至高宗定都临安为第九第十种,即取《南烬纪闻》《窃愤录》及《续录》[7]而小有删节,二书今俱在,或题辛弃疾[8]作,而宋人已以为伪书。卷末复有结论,云"世之儒者谓高宗失恢复中原之机会者有二焉:建炎之初失其机者,潜善伯彦偷安于目前误之也;绍兴之后失其机者,秦桧为虏用间误之也。失此二机,而中原之境土未复,君父之大仇未报,国家之大耻不能雪,此忠臣义士之所以扼腕,恨不食贼臣之肉而寝其皮也欤!"则亦南宋时桧党失势后士论之常套也。

*　　　*　　　*

〔1〕《青琐高议》及《青琐摭遗》　即《青琐高议别集》,参看本卷第 113 页注〔20〕。

〔2〕《流红记》　见《青琐高议》前集卷五。《赵飞燕外传》,见《青琐高议》前集卷七,"外传"一作"别传"。《韩魏公》,见《青琐高议》后集卷二。《王榭》,见《青琐高议别集》卷四。

〔3〕《大唐三藏法师取经记》　一名《大唐三藏取经诗话》,三卷。日本有德富苏峰成篑堂藏大字本《取经记》、三浦观树藏小字巾箱本《取经诗话》(后归大仓喜七郎)。二者各有残缺。一九一六年我国有影印本。《大宋宣和遗事》,简称《宣和遗事》,分元亨利贞四集,或前后二集。此书与《大唐三藏法师取经记》均出宋元间,撰者未详。

〔4〕《灯花婆婆》等十五种　参看本卷第 18 页注〔49〕。

〔5〕吕省元　疑即吕中。《四库全书总目提要·大事记讲义》:"宋吕中撰,中字时可,泉州晋江人。淳祐中进士,迁国子监丞,兼崇政

殿说书,徙肇庆教授。"

〔6〕 剽取之书当有十种 这十种书大约是《续宋编年资治通鉴》、《九朝编年备要》、《钱塘遗事》、《宾退录》、《建炎中兴记》、《皇朝大事记讲义》、《南烬纪闻》、《窃愤录》、《窃愤续录》、《林灵素传》。

〔7〕 《南烬纪闻》 一卷。《窃愤录》、《续录》,各一卷。二书皆记述宋徽、钦二帝被掳北行之事。

〔8〕 辛弃疾(1140—1207) 字幼安,号稼轩,南宋历城(今山东济南)人。历任湖北、江西、湖南、福建、浙东等地安抚使,主张积极抗金。撰有词集《稼轩长短句》等。

第十四篇　元明传来之讲史（上）

宋之说话人，于小说及讲史皆多高手（名见《梦粱录》及《武林旧事》），而不闻有著作；元代扰攘，文化沦丧，更无论矣。日本内阁文库藏元至治（一三二一——一三二三）间新安虞氏刊本全相（犹今所谓绣像全图）平话五种[1]，曰《武王伐纣书》，曰《乐毅图齐七国春秋后集》，曰《秦并六国》，曰《吕后斩韩信前汉书续集》，曰《三国志》，每集各三卷（《斯文》第八编第六号，盐谷温《关于明的小说"三言"》），今惟《三国志》有印本（盐谷博士影印本及商务印书馆翻印本），他四种未能见。其《全相三国志平话》分为上下二栏，上栏为图，下栏述事，以桃园结义始，孔明病殁终。而开篇亦先叙汉高祖杀戮功臣，玉皇断狱，令韩信转生为曹操，彭越为刘备，英布为孙权，高祖则为献帝，立意与《五代史平话》无异。惟文笔则远不逮，词不达意，粗具梗概而已，如述"赤壁鏖兵"云：

> 却说武侯过江到夏口，曹操舡上高叫"吾死矣！"众军曰，"皆是蒋干。"众官乱刀锉蒋干为万段。曹操上舡，荒速夺路，走出江口，见四面舡上，皆为火也。见数十只舡，上有黄盖言曰，"斩曹贼，使天下安若太山！"曹相百官，不通水战，众人发箭相射。却说曹操措手不及，四面火起，前又相射。曹操欲走，北有周瑜，南有鲁肃，西有陵统甘

宁,东有张昭吴苞,四面言杀。史官曰:"倘非曹公家有五
帝之分,孟德不能脱。"曹操得命,西北而走,至江岸,众人
撮曹公上马。却说黄昏火发,次日斋时方出,曹操回顾,
尚见夏口舡上烟焰张天,本部军无一万。曹相望西北而
走,无五里,江岸有五千军,认得是常山赵云,拦住,众官
一齐攻击,曹相撞阵过去。……至晚,到一大林。……曹
公寻滑荣路去,行无二十里,见五百校刀手,关将拦住。
曹相用美言告云长,"看操亭侯有恩。"关公曰:"军师严
令。"曹公撞阵却过。说话间,面生尘雾,使曹公得脱。关
公赶数里复回,东行无十五里,见玄德,军师。是走了曹
贼,非关公之过也。言使人小着玄德(案此句不可解)。
众问为何。武侯曰,"关将仁德之人,往日蒙曹相恩,其此
而脱矣。"关公闻言,忿然上马,告主公复追之。玄德曰,
"吾弟性匪石,宁奈不倦。"军师言,"诸葛赤(亦?)去,万无
一失。"……(卷中十八至十九页)

观其简率之处,颇足疑为说话人所用之话本,由此推演,大加
波澜,即可以愉悦听者,然页必有图,则仍亦供人阅览之书也。
余四种恐亦此类。

说《三国志》者,在宋已甚盛,盖当时多英雄,武勇智术,瑰
伟动人,而事状无楚汉之简,又无春秋列国之繁,故尤宜于讲
说。东坡(《志林》六)谓"王彭尝云,途巷中小儿薄劣,其家所
厌苦,辄与钱,令聚坐听说古话,至说三国事,闻刘玄德败,频
蹙眉,有出涕者,闻曹操败,即喜唱快。以是知君子小人之泽,
百世不斩。"在瓦舍,"说三分"为说话之一专科,与"说《五代

史》”并列(《东京梦华录》五)。金元杂剧亦常用三国时事,如《赤壁鏖兵》《诸葛亮秋风五丈原》《隔江斗智》《连环计》《复夺受禅台》[2]等,而今日搬演为戏文者尤多,则为世之所乐道可知也。其在小说,乃因有罗贯中本而名益显。

贯中,名本,钱唐人(明郎瑛《七修类稿》二十三田汝成《西湖游览志余》二十五胡应麟《少室山房笔丛》四十一),或云名贯,字贯中(明王圻《续文献通考》一百七十七),或云越人,生洪武初(周亮工《书影》),盖元明间人(约一三三〇——一四〇〇)。所著小说甚夥,明时云有数十种(《志余》),今存者《三国志演义》之外,尚有《隋唐志传》《残唐五代史演义》《三遂平妖传》《水浒传》等;亦能词曲,有杂剧《龙虎风云会》[3](目见《元人杂剧选》)。然今所传诸小说,皆屡经后人增损,真面殆无从复见矣。

罗贯中本《三国志演义》[4],今得见者以明弘治甲寅(一四九四)刊本为最古,全书二十四卷,分二百四十回,题曰“晋平阳侯陈寿史传,后学罗本贯中编次”。起于汉灵帝中平元年“祭天地桃园结义”,终于晋武帝太康元年“王濬计取石头城”,凡首尾九十七年(一八四——二八〇)事实,皆排比陈寿《三国志》及裴松之[5]注,间亦仍采平话,又加推演而作之;论断颇取陈裴及习凿齿孙盛[6]语,且更盛引“史官”及“后人”诗。然据旧史即难于抒写,杂虚辞复易滋混淆,故明谢肇淛[7](《五杂组》十五)既以为“太实则近腐”,清章学诚[8](《丙辰札记》)又病其“七实三虚惑乱观者”也。至于写人,亦颇有失,以致欲显刘备之长厚而似伪,状诸葛之多智而近妖;惟于关羽,特多

好语,义勇之概,时时如见矣。如叙羽之出身丰采及勇力云:

……阶下一人大呼出曰,"小将愿往,斩华雄头献于帐下!"众视之:见其人身长九尺五寸,髯长一尺八寸,丹凤眼,卧蚕眉,面如重枣,声似巨钟,立于帐前。绍问何人。公孙瓒曰,"此刘玄德之弟关某也。"绍问见居何职。瓒曰,"跟随刘玄德充马弓手。"帐上袁术大喝曰,"汝欺吾众诸侯无大将耶?量一弓手,安敢乱言。与我乱棒打出!"曹操急止之曰,"公路息怒,此人既出大言,必有广学;试教出马,如其不胜,诛亦未迟。"……关某曰,"如不胜,请斩我头。"操教酾热酒一杯,与关某饮了上马。关某曰,"酒且斟下,某去便来。"出帐提刀,飞身上马。众诸侯听得寨外鼓声大震,喊声大举,如天摧地塌,岳撼山崩。众皆失惊,却欲探听。鸾铃响处,马到中军,云长提华雄之头,掷于地上;其酒尚温。……(第九回《曹操起兵伐董卓》)

又如曹操赤壁之败,孔明知操命不当尽,乃故使羽扼华容道,俾得纵之,而又故以军法相要,使立军令状而去,此叙孔明止见狡狯,而羽之气概则凛然,与元刊本平话,相去远矣:

……华容道上,三停人马,一停落后,一停填了坑堑,一停跟随曹操过险峻,路稍平妥。操回顾,止有三百余骑随后,并无衣甲袍铠整齐者。……又行不到数里,操在马上加鞭大笑。众将问丞相笑者何故。操曰,"人皆言诸葛亮周瑜足智多谋,吾笑其无能为也。今此一败,吾自是欺敌之过,若使此处伏一旅之师,吾等皆束手受缚矣。"言未毕，一声炮响，两边五百校刀手摆列，当中关云长提青龙刀，跨赤兔马，截住去路。操军见了，亡魂丧胆，面面相觑，皆不能言。操在人丛中曰，"既到此处，只得决一死战。"众将曰："人纵然不怯，马力乏矣：战则必死。"程昱曰："某知云长傲上而不忍下，欺强而不凌弱，人有患难，必须救之，仁义播于天下。丞相旧日有恩在彼处，何不亲自告之，必脱此难矣。"操从其说，即时纵马向前，欠身与云长曰："将军别来无恙？"云长亦欠身答曰，"关某奉军师将令，等候丞相多时。"操曰，"曹操兵败势危，到此无路，望将军以昔日之言为重。"云长答曰，"昔日关某虽蒙丞相厚恩，某曾解白马之危以报之。今日奉命，岂敢为私乎？"操曰，"五关斩将之时，还能记否？古之人大丈夫处世，必以信义为重；将军深明《春秋》，岂不知庾公之斯追子濯孺子者乎？"云长闻之，低首良久不语。当时曹操引这件事，说犹未了，云长是个义重如山之人，又见曹军惶惶，皆欲垂泪，云长思起五关斩将放他之恩，如何不动心，于是把马头勒回，与众军曰，"四散摆开！"这个分明是放曹操的意。操见云长勒回马，便和众将一齐冲将过去，云长回身时，前面众将已自护送操过去了。云长大喝一声，众皆下马，哭拜于地，云长不忍杀之，正犹豫中，张辽纵马至，云长见了，亦动故旧之心，长叹一声，并皆放之。后来史官有诗曰：

彻胆长存义，终身思报恩，威风齐日月，名誉震乾坤，忠勇高三国，神谋陷七屯，至今千古下，军旅拜英魂。（第

一百回《关云长义释曹操》）

弘治以后,刻本甚多,即以明代而论,今尚未能详其凡几种(详见《小说月报》二十卷十号郑振铎《三国志演义的演化》)。迨清康熙时,茂苑毛宗岗字序始师金人瑞改《水浒传》及《西厢记》成法,即旧本遍加改窜,自云得古本,评刻之,亦称"圣叹外书"[9],而一切旧本乃不复行。凡所改定,就其序例可见,约举大端,则一曰改,如旧本第百五十九回《废献帝曹丕篡汉》本言曹后助兄斥献帝,毛本则云助汉而斥丕。二曰增,如第百六十七回《先主夜走白帝城》本不涉孙夫人,毛本则云"夫人在吴闻猇亭兵败,讹传先主死于军中,遂驱兵至江边,望西遥哭,投江而死"。三曰削,如第二百五回《孔明火烧木栅寨》本有孔明烧司马懿于上方谷时,欲并烧魏延,第二百三十四回《诸葛瞻大战邓艾》有艾贻书劝降,瞻览毕狐疑,其子尚诘责之,乃决死战,而毛本皆无有。其余小节,则一者整顿回目,二者修正文辞,三者削除论赞,四者增删琐事,五者改换诗文而已。

《隋唐志传》[10]原本未见,清康熙十四年(一六七五)长洲褚人获[11]有改订本,易名《隋唐演义》,序有云,"《隋唐志传》创自罗氏,纂辑于林氏,可谓善矣。然始于隋宫剪彩,则前多阙略,厥后补缀唐季一二事,又零星不联属,观者犹有议焉。"其概要可识矣。

《隋唐演义》计一百回,以隋主伐陈开篇,次为周禅于隋,隋亡于唐,武后称尊,明皇幸蜀,杨妃缢于马嵬,既复两京,明皇退居西内,令道士求杨妃魂,得见张果,因知明皇杨妃为隋

炀帝朱贵儿后身，而全书随毕。凡隋唐间英雄，如秦琼窦建德
单雄信王伯当花木兰等事迹，皆于前七十回中穿插出之。其
明皇杨妃再世姻缘故事，序言得之袁于令所藏《逸史》[12]，喜
其新异，因以入书。此他事状，则多本正史纪传，且益以唐宋
杂说，如隋事则《大业拾遗记》《海山记》《迷楼记》《开河
记》[13]，唐事则《隋唐嘉话》《明皇杂录》《常侍言旨》《开天传信
记》《次柳氏旧闻》《长恨歌传》《开元天宝遗事》及《梅妃传》《太
真外传》[14]等，叙述多有来历，殆不亚于《三国志演义》。惟其
文笔，乃纯如明季时风，浮艳在肤，沉著不足，罗氏轨范，殆已
荡然，且好嘲戏，而精神反萧索矣。今举一例：

　　……一日玄宗于昭庆宫闲坐，禄山侍坐于侧旁，见他
　腹垂过膝，因指着戏说道，"此儿腹大如抱瓮，不知其中藏
　的何所有？"禄山拱手对道，"此中并无他物，惟有赤心耳；
　臣愿尽此赤心，以事陛下。"玄宗闻禄山所言，心中甚喜。
　那知道：

　　人藏其心，不可测识。自谓赤心，心黑如墨！

　　玄宗之待安禄山，真如腹心；安禄山之对玄宗，却纯
　是贼心狼心狗心，乃真是负心丧心。有心之人，方切齿痛
　心，恨不得即剖其心，食其心；亏他还哄人说是赤心。可
　笑玄宗还不觉其狼子野心，却要信他是真心，好不痴心。
　闲话少说。且说当日玄宗与安禄山闲坐了半晌，回顾左
　右，问妃子何在，此时正当春深时候，天气向暖，贵妃方在
　后宫坐兰汤洗浴。宫人回报玄宗说道，"妃子洗浴方完。"
　玄宗微笑说道："美人新浴，正如出水芙蓉。"令宫人即宣

妃子来,不必更洗梳妆。少顷,杨妃来到。你道他新浴之后,怎生模样?有一曲《黄莺儿》说得好:

> 皎皎如玉,光嫩如莹,体愈香,云鬓慵整偏娇样。罗裙厌长,轻衫取凉,临风小立神骀宕。细端详:芙蓉出水,不及美人妆。(第八十三回)

《残唐五代史演义》[15]未见,日本《内阁文库书目》云二卷六十回,题罗本撰,汤显祖批评。

《北宋三遂平妖传》原本亦不可见,较先之本为四卷二十回,序云王慎修[16]补,记贝州王则以妖术变乱事。《宋史》(二百九十二《明镐传》)言则本涿州人,岁饥,流至恩州(唐为贝州),庆历七年僭号东平郡王,改元得圣,六十六日而平。小说即本此事,开篇为汴州胡浩得仙画,其妇焚之,灰绕于身,因孕,生女,曰永儿,有妖狐圣姑姑授以道法,遂能为纸人豆马。王则则贝州军排,后娶永儿,术人弹子和尚张鸾卜吉左黜皆来见,云则当王,会知州贪酷,遂以术运库中钱米买军倡乱。已而文彦博率师讨之,其时张鸾卜吉弹子和尚见则无道,皆先去,而文彦博军尚不能克。幸得弹子和尚化身诸葛遂智助文,镇伏邪法;马遂诈降击则裂其唇,使不能持咒;李遂又率掘子军作地道入城;乃擒则及永儿。奏功者三人皆名遂,故曰《三遂平妖传》也。

《平妖传》今通行本十八卷四十回,有楚黄张无咎序,云是龙子犹所补[17]。其本成于明泰昌元年(一六二〇),前加十五回,记袁公受道法于九天玄女,复为弹子和尚所盗,及妖狐圣姑姑炼法事。他五回则散入旧本各回间,多补述诸怪民道术。

事迹于意造而外，亦采取他杂说，附会入之。如第二十九回叙杜七圣卖符，并呈幻术，断小儿首，覆以衾即复续，而偶作大言，为弹子和尚所闻，遂摄小儿生魂，入面店覆楪子下，杜七圣咒之再三，儿竟不起。

　　杜七圣慌了，看着那看的人道，"众位看官在上，道路虽然各别，养家总是一般，只因家火相逼。适间言语不到处，望看官们恕罪则个。这番教我接了头，下来吃杯酒，四海之内，皆相识也。"杜七圣伏罪道，"是我不是了，这番接上了。"只顾口中念咒，揭起卧单看时，又接不上。杜七圣焦躁道，"你教我孩儿接不上头，我又求告你再三，认自己的不是，要你恕饶，你却直恁的无理。"便去后面笼儿内取出一个纸包儿来，就打开，撮出一颗葫芦子，去那地上，把土来掘松了，把那颗葫芦子埋在地下，口中念念有词，喷上一口水，喝声"疾！"可霎作怪：只见地下生出一条藤儿来，渐渐的长大，便生枝叶，然后开花，便见花谢，结一个小葫芦儿。一伙人见了，都喝采道，"好！"杜七圣把那葫芦儿摘下来，左手提着葫芦儿，右手拿着刀，道，"你先不近道理，收了我孩儿的魂魄，教我接不上头，你也休想在世上活了！"向着葫芦儿，拦腰一刀，剁下半个葫芦儿来。却说那和尚在楼上，拿起面来却待要吃；只见那和尚的头从腔子上骨碌碌滚将下来。一楼上吃面的人都吃一惊，小胆的丢了面跑下楼去了，大胆的立住了脚看。只见那和尚慌忙放下碗和箸，起身去那楼板上摸，一摸摸着了头，双手捉住两只耳朵，掇那头安在腔子上，安得端正，把手去摸一摸。和尚道："我只顾吃面,忘还了他的儿子魂魄,"伸手去揭起楪儿来。这里却好揭得起楪儿,那里杜七圣的孩儿早跳起来;看的人发声喊。杜七圣道,"我从来行这家法术,今日撞着师父了。"……(第二十九回下《杜七圣狠行续头法》)

此盖相传旧话,尉迟偓[18](《中朝故事》)云在唐咸通中,谢肇淛(《五杂组》六)又以为明嘉靖隆庆间事,惟术人无姓名,僧亦死,是书略改用之。马遂击贼被杀则当时事实,宋郑獬有《马遂传》[19]。

* * *

〔1〕 新安虞氏刊本全相平话五种 日本所藏原刊题"建安虞氏新刊"。建安即今福建建瓯,虞氏系刊行者姓氏。此五种平话均分上中下三卷,不题撰者。

〔2〕《赤壁鏖兵》 陶宗仪《辍耕录》卷二十五"金院本名目"著录,今佚。《诸葛亮秋风五丈原》,一名《诸葛亮军屯五丈原》,曹本《录鬼簿》著录,金元间王仲文撰,今残存逸文。《隔江斗智》,全名《两军师隔江斗智》,元明间无名氏撰。明臧晋叔《元曲选》辛集收入。《连环计》,全名《锦云堂暗定连环计》,一作《锦云堂美女连环记》,元无名氏撰。明臧晋叔《元曲选》壬集收入。《复夺受禅台》,全名《司马昭复夺受禅台》。同名剧作有二种,一为元李寿卿撰,一为元李取进撰,曹本《录鬼簿》均著录,不见传本。

〔3〕《龙虎风云会》 全称《宋太祖龙虎风云会》,叙宋太祖赵匡胤夜访赵普及统一中国故事。明息机子辑《杂剧选》收入。

〔4〕《三国志演义》 又称《三国志通俗演义》,卷首有弘治甲寅

(1494)庸愚子(蒋大器)序和嘉靖壬午年(1522)关中修髯子(张尚德)小引,因商务印书馆影印时抽去该小引,致被误认为弘治年间刊本。此书为今所见《三国演义》最早刊本。

〔5〕　陈寿(233—297)　字承祚,西晋安汉(今四川南充)人,晋时任著作郎、治书侍御史。晋灭吴后,集合三国时官私著作,撰成《三国志》一书。裴松之,参看本卷第53页注〔2〕。

〔6〕　习凿齿(?—384)　字彦威,东晋襄阳(治所今湖北襄樊)人,曾官荥阳太守,撰有《汉晋春秋》。孙盛(约306—378),字安国,东晋太原中都(今山西平遥)人,官至秘书监,加给事中。撰有《魏氏春秋》、《晋阳秋》等。

〔7〕　谢肇淛　字在杭,明长乐(今属福建)人,万历进士,官工部郎中、广西右布政使。所撰《五杂组》,十六卷,多记风物掌故。其中论及《三国演义》时云:"事太实则近腐,可以悦里巷小儿,而不足为士君子道也。"

〔8〕　章学诚(1738—1801)　字实斋,清会稽(今浙江绍兴)人,曾官国子监典籍。撰有《文史通义》等。所撰《丙辰札记》,一卷,其中曾云:"凡演义之书,如《列国志》、《东西汉》、《说唐》及《南北宋》,多记实事;《西游记》、《金瓶梅》之类,全凭虚构,皆无伤也。唯《三国演义》则七分实事,三分虚构,以至观者往往为之惑乱。"

〔9〕　毛宗岗(1632—?)　字序始,清初长洲(今江苏苏州)人。金人瑞(1608—1661),原名采,明亡后改名人瑞,字圣叹,明末清初吴县(今属江苏)人。明诸生。金圣叹在《水浒传》每回正文前加上评语,称"圣叹外书",毛宗岗也以同样手法,在《三国演义》每回前面加上评语,每回里还有夹批,并冒称"圣叹外书"。

〔10〕《隋唐志传》　罗贯中《隋唐志传》原本已不存,今本题《隋唐两朝志传》,十二卷,一二二回,明万历己未年(1619)刊本,卷首有杨慎及林瀚(即下文"林氏")序,林序自谓该书由他纂辑。内容记隋末至唐

僖宗乾符年间事。林瀚（1434—1519），字亨大，明闽县（今福建闽侯）人，官至南京兵部侍郎。

〔11〕 褚人获 字学稼，号石农，清长洲（今江苏苏州）人。曾以四雪草堂名义重订刊行《封神演义》、《隋唐演义》。撰有《坚瓠集》、《读史随笔》等。

〔12〕 袁于令（1592—1674） 名韫玉，号箨庵，明末清初吴县（今属江苏）人。曾官湖北荆州知府。撰有传奇《西楼记》及小说《隋史遗文》等。所藏《逸史》，唐代卢肇撰，已佚。褚人获《隋唐演义》序载："昔箨庵袁先生曾示予所藏《逸史》，载隋炀帝、朱贵儿、唐明皇、杨玉环再世姻缘事，殊新异可喜，因与商酌编入本传，以为一部之始终关目。"

〔13〕《大业拾遗记》 此书及《海山记》、《迷楼记》、《开河记》，参看本书第十一篇。

〔14〕《隋唐嘉话》 三卷，唐刘悚撰。《明皇杂录》，二卷，唐郑处海撰。《常侍言旨》，一卷，唐柳珵撰。《开天传信记》，一卷，唐郑棨撰。《次柳氏旧闻》，一卷，唐李德裕撰。《开元天宝遗事》，四卷，五代王仁裕撰。《长恨歌传》、《梅妃传》，分别参看本书第八篇、第十一篇。《太真外传》，参看本卷第113页注〔15〕。

〔15〕《残唐五代史演义》 日本《内阁文库书目》著录："《残唐五代史演义传》，六十回，二卷。宋罗本。明汤显祖批评。清版，四本。"

〔16〕 王慎修 明钱塘（今浙江杭州）人，生平不详。

〔17〕 张无咎 名誉，明末楚黄（今湖北黄岗）人，余不详。龙子犹，即冯梦龙，参看本书第二十一篇。

〔18〕 尉迟偓 南唐人，曾任朝议郎守给事中，修国史。《中朝故事》，《宋史·艺文志》著录二卷。关于术人续头故事，见下卷。

〔19〕 郑獬（1022—1072） 字毅夫，北宋安陆（今属湖北）人。曾官翰林学士，知开封府。《马遂传》，见所撰《郧溪集》。

第十五篇　元明传来之讲史（下）

　　《水浒》故事亦为南宋以来流行之传说，宋江亦实有其人。《宋史》（二十二）载徽宗宣和三年"淮南盗宋江等犯淮阳军，遣将讨捕，又犯京东，江北，入楚海州界，命知州张叔夜招降之"。降后之事，则史无文，而稗史乃云"收方腊有功，封节度使"（见十三篇）。然擒方腊者盖韩世忠（《宋史》本传），于宋江辈无与，惟《侯蒙传》（《宋史》三百五十一）又云，"宋江寇京东，蒙上书，言宋江以三十六人横行齐魏，官军数万，无敢抗者，不若赦江，使讨方腊以自赎。"似即稗史所本。顾当时虽有此议，而实未行，江等且竟见杀。洪迈《夷坚乙志》（六）言，"宣和七年，户部侍郎蔡居厚罢，知青州，以病不赴，归金陵，疽发于背，卒。未几，其所亲王生亡而复醒，见蔡受冥谴，嘱生归告其妻，云'今只是理会郓州事'。夫人恸哭曰，'侍郎去年帅郓时，有梁山泺贼五百人受降，既而悉诛之，吾屡谏，不听也。……'"《乙志》成于乾道二年，去宣和六年不过四十余年，耳目甚近，冥谴固小说家言，杀降则不容虚造，山泺健儿终局，盖如是而已。

　　然宋江等啸聚梁山泺时，其势实甚盛，《宋史》（三百五十三）亦云"转略十郡，官军莫敢撄其锋"。于是自有奇闻异说，生于民间，辗转繁变，以成故事，复经好事者掇拾粉饰，而文籍以出。宋遗民龚圣与作《宋江三十六人赞》[1]，自序已云"宋江事见于街谈巷语,不足采著,虽有高如李嵩辈[2]传写,士大夫亦不见黜"(周密《癸辛杂识》续集上)。今高李所作虽散失,然足见宋末已有传写之书。《宣和遗事》由钞撮旧籍而成,故前集中之梁山泺聚义始末,或亦为当时所传写者之一种,其节目如下:

> 杨志等押花石纲阻雪违限　杨志途贫卖刀杀人刺配卫州　孙立等夺杨志往太行山落草　石碣村晁盖伙劫生辰纲　宋江通信晁盖等脱逃　宋江杀阎婆惜题诗于壁　宋江得天书有三十六将姓名　宋江奔梁山泺寻晁盖　宋江三十六将共反　宋江朝东岳赛还心愿　张叔夜招宋江三十六将降　宋江收方腊有功封节度使

惟《宣和遗事》所载,与龚圣与赞已颇不同:赞之三十六人中有宋江,而《遗事》在外;《遗事》之吴加亮李进义李海阮进关必胜王雄张青张岑,赞则作吴学究卢进义李俊阮小二关胜杨雄张清张横;诨名亦偶异。又元人杂剧亦屡取水浒故事为资材[3],宋江燕青李逵尤数见,性格每与在今本《水浒传》中者差违,但于宋江之仁义长厚无异词,而陈泰[4](茶陵人,元延祐乙卯进士)记所闻于篙师者,则云"宋之为人勇悍狂侠"(《所安遗集补遗》《江南曲序》),与他书又正反。意者此种故事,当时载在人口者必甚多,虽或已有种种书本,而失之简略,或多舛迕,于是又复有人起而荟萃取舍之,缀为巨袠,使较有条理,可观览,是为后来之大部《水浒传》。其缀集者,或曰罗贯中(王圻田汝成郎瑛说),或曰施耐庵(胡应麟说),或曰施作罗编(李贽说),或曰施作罗续(金人瑞说)。[5]

原本《水浒传》今不可得，周亮工[6]（《书影》一）云"故老传闻，罗氏为《水浒传》一百回，各以妖异语引其首，嘉靖时郭武定重刻其书，削其致语，独存本传"。所削者盖即"灯花婆婆[7]等事"（《水浒传全书》发凡），本亦宋人单篇词话（《也是园书目》十），而罗氏袭用之，其他不可考。

现存之《水浒传》则所知者有六本，而最要者四：

一曰一百十五回本《忠义水浒传》。前署"东原罗贯中编辑"，明崇祯末与《三国演义》合刻为《英雄谱》[8]，单行本未见。其书始于洪太尉之误走妖魔，而次以百八人渐聚山泊，已而受招安，破辽，平田虎王庆方腊，于是智深坐化于六和，宋江服毒而自尽，累显灵应，终为神明。惟文词謇拙，体制纷纭，中间诗歌，亦多鄙俗，甚似草创初就，未加润色者，虽非原本，盖近之矣。其记林冲以忤高俅断配沧州，看守大军草场，于大雪中出危屋觅酒云：

> ……却说林冲安下行李，看那四下里都崩坏了，自思曰，"这屋如何过得一冬，待雪晴了叫泥水匠来修理。"在土炕边向了一回火，觉得身上寒冷，寻思"却才老军说（五里路外有市井），何不去沽些酒来吃？"便把花枪挑了酒葫芦出来，信步投东，不上半里路，看见一所古庙，林冲拜曰，"愿神明保祐，改日来烧纸。"却又行一里，见一簇店家，林冲径到店里。店家曰，"客人那里来？"林冲曰，"你不认得这个葫芦？"店家曰，"这是草场老军的。既是大哥来此，请坐，先待一席以作接风之礼。"林冲吃了一回，却买一腿牛肉，一葫芦酒，把花枪挑了便回，已晚，奔到草场

> 看时，只叫得苦。原来天理昭然，庇护忠臣义士，这场大
> 雪，救了林冲性命：那两间草厅，已被雪压倒了。……（第
> 九回《豹子头刺陆谦富安》）

又有一百十回之《忠义水浒传》，亦《英雄谱》本，"内容与百十
五回本略同"（《胡适文存》三）。别有一百二十四回之《水浒
传》，文词脱略，往往难读，亦此类。

　　二曰一百回本《忠义水浒传》。前署"钱塘施耐庵的本，罗
贯中编次"（《百川书志》六）。即明嘉靖时武定侯郭勋[9]家所
传之本，"前有汪太函序，托名天都外臣者"（《野获编》五）。今
未见。别有本亦一百回，有李贽[10]序及批点，殆即出郭氏本，
而改题为"施耐庵集撰，罗贯中纂修"。然今亦难得，惟日本尚
有享保戊申（一七二八）翻刻之前十回及宝历[11]九年（一七五
九）续翻之十一至二十回，亦始于误走妖魔而继以鲁达林冲事
迹，与百十五回本同；第五回于鲁达有"直教名驰塞北三千里，
证果江南第一州"之语，即指六和坐化故事，则结束当亦无异。
惟于文辞，乃大有增删，几乎改观，除去恶诗，增益骈语；描写
亦愈入细微，如述林冲雪中行沽一节，即多于百十五回本者至
一倍余：

> ……只说林冲就床上放了包裹被卧，就坐下生些焰
> 火起来，屋边有一堆柴炭，拿几块来生在地炉里；仰面看
> 那草屋时，四下里崩坏了，又被朔风吹撼摇振得动。林冲
> 道，"这屋如何过得一冬，待雪晴了，去城中唤个泥水匠来
> 修理。"向了一回火，觉得身上寒冷，寻思"却才老军所说
> 五里路外有那市井，何不去沽些酒来吃？"便去包里取些

碎银子,把花枪挑了酒葫芦,将火炭盖了,取毡笠子戴上,
拿了钥匙出来,把草厅门拽上,出到大门首,把两扇草场
门反拽上,锁了,带了钥匙,信步投东,雪地里踏着碎琼乱
玉,迤逦背着北风而行,——那雪正下得紧。行不上半里
多路,看见一所古庙,林冲顶礼道,"神明庇佑,改日来烧
钱纸。"又行了一回,望见一簇人家,林冲住脚看时,见篱
笆中挑着一个草帚儿在露天里。林冲径到店里;主人道,
"客人那里来?"林冲道,"你认得这个葫芦么?"主人看了,
道,"这葫芦是草料场老军的。"林冲道,"如何? 便认的。"
店主道,"既是草料场看守大哥,且请少坐,天气寒冷,且
酌三杯权当接风。"店家切一盘熟牛肉,烫一壶热酒,请林
冲。又自买了些牛肉,又吃了数杯,就又买了一葫芦酒,
包了那两块牛肉,留下些碎银子,把花枪挑了酒葫芦,怀
内揣了牛肉,叫声"相扰",便出篱笆门,依旧迎着朔风回
来。看那雪,到晚越下的紧了。古时有个书生,做了一个
词,单题那贫苦的恨雪:

> 广莫严风刮地,这雪儿下的正好,拈絮掇绵,裁
> 几片大如栲栳,见林间竹屋茅茨,争些儿被他压倒。
> 富室豪家,却道是"压瘴犹嫌少",向的是兽炭红炉,
> 穿的是棉衣絮袄,手拈梅花,唱道"国家祥瑞",不念
> 贫民些小。高卧有幽人,吟咏多诗草。

再说林冲踏着那瑞雪,迎着北风,飞也似奔到草场门
口,开了锁,入内看时,只叫得苦。原来天理昭然,佑护善
人义士,因这场大雪,救了林冲的性命:那两间草厅,已被

雪压倒了。……(第十回《林教头风雪山神庙》)

三曰一百二十回本《忠义水浒全书》。亦题"施耐庵集撰，罗贯中纂修"，与李贽序百回本同。首有楚人杨定见[12]序，自云事李卓吾，因袁无涯[13]之请而刻此传；次发凡十条；次为《宣和遗事》中之梁山泺本末及百八人籍贯出身。全书自首至受招安，事略全同百十五回本，破辽小异，且少诗词，平田虎王庆则并事略亦异，而收方腊又悉同。文词与百回本几无别，特于字句稍有更定，如百回本中"林冲道，'如何？便认的。'"此则作"林冲道，'原来如此。'"诗词又较多，则为刊时增入，故发凡云，"旧本去诗词之烦芜，一虑事绪之断，一虑眼路之迷，颇直截清明，第有得此以形容人态，颇挫文情者，又未可尽除，兹复为增定，或撺原本而进所有，或逆古意而益所无，惟周劝惩，兼善戏谑"也。亦有李贽评，与百回本不同，而两皆弇陋，盖即叶昼[14]辈所伪托(详见《书影》一)。

发凡又云，"古本有罗氏致语，相传灯花婆婆等事，既不可复见，乃后人有因'四大寇'之拘而酌损之者，有嫌一百二十回之繁而淘汰之者，皆失。郭武定本即旧本移置阎婆事，甚善，其于寇中去王田而加辽国，犹是小家照应之法，不知大手笔者正不尔尔。"是知《水浒》有古本百回，当时"既不可复见"；又有旧本，似百二十回，中有"四大寇"，盖谓王田方及宋江，即柴进见于白屏风上御书者(见百十五回本之六十七回及《水浒全书》七十二回)。郭氏本始破其拘，削王田而加辽国，成百回；《水浒全书》又增王田，仍存辽国，复为百二十回，而宋江乃始退居于四寇之外。然《宣和遗事》所谓"三路之寇"者，实指攻夺淮阳京西河北三路强人,皆宋江属,不知何人误读,遂以王庆田虎辈当之。然破辽故事虑亦非始作于明,宋代外敌凭陵,国政弛废,转思草泽,盖亦人情,故或造野语以自慰,复多异说,不能合符,于是后之小说,既以取舍不同而纷歧,所取者又以话本非一而违异,田虎王庆在百回本与百十七回本[15]名同而文迥别,殆亦由此而已。惟其后讨平方腊,则各本悉同,因疑在郭本所据旧本之前,当又有别本,即以平方腊接招安之后,如《宣和遗事》所记者,于事理始为密合,然而证信尚缺,未能定也。

　　总上五本观之,知现存之《水浒传》实有两种,其一简略,其一繁缛。胡应麟(《笔丛》四十一)云,"余二十年前所见《水浒传》本尚极足寻味,十数载来,为闽中坊贾刊落,止录事实,中间游词余韵神情寄寓处一概删之,遂既不堪覆瓿,复数十年,无原本印证,此书将永废。"应麟所见本,今莫知如何,若百十五回简本,则成就殆当先于繁本,以其用字造句,与繁本每有差违,倘是删存,无烦改作也。又简本撰人,止题罗贯中,周亮工闻于故老者亦第云罗氏,比郭氏本出,始着耐庵,因疑施乃演为繁本者之托名,当是后起,非古本所有。后人见繁本题施作罗编,未及悟其依托,遂或意为敷衍,定耐庵与贯中同籍,为钱塘人(明高儒《百川书志》六),且是其师。[16]胡应麟(《笔丛》四十一)亦信所见《水浒传》小序,谓耐庵"尝入市肆细阅故书,于敝楮中得宋张叔夜禽贼招语一通,备悉其一百八人所由起,因润饰成此编"。且云"施某事见田叔禾《西湖志余》",而《志余》中实无有,盖误记也。近吴梅著《顾曲麈谈》[17],云

"《幽闺记》为施君美作。君美,名惠,即作《水浒传》之耐庵居士也。"案惠亦杭州人,然其为耐庵居士,则不知本于何书,故亦未可轻信矣。

四曰七十回本《水浒传》。正传七十回楔子一回,实七十一回,有原序一篇,题"东都施耐庵撰",为金人瑞字圣叹所传,自云得古本,止七十回,于宋江受天书之后,即以卢俊义梦全伙被缚于嵇叔夜终,而指招安以下为罗贯中续成,斥曰"恶札"[18]。其书与百二十回本之前七十回无甚异,惟刊去骈语特多,百廿回本发凡有"旧本去诗词之繁累"语,颇似圣叹真得古本,然文中有因删去诗词,而语气遂稍参差者,则所据殆仍是百回本耳。周亮工(《书影》一)记《水浒传》云,"近金圣叹自七十回之后,断为罗所续,因极口诋罗,复伪为施序于前,此书遂为施有矣。"二人生同时,其说当可信。惟字句亦小有佳处,如第五回叙鲁智深诘责瓦官寺僧一节云:

> ……智深走到面前,那和尚吃了一惊,跳起身来,便道,"请师兄坐,同吃一盏。"智深提着禅杖道,"你这两个,如何把寺来废了?"那和尚便道,"师兄请坐,听小僧……"智深睁着眼道,"你说你说!""……说:在先敝寺,十分好个去处,田庄又广,僧众极多,只被廊下那几个老和尚吃酒撒泼,将钱养女,长老禁约他们不得,又把长老排告了出去,因此把寺来都废了。……"

圣叹于"听小僧……"下注云"其语未毕",于"……说"下又多所申释,而终以"章法奇绝从古未有"誉之,疑此等"奇绝",正圣叹所为,其批改《西厢记》亦如此。此文在百回本,为

"那和尚便道,'师兄请坐,听小僧说。'智深睁着眼道,'你说你说!'那和尚道,'在先敝寺,十分好个去处,田庄广有,僧众极多……'"云云,在百十五回本,则并无智深睁眼之文,但云"那和尚曰,'师兄听小僧说:在先敝寺,田庄广有,僧众也多……'"而已。

至于刊落之由,什九常因于世变,胡适(《文存》三)说,"圣叹生在流贼遍天下的时代,眼见张献忠李自成一班强盗流毒全国,故他觉得强盗是不能提倡的,是应该口诛笔伐的。"故至清,则世异情迁,遂复有以为"虽始行不端,而能翻然悔悟,改弦易辙,以善其修,斯其意固可嘉,而其功诚不可泯"者,截取百十五回本之六十七回至结末,称《后水浒》,一名《荡平四大寇传》,附刊七十回之后以行矣。其卷首有乾隆壬子(一七九二)赏心居士序。

清初,有《后水浒传》四十回,云是"古宋遗民著,雁宕山樵评",盖以续百回本。其书言宋江既死,余人尚为宋御金,然无功,李俊遂率众浮海,王于暹罗,结末颇似杜光庭之《虬髯传》。古宋遗民者,本书卷首《论略》云"不知何许人,以时考之,当去施罗未远,或与之同时,不相为下,亦未可知"。然实乃陈忱之托名;忱字遐心,浙江乌程人,生平著作并佚,惟此书存,为明末遗民(《两浙輶轩录》补遗一《光绪嘉兴府志》五十三),故虽游戏之作,亦见避地之意矣。然至道光中,有山阴俞万春作《结水浒传》七十回,结子一回,亦名《荡寇志》,则立意正相反,使山泊首领,非死即诛,专明"当年宋江并没有受招安平方腊的话,只有被张叔夜擒拿正法一句话"[19],以结七十回本。俞万春字仲华,别号忽来道人,尝随其父宦粤。瑶民之变,从征有功议叙,后行医于杭州,晚年乃奉道释,道光己酉(一八四九)卒。《荡寇志》之作,始于丙戌而迄于丁未,首尾凡二十二年,"未遑修饰而殁",咸丰元年(一八五一),其子龙光始修润而刻之(本书识语)。书中造事行文,有时几欲摩前传之垒,采录景象,亦颇有施罗所未试者,在纠缠旧作之同类小说中,盖差为佼佼者矣。

此外讲史之属,为数尚多。明已有荒古虞夏(周游《开辟演义》锺惺《开辟唐虞传》及《有夏志传》)[20],东西周(《东周列国志》《西周志》《四友传》)[21],两汉(袁宏道评《两汉演义传》)[22],两晋(《西晋演义》《东晋演义》)[23],唐(熊锺谷《唐书演义》)[24],宋(尺蠖斋评释《两宋志传》)[25]诸史事平话,清以来亦不绝,且或总揽全史(《二十四史通俗演义》)[26],或订补旧文(两汉两晋隋唐等),然大抵效《三国志演义》而不及,虽其上者,亦复拘牵史实,袭用陈言,故既拙于措辞,又颇惮于叙事,蔡奡《东周列国志读法》[27]云,"若说是正经书,却毕竟是小说样子,……但要说他是小说,他却件件从经传上来。"本以美之,而讲史之病亦在此。

至于叙一时故事而特置重于一人或数人者,据《梦粱录》(二十)讲史条下云,"有王六大夫,于咸淳年间敷衍《复华篇》及《中兴名将传》,听者纷纷。"则亦当隶于讲史。《水浒传》即其一,后出者尤夥。较显者有《皇明英烈传》[28]一名《云合奇踪》,武定侯郭勋家所传,记明开国武烈,而特扬其先祖郭英之功;后有《真英烈传》[29],则反其事而訾之。有《宋武穆王演义》[30],熊大本编,有《岳王传演义》[31],余应鳌编,又有《精忠全传》[32],邹元标编,皆记宋岳飞功绩及冤狱;后有《说岳全传》[33],则就其事而演之。清有《女仙外史》[34],作者吕熊(刘廷玑《在园杂志》云),述青州唐赛儿之乱;有《梼杌闲评》[35],无作者名,记魏忠贤客氏之恶。其于武勇,则有叙唐之薛家(《征东征西全传》)[36],宋之杨家(《杨家将全传》)及狄青辈(《五虎平西平南传》)[37]者,文意并拙,然盛行于里巷间。其他托名故实,而借以腾谤报怨之作亦多,今不复道。

*　　　*　　　*

〔1〕　龚圣与(1222—约1304)　名开,号翠岩,宋末元初淮阴(今属江苏)人。宋末曾任两淮制置司监官,宋亡不仕。《宋江三十六人赞》,是龚分别为宋江等三十六人所写的一组四言诗,见宋周密《癸辛杂识续集》。

〔2〕　高如李嵩辈　一说指高如、李嵩等宋元之际民间文人。一说高如非人名,全句意谓一时高手如李嵩辈。李嵩(1166—1243),南宋钱塘(今浙江杭州)人,曾官光宗、宁宗、理宗三朝画院待诏,以画人物著称。

〔3〕　元杂剧取材于水浒故事的,今知有三十多种,现存者有高文秀《黑旋风双献功》、李文蔚《同乐院燕青博鱼》、康进之《梁山泊黑旋风负荆》、无名氏《鲁智深智赏黄花峪》等。

〔4〕　陈泰　字志同,号所安,元茶陵(今属湖南)人,由翰林庶吉士改授龙南令。撰有《所安遗集》。

〔5〕　关于《水浒传》编撰者,说法不一。或曰罗贯中,王圻《续文献通考》卷一七七:“《水浒传》,罗贯著。”田汝成《西湖游览志余》卷二十

五：“钱塘罗贯中本者,编撰小说数十种,而《水浒传》叙宋江等事,奸盗脱骗机械甚详。”郎瑛《七修类稿》卷上：“三国宋江二书,乃杭人罗本贯中所编。”或曰施耐庵,胡应麟《少室山房笔丛》卷四十一：“元人武林施某所编《水浒传》特为盛行。”施某指施耐庵。或曰施作罗编,明袁无涯原刊本《李卓吾评忠义水浒全传》(一二〇回,不分卷)题“施耐庵集撰,罗贯中纂修”,李贽《忠义水浒传叙》亦云：“施罗二公传水浒。”或曰施作罗续,参看本卷第157页注〔16〕。

〔6〕 周亮工(1612—1672) 字元亮,号栎园,明末清初祥符(今河南开封)人。明崇祯时任监察御史,入清任户部右侍郎。撰有《赖古堂集》、《因树屋书影》等。

〔7〕 灯花婆婆 钱曾《也是园书目》词话部分著录《灯花婆婆》一篇,写唐刘积中受到从灯花中跳出的白发老妇吵扰的故事。原文已佚,《平妖传》中略叙其事。

〔8〕 《英雄谱》 明崇祯间刻印。每页分上下两栏,上为《忠义水浒传》,下为《三国演义》。

〔9〕 郭勋(? —1542) 明濠州(治所今安徽凤阳)人。明开国功臣郭英六世孙,袭封武定侯。

〔10〕 李贽(1527—1602) 字卓吾,别号温陵居士,明泉州晋江(今属福建)人。曾任云南姚安知府。所撰有《焚书》、《藏书》等,曾评点《水浒传》。

〔11〕 享保 日本中御门天皇的年号(1716—1736)。宝历,日本桃园天皇的年号(1751—1764)。

〔12〕 杨定见 字凤里,明麻城(今属湖北)人。他在《忠义水浒全书·小引》中说：“吾之事卓吾先生也,貌之承而心之委,无非卓吾先生者。……自吾游吴,访陈无异使君,而得袁无涯氏。……嗣是数过从语,语辄及卓老,求卓老遗言甚力,求卓老所批阅之遗书又甚力,无涯氏

岂狂耶癖耶？吾探吾行笥，而卓吾先生所批定《忠义水浒传》及《杨升庵集》二书与俱，挈以付之。无涯欣然如获至宝，愿公诸世。"

〔13〕　袁无涯　名叔度，明末苏州人。经营"书植堂"，刊行书籍。

〔14〕　叶昼　字文通，明无锡（今属江苏）人。撰有《悦客编》等。常假托名人评点诸书。周亮工《因树屋书影》指出："当温陵《焚、藏书》盛行时，坊间种种借温陵之名以行者，如《四书第一评、第二评》、《水浒传》、《琵琶》、《拜月》诸评，皆出文通手。"

〔15〕　百十七回本　今所见《水浒》无百十七回本。

〔16〕　关于施耐庵、罗贯中关系问题，高儒《百川书志》卷六史志三载："《忠义水浒传》一百卷，钱塘施耐庵的本，罗贯中编次。"又胡应麟《少室山房笔丛》卷四十一："元人武林施某所编《水浒传》，特为盛行，……其门人罗本亦效之为《三国志演义》，绝浅陋可嗤也。"

〔17〕　吴梅（1884—1939）　字瞿安，号霜厓，长洲（今江苏吴县）人。曾任北京大学等校教授。所撰《顾曲麈谈》，论述戏曲音律及作曲方法，中有一章专记元明以来戏曲家遗事轶闻。

〔18〕　"恶札"　金圣叹反对侯蒙上书招安宋江，认为"反贼"不能招安，只能剿灭。贯华堂本《金人瑞删定水浒传》卷首《宋史目》评语："君子一言以为智，一言以为不智。如侯蒙其人者，亦幸而遂死耳。脱真得知东平，恶知其不大败公事，为世僇笑者哉！何罗贯中不达，犹祖其说，而有续《水浒传》之恶札也。"

〔19〕　这里的"当年宋江并没有受招安平方腊的话"等二句，见俞万春《荡寇志》卷首《引言》）。

〔20〕　写荒古虞夏者，如周游《开辟演义》、钟惺《开辟唐虞传》及《有夏志传》。周游，字仰止，号五岳山人。明代人，生平不详。《开辟演义》，六卷八十回。钟惺（1574—1624），字伯敬，明湖广竟陵（今湖北天门）人。《开辟唐虞传》，即《盘古至唐虞传》二卷十四则。《有夏志传》，

四卷十九则。两书旧题"景陵锺惺景伯父编辑","古吴冯梦龙犹龙父鉴定"。实为明无名氏所撰。

〔21〕 写东西周者,如《东周列国志》、《西周志》、《四友传》。《东周列国志》,二十四卷一〇八回。明余邵鱼撰《列国志传》,明末冯梦龙改订为《新列国志》,清蔡元放删改为《东周列国志》,并加评语。《西周志》,十六卷,不题撰人,叙武王伐纣至平王东迁事。《四友传》,即《鬼谷四友志》,三卷,不分回目,清杨景淐撰。

〔22〕 写两汉者,如袁宏道评《两汉演义传》。袁宏道(1568—1610),字中郎,号石公,明公安(今属湖北)人。明三台馆本《全汉志传》,十四卷,卷首有袁宏道序。

〔23〕 写两晋者,如《东西晋演义》。此书包括《西晋演义》四卷,《东晋演义》八卷。明无名氏撰,题"秣陵陈氏尺蠖斋评释",首有雉衡山人(明杨尔曾)序。

〔24〕 写唐代者,如熊锺谷《唐书演义》。熊锺谷,即熊大木,明建阳(今属福建)人。《唐书演义》,全名《唐书志传通俗演义》,九十节(实为八十九节)。

〔25〕 写宋代者,如尺蠖斋评释《南北两宋志传》。尺蠖斋,明陈继儒书斋名。陈继儒(1558—1639),松江华亭(今属上海)人。隐居不仕,杜门著述。《南北两宋志传》,包括《南宋志传》、《北宋志传》,各十卷五十回。书题"姑孰陈氏尺蠖斋评释"。《南宋》题"陈继儒编次",《北宋》不题撰人。前者演太祖事,后者演宋初及真宗、仁宗二朝事。书名"南宋""北宋",实与历史上南北宋分期无关,且未涉及南宋时事。

〔26〕 通写全史者,如《二十四史通俗演义》。此书二十六卷四十四回,清吕抚撰。书自盘古至明亡事。原题《纲鉴演义》,后来传本改称今名。

〔27〕 蔡奡 字元放,号野云主人,清江宁(今属江苏)人。《东周

列国志读法》,见其评本《东周列国志》。

〔28〕《皇明英烈传》　六卷,明无名氏撰。

〔29〕《真英烈传》　未见。据黄摩西《小说小话》载:"似因反对前书(指《英烈传》)而作,开国诸将中,于郭英多所痛诋。"

〔30〕《宋武穆王演义》　即《大宋中兴通俗演义》,八卷八十则,题"鳌峰熊大木编辑"。

〔31〕《岳王传演义》　即《大宋中兴岳王传》,八卷,题"红雪山人余应鳌编次",实即熊大木《大宋中兴通俗演义》的另一传本。余应鳌,生平不详。

〔32〕《精忠全传》　即《岳武穆王精忠传》,六卷,六十八回,明无名氏编,为熊大木《大宋中兴通俗演义》的删节本。题"邹元标编订",系假托。邹元标(1551—1624),字尔瞻,明吉水(今属江西)人,曾官吏部左侍郎,撰有《愿学集》。

〔33〕《说岳全传》　二十卷,八十回,清钱彩撰。彩字锦文,仁和(今浙江杭州)人。

〔34〕《女仙外史》　一百回。吕熊,字文兆,清初吴(今江苏苏州)人,撰有《诗经六艺辨》等。

〔35〕《梼杌闲评》　一名《明珠缘》,五十回,不题撰人姓名。

〔36〕叙宋之薛家者,如《征东征西全传》。《征东》即《说唐后传》,五十五回;《征西》即《征西说唐三传》,十卷,八十八回,均清无名氏撰。薛家,指唐代名将薛仁贵一家。

〔37〕叙宋之杨家及狄青辈者,如《杨家将全传》及《五虎平西平南传》。《杨家将全传》,又名《杨家通俗演义》,八卷,五十八则,明无名氏撰。《五虎平西平南传》,包括《五虎平西前传》、《五虎平南后传》,前传十四卷,一一二回;后传六卷,四十二回,均清无名氏撰。杨家,指宋代名将杨业一家。"五虎",指狄青等五人。

第十六篇　明之神魔小说（上）

　　奉道流羽客之隆重,极于宋宣和时,元虽归佛,亦甚崇道,其幻惑故遍行于人间,明初稍衰,比中叶而复极显赫,成化时有方士李孜,释继晓,正德时有色目人于永,[1]皆以方伎杂流拜官,荣华熠耀,世所企羡,则妖妄之说自盛,而影响且及于文章。且历来三教之争,都无解决,互相容受,乃曰"同源",所谓义利邪正善恶是非真妄诸端,皆混而又析之,统于二元,虽无专名,谓之神魔,盖可赅括矣。其在小说,则明初之《平妖传》已开其先,而继起之作尤夥。凡所敷叙,又非宋以来道士造作之谈,但为人民闾巷间意,芜杂浅陋,率无可观。然其力之及于人心者甚大,又或有文人起而结集润色之,则亦为鸿篇巨制之胚胎也。

　　汇此等小说成集者,今有《四游记》行于世,其书凡四种,著者三人,不知何人编定,惟观刻本之状,当在明代耳。一曰《上洞八仙传》,亦名《八仙出处东游记传》,二卷五十六回,题"兰江吴元泰著"。传言铁拐(姓李名玄)得道,度钟离权,权度吕洞宾,二人又共度韩湘曹友,张果蓝采和何仙姑则别成道,是为八仙。一日俱赴蟠桃大会,归途各履宝物渡海,有龙子爱蓝采和所踏玉版,摄而夺之,遂大战,八仙"火烧东洋",龙王败绩,请天兵来助,亦败,后得观音和解,乃各谢去,而"天渊迥别天下太平"之候,自此始矣。书中文言俗语间出,事亦往往不相属,盖杂取民间传说作之。

二曰《五显灵官大帝华光天王传》,即《南游记》,四卷十八回,题"三台山人仰止余象斗编"。象斗[2]为明末书贾,《三国志演义》刻本上,尚见其名。书言有妙吉祥童子以杀独火鬼忤如来,贬为马耳娘娘子,是曰三眼灵光,具五神通,报父仇,游灵虚,缘盗金枪,为帝所杀;复生炎魔天王家,是为灵耀,师事天尊,又诈取其金刀,炼为金砖以作法宝,终闹天宫,上界鼎沸;玄天上帝以水服之,使走人间,托生萧氏,是为华光,仍有神通,与神魔战,中界亦鼎沸,帝乃赦之。华光因失金砖,复欲制炼,寻求金塔,遂遇铁扇公主,擒以为妻,又降诸妖,所向无敌,以忆其母,访于地府,复因争执,大闹阴司,下界亦鼎沸。已而知生母实妖也,名吉芝陀圣母,食萧长者妻,幻作其状,而生华光,然仍食人,为佛所执,方在地狱,受恶报也,华光乃救以去。

……却说华光三下酆都,救得母亲出来,十分欢悦。那吉芝陀圣母曰,"我儿你救得我出来,道好,我要讨岐娥吃。"华光问,"岐娥是甚么子,我儿媳俱不晓得。"母曰,"岐娥不晓得,可去问千里眼顺风耳。"华光即问二人。二人曰,"那岐娥是人,他又思量吃人。"华光听罢,对娘曰,"娘,你住酆都受苦,我孩儿用尽计较,救得你出来,如何又要吃人,此事万不可为。"母曰,"我要吃!不孝子,你没有岐娥与我吃,是谁要救我出来?"华光无奈,只推曰,"容两日讨与你吃。"……(第十七回《华光三下酆都》)

于是张榜求医,有言惟仙桃可治者,华光即幻为齐天大圣状,窃而奉之,吉芝陀乃始不思食人。然齐天被嫌,询于佛母,知是华光,则来讨,为火丹所烧,败绩;其女月字有骷髅骨,击之敌头即痛,二日死。华光被术,将不起,火炎王光佛出而议和,月字削骨上击痕,华光始愈,终归佛道云。

明谢肇淛(《五杂组》十五)以华光小说比拟《西游记》,谓"皆五行生克之理,火之炽也,亦上天下地,莫之扑灭,而真武以水制之,始归正道"。又于吉芝陀出狱即思食人事,则致慨于迁善之难,因知在万历时,此书已有。沈德符[3]论剧曲(《野获编》二十五),亦有"华光显圣则太妖诞"语,是此种故事,当时且演为剧本矣。

其三曰《北方真武玄天上帝出身志传》,即《北游记》,四卷二十四回,亦余象斗编,记真武本身及成道降妖事。上帝为玄天之说,在汉已有(《周礼》《大宗伯》郑氏注),然与后来之玄帝,实又不同。此玄帝真武者,盖起于宋代羽客之言,即《元洞玉历记》(《三教搜神大全》一引)所谓元始说法于玉清,下见恶风弥塞,乃命周武伐纣以治阳,玄帝收魔以治阴,"上赐玄帝披发跣足,金甲玄袍,皂纛玄旗,统领丁甲,下降凡世,与六天魔王战于洞阴之野,是时魔王以坎离二炁,化苍龟巨蛇,变现方成,玄帝神力摄于足下,锁鬼众于酆都大洞,人民治安,宇内清肃"者是也,元尝加封,明亦崇奉。[4]此传所言,间符旧说,但亦时窃佛传,杂以鄙言,盛夸感应,如村巫庙祝之见。初谓隋炀帝时,玉帝当宴会之际,而忽思凡,遂以三魂之一,为刘氏子,如来三清并来点化,乃隐蓬莱;又以凡心,生哥阇国,次生西霞,皆是王子,蒙天尊教,舍国出家,功行既完,上谒玉帝,封荡魔天尊,令收天将;于是复生为净洛国王子,得斗母元君点化,入武当山成道。玄帝方升天宫,忽见妖气起于中界,知即天将,扰乱人间,乃复下凡,降龟蛇怪,服赵公明,收雷神,获月孛及他神将,引以朝天。玉帝即封诸神为玄天部将,计三十六员。然扬子江有锅及竹缆二妖,独逸去不可得,真武因指一化身,复入人世,于武当山镇守之。篇末则记永乐三年玄天助国却敌事,而下有"至今二百余载"之文,颇似此书流行,当在明季,然旧刻无后一语,可知有者乃后来增订之本矣。

　　四曰《西游记传》,四卷四十一回,"题齐云杨志和编,天水赵景真校",叙孙悟空得道,唐太宗入冥,玄奘应诏求经,途中遇难,终达西土,得经东归者也。太宗之梦,唐人已言,张鷟《朝野佥载》[5]云,"太宗至夜半奄然入定,见一人云,'陛下暂合来,还即去也。'帝问'君是何人?'对曰,'臣是生人判冥事。'太宗入见判官,问六月四日事,即令还,向见者又送迎引导出。"又有俗文,亦记斯事,有残卷从敦煌千佛洞得之(详见第十二篇)。至玄奘入竺[6],实非应诏,事具《唐书》(百九十一《方伎传》),又有专传曰《大慈恩寺三藏法师传》,在《佛藏》中,[7]初无诸奇诡事,而后来稗说,颇涉灵怪。《大唐三藏取经诗话》已有猴行者深沙神及诸异境;金人院本亦有《唐三藏》[8](陶宗仪《辍耕录》);元杂剧有吴昌龄《唐三藏西天取经》[9](锺嗣成《录鬼簿》),一名《西游记》(今有日本盐谷温校印本),其中收孙悟空,加戒箍,沙僧,猪八戒,红孩儿,铁扇公主等皆已见。似取经故事,自唐末以至宋元,乃渐渐演成神异，且能有条贯，小说家因亦得取为记传也。

全书之前九回为孙悟空得仙至被降故事，言有石猴，寻得水源，众奉为王，而复出山，就师悟道，以大神通，搅乱天地，玉帝不得已，封为齐天大圣，复扰蟠桃大会，帝命灌口二郎真君讨之，遂大战，悟空为所获，其叙当时战斗变化之状云：

> ……那小猴见真君到，急急报知猴王。猴王即掣起金箍棒，步上云履。二人相见，各言姓名，遂排开阵势，来往三百余合。二人各变身万丈，战入云端，离却洞口。……大圣正在开战，忽见本山众猴惊散，抽身就走；真君大步赶上，急走急迫。大圣慌忙将身一变，入水中。真君道，"这猴入水必变鱼虾，待我变作鱼鹰逐他。"大圣见真君赶来，又变一鹭鸟，飞在树上，被真君拽弓一弹，打下草坡，遍寻不见，回转天王营中去说猴王败阵等事，又赶不见踪迹。天王把照妖镜一照，急云"妖猴往你灌口去了"。真君回灌口；猴王急变做真君模样，座在中堂，被二郎用一神枪，猴王让过，变出本相，二人对较手段，意欲回转花果山，奈四面天将围住念咒。忽然真君与菩萨在云端观看，见猴王精力将疲，老君掷下金刚圈，与猴王脑上一打。猴王跌倒在地，被真君神犬咬住胸肚子，又拖跌一交，却被真君兄弟等神枪刺住，把铁索绑缚。……（第七回《真君收捉猴王》）

然斫之无伤，炼之不死，如来乃压之五行山下，令待取经人。次四回即魏征斩龙，太宗入冥，刘全进瓜，及玄奘应诏西行：为求经之所由起。十四回以下则玄奘道中收徒及遇难故事，而以见佛得经东归证果终。徒有三,曰孙行者,猪八戒,沙僧,并得龙马;灾难三十余,其大者五庄观,平顶山,火云洞,通天河,毒敌山,六耳猕猴,小雷音寺等也。凡所记述,简略者多,但亦偶杂游词,以增笑乐,如写火云洞之战云:

> ……那山前山后土地,皆来叩头报名,"此处叫做枯松涧,涧边有一座山洞,叫做火云洞,洞有一位魔王,是牛魔王的儿子,叫做红孩儿。他有三昧真火,甚是利害。"行者听说,叱退土神,……与八戒同进洞中去寻,……那魔王分付小妖,推出五轮小车,摆下五方,遂提枪杀出,与行者战经数合,八戒助阵,魔王走转,把鼻子一捶,鼻中冒出火来,一时五轮车子,烈火齐起。八戒道,"哥哥快走! 少刻把老猪烧得囫囵,再加香料,尽他受用。"行者虽然避得火烧,却只怕烟,二人只得逃转。……(第三十二回《唐三藏收妖过黑河》)

复请观世音至,化刀为莲台,诱而执之,既降复叛,则环以五金箍,洒以甘露,乃始两手相合,归落伽山云。《西游记》杂剧中《鬼母皈依》一出,即用揭钵盂救幼子故事者,其中有云,"告世尊,肯发慈悲力。我着唐三藏西游便回,火孩儿妖怪放生了他。到前面,须得二圣郎救了你。"(卷三)而于此乃改为牛魔王子,且与参善知识之善才童子相混矣。

＊　　　＊　　　＊

〔1〕 李孜 一作李孜省,南昌(今属江西)人,以进符箓方术得宠,官右通政。继晓,江夏(今湖北武汉)僧人,以进秘术得宠。于永,回

族僧人,以进秘戏房术得宠。三人事迹见《明史·佞幸列传》。

〔2〕 余象斗 字仰止,自称三台山人,明建安(今福建建瓯)人。他编有《南游记》、《北游记》等,刊有《列国志传》、《全汉志传》、《三国志传评林》、《水浒志传评林》等。

〔3〕 沈德符 参看本卷第44页注〔20〕。

〔4〕 关于元明两朝崇奉真武帝事,据《元史·成宗纪》载:元成宗铁穆耳大德七年(1303)十二月,加封真武为"元圣仁威玄天上帝"。据《明史·礼志》载:明太祖朱元璋于南京建庙宇崇祀真武;明成祖朱棣永乐十三年(1415)于京师建"真武庙",每年三月三日、九月九日祭祀。

〔5〕 《朝野金载》 参看本卷第81页注〔11〕。这里的引文见今传六卷本卷六。六月四日事,指李世民杀建成、元吉事,参看《旧唐书·太宗纪》。

〔6〕 玄奘入竺 据《旧唐书·方伎传》载:"僧玄奘,姓陈氏,洛州偃师人。大业末出家,博涉经论。尝谓翻译者多有讹谬,故就西域,广求异本以参验之。贞观初,随商人往游西域。"

〔7〕 《大慈恩寺三藏法师传》 十卷,唐僧人慧立原撰,彦悰笺补。记述玄奘事迹,此书收入《佛藏》卷五十。《佛藏》,佛教经典总集,分经、律、论三藏,收印度和中国佛教著作。始编于南北朝,以后各代又续有新译经论和著述编入。

〔8〕 《唐三藏》 《辍耕录》卷二十五《金院本名目》著录,今佚。

〔9〕 吴昌龄 元大同(今属山西)人。所撰《唐三藏西天取经》,今仅存二折。下文盐谷温校印本《西游记》,实为杨讷所撰《西游记》杂剧,参看本卷第93页注〔17〕。

第十七篇　明之神魔小说(中)

又有一百回本《西游记》,盖出于四十一回本《西游记传》之后,[1]而今特盛行,且以为元初道士邱处机[2]作。处机固尝西行,李志常记其事为《长春真人西游记》,凡二卷,今尚存《道藏》中,[3]惟因同名,世遂以为一书;清初刻《西游记》小说者,又取虞集[4]撰《长春真人西游记》之序文冠其首,而不根之谈乃愈不可拔也。

然至清乾隆末,钱大昕跋《长春真人西游记》[5](《潜研堂文集》二十九)已云小说《西游演义》是明人作;纪昀[6](《如是我闻》三)更因"其中祭赛国之锦衣卫,朱紫国之司礼监,灭法国之东城兵马司,唐太宗之大学士翰林院中书科,皆同明制",决为明人依托,惟尚不知作者为何人。而乡邦文献,尤为人所乐道,故是后山阳人如丁晏(《石亭记事续编》)阮葵生(《茶余客话》)[7]等,已皆探索旧志,知《西游记》之作者为吴承恩矣。吴玉搢(《山阳志遗》)[8]亦云然,而尚疑是演邱处机书,犹罗贯中之演陈寿《三国志》者,当由未见二卷本,故其说如此;又谓"或云有《后西游记》,为射阳先生撰",则第志俗说而已。

吴承恩字汝忠,号射阳山人,性敏多慧,博极群书,复善谐剧,著杂记数种,名震一时,嘉靖甲辰岁贡生,后官长兴县丞,隆庆初归山阳,万历初卒(约一五一〇——一五八〇)。杂记之一即《西游记》(见《天启淮安府志》一六及一九《光绪淮安府志》贡举表），余未详。又能诗，其"词微而显，旨博而深"（陈文烛序语），为有明一代淮郡诗人之冠，而贫老乏嗣，遗稿多散佚，邱正纲收拾残缺为《射阳存稿》四卷《续稿》一卷，[9]吴玉搢尽收入《山阳耆旧集》[10]中（《山阳志遗》四）。然同治间修《山阳县志》[11]者，于《人物志》中去其"善谐剧著杂记"语，于《艺文志》又不列《西游记》之目，于是吴氏之性行遂失真，而知《西游记》之出于吴氏者亦愈少矣。

《西游记》全书次第，与杨志和作四十一回本殆相等。前七回为孙悟空得道至被降故事，当杨本之前九回；第八回记释迦造经之事，与佛经言阿难结集不合；第九回记玄奘父母遇难及玄奘复仇之事，亦非事实，杨本皆无有，吴所加也。[12]第十至十二回即魏征斩龙至玄奘应诏西行之事，当杨本之十至十三回；第十四回至九十九回则俱记入竺途中遇难之事，九者究也，物极于九，九九八十一，故有八十一难；而一百回以东返成真终。

惟杨志和本虽大体已立，而文词荒率，仅能成书；吴则通才，敏慧淹雅，其所取材，颇极广泛，于《四游记》中亦采《华光传》及《真武传》，于西游故事亦采《西游记杂剧》及《三藏取经诗话》（?），翻案挪移则用唐人传奇（如《异闻集》《酉阳杂俎》等），讽刺揶揄则取当时世态，加以铺张描写，几乎改观，如灌口二郎之战孙悟空，杨本仅有三百余言，而此十倍之，先记二人各现"法象"，次则大圣化雀，化"大鹚老"，化鱼，化水蛇，真君化雀鹰，化大海鹤，化鱼鹰，化灰鹤，大圣复化为鸨，真君以其贱鸟,不屑相比,即现原身,用弹丸击下之。

　　……那大圣趁着机会,滚下山崖,伏在那里又变,变一座土地庙儿:大张着口,似个庙门;牙齿变作门扇;舌头变做菩萨;眼睛变做窗棂;只有尾巴不好收拾,竖在后面,变做一根旗杆。真君赶到崖下,不见打倒的鹁鸟,只有一间小庙,急睁凤眼,仔细看之,见旗杆立在后面,笑道,“是这猢狲了。他今又在那里哄我。我也曾见庙宇,更不曾见一个旗杆竖在后面的。断是这畜生弄喧。他若哄我进去,他便一口咬住。我怎肯进去? 等我掣拳先捣窗棂,后踢门扇。”大圣听得,……扑的一个虎跳,又冒在空中不见。真君前前后后乱赶,……起在半空,见那李天王高擎照妖镜,与哪吒住立云端。真君道,“天王,曾见那猴王么?”天王道,“不曾上来,我这里照着他哩。”真君把那赌变化,弄神通,拿群猴一事说毕,却道,“他变庙宇,正打处,就走了。”李天王闻言,又把照妖镜四方一照,呵呵的笑道,“真君,快去快去,那猴子使了个隐身法,走出营围,往你那灌江口去也。”……却说那大圣已至灌江口,摇身一变,变作二郎爷爷的模样,按下云头,径入庙里。鬼判不能相认,一个个磕头迎接。他坐在中间,点查香火:见李虎拜还的三牲,张龙许下的保福,赵甲求子的文书,钱丙告病的良愿。正看处,有人报“又一个爷爷来了”。众鬼判急急观看,无不惊心。真君却道,“有个甚么齐天大圣,才来这里否?”众鬼判道,“不曾见甚么大圣,只有一个爷爷在里面查点哩。”真君撞进门;大圣见了,现出本相

道,"郎君,不消嚷,庙宇已姓孙了!"这真君即举三尖两刃
神锋,劈脸就砍。那猴王使个身法,让过神锋,掣出那绣
花针儿,幌一幌,碗来粗细,赶到前,对面相还。两个嚷嚷
闹闹,打出庙门,半雾半云,且行且战,复打到花果山。慌
得那四大天王等众堤防愈紧;这康张太尉等迎着真君,合
心努力,把那美猴王围绕不题……(第六回下《小圣施威
降大圣》)

然作者构思之幻,则大率在八十一难中,如金峣山之战
(五十至五二回),二心之争(五七及五八回),火焰山之战(五
九至六一回),变化施为,皆极奇恣,前二事杨书已有,后一事
则取杂剧《西游记》及《华光传》中之铁扇公主以配《西游记传》
中仅见其名之牛魔王,俾益增其神怪艳异者也。其述牛魔王
既为群神所服,令罗刹女献芭蕉扇,灭火焰山火,俾玄奘等西
行情状云:

    ……那老牛心惊胆战,……望上便走。恰好有托塔
李天王并哪吒太子领鱼肚药叉巨灵神幔住空中。……
牛王急了,依前摇身一变,还变做一只大白牛,使两只铁
角去触天王,天王使刀来砍。随后孙行者又到,……道,
"这厮神通不小,又变作这等身躯,却怎奈何?"太子笑道,
"大圣勿疑,你看我擒他。"这太子即喝一声"变!"变得三
头六臂,飞身跳在牛王背上,使斩妖剑望颈项上一挥,不
觉得把个牛头斩下。天王丢刀,却才与行者相见。那牛
王腔子里又钻出一个头来,口吐黑气,眼放金光。被哪吒
又砍一剑,头落处,又钻出一个头来;一连砍了十数剑,随

即长出十数个头。哪吒取出火轮儿,挂在老牛的角上,便吹真火,焰焰烘烘,把牛王烧得张狂哮吼,摇头摆尾。才要变化脱身,又被托塔天王将照妖镜照住本像,腾挪不动,无计逃生,只叫"莫伤我命,情愿归顺佛家也!"哪吒道,"既惜身命,快拿扇子出来!"牛王道,"扇子在我山妻处收着哩。"哪吒见说,将缚妖索子解下,……穿在鼻孔里,用手牵来,……回至芭蕉洞口。老牛叫道,"夫人,将扇子出来,救我性命!"罗刹听叫,急卸了钗环,脱了色服,挽青丝如道姑,穿缟素似比丘,双手捧那柄丈二长短的芭蕉扇子,走出门;又见金刚众圣与天王父子,慌忙跪在地下,磕头礼拜道,"望菩萨饶我夫妻之命,愿将此扇奉承孙叔叔成功去也。"……

　　……孙大圣执着扇子,行近山边,尽气力挥了一扇,那火焰山平平息焰,寂寂除光;又扇一扇,只闻得习习潇潇,清风微动;第三扇,满天云漠漠,细雨落霏霏。有诗为证:

　　火焰山遥八百程,火光大地有声名。火煎五漏丹难熟,火燎三关道不清。特借芭蕉施雨露,幸蒙天将助神功。牵牛归佛伏颠劣,水火相联性自平。(第六十一回下《孙行者三调芭蕉扇》)

又作者禀性,"复善谐剧",故虽述变幻恍忽之事,亦每杂解颐之言,使神魔皆有人情,精魅亦通世故,而玩世不恭之意寓焉(详见胡适《西游记考证》)。如记孙悟空大败于金𡸣洞兕怪,失金箍棒,因谒玉帝,乞发兵收剿一节云:

……当时四天师传奏灵霄,引见玉陛,行者朝上唱个大喏,道,"老官儿,累你累你。我老孙保护唐僧往西天取经,一路凶多吉少,也不消说。于今来在金岘山,金岘洞,有一兕怪,把唐僧拿在洞里,不知是要蒸,要煮,要晒。是老孙寻上他门,与他交战,那怪神通广大,把我金箍棒抢去,因此难缚妖魔。那怪说有些认得老孙,我疑是天上凶星思凡下界,为此特来启奏,伏乞天尊垂慈洞鉴,降旨查勘凶星,发兵收剿妖魔,老孙不胜战栗屏营之至。"却又打个深躬道,"以闻。"旁有葛仙翁笑道,"猴子是何前倨后恭?"行者道,"不敢不敢。不是甚前倨后恭,老孙于今是没棒弄了。"……(第五十一回上《心猿空用千般计》)

评议此书者有清人山阴悟一子陈士斌《西游真诠》[13](康熙丙子尤侗序),西河张书绅《西游正旨》[14](乾隆戊辰序)与悟元道人刘一明《西游原旨》[15](嘉庆十五年序),或云劝学,或云谈禅,或云讲道,皆阐明理法,文词甚繁。然作者虽儒生,此书则实出于游戏,亦非语道,故全书仅偶见五行生克之常谈,尤未学佛,故末回至有荒唐无稽之经目,特缘混同之教,流行来久,故其著作,乃亦释迦与老君同流,真性与元神杂出,使三教之徒,皆得随宜附会而已。假欲勉求大旨,则谢肇淛(《五杂组》十五)之"《西游记》曼衍虚诞,而其纵横变化,以猿为心之神,以猪为意之驰,其始之放纵,上天下地,莫能禁制,而归于紧箍一咒,能使心猿驯伏,至死靡他,盖亦求放心之喻,非浪作也"数语,已足尽之。作者所说,亦第云"众僧们议论佛门定旨,上西天取经的缘由,……三藏箝口不言,但以手指自心,点头几度,众僧们莫解其意,……三藏道,'心生种种魔生,心灭种种魔灭,我弟子曾在化生寺对佛说下誓愿,不由我不尽此心,这一去,定要到西天见佛求经,使我们法轮回转,皇图永固'"(十三回)而已。

《后西游记》[16]六卷四十回,不题何人作。中谓花果山复生石猴,仍得神通,称为小圣,辅大颠和尚赐号半偈者复往西天,虔求真解。途中收猪一戒,得沙弥,且遇诸魔,屡陷危难,顾终达灵山,得解而返。其谓儒释本一,亦同《西游》,而行文造事并逊,以吴承恩诗文之清绮推之,当非所作矣。又有《续西游记》[17],未见,《西游补》所附杂记有云,"《续西游》摹拟逼真,失于拘滞,添出比丘灵虚,尤为蛇足"也。

*　　　*　　　*

〔1〕　关于《西游记》一百回本与四十一回本先后问题,应是一百回本在前。鲁迅一九三五年《〈中国小说史略〉日本译本序》中说:"郑振铎教授又证明了《四游记》中的《西游记》是吴承恩《西游记》的摘录,而并非祖本,这是可以订正拙著第十六篇的所说的,那精确的论文,就收录在《狗偻集》里"(参看《且介亭杂文二集》)。郑文题为《西游记的演化》。

〔2〕　邱处机(1148—1227)　字通密,自号长春子,元栖霞(今属山东)人。成吉思汗曾在中亚召见过他,封为国师,总领道教。卒后褒赠长春演道主教真人。撰有《摄生消息论》、《大丹直指》等。

〔3〕　李志常(1193—1256)　字浩然,道号通玄大师,元观成(今河南范县)人。邱处机弟子,曾随邱谒成吉思汗,归后就途中经历撰成《长春真人西游记》,二卷。此书收入《道藏》正乙部。《道藏》,道教经典总集。六朝时开始汇集道经,以后各代又续有增补。今通行之《道藏》为

《正统道藏》(五三○五卷)和《万历续道藏》(一八○卷)。

〔4〕 虞集(1272—1348) 字伯生,号道园,元仁寿(今属四川)人,官至翰林直学士兼国子祭酒。撰有《道园学古录》。清初汪象旭评刻《西游证道书》,始将虞集所撰《长春真人西游记序》置于卷首。

〔5〕 钱大昕(1728—1804) 字辛楣,号竹汀,清嘉定(今属上海)人,官至少詹事。撰有《二十二史考异》、《潜研堂文集》等。《潜研堂文集》卷二十九《跋〈长春真人西游记〉》云:"村俗小说有《唐三藏西游演义》,乃明人所作。"

〔6〕 纪昀 参看本书第二十二篇。

〔7〕 丁晏(1794—1875) 字俭卿,清山阳(今江苏淮安)人,官内阁中书。编有《颐志斋丛书》二十二种。所撰《石亭纪事续编》,一卷,汇录涉及淮安的一些著作的序跋。该书《书〈西游记〉后》一文云:"及考吾郡康熙初旧志艺文书目,吴承恩下有《西游记》一种。"阮葵生(1727—1789),字宝诚,号厝山,清山阳人,官刑部侍郎。所撰《茶余客话》,三十卷,记清初典章制度及当时人物言行等。该书卷二十一云:"按旧志称射阳性敏多慧,为诗文下笔立成。复善谐谑,著杂记数种。惜未注杂记书名,惟《淮贤文目》载射阳撰《西游记通俗演义》。"

〔8〕 吴玉搢(1698—1773) 字藉五,号山夫,清山阳(今江苏淮安)人,官凤阳府训导。曾参与纂修《山阳县志》和《淮安府志》。所撰《山阳志遗》,四卷,记述县志府志未载山阳诸事。该书卷四云:"嘉靖中,吴贡生承恩字汝忠,号射阳山人,吾淮才士也。……考《西游记》旧称为证道书,谓其合于金丹大旨;元虞道园有序,称此书系其国初邱长春真人所撰。而郡志谓出先生手,天启时去先生未远,其言必有所本。意长春初有此记,至先生乃为之通俗演义,如《三国志》本陈寿,而演义则称罗贯中也。书中多吾乡方言,其出淮人手无疑。或云有《后西游记》,为射阳先生撰。"

〔9〕 邱正纲 即邱度,号汝洪,清山阳(今江苏淮安)人。吴承恩表孙,官至光禄寺卿。他所编《射阳先生存稿》,四卷,卷首有陈文烛序。《续稿》未见。

〔10〕 《山阳耆旧集》 未见。吴玉搢《山阳志遗》卷四云:"予初得一抄本,纸墨已渝敝,后陆续收得刻本四卷,并续集一卷,亦全。尽登其诗入《山阳耆旧集》。"

〔11〕 《山阳县志》 二十一卷,清同治间存保、何绍基等纂修。该书卷十二《人物志》二云:"吴承恩字汝忠,号射阳山人,工书,嘉靖中岁贡生,官长兴县丞。英敏博洽,为世所推,一时金石之文,多出其手。家贫无子,遗稿多散失;邑人邱正纲收拾残缺,分为四卷,刊布于世,太守陈文烛为之序,名曰《射阳存稿》,又《续稿》一卷,盖存其什一云。"其卷十八《艺文志》云:"吴承恩《射阳存稿》四卷,《续稿》一卷。"

〔12〕 现存明刊金陵世德堂本《西游记》,无第九回之玄奘出生、父母遇难事。较早略见于明朱鼎臣《西游释厄传》。清初汪象旭自称从古本得之,增补插入吴承恩百回本中,即《西游记》评本《西游证道书》。

〔13〕 陈士斌 字允生,号悟一子,清山阴(今浙江绍兴)人。《西游真诠》,一百回,每回正文后有陈士斌的评述。

〔14〕 张书绅 字南熏,清西河(今属山西)人。按张书绅评本名《新说西游记》。另有一种《通易西游记正旨》,则出自清张含章之手。

〔15〕 刘一明 号悟元子、素朴散人,清榆中(今甘肃兰州)人。道士。《西游原旨》,一百回,每回正文后有刘一明的评述。

〔16〕 《后西游记》 四十回,题"天花才子评点",撰者不详。康熙年间刘廷玑《在园杂志》已论及此书,当为明末清初时人所撰。

〔17〕 《续西游记》 一百回,题"绣像批评续西游真诠",卷首有真复居士序,撰者未详。崇祯年间董说《西游补》所附杂记已论及此书,当为明人所撰。

第十八篇　明之神魔小说(下)

　　《封神传》一百回,今本不题撰人。梁章钜(《浪迹续谈》六)[1]云,"林樾亭(案名乔荫)先生尝与余谈,《封神传》一书是前明一名宿所撰,意欲与《西游记》《水浒传》鼎立而三,因偶读《尚书》《武成》篇'唯尔有神尚克相予'语,衍成此传。其封神事则隐据《六韬》(《旧唐书》《礼仪志》引)《阴谋》[2](《太平御览》引)《史记》《封禅书》《唐书》《礼仪志》各书,铺张俶诡,非尽无本也。"然名宿之名未言。日本藏明刻本,乃题许仲琳[3]编(《内阁文库图书第二部汉书目录》),今未见其序,无以确定为何时作,但张无咎作《平妖传》序,已及《封神》,[4]是殆成于隆庆万历间(十六世纪后半)矣。书之开篇诗有云,"商周演义古今传",似志在于演史,而侈谈神怪,什九虚造,实不过假商周之争,自写幻想,较《水浒》固失之架空,方《西游》又逊其雄肆,故迄今未有以鼎足视之者也。

　　《史记》《封禅书》云,"八神将,太公以来作之。"[5]《六韬》《金匮》[6]中亦间记太公神术;妲己为狐精,则见于唐李瀚《蒙求》[7]注,是商周神异之谈,由来旧矣。然"封神"亦明代巷语,见《真武传》,不必定本于《尚书》。《封神传》即始自受辛进香女娲宫,题诗黩神,神因命三妖惑纣以助周。第二至三十回则杂叙商纣暴虐,子牙隐显,西伯脱祸,武成反商,以成殷周交战之局。此后多说战争，神佛错出，助周者为阐教即道释，助殷者为截教。截教不知所谓，钱静方（《小说丛考》上）[8]以为《周书》《克殷篇》有云，"武王遂征四方，凡憝国九十有九国，馘魔亿有十万七千七百七十有九，俘人三亿万有二百三十。"（案此文在《世俘篇》，钱偶误记）魔与人分别言之，作者遂由此生发为截教。然"摩罗"梵语，周代未翻，《世俘篇》之魔字又或作磨，当是误字，所未详也。其战各逞道术，互有死伤，而截教终败。于是以纣王自焚，周武入殷，子牙归国封神，武王分封列国终。封国以报功臣，封神以妥功鬼，而人神之死，则委之于劫数。其间时出佛名，偶说名教，混合三教，略如《西游》，然其根柢，则方士之见而已。在诸战事中，惟截教之通天教主设万仙阵，阐教群仙合破之，为最烈：

　　话说老子与元始冲入万仙阵内，将通天教主裹住。金灵圣母被三大士围在当中，……用玉如意招架三大士多时，不觉把顶上金冠落在尘埃，将头发散了。这圣母披发大战，正战之间，遇着燃灯道人，祭起定海珠打来，正中顶门。可怜！正是：

　　封神正位为星首，北阙香烟万载存。

　　燃灯将定海珠把金灵圣母打死。广成子祭起诛仙剑，赤精子祭起戮仙剑，道行天尊祭起陷仙剑，玉鼎真人祭起绝仙剑，数道黑气冲空，将万仙阵罩住。凡封神台上有名者，就如砍瓜切菜一般，俱遭杀戮。子牙祭起打神鞭，任意施为。万仙阵中，又被杨任用五火扇扇起烈火千丈，黑烟迷空。……哪吒现三首八臂，往来冲突。……通

天教主见万仙受此屠戮,心中大怒,急呼曰,"长耳定光仙
快取六魂幡来!"定光仙因见接引道人白莲裹体,舍利现
光;又见十二代弟子玄都门人俱有璎络金灯,光华罩体,
知道他们出身清正,截教毕竟差讹。他将六魂幡收起,轻
轻的走出万仙阵,径往芦蓬下隐匿。正是:

> 根深原是西方客,躲在芦蓬献宝幡。

话说通天教主……无心恋战,……欲要退后,又恐教
下门人笑话,只得勉强相持。又被老子打了一拐,通天教
主着了急,祭起紫电锤来打老子。老子笑曰,"此物怎能
近我?"只见顶上现出玲珑宝塔;此锤焉能下来? ……只
见二十八宿星官已杀得看看殆尽;止邱引见势不好了,借
土遁就走。被陆压看见,惟恐追不及,急纵至空中,将葫
芦揭开,放出一道白光,上有一物飞出;陆压打一躬,命
"宝贝转身",可怜邱引,头已落地。……且说接引道人在
万仙阵内将乾坤袋打开,尽收那三千红气之客。有缘往
极乐之乡者,俱收入此袋内。准提同孔雀明王在阵中现
二十四头,十八只手,执定璎络,伞盖,花贯,鱼肠,金弓,
银戟,白钺,幡,幢,加持神杵,宝锉,银瓶等物,来战通天
教主。通天教主看见准提,顿起三昧真火,大骂曰,"好泼
道!焉敢欺吾太甚,又来搅吾此阵也!"纵奎牛冲来,仗剑
直取,准提将七宝妙树架开。正是:

> 西方极乐无穷法,俱是莲花一化身。(第八十四
> 回)

《三宝太监西洋记通俗演义》亦一百回,题"二南里人编

次"。前有万历丁酉(一五九七)菊秋之吉罗懋登^[9]叙,罗即撰人。书叙永乐中太监郑和王景宏^[10]服外夷三十九国,咸使朝贡事。郑和者,《明史》(三百四《宦官传》)云,"云南人,世所谓三保太监者也。永乐三年,命和及其侪王景宏等通使西洋,将士卒二万七千八百余人,多赍金帛,造大舶,……自苏州刘家河泛海至福建,复自福建五虎门扬帆,首达占城,以次遍历诸国,宣天子诏,因给赐其君长,不服则以武慑之。先后七奉使,所历凡三十余国,所取无名宝物不可胜计,而中国耗费亦不赀。自和后,凡将命海表者,莫不盛称和以夸外蕃,故俗传'三保太监下西洋'为明初盛事云。"盖郑和之在明代,名声赫然,为世人所乐道,而嘉靖以后,倭患甚殷,民间伤今之弱,又为故事所囿,遂不思将帅而思黄门,集俚俗传闻以成此作,故自序云,"今者东事倥偬,何如西戎即序,不得比西戎即序,何可令王郑二公见"也。惟书则侈谈怪异,专尚荒唐,颇与序言之慷慨不相应,其第一至七回为碧峰长老下生,出家及降魔之事;第八至十四回为碧峰与张天师斗法之事;第十五回以下则郑和挂印,招兵西征,天师及碧峰助之,斩除妖孽,诸国入贡,郑和建祠之事也。所述战事,杂窃《西游记》《封神传》,而文词不工,更增支蔓,特颇有里巷传说,如"五鬼闹判""五鼠闹东京"故事,皆于此可考见,则亦其所长矣。五鼠事似脱胎于《西游记》二心之争;五鬼事记外夷与明战后,国殇在冥中受谳,多获恶报,遂大哄,纵击判官,其往复辩难之词如下:

　　……五鬼道,"纵不是受私卖法,却是查理不清。"阎罗王道,"那一个查理不清?你说来我听着。"劈头就是姜老星说道,"小的是金莲象国一个总兵官,为国忘家,臣子之职,怎么又说道我该送罚恶分司去? 以此说来,却不是错为国家出力了么?"崔判官道,"国家苦无大难,怎叫做为国家出力?"姜老星道,"南人宝船千号,战将千员,雄兵百万,势如累卵之危,还说是国家苦无大难?"崔判官道,"南人何曾灭人社稷,吞人土地,贪人财货,怎见得势如累卵之危?"姜老星道,"既是国势不危,我怎肯杀人无厌?"判官道,"南人之来,不过一纸降书,便自足矣,他何曾威逼于人,都是你们偏然强战,这不是杀人无厌么?"咬海干道,"判官大王差矣。我爪哇国五百名鱼眼军一刀两段,三千名步卒煮做一锅,这也是我们强战么?"判官道,"都是你们自取的。"圆眼帖木儿说道,"我们一个人劈作四架,这也是我们强战么?"判官道,"也是你们自取的。"盘龙三太子说道,"我举刀自刎,岂不是他的威逼么?"判官道,"也是你们自取的。"百里雁说道,"我们烧做一个柴头鬼儿,岂不是他的威逼么?"判官道,"也是你们自取的。"五个鬼一齐吆喝起来,说道,"你说甚么自取,自古道'杀人的偿命,欠债的还钱',他枉刀杀了我们,你怎么替他们曲断?"判官道,"我这里执法无私,怎叫做曲断?"五鬼说道,"既是执法无私,怎么不断他填还我们人命?"判官道,"不该填还你们!"五鬼说道,"但只'不该'两个字,就是私弊。"这五个鬼人多口多,乱吆乱喝,嚷做一驮,闹做一块。判官看见他们来得凶,也没奈何,只得站起来喝声道,"咄,甚么人敢在这里胡说! 我有私,我这管笔可是容私的?"五个鬼齐齐的走上前去,照手一抢,把管笔夺将下来,说道,"铁笔无私。你这蜘蛛须儿扎的笔,牙齿缝里都是私(丝),敢说得个不容私?"……(第九十回《灵曜府五鬼闹判》)

《西游补》十六回,天目山樵[11]序云南潜作;南潜者,乌程董说出家后之法名也。说字若雨,生于万历庚申(一六二〇),幼即颖悟,自愿先诵《圆觉经》,次乃读四书及五经,十岁能文,十三入泮,逮见中原流寇之乱,遂绝意进取。明亡,祝发于灵岩,名曰南潜,号月函,其他别字尚甚夥,三十余年不履城市,惟友渔樵,世推为佛门尊宿,有《上堂晚参唱酬语录》[12](钮琇《觚賸续编》之江抱阳生《甲申朝事小记》)及《丰草庵杂著》十种诗文集若干卷。《西游补》云以入"三调芭蕉扇"之后,叙悟空化斋,为鲭鱼精所迷,渐入梦境,拟寻秦始皇借驱山铎,驱火焰山,徘徊之间,进万镜楼,乃大颠倒,或见过去,或求未来,忽化美人,忽化阎罗,得虚空主人一呼,始离梦境,知鲭鱼本与悟空同时出世,住于"幻部",自号"青青世界",一切境界,皆彼所造,而实无有,即"行者情",故"悟通大道,必先空破情根,破情根必先走入情内,走入情内见得世界情根之虚,然后走出情外认得道根之实"(本书卷首《答问》)。其云鲭鱼精,云青青世界,云小月王者,即皆谓情矣。或以中有"杀青大将军""倒置历日"诸语,因谓是鼎革之后,所寓微言,然全书实于讥弹明季世风之意多,于宗社之痛之迹少,因疑成书之日,尚当在明亡以前[13],故但有边事之忧,亦未入释家之奥,主眼所在,仅如时流,谓行者有三个师父,一是祖师,二是唐僧,三是穆王(岳飞):"凑成三教全身"(第九回)而已。惟其造事遣辞,则丰赡多姿,恍忽善幻,奇突之处,时足惊人,间以俳谐,亦常俊绝,殊非同时作手所敢望也。

  行者(时化为虞美人与绿珠辈宴后辞出)即时现出原身,抬头看看,原来正是女娲门前。行者大喜道,"我家的天,被小月王差一班踏空使者碎碎凿开,昨日反拖罪名在我身上。……闻得女娲久惯补天,我今日竟央女娲替我补好,方才哭上灵霄,洗个明白,这机会甚妙。"走近门边细细观看,只见两扇黑漆门紧闭,门上贴一纸头,写着"二十日到轩辕家闲话,十日乃归,有慢尊客,先此布罪"。行者看罢,回头就走,耳朵中只听得鸡唱三声,天已将明,走了数百万里,秦始皇只是不见。(第五回)

  忽见一个黑人坐在高阁之上,行者笑道,"古人世界也有贼哩,满面涂了乌煤在此示众。"走了几步,又道,"不是逆贼。原来倒是张飞庙。"又想想道,"既是张飞庙,该带一顶包巾。……带了皇帝帽,又是玄色面孔,此人决是大禹玄帝。我便上前见他,讨些治妖斩魔秘诀,我也不消寻着秦始皇了。"看看走到面前,只见台下立一石竿,竿上插一首飞白旗,旗上写六个紫色字:

   "先汉名士项羽。"

  行者看罢,大笑一场,道,"真个是'事未来时休去想,想来到底不如心'。老孙疑来疑去,……谁想一些不是,倒是我绿珠楼上的强遥丈夫。"当时又转一念道,"哎哟,吾老孙专为寻秦始皇,替他借个驱山铎子,所以钻入古人世界来,楚伯王在他后头,如今已见了,他却为何不见?我有一个道理:径到台上见了项羽,把始皇消息问他,倒是个着脚信。"行者即时跳起细看,只见高阁之下,……坐着一个美人,耳朵边只听得叫"虞美人虞美人"。……行者登时把身子一摇,仍前变做美人模样,竟上高阁,袖中取出一尺冰罗,不住的掩泪,单单露出半面,望着项羽,似怨似怒。项羽大惊,慌忙跪下,行者背转,项羽又飞趋跪在行者面前,叫"美人,可怜你枕席之人,聊开笑面"。行者也不做声;项羽无奈,只得陪哭。行者方才红着桃花脸儿,指着项羽道,"顽贼! 你为赫赫将军,不能庇一女子,有何颜面坐此高台?"项羽只是哭,也不敢答应。行者微露不忍之态,用手扶起道,"常言道,'男儿两膝有黄金。'你今后不可乱跪!"……(第六回)

＊　　　＊　　　＊

〔1〕 梁章钜(1775—1849) 字闳中,号退庵,清长乐(今属福建)人,官至江苏巡抚。撰有《归田琐记》、《浪迹丛谈》等。《浪迹续谈》,八卷,记述异闻逸事、名胜古迹,兼及戏剧小说。

〔2〕 《六韬》 相传为周代吕尚撰。《旧唐书·礼仪志》引《六韬》云:"武王伐纣,雪深丈余,五车二马,行无辙迹,诣营求谒。武王怪而问焉,太公对曰:'此必五方之神,来受事耳。'遂以其名召入,各以其职命焉。既而克殷,风调雨顺。"《阴谋》,全名《太公阴谋书》,相传亦为周代吕尚撰。按《太平御览》十二有关"太公封神"的引文出自《金匮》,不是《阴谋》。

〔3〕 许仲琳 号钟山逸叟,明应天府(今江苏南京)人,生平不

详。按明万历金阊舒载阳《封神演义》刻本（日本内阁文库藏本）卷首李云翔序云："舒仲甫自楚中重资购有钟伯敬先生批阅《封神》一册，尚未竟其业，乃托余终其事。"然卷二首页署"钟山逸叟许仲琳编辑"。大概此书原撰者为许仲琳，改定评次者为李云翔。

〔4〕《平妖传》序　张无咎《平妖传》序提及《封神演义》，仅见得月楼刊本。其中说："至于《续三国志》、《封神演义》等，如病人呓语，一味胡谈。"此《平妖传》序本刊于泰昌（1620）本之后。序称："书已传于泰昌改元之年，予犹宦游，板毁于火，余订旧序而刻之。"

〔5〕这里的"八神将，太公以来作之"一语，《史记·封禅书》原文作"八神将自古而有之，或曰太公以来作之"。此处系据梁章钜《归田琐记》卷七所引。

〔6〕《金匮》　相传为周代吕尚撰，古代兵书。《隋书·经籍志》著录二卷。

〔7〕李瀚　唐末万年（今陕西西安）人，仕后晋为翰林学士。所撰《蒙求》，二卷，有宋徐子光集注。妲己为狐精，不见徐子光注本。

〔8〕钱静方　别号泖东一蟹，近代青浦（今属上海）人。所撰《小说丛考》，一九一六年商务印书馆出版。

〔9〕罗懋登　字登之，号二南里人，明万历年间人。

〔10〕郑和（1371—1435）　本姓马，小字三保，回族，明昆阳（今云南晋宁）人。宦官，从燕王起兵，赐姓郑。曾七次出国通使"西洋"，最远曾航达非洲东岸和红海海口。王景宏，即王景弘，明永乐时宦官。曾多次任郑和副使，出使"西洋"。

〔11〕天目山樵　张文虎（1808—1885），字孟彪，别号天目山樵，清南汇（今属上海）人。曾评述《儒林外史》。

〔12〕《上堂晚参唱酬语录》　《光绪乌程县志》卷三十一著录董说著作甚多，唯不及此书。鲁迅《小说旧闻钞》录抱阳生《甲申朝事小纪》

作《上堂晚参唱酬语录》,系董说出家后所撰。下文《丰草庵杂著》十种,据《光绪乌程县志》卷三十一载,十种为:《昭阳梦史》(一名《梦乡志》)、《非烟香法》、《柳谷编》、《河图卦板》、《文字发》、《分野发》、《诗律表》、《汉铙歌发》、《乐纬》及《扫叶录》。又,近人刘承干辑《吴兴丛书》收有《丰草庵诗集》十一卷、《丰草庵文集》前集三卷、后集三卷、《宝云诗集》七卷、《禅乐府》一卷。

〔13〕《西游补》现存崇祯十四年(1641)嶷如居士序本,可证该书撰于明亡以前。

第十九篇　明之人情小说（上）

　　当神魔小说盛行时，记人事者亦突起，其取材犹宋市人小说之"银字儿"，大率为离合悲欢及发迹变态之事，间杂因果报应，而不甚言灵怪，又缘描摹世态，见其炎凉，故或亦谓之"世情书"也。

　　诸"世情书"中，《金瓶梅》[1]最有名。初惟钞本流传，袁宏道见数卷，即以配《水浒传》为"外典"（《觞政》），[2]故声誉顿盛；世又益以《西游记》，称三大奇书[3]。万历庚戌（一六一○），吴中始有刻本，计一百回，其五十三至五十七回原阙，刻时所补也（见《野获编》二十五）。作者不知何人，沈德符云是嘉靖间大名士（亦见《野获编》），世因以拟太仓王世贞，或云其门人（康熙乙亥谢颐序云）。[4]由此复生谰言，谓世贞造作此书，乃置毒于纸，以杀其仇严世蕃，或云唐顺之者，[5]故清康熙中彭城张竹坡评刻本，遂有《苦孝说》冠其首。[6]

　　《金瓶梅》全书假《水浒传》之西门庆为线索，谓庆号四泉，清河人，"不甚读书，终日闲游浪荡"，有一妻三妾，又交"帮闲抹嘴不守本分的人"，结为十弟兄，复悦潘金莲，酖其夫武大，纳以为妾，武松来报仇，寻之不获，误杀李外傅，刺配孟州。而西门庆故无恙，于是日益放恣，通金莲婢春梅，复私李瓶儿，亦纳为妾，"又得两三场横财，家道营盛"。已而李瓶儿生子；庆

则因赂蔡京得金吾卫副千户,乃愈肆,求药纵欲受赇枉法无不
为。然潘金莲妒李有子,屡设计使受惊,子终以瘈疭死;李痛
子亦亡。潘则力媚西门庆,庆一夕饮药逾量,亦暴死。金莲春
梅复通于庆婿陈敬济,事发被斥卖,金莲遂出居王婆家待嫁,
而武松适遇赦归,因见杀;春梅则卖为周守备妾,有宠,又生
子,竟册为夫人。会孙雪娥以遇拐复获发官卖,春梅憾其尝
"唆打陈敬济",则买而折辱之,旋卖于酒家为娼;又称敬济为
弟,罗致府中,仍与通。已而守备征宋江有功,擢济南兵马制
置,敬济亦列名军门,升为参谋。后金人入寇,守备阵亡,春梅
夙通其前妻之子,因亦以淫纵暴卒。比金兵将至清河,庆妻携
其遗腹子孝哥欲奔济南,途遇普净和尚,引至永福寺,以因果
现梦化之,孝哥遂出家,法名明悟。

　　作者之于世情,盖诚极洞达,凡所形容,或条畅,或曲折,
或刻露而尽相,或幽伏而含讥,或一时并写两面,使之相形,变
幻之情,随在显见,同时说部,无以上之,故世以为非王世贞不
能作。至谓此书之作,专以写市井间淫夫荡妇,则与本文殊不
符,缘西门庆故称世家,为搢绅,不惟交通权贵,即士类亦与周
旋,著此一家,即骂尽诸色,盖非独描摹下流言行,加以笔伐而
已。

　　……妇人（潘金莲）道,"怪奴才,可可儿的来,想起一
件事来,我要说又忘了。"因令春梅,"你取那只鞋来与他
瞧。""你认的这鞋是谁的鞋?"西门庆道,"我不知是谁的
鞋。"妇人道,"你看他还打张鸡儿哩。瞒着我黄猫黑尾,
你干的好茧儿。来旺媳妇子的一只臭蹄子,宝上珠也一

般收藏在藏春坞雪洞儿里拜帖匣子内,搅着些字纸和香儿,一处放着。甚么罕稀物件,也不当家化化的,怪不的那贼淫妇死了堕阿鼻地狱。"又指着秋菊骂道,"这奴才当我的鞋,又翻出来,教我打了几下。"分付春梅,"趁早与我掠出去。"春梅把鞋掠在地下,看着秋菊说道,"赏与你穿了罢。"那秋菊拾着鞋儿说道,"娘这个鞋,只好盛我一个脚指头儿罢。"那妇人骂道,"贼奴才,还叫甚么□娘哩。他是你家主子前世的娘!不然,怎的把他的鞋这等收藏的娇贵?到明日好传代。没廉耻的货!"秋菊拿着鞋就往外走,被妇人又叫回来,分付"取刀来,等我把淫妇鞋剁作几截子,掠到茅厕里去,叫贼淫妇阴山背后永世不得超生"。因向西门庆道,"你看着越心疼,我越发偏剁个样儿你瞧。"西门庆笑道,"怪奴才,丢开手罢了,我那里有这个心。"……(第二十八回)

……掌灯时分,蔡御史便说,"深扰一日,酒告止了罢。"因起身出席。左右便欲掌灯,西门庆道,"且休掌烛。请老先生后边更衣。"于是……让至翡翠轩,……关上角门,只见两个唱的,盛妆打扮,立于阶下,向前插烛也似磕了四个头。……蔡御史看见,欲进不能,欲退不舍,便说道,"四泉,你如何这等爱厚?恐使不得。"西门庆笑道,"与昔日东山之游,又何异乎?"蔡御史道,"恐我不如安石之才,而君有王右军之高致矣。"……因进入轩内,见文物依然,因索纸笔,就欲留题相赠。西门庆即令书童将端溪砚研的墨浓浓的,拂下锦笺。这蔡御史终是状元之才,拈

笔在手，文不加点，字走龙蛇，灯下一挥而就，作诗一首。……（第四十九回）

明小说之宣扬秽德者，人物每有所指，盖借文字以报夙仇，而其是非，则殊难揣测。沈德符谓《金瓶梅》亦斥时事，"蔡京父子则指分宜，林灵素则指陶仲文，朱勔则指陆炳，[7]其它亦各有所属。"则主要如西门庆，自当别有主名，即开篇所谓"有一处人家，先前怎地富贵，到后来煞甚凄凉，权谋术智，一毫也用不着，亲友兄弟，一个也靠不着，享不过几年的荣华，倒做了许多的话靶。内中又有几个斗宠争强迎奸卖俏的，起先好不妖娆妩媚，到后来也免不得尸横灯影，血染空房"（第一回）者是矣。结末稍进，用释家言，谓西门庆遗腹子孝哥方睡在永福寺方丈，普净引其母及众往，指以禅杖，孝哥"翻过身来，却是西门庆，项带沉枷，腰系铁索。复用禅杖只一点，依旧还是孝哥儿睡在床上。……原来孝哥儿即是西门庆托生"（第一百回）。此之事状，固若玮奇，然亦第谓种业留遗，累世如一，出离之道，惟在"明悟"而已。若云孝子衔酷，用此复仇，虽奇谋至行，足为此书生色，而证佐盖阙，不能信也。

故就文辞与意象以观《金瓶梅》，则不外描写世情，尽其情伪，又缘衰世，万事不纲，爰发苦言，每极峻急，然亦时涉隐曲，猥黩者多。后或略其他文，专注此点，因予恶谥，谓之"淫书"；而在当时，实亦时尚。成化时，方士李孜僧继晓已以献房中术骤贵，至嘉靖间而陶仲文以进红铅得幸于世宗，官至特进光禄大夫柱国少师少傅少保礼部尚书恭诚伯。于是颓风渐及士流，都御史盛端明[8]布政使参议顾可学皆以进士起家，而俱借"秋石方"致大位。瞬息显荣,世俗所企羡,侥幸者多竭智力以求奇方,世间乃渐不以纵谈闺帏方药之事为耻。风气既变,并及文林,故自方士进用以来,方药盛,妖心兴,而小说亦多神魔之谈,且每叙床第之事也。

然《金瓶梅》作者能文,故虽间杂猥词,而其他佳处自在,至于末流,则著意所写,专在性交,又越常情,如有狂疾,惟《肉蒲团》意想颇似李渔[9],较为出类而已。其尤下者则意欲媒语,而未能文,乃作小书,刊布于世,中经禁断,今多不传。

万历时又有名《玉娇李》[10]者,云亦出《金瓶梅》作者之手。袁宏道曾闻大略,谓"与前书各设报应因果,武大后世化为淫夫,上蒸下报;潘金莲亦作河间妇,终以极刑;西门庆则一骇憨男子,坐视妻妾外遇,以见轮回不爽"。后沈德符见首卷,以为"秽黩百端,背伦蔑理,……其帝则称完颜大定,而贵溪(夏言)[11]分宜(严嵩)相构,亦暗寓焉。至嘉靖辛丑庶常诸公,则直书姓名,尤可骇怪。……然笔锋恣横酣畅,似尤胜《金瓶梅》"(皆见《野获编》二十五)。今其书已佚,虽或偶有见者,而文章事迹,皆与袁沈之言不类,盖后人影撰,非当时所见本也。

《续金瓶梅》前后集共六十四回,题"紫阳道人编"。自言东汉时辽东三韩有仙人丁令威;后五百年而临安西湖有仙人丁野鹤,临化遗言,"说'五百年后又有一人名丁野鹤,是我后身,来此相访'。后至明末,果有东海一人,名姓相同,来此罢官而去,自称紫阳道人。"(六十二回)卷首有《太上感应篇阴阳无字解》[12],署"鲁诸邑丁耀亢参解",序有云,"自奸杞焚予

《天史》于南都，海桑既变，不复讲因果事，今见圣天子钦颁《感应篇》，自制御序，戒谕臣工。"则《续金瓶梅》当成于清初，而丁耀亢即其撰人矣。耀亢字西生，号野鹤，山东诸城人，弱冠为诸生，走江南与诸名士联文社，既归，郁郁不得志，作《天史》十卷。清顺治四年入京，由顺天籍拔贡，充镶白旗教习，诗名甚盛。后为容城教谕，迁惠安知县，不赴，六十后病目，自称木鸡道人，年七十二卒（约一六二〇——一六九一），所著有诗集十余卷，传奇四种（乾隆《诸城志》十三及三六）〔13〕。《天史》者，类历代吉凶诸事而成，焚于南都，未详其实，《诸城志》但云"以献益都钟羽正〔14〕，羽正奇之"而已。

《续金瓶梅》主意殊单简，前集谓普净是地藏菩萨化身，一日施食，以轮回大簿指点众鬼，俾知将来恶报，后悉如言。西门庆为汴京富室沈越子，名曰金哥，越之妻弟袁指挥居对门，有女常姐，则李瓶儿后身，尝在沈氏宅打秋千，为李师师所见，艳其美，矫旨取之，改名银瓶。金人陷汴，民众流离，金哥遂沦为乞丐；银瓶则为娼，通郑玉卿，后嫁为翟员外妾，又与郑偕遁至扬州，为苗青所赚，乃自经死。后集则叙东京孔千户女名梅玉者，以艳羡富贵，自甘为金人金哈木儿妾，而大妇"凶妒"，篡取虐使之，梅玉欲自裁，因梦自知是春梅后身，大妇则孙雪娥再世，遂长斋念佛，不生嗔恨，竟得脱离。至潘金莲则转生为山东黎指挥女，名金桂，夫曰刘瘸子，其前生实为陈敬济，以夙业故，体貌不全，金桂怨愤，因招妖蛊，又缘受惊，终成痼疾也。

余文俱述他人牵缠孽报，而以国家大事，穿插其间，又杂引佛典道经儒理，详加解释，动辄数百言，顾什九以《感应篇》

为归宿,所谓"要说佛说道说理学,先从因果说起,因果无凭,又从《金瓶梅》说起"(第一回)也。明之"淫书"作者,本好以阐明因果自解,至于此书,则因见"只有夫妇一伦,变故极多,……造出许多冤业,世世偿还,真是爱河自溺,欲火自煎,一部《金瓶梅》说了个色字,一部《续金瓶梅》说了个空字,从色还空,即空是色,乃自果报,转入佛法"(四十三回)矣。然所谓佛法,复甚不纯,仍混儒道,与神魔小说诸作家意想无甚异,惟似较重力行,又欲无所执著,故亦颇讥当时空谈三教一致及妄分三教等差者之弊,如述李师师旧宅收没入官,立为大觉尼寺,儒道又出而纷争,即其例也:

> ……这里大觉寺兴隆佛事不题。后因天坛道官并阍学生员争这块地,上司断决不开,各在兀尤太子营里上了一本,说道"这李师师府地宽大,僧妓杂居,单给尼姑盖寺,恐久生事端,宜作公所。其后半花园,应分割一半,作三教堂,为儒释道三教讲堂。"王爷准了,才息了三处争讼。那道官见自己不独得,又是三分四裂的,不来照管。这开封府秀才吴蹈理卜守分两个无耻生员,借此为名,也就贴了公帖,每人三钱,倒敛了三四百两分资。不日盖起三间大殿,原是释迦佛居中,老子居左,孔子居右,只因不肯倒了自家门面,便把孔夫子居中,佛老分为左右,以见贬黜异端外道的意思。把那园中台榭池塘,和那两间妆阁,当日银瓶做过卧房的,改作书房。……这些风流秀士,有趣文人,和那浮浪子弟们,也不讲禅,也不讲道,每日在三教堂饮酒赋诗,倒讲了个色字,好个快活所在。题

曰三空书院,无非说三教俱空之意。……(第三十七回上
《三教堂青楼成净土》)

又有《隔帘花影》[15]四十八回,世亦以为《金瓶梅》后本,
而实乃改易《续金瓶梅》中人名(如以西门庆为南宫吉之类)及
回目,并删略其絮说因果语而成,书末不完,盖将续作,然未
出。一名《三世报》,殆包举将来拟续之事;或并以武大被酖,
亦为夙业,合数之得三世也。

*　　　*　　　*

〔1〕　《金瓶梅》　兰陵笑笑生撰,真实姓名不详。兰陵在今山东
峄县。鲁迅《〈中国小说史略〉日本译本序》中指出:"《金瓶梅词话》被发
见于北平,为通行至今的同书的祖本,文章虽比现行本粗率,对话却全
用山东的方言所写,确切的证明了这决非江苏人王世贞所作的书。"

〔2〕　关于称《金瓶梅》为"外典"问题,袁宏道《觞政·掌故》以酒
谱、酒令为"内典",史传、诗赋为"外典","传奇则《水浒传》《金瓶梅》等
为逸典"。沈德符《野获编》卷二十五:"袁中郎《觞政》以《金瓶梅》配《水
浒传》为外典,予恨未得见,"误以"逸典"为"外典"。鲁迅此处沿用《野
获编》之说。

〔3〕　三大奇书　西湖钓叟《续金瓶梅序》云:"今天下小说如林,
独推三大奇书:曰《水浒》、曰《西游》、曰《金瓶梅》。"

〔4〕　关于《金瓶梅》撰者,说法不一。沈德符《野获编》卷二十五
云:"闻此为嘉靖间大名士手笔"。《寒花盦随笔》云:"世传《金瓶梅》一
书,为王弇州先生手笔";清顾公燮《消夏闲记摘抄》亦云撰者系"(王)忬
子凤洲"。张竹坡评本《金瓶梅》谢颐序则云:"《金瓶》一书,传为凤洲门
人之作也,或云即凤洲作。"王世贞(1526—1590),字元美,号凤洲、弇州

山人,明太仓(今属江苏)人,官至南京刑部尚书。撰有《弇州山人四部稿》等。

〔5〕 关于王世贞撰书"以杀其仇",传说不一。顾公燮《消夏闲记摘抄》谓王忬家藏《清明上河图》,"严世蕃强索之,忬不忍舍,乃觅名手摹赝者以献"。世蕃知后害之。"忬子凤洲痛父冤死,图报无由",遂撰《金瓶梅》以献。凤洲重贿修脚工于世蕃专心阅书时微伤其脚,"阴擦烂药,后渐溃腐,不能入直",严嵩亦年衰迟钝,父子遂渐失宠以至于败云云。《寒花盦随笔》则云:"此书为一孝子所作,用以复其父仇者。盖孝子所识一巨公,实杀孝子父,图报累累皆不济。后忽侦知巨公观书时,必以指染沫翻其书叶。"孝子三年撰成此书,"粘毒药于纸角",巨公观迄此书,"毒发遂死"。并云:"孝子即凤洲也。巨公为唐荆川。凤洲之父忬,死于严氏,实荆川潜之也。"严世蕃(?—1565),号东楼,明分宜(今属江西)人,官至工部左侍郎。与其父严嵩操纵国事,作恶多年,后被处死。唐顺之(1507—1560),字应德,号荆川,明武进(今属江苏)人,官至右佥都御史。撰有《荆川先生文集》等。

〔6〕 张竹坡 清彭城(今江苏徐州)人,生平不详。刘廷玑《在园杂志》云:"深切人情世务,无如《金瓶梅》,真称奇书。……彭城张竹坡为之先总大纲,次则逐卷逐段分注批点,可以继武圣叹,是惩是劝,一目了然。惜其年不永,殁后将刊板抵偿凤逋于汪苍孚,举火焚之,故海内传者甚少。"《苦孝说》,张竹坡撰。谓《金瓶梅》撰者系一孝子,其亲为仇所算,故有此作,文末有"作者之心,其有余痛乎,则《金瓶梅》当名之曰《奇酸志》《苦孝说》"等语。

〔7〕 分宜 指严嵩(1480—1567),明分宜(今属江西)人,嘉靖时的奸臣,官至华盖殿大学士、太子太师。《明史·奸臣列传》中有传。陶仲文(?—1560),黄冈(今属湖北)人,以符祷得世宗宠,官至礼部尚书。下文的陆炳(1510—1560),平湖(今属浙江)人,官锦衣卫指挥使、指挥

同知。二人均嘉靖时的佞臣,《明史·佞幸列传》中有传。

〔8〕　盛端明(1470—1550)　饶平(今属广东)人,官至礼部尚书。下文的顾可学,无锡(今属江苏)人,官至太子太保。二人均嘉靖时的佞臣,《明史·佞幸列传》中有传。

〔9〕　《肉蒲团》　又名《觉后禅》,六卷二十回,旧刻本题"情痴反正道人编次",别题"情隐先生编次",卷首有西陵如如居士序。刘廷玑《在园杂志》谓系李渔所撰。李渔,参看本卷第93页注〔22〕。

〔10〕　《玉娇李》　亦作《玉娇丽》,已佚。沈德符《野获编》卷二十五:"中郎又云,尚有名《玉娇李》者,亦出此名士手,与前书各设报应因果。"

〔11〕　贵溪　指夏言(1482—1548),贵溪(今属江西)人,嘉靖时官至武英殿大学士。见《明史·夏言传》。

〔12〕　《太上感应篇阴阳无字解》　丁耀亢撰。内容系参解《太上感应篇》主旨。《太上感应篇》,《道藏·太清部》著录三十卷,题"宋李昌龄传"。

〔13〕　关于丁耀亢的著作,据《乾隆诸城志》,有诗集《逍遥游》一卷、《陆舫诗草》五卷、《椒邱诗》二卷、《江干草》一卷、《归山草》二卷、《听山亭草》一卷。传奇四种,指《西湖扇传奇》、《化人游传奇》、《蚺蛇胆传奇》、《赤松游传奇》。

〔14〕　钟羽正　字叔濂,明益都(今属山东)人,万历进士,天启时官至工部尚书。撰有《崇雅堂集》。

〔15〕　《隔帘花影》　全称《三世报隔帘花影》。清无名氏撰,卷首有四桥居士序。四桥居士为康熙时人程自萃,书亦刊于此时。

第二十篇　明之人情小说（下）

　　《金瓶梅》《玉娇李》等既为世所艳称，学步者纷起，而一面又生异流，人物事状皆不同，惟书名尚多蹈袭，如《玉娇梨》《平山冷燕》等皆是也。[1]至所叙述，则大率才子佳人之事，而以文雅风流缀其间，功名遇合为之主，始或乖违，终多如意，故当时或亦称为"佳话"。察其意旨，每有与唐人传奇近似者，而又不相关，盖缘所述人物，多为才人，故时代虽殊，事迹辄类，因而偶合，非必出于仿效矣。《玉娇梨》《平山冷燕》有法文译，[2]又有名《好逑传》者则有法德文译[3]，故在外国特有名，远过于其在中国。

　　《玉娇梨》今或改题《双美奇缘》，无撰人名氏。[4]全书仅二十回，叙明正统间有太常卿白玄者，无子，晚年得一女曰红玉，甚有文才，以代父作菊花诗为客所知，御史杨廷诏因求为子杨芳妇，玄招芳至家，属妻弟翰林吴珪试之。

　　……吴翰林陪杨芳在轩子边立着。杨芳抬头，忽见上面横着一个扁额，题的是"弗告轩"三字。杨芳自恃认得这三个字，便只管注目而视。吴翰林见杨芳细看，便说道，"此三字乃是聘君吴与弼所书，点画遒劲，可称名笔。"杨芳要卖弄识字，因答道，"果是名笔，这轩字也还平常，这弗告二字写得入神。"却将告字读了去声，不知弗告二

196

字,盖取《诗经》上"弗谖弗告"之义,这"告"字当读与"谷"
字同音。吴翰林听了,心下明白,便模糊答应。……(第
二回)

白玄遂不允。杨以为怨,乃荐玄赴也先营中迎上皇,玄托
其女于吴翰林而去。吴珪即挈红玉归金陵,偶见苏友白题壁
诗,爱其才,欲以红玉嫁之。友白误相新妇,竟不从。珪怒,嘱
学官革友白秀才,学官方踌蹰,而白玄还朝加官归乡之报适
至,即依黜之。友白被革,将入京就其叔,于道中见数少年苦
吟,乃方和白红玉新柳诗;谓有能步韵者,即嫁之也。友白亦
和两首,而张轨如遽窃以献白玄,玄留之为西宾。已而有苏有
德者又冒为友白,请婚于白氏,席上见张,互相攻讦,俱败。友
白见红玉新柳诗,慕之,遂渡江而北,欲托吴珪求婚;途次遇
盗,暂舍于李氏,偶遇一少年曰卢梦梨,甚服友白之才,因以其
妹之终身相托。友白遂入京以监生应试,中第二名;再访卢,
则已以避祸远徙,乃大失望。不知卢实白红玉之中表,已先赴
金陵依白氏也。白玄难于得婿,易姓名游山阴,于禹迹寺见一
少年姓柳,才识非常,次日往访,即字以己女及甥女,归而说其
故云:

　　……"……忽遇一个少年,姓柳,也是金陵人。他人
物风流,真个是'谢家玉树'。……我看他神清骨秀,学博
才高,且暮间便当飞腾翰苑。……意欲将红玉嫁他,又恐
甥女说我偏心;欲要配了甥女,又恐红玉说我矫情。除了
柳生,若要再寻一个,却万万不能。我想娥皇女英同事一
舜,古圣人已有行之者;我又见你姊妹二人互相爱慕,不

啻良友,我也不忍分开:故当面一口就都许他了。这件事我做得甚是快意。"……(第十九回)

而二女皆慕友白,闻之甚怏怏。已而柳至白氏,自言实苏友白,盖尔时亦变姓名游山阴也。玄亦告以真姓名,皆大惊喜出意外,遂成婚。而卢梦梨实女子,其先乃改装自托于友白者云。

《平山冷燕》亦二十回,题云"荻岸山人编次"。清盛百二(《柚堂续笔谈》)以为嘉兴张博山十四五时作[5],其父执某续成之。博山名劭,清康熙时人,"少有成童之目,九龄作《梅花赋》惊其师。"(阮元《两浙辒轩录》七引李方湛语)盖早慧,故世人并以此书附著于彼,然文意陈腐,殊不类童子所为。书叙"先朝"隆盛时事,而又不云何时作,故亦莫详"先朝"为何帝也。其时钦天监正堂官奏奎璧流光,散满天下,天子则大悦,诏求真才,又适见白燕盘旋,乃命百官赋白燕诗,众谢不能,大学士山显仁乃献其女山黛之作,诗云:

> 夕阳凭吊素心稀,遁入梨花无是非,淡去羞从鸦借色,瘦来只许雪添肥,飞回夜黑还留影,衔尽春红不浣衣,多少朱门夸富贵,终能容我洁身归。(第一回)

天子即召见,令献箴,称旨,赐玉尺一条,"以此量天下之才";金如意一执,"文可以指挥翰墨,武可以扞御强暴,长成择婿,有妄人强求,即以此击其首,击死勿论";又赐御书扁额一方曰"弘文才女"。时黛方十岁;其父筑楼以贮玉尺,谓之玉尺楼,亦即为黛读书之所,于是才女之名大著,求诗文者云集矣。后黛以诗嘲一贵介子弟,被怨,托人诬以诗文皆非己出,又奉

旨令文臣赴玉尺楼与黛较试,文臣不能及,诬者获罪而黛之名
益扬。其时又有村女冷绛雪者,亦幼即能诗,忤山人宋信,信
以计陷之,俾官买送山氏为侍婢。绛雪于道中题诗而遇洛阳
才人平如衡,然指顾间又相失;既至山氏,自显其才,则大得敬
爱,且亦以题诗为天子所知也。平如衡至云间访才士,得燕白
颔,家世富贵而有大才,能诗。长官俱荐于朝,二人不欲以荐
举出身,乃皆入都应试,且改姓名求见山黛。黛早见其讥刺
诗,因与绛雪易装为青衣,试以诗,唱和再三,二人竟屈,辞去。
又有张寅者,亦以求婚至山氏,受试于玉尺楼下,张不能文,大
受愚弄,复因奔突登楼,几被如意击死,至拜祷始免。张乃嘱
礼官奏于朝,谓黛与少年唱和调笑,有伤风化。天子即拘讯;
张又告发二人实平燕托名,而适榜发,平中会元,燕会魁。于
是天子大喜,谕山显仁择之为婿,遂以山黛嫁燕白颔,冷绛雪
嫁平如衡。成婚之日,凡事无不美满:

> ……二女上轿,随妆侍妾足有上百,一路火炮与鼓乐
> 喧天,彩旗共花灯夺目,真个是天子赐婚,宰相嫁女,状元
> 探花娶妻:一时富贵,占尽人间之盛。……若非真正有
> 才,安能如此? 至今京城中俱传平山冷燕为四才子;闲窗
> 阅史,不胜欣慕而为之立传云。(第二十回)

二书大旨,皆显扬女子,颂其异能,又颇薄制艺而尚词华,
重俊髦而嗤俗士,然所谓才者,惟在能诗,所举佳篇,复多鄙
倍,如乡曲学究之为;又凡求偶必经考试,成婚待于诏旨,则当
时科举思想之所牢笼,倘作者无不羁之才,固不能冲决而高骞
矣。

《好逑传》十八回,一名《侠义风月传》,题云"名教中人编次"。其立意亦略如前二书,惟文辞较佳,人物之性格亦稍异,所谓"既美且才,美而又侠"者也。书言有秀才铁中玉者,北直隶大名府人,

> ……生得丰姿俊秀,就像一个美人,因此里中起个浑名,叫做"铁美人"。若论他人品秀美,性格就该温存。不料他人虽生得秀美,性子就似生铁一般,十分执拗;又有几分膂力,动不动就要使气动粗;等闲也不轻易见他言笑。……更有一段好处,人若缓急求他,……慨然周济;若是谀言谄媚,指望邀惠,他却只当不曾听见:所以人都感激他,又都不敢无故亲近他。……(第一回)

其父铁英为御史,中玉虑以鲠直得祸,入都谏之。会大夬侯沙利夺韩愿妻[6],即施智计夺以还愿,大得义侠之称。然中玉亦惧祸,不敢留都,乃至山东游学。历城退职兵部侍郎水居一有一女曰冰心,甚美,而才识胜男子。同县有过其祖者,大学士之子,强来求婚,水居一不敢拒,然以侄女易冰心嫁之,婚后始觉,其祖大恨,计陷居一,复百方图女,而冰心皆以智免。过其祖又托县令假传朝旨逼冰心,而中玉适在历城,遇之,斥其伪,计又败。冰心因此甚服铁中玉,当中玉暴病,乃邀寓其家护视,历五日始去。此后过其祖仍再三图娶冰心,皆不得。而中玉卒与冰心成婚,然不合卺,已而过学士托御史万谔奏二氏婚媾,先以"孤男寡女,共处一室,不无暧昧之情,今父母徇私,招摇道路而纵成之,实有伤于名教"。有旨查复。后皇帝知二人虽成礼而未同居,乃召冰心令皇后验试,果为贞

女,于是诬蔑者皆被诘责,而誉水铁为"真好述中出类拔萃者",令重结花烛,以光名教,且云"汝归宜益懋后德以彰风化"也。

又有《铁花仙史》二十六回。题"云封山人编次"。言钱唐蔡其志与好友王悦共游于祖遗之埋剑园,赏芙蓉,至花落方别。后入都又相遇,已各有儿女在襁褓,乃约为婚姻,往来愈密。王悦子曰儒珍,七岁能诗,与同窗陈秋麟皆十三四入泮,尝借寓埋剑园,邀友赏花赋诗。秋麟夜遇女子,自称符剑花,后屡至,一夕暴风雨拔去玉芙蓉,乃绝。后王氏衰落,儒珍又不第,蔡嫌其穷困,欲以女改适夏元虚,时秋麟已中解元,急谋于密友苏紫宸,托媒得之,拟临时归儒珍,而蔡女若兰竟逸去,为紫宸之叔诚斋所收养。夏元虚为世家子而无行,怒其妹瑶枝时加讥讪,因荐之应点选;瑶枝被征入都,中途舟破,亦为诚斋所救。诚斋又招儒珍为西宾,而蔡其志晚年孤寂,亦屡来迎王,养以为子,亦发解,娶诚斋之女馨如。秋麟求婚夏瑶枝,诚斋未许,一夕女自来,乃偕遁。时紫宸已平海寇,成神仙,忽遗王陈二人书,言真瑶枝故在苏氏,偕遁者实花妖,教二人以五雷法治之,妖即逸去,诚斋亦终以真瑶枝许之。一日儒珍至苏氏,忽睹若兰旧婢,甚惊;诚斋乃确知所收蔡女,故为儒珍聘妇,亦以归儒珍。后来两家夫妇皆年逾八十,以服紫宸所赠金丹,一夕无疾而终,世以为尸解云。

《铁花仙史》较后出,似欲脱旧来窠臼,故设事力求其奇。作者亦颇自负,序言有云,"传奇家摹绘才子佳人之悲欢离合,以供人娱目悦心者也。然其成书而命之名也,往往略不加意。

如《平山冷燕》则皆才子佳人之姓为颜,而《玉娇梨》者又至各摘其人名之一字以传之,草率若此,非真有心唐突才子佳人,实图便于随意扭捏成书而无所难耳。此书则有特异焉者,……令人以为铁为花为仙者读之,而才子佳人之事掩映乎其间。"然文笔拙涩,事状纷繁,又混入战争及神仙妖异事,已轶出于人情小说范围之外矣。

*　　*　　*

〔1〕《金瓶梅》这个书名系摘取小说中人物潘金莲、李瓶儿、春梅三人名字中各一字组成。蹈袭这种做法的,如《玉娇梨》,系取白红玉的"玉",吴无娇(白红玉的化名)的"娇"和卢梦梨的"梨"三字组成;《平山冷燕》系取平如衡、山黛、冷绛雪、燕白颔四人之姓组成。

〔2〕《玉娇梨》、《平山冷燕》法译本　《玉娇梨》法译本《Ju－Kiao－Li》,最早为法人锐摩沙(A. Rémusat)所译,又名《两个表姐妹》(《Les deux cousines》),1826年巴黎出版。后又有裴利恩(S. Julien)的译本,亦名《两个表姐妹》,1864年巴黎出版。《平山冷燕》法译本《Ping－Chan－Ling－Yen》,也是裴利恩所译,又名《两个有才学的年青姑娘》(《Les deux jeunes filles lettrées》),1860年巴黎出版。

〔3〕《好逑传》法德译本　法译本有《Hao－Khieou－tschouan》,为阿赛(G. d'Arcy)所译,又名《完美的姑娘》(《La femme accomplie》),1842年巴黎出版。德译本较早的是《Haoh Kjo'h Tschwen》,为摩尔(C. G. Von Murr)从英文转译,又名《好逑快乐的故事》(《Die angenehme Geschichte des Haoh Kjo'h》),误以好逑为人名,1766年莱比锡出版。直接从中文翻译的名《冰心与铁中玉》(《Eisherzund Edeljaspis》),为法朗兹·孔(F. Kuhn)所译,又名《一个幸福的结合的故事》(《Die Geschichte einer glücklichen Gattenwahl》),1926 年莱比锡出版。

〔4〕 《玉娇梨》 清张匀撰。题"荑荻山人编次"。("荑荻山人"一作"荻岸散人")。

〔5〕 盛百二(1720—?) 字秦川,清秀水(今浙江嘉兴)人。乾隆时曾任淄川知县。所撰《柚堂续笔谈》,三卷,内容多记文坛轶事和掌故。张博山,名劭,清秀水人。撰有《木威诗钞》,《两浙辅轩录》收有其诗。

〔6〕 据《好逑传》,"韩愿妻"应作"韩愿女"。

第二十一篇　明之拟宋市人小说及后来选本

　　宋人说话之影响于后来者,最大莫如讲史,著作迭出,如第十四十五篇所言。明之说话人亦大率以讲史事得名,间亦说经诨经,而讲小说者殊希有。惟至明末,则宋市人小说之流复起,或存旧文,或出新制,顿又广行世间,但旧名湮昧,不复称市人小说也。

　　此等书之繁富者,最先有《全像古今小说》[1]四十卷,书肆天许斋告白云,"本斋购得古今名人演义一百二十种,先以三之一为初刻",绿天馆主人序则谓"茂苑野史家藏古今通俗小说甚富,因贾人之请,抽其可以嘉惠里耳者,凡四十种,俾为一刻",而续刻无闻。已而有"三言","三言"云者,一曰《喻世明言》,二曰《警世通言》,今皆未见,仅知其序目。《明言》二十四卷,其二十一篇出《古今小说》,三篇亦见于《通言》及《醒世恒言》中,[2]似即取《古今小说》残本作之。《通言》则四十卷,有天启甲子(一六二四)豫章无碍居士序,内收《京本通俗小说》七篇(见盐谷温《关于明的小说"三言"》及《宋明通俗小说流传表》),因知此等汇刻,盖亦兼采故书,不尽为拟作。三即《醒世恒言》,亦四十卷,天启丁卯(一六二七)陇西可一居士序云,"六经国史而外,凡著述,皆小说也,而尚理或病于艰深,修词或伤于藻绘,则不足以触里耳而振恒心,此《醒世恒言》所以继《明言》《通言》而作也。"是知《恒言》之出,在"三言"中为最后,中有《十五贯戏言成巧祸》一事,即《京本通俗小说》卷十五之《错斩崔宁》,则此亦兼存旧作,为例盖同于《通言》矣。

　　松禅老人序《今古奇观》云,"墨憨斋增补《平妖》。穷工极变,不失本来。……至所纂《喻世》《醒世》《警世》'三言',极摹世态人情之岐,备写悲欢离合之致。"《平妖传》有张无咎序,云"盖吾友龙子犹所补也",首叶有题名,则曰"冯犹龙先生增定",因知"三言"亦冯犹龙[3]作,其曰龙子犹者,即错综"犹龙"字作之。犹龙名梦龙,长洲人(《曲品》作吴县人,《顽潭诗话》作常熟人),故绿天馆主人称之曰茂苑野史,崇祯中,由贡生选授寿宁知县,于诗有《七乐斋稿》,而"善为启颜之辞,间入打油之调,不得为诗家"(朱彝尊《明诗综》七十一云)。然擅词曲,有《双雄记传奇》[4],又刻《墨憨斋传奇定本十种》[5],颇为当时所称,其中之《万事足》《风流梦》《新灌园》皆己作;亦嗜小说,既补《平妖传》,复纂"三言",又尝劝沈德符以《金瓶梅》钞付书坊板行,然不果(《野获编》二十五)。

　　《京本通俗小说》所录七篇,其五为高宗时事,最远者神宗时,耳目甚近,故铺叙易于逼真。《醒世恒言》乃变其例,杂以汉事二,隋唐事十一,多取材晋唐小说(《续齐谐记》《博异志》《酉阳杂俎》《隋遗录》等),而古今风俗,迁变已多,演以虚词,转失生气。宋事十一篇颇生动,疑《错斩崔宁》而外,或尚有采自宋人话本者,然未详。明事十五篇则所写皆近闻,世态物情,不待虚构,故较高谈汉唐之作为佳。第九卷《陈多寿生死

夫妻》一篇,叙朱陈二人以棋友成儿女亲家,陈氏子后病癫,朱
欲悔婚,女不允,终归陈氏侍疾,阅三年,夫妇皆仰药卒。其述
二人订婚及女母抱怨诸节,皆不务装点,而情态反如画:

> ……王三老和朱世远见那小学生行步舒徐,语音清
> 亮,且作揖次第甚有礼数,口中夸奖不绝。王三老便问,
> "令郎几岁了?"陈青答应道,"是九岁。"王三老道,"想着
> 昔年汤饼会时,宛如昨日,倏忽之间,已是九年,真个光阴
> 似箭,争教我们不老?"又问朱世远道,"老汉记得宅上令
> 爱也是这年生的。"朱世远道,"果然,小女多福,如今也是
> 九岁了。"王三老道,"莫怪老汉多口,你二人做了一世的
> 棋友,何不扳做儿女亲家。古时有个朱陈村,一村中只有
> 二姓,世为婚姻,如今你二人之姓适然相符,应是天缘。
> 况且好男好女,你知我见,有何不美?"朱世远已自看上了
> 小学生,不等陈青开口,先答应道,"此事最好,只怕陈兄
> 不愿,若肯俯就,小子再无别言。"陈青道,"既蒙朱兄不弃
> 寒微,小子是男家,有何推托? 就请三老作伐。"王三老
> 道,"明日是重阳日,阳九不利;后日大好个日子,老夫便
> 当登门。今日一言为定,出自二位本心;老汉只图吃几杯
> 见成喜酒,不用谢媒。"陈青道,"我说个笑话你听:玉皇大
> 帝要与人皇对亲,商量道,'两亲家都是皇帝,也须得个皇
> 帝为媒才好。'乃请灶君皇帝往下界去说亲。人皇见了灶
> 君,大惊道,'那个做媒的怎的这般样黑?'灶君道,'从来
> 媒人,那有白做的?'"王三老同朱世远都笑起来。朱陈二
> 人又下棋至晚方散。

只因一局输赢子,定下三生男女缘。

…………

……朱世远的浑家柳氏,闻知女婿得个恁般的病症,在家里哭哭啼啼。抱怨丈夫道,"我女儿又不龅臭起来,为甚忙忙的九岁上就许了人家? 如今却怎么好? 索性那癞虾蟆死了,也出脱了我女儿,如今死不死,活不活,女孩儿看看年纪长成,嫁又嫁他的不得,赖又赖他的不得。终不然,看著那癞子守活孤孀不成? 这都是王三那老乌龟一力撺掇,害了我女儿终身。"……朱世远原有怕婆之病,凭他夹七夹八,自骂自止,并不插言,心中纳闷。一日,柳氏偶然收拾厨柜子,看见了象棋盘和那棋子,不觉勃然发怒,又骂起丈夫来道,"你两个只为这几著象棋上说得着,对了亲,赚了我女儿。还要留这祸胎怎的?"一头说,一头走到门前,将那象棋子乱撒在街上,棋盘也掼做几片。朱世远是本分之人,见浑家发性,拦他不住,洋洋的躲开去了,女儿多福又怕羞,不好来劝。任他絮聒个不耐烦,方才罢休。……

时又有《拍案惊奇》三十六卷[6],卷为一篇,凡唐六,宋六,元四,明二十,亦兼收古事,与"三言"同。首有即空观主人序云,"龙子犹氏所辑《喻世》等诸言,颇存雅道,时著良规,一破今时陋习,如宋元旧种,亦被搜括殆尽。……因取古今来杂碎事,可新听睹,佐谈谐者,演而畅之,得如干卷。"既而有《二刻》三十九卷,凡春秋一,宋十四,元三,明十六,不明者(明?)五,附《宋公明闹元宵杂剧》一卷,于崇祯壬申(一六三二)自序,略云"丁卯之秋……偶戏取古今所闻,一二奇局可纪者,演而成说,……得四十种。……其为柏梁余材,武昌剩竹,颇亦不少,意不能恝,聊复缀为四十则。……"丁卯为天启七年,即《醒世恒言》版行之际,此适出而争奇,然叙述平板,引证贫辛,不能及也。即空观主人为凌濛初^[7]别号,濛初,字初成,乌程人,著有《言诗翼》《诗逆》《国门集》,杂剧《虬髯翁》等(《明的小说"三言"》)。

《西湖二集》三十四卷附《西湖秋色》一百韵,题"武林济川子清原甫纂"。每卷一篇,亦杂演古今事,而必与西湖相关。观其书名,当有初集,然未见。前有湖海士序,称清原^[8]为周子,尝作《西湖说》,余事未详。清康熙时有太学生周清原字浣初,然为武进人(《国子监志》八十二《鹤征录》一);乾隆时有周昱字清原,钱塘人(《两浙輶轩录》二十三),而时代不相及,皆别一人也。其书亦以他事引出本文,自名为"引子"。引子或多至三四,与他书稍不同;文亦流利,然好颂帝德,垂教训,又多愤言,则殆所谓"司命之厄我过甚而狐鼠之侮我无端"(序述清原语)之所致矣。其假唐诗人戎昱^[9]而发挥文士不得志之恨者如下:

……且说韩公部下一个官,姓戎名昱,为浙西刺史。这戎昱有潘安之貌,子建之才,下笔惊人,千言立就,自恃有才,生性极是傲睨,看人不在眼里。但那时是离乱之世,重武不重文,若是有数百斤力气,……不要说十八般武艺件件精通,就是晓得一两件的,……少不得也摸顶纱帽在头上戴戴。……马前喝道,前呼后拥,好不威风气势,耀武扬威,何消得晓得"天地玄黄"四字。那戎昱自负才华,到这时节重武之时,却不道是大市里卖平天冠兼挑虎刺,这一种生意,谁人来买,眼见得别人不作兴你了。你自负才华,却去吓谁?就是写得千百篇诗出,上不得阵,杀不得战,退不得虏,压不得贼,要他何用?戎昱负了这个诗袋子,没处发卖,却被一个妓者收得。这妓者是谁?姓金名凤,年方一十九岁,容貌无双,善于歌舞,体性幽闲,再不喜那喧哗之事,一心只爱的是那诗赋二字。他见了戎昱这个诗袋子,好生欢喜。戎昱正没处发卖,见金凤喜欢他这个诗袋子,便把这袋子抖将开来,就像个开杂货店的,件件搬出。两个甚是相得,你贪我爱,再不相舍;从此金凤更不接客。正是:

> 悲莫悲兮生别离,乐莫乐兮新相知。

自此戎昱政事之暇,游于西湖之上,每每与金凤盘桓行乐。……(卷九《韩晋公人奁两赠》)

《醉醒石》[10]十五回,题“东鲁古狂生编辑”。所记惟李微化虎事在唐时,余悉明代,且及崇祯朝事,盖其时之作也。文笔颇刻露,然以过于简炼,故平话习气,时复逼人;至于垂教诫,好评议,则尤甚于《西湖二集》。宋市人小说虽亦间参训喻,然主意则在述市井间事,用以娱心;及明人拟作末流,乃诰诫连篇,喧而夺主,且多艳称荣遇,回护士人,故形式仅存而精神与宋迥异矣。如第十四回记淮南莫翁以女嫁苏秀才,久而女嫌苏贫,自求去,再醮为酒家妇。而苏即联捷成进士,荣归过酒家前,见女当垆,下轿揖之,女貌不动而心甚苦,又不堪众人笑骂,遂自经死,即所谓大为寒士吐气者也。

……见柜边坐着一个端端正正袅袅婷婷妇人,却正是莫氏。苏进士见了道,"我且去见他一见,看他怎生待我。"叫住了轿,打著伞,穿著公服,竟到店中。那店主人正在那厢数钱,穿著两截衣服,见个官来,躲了。那莫氏见下轿,已认得是苏进士了,却也不羞不恼,打著脸。苏进士向前,恭恭敬敬的作上一揖。他道,"你做你的官,我卖我的酒。"身也不动。苏进士一笑而去。

　　覆水无收日,去妇无还时,

　　相逢但一笑,且为立迟迟。

　　我想莫氏之心岂能无动,但做了这绝性绝义的事,便做到满面欢容,欣然相接,讨不得个喜而复合;更做到含悲饮泣,牵衣自咎,料讨不得个怜而复收,倒不如硬著,一束两开,倒也干净。他那心里,未尝不悔当时造次,总是无可奈何:

　　心里悲酸暗自嗟,几回悔是昔时差,

　　移将上苑琳琅树,却作门前桃李花。

　　结末有论,以为"生前贻讥死后贻臭","是朱买臣妻子之后一人"。引论稍恕,科罪似在男子之"不安贫贱"者之下,然亦终不可宥云:

　　若论妇人,读文字,达道理甚少,如何能有大见解,大矜持?况且或至饥寒相逼,彼此相形,旁观嘲笑难堪,亲族炎凉难耐,抓不来榜上一个名字,洒不去身上一件蓝皮,激不起一个惯淹蹇不遭际的夫婿,尽堪痛哭,如何叫他不要怨嗟。但"饿死事小失节事大",眼睁睁这个穷秀

才尚活在,更去抱了一人,难道没有旦夕恩情?忒杀蔑去
伦理! 这朱买臣妻,所以贻笑千古。

《喻世》等三言在清初盖尚通行,王士禛(《香祖笔记》十)
云"《警世通言》有《拗相公》一篇,述王安石罢相归金陵事,极
快人意,乃因卢多逊谪岭南事而稍附益之"。[11]其非异书可
知。后乃渐晦,然其小分,则又由选本流传至今。其本曰《今
古奇观》,凡四十卷四十回,序谓"三言"与《拍案惊奇》合之共
二百事,观览难周,故抱瓮老人选刻为此本。据《宋明通俗小
说流传表》,则取《古今小说》者十八篇,[12]取《醒世恒言》者十
一篇(第一,二,七,八,十五至十七,二十五至二十八回),取
《拍案惊奇》者七篇(第九,十,十八,二十九,三十七,三十九,
四十回),二刻三篇。三言二拍,印本今颇难觏,可借此窥见其
大略也。至成书之顷,当在崇祯时,其与三言二拍之时代关
系,盐谷温曾为之立表(《明的小说"三言"》)如下:

天启	1	辛酉	古今小说 喻世明言 警世通言		
	—				
	4	甲子			
	5				
	6				
	7	丁卯	醒世恒言	拍案惊奇(初)	
崇祯	1				
	2				
	3				
	4				
	5	壬申		拍案惊奇(二)	
	—				今古奇观
	17				

《今古奇闻》[13]二十二卷,卷一事,题"东壁山房主人编次"。其所录颇陵杂,有《醒世恒言》之文四篇(《十五贯戏言成大祸》,《陈多寿生死夫妻》,《张淑儿巧智脱杨生》,《刘小官雌雄兄弟》),别一篇为《西湖佳话》之《梅屿恨迹》[14],余未详所从出[15]。文中有"发逆"字,故当为清咸丰同治时书。

《续今古奇观》三十卷,亦一卷一事,无撰人名。其书全收《今古奇观》选余之《拍案惊奇》二十九篇。而以《今古奇闻》一篇(《康友仁轻财重义得科名》)足卷数,殆不足称选本,同治七年(一八六八)江苏巡抚丁日昌[16]尝严禁淫词小说,《拍案惊奇》亦在禁列,疑此书即书贾于禁后作之。

＊　　　＊　　　＊

〔1〕《全像古今小说》　四十卷,明冯梦龙编纂。原书未题撰人,卷首有绿天馆主人序。绿天馆主人姓名不详,序中所称"茂苑野史"系冯梦龙别号。此书后改为《喻世明言》,与《警世通言》、《醒世恒言》合称"三言"。

〔2〕《明言》二十四卷　衍庆堂刊刻,题《重刻增补古今小说》,其实是根据《古今小说》残本二十一篇,加上《警世通言》一篇(《假神仙大闹华光庙》)和《醒世恒言》二篇(《白玉娘忍苦成夫》、《张廷秀逃生救父》)拼凑而成。

〔3〕冯犹龙(1574—1646)　名梦龙,别署龙子犹、顾曲散人、墨憨斋主人、茂苑野史等,明长洲(今江苏吴县)人。崇祯中曾任寿宁知县。所撰诗集《七乐斋稿》,已散佚。

〔4〕《双雄记传奇》　又名《善恶图》,冯梦龙编撰。叙写丹信和刘双被害入狱,后征倭寇有功,官至征东将军故事。

〔5〕《墨憨斋传奇定本十种》　又名《新曲十种》,冯梦龙更定。十种是:《新灌园》、《酒家佣》、《女丈夫》、《量江记》、《精忠旗》、《双雄记》、《万事足》、《梦磊记》、《洒雪堂》、《楚江情》。下文所述《万事足》、《风流梦》、《新灌园》三种,《万事足》系冯梦龙编撰,《新灌园》系改编张凤翼《灌园记》而成。《风流梦》在上述十种之外,系改编汤显祖《牡丹亭》而成。

〔6〕《拍案惊奇》　据现存明尚友堂刊本为四十卷。三十六卷本系其残本。

〔7〕凌濛初　参看本卷第94页注〔29〕。所撰《言诗翼》,四卷,采集前人《诗经》评注。《诗逆》,四卷,诠释《诗经》之作。《国门集》,一卷,收凌濛初旅居南京时所撰诗文。杂剧《虬髯翁》,全名《虬髯翁正本扶余国》。

〔8〕清原　周楫字清原,号济川子,明武林(今浙江杭州)人。据《西湖二集》湖海士序载,"周子家贫,功名蹭蹬",很不得志。

〔9〕戎昱　唐荆南(今湖北江陵)人。曾官虔州刺史,肃宗时贬为辰州刺史。后人辑有《戎昱诗集》。

〔10〕《醉醒石》　明无名氏撰,题"东鲁古狂生编辑"。李徵化虎,见《醉醒石》第六回"高才生傲世失原形,义气友念孤分半俸"。原系唐传奇故事,《太平广记》卷四百二十七引《宣室志》,题作《李徵》。

〔11〕王士禛(1634—1711)　字贻上,号阮亭、渔洋山人,清新城(今山东桓台)人。官至刑部尚书。撰有《带经堂集》等。所撰《香祖笔记》,十二卷,是一部考证古事及品评诗文的书。卢多逊(934—985),宋怀州河内(今河南沁阳)人。太平兴国时任中书侍郎平章事,加兵部尚书。后因交结秦王赵廷美,被流配岭南崖州。

〔12〕这里所说的"取《古今小说》者十八篇",应作取《古今小说》者八篇(《今古奇观》第三、四、十一至十三、二十三、二十四、三十二回),

取《警世通言》者十篇(《今古奇观》第五、六、十四、十九至二十二、三十一、三十三、三十五回),"取《拍案惊奇》者七篇",应作取《拍案惊奇》初刻八篇(《今古奇观》第九、十、十八、二十九、三十、三十七、三十九、四十回),取《拍案惊奇》二刻者三篇(《今古奇观》第三十四、三十六、三十八回)。

〔13〕 《今古奇闻》 题"东壁山房主人编次"。有光绪十三年(1887)"东壁山房主人王寅冶梅甫"序。王寅,字冶梅,清江苏南京人。

〔14〕 《西湖佳话》 全名《西湖佳话古今遗迹》,十六篇,题"古吴墨浪子辑"。以西湖名胜为背景,叙述葛洪、白居易等人故事。《梅屿恨迹》,系《西湖佳话》第十四篇,叙写冯小青的故事。

〔15〕 《今古奇闻》除选自《醒世恒言》、《西湖佳话》的五篇外,其余十五篇选自清杜纲《娱目醒心编》;另《刘媚姝得良遇奇缘》选自清无名氏辑《纪载汇编》(墅西逸叟撰《过墟志》),《林蕊香行权计全节》选自清王韬撰《遁窟谰言》(卷七《宁蕤香》)。

〔16〕 丁日昌(1823—1882) 字雨生,清丰顺(今属广东)人。同治七年(1868)任江苏巡抚时,曾两次查禁淫词小说,所禁书达一五六种之多。

第二十二篇　清之拟晋唐小说
及其支流

　　唐人小说单本,至明什九散亡;宋修《太平广记》成,又置不颁布,绝少流传,故后来偶见其本,仿以为文,世人辄大耸异,以为奇绝矣。明初,有钱唐瞿佑[1]字宗吉,有诗名,又作小说曰《剪灯新话》,文题意境,并抚唐人,而文笔殊冗弱不相副,然以粉饰闺情,拈掇艳语,故特为时流所喜,仿效者纷起,至于禁止,其风始衰。迨嘉靖间,唐人小说乃复出,书估往往刺取《太平广记》中文,杂以他书,刻为丛集,真伪错杂,而颇盛行。[2]文人虽素与小说无缘者,亦每为异人侠客童奴以至虎狗虫蚁作传,置之集中。盖传奇风韵,明末实弥漫天下,至易代不改也。

　　而专集之最有名者为蒲松龄之《聊斋志异》。松龄字留仙,号柳泉,山东淄川人,幼有轶才,老而不达,以诸生授徒于家,至康熙辛卯始成岁贡生(《聊斋志异》序跋),越四年遂卒,年八十六(一六三○————一七一五)[3],所著有《文集》四卷,《诗集》六卷,《聊斋志异》八卷(文集附录张元撰墓表),及《省身录》,《怀刑录》,《历字文》,《日用俗字》,《农桑经》等(李桓《耆献类征》四百三十一)。其《志异》或析为十六卷,凡四百三十一篇,年五十始写定,自有题辞,言"才非干宝,雅爱搜神,情同黄州[4]，喜人谈鬼，闲则命笔，因以成编。久之，四方同人又以邮筒相寄，因而物以好聚，所积益夥"。是其储蓄收罗者久矣。然书中事迹，亦颇有从唐人传奇转化而出者（如《凤阳士人》《续黄粱》等），此不自白，殆抚古而又讳之也。至谓作者搜采异闻，乃设烟茗于门前，邀田夫野老，强之谈说以为粉本，[5]则不过委巷之谈而已。

《聊斋志异》虽亦如当时同类之书，不外记神仙狐鬼精魅故事，然描写委曲，叙次井然，用传奇法，而以志怪，变幻之状，如在目前；又或易调改弦，别叙畸人异行，出于幻域，顿入人间；偶述琐闻，亦多简洁，故读者耳目，为之一新。又相传渔洋山人（王士禛）激赏其书，欲市之而不得，[6]故声名益振，竞相传钞。然终著者之世，竟未刻，至乾隆末始刊于严州[7]；后但明伦吕湛恩[8]皆有注。

明末志怪群书，大抵简略，又多荒怪，诞而不情，《聊斋志异》独于详尽之外，示以平常，使花妖狐魅，多具人情，和易可亲，忘为异类，而又偶见鹘突，知复非人。如《狐谐》言博兴万福于济南娶狐女，而女雅善谈谐，倾倒一坐，后忽别去，悉如常人；《黄英》记马子才得陶氏黄英为妇，实乃菊精，居积取盈，与人无异，然其弟醉倒，忽化菊花，则变怪即骤现也。

  ……一日，置酒高会，万居主人位，孙与二客分左右座，下设一榻屈狐。狐辞不善酒，咸请坐谈，许之。酒数行，众掷骰为瓜蔓之令；客值瓜色，会当饮，戏以觯移上座曰，"狐娘子大清醒，暂借一觞。"狐笑曰，"我故不饮，愿陈一典以佐诸公饮。"……客皆言曰，"骂人者当罚。"狐笑

曰，"我骂狐何如？"众曰，"可。"于是倾耳共听。狐曰，"昔
一大臣，出使红毛国，著狐腋冠见国王，国王视而异之，问
'何皮毛，温厚乃尔？'大臣以'狐'对。王言'此物生平未
尝得闻。狐字字画何等？'使臣书空而奏曰，'右边是一大
瓜，左边是一小犬。'"主客又复哄堂。……居数月，与万
偕归。……逾年，万复事于济，狐又与俱。忽有数人来，
狐从与语，备极寒暄；乃语万曰，"我本陕中人，与君有夙
因，遂从尔许时，今我兄弟至，将从以归，不能周事。"留
之，不可，竟去。（卷五）

　　……陶饮素豪，从不见其沉醉。有友人曾生，量亦无
对，适过马，马使与陶较饮，二人……自辰以讫四漏，计各
尽百壶，曾烂醉如泥，沉睡坐间，陶起归寝，出门践菊畦，
玉山倾倒，委衣于侧，即地化为菊：高如人，花十余朵皆大
于拳。马骇绝，告黄英；英急往，拔置地上，曰，"胡醉
至此？"复以衣，要马俱去，戒勿视。既明而往，则陶卧畦
边，马乃悟姊弟菊精也，益爱敬之。而陶自露迹，饮益
放，……值花朝，曾来造访，以两仆舁药浸白酒一坛，约与
共尽。……曾醉已惫，诸仆负之去。陶卧地又化为菊；马
见惯不惊，如法拔之，守其旁以观其变，久之，叶益憔悴，
大惧，始告黄英。英闻，骇曰，"杀吾弟矣！"奔视之，根株
已枯；痛绝，掐其梗埋盆中，携入闺中，日灌溉之。马悔恨
欲绝，甚恶曾。越数日，闻曾已醉死矣，盆中花渐萌，九
月，既开，短干粉朵，嗅之有酒香，名之"醉陶"，浇以酒则
茂。……黄英终老，亦无他异。（卷四）

又其叙人间事,亦尚不过为形容,致失常度,如《马介甫》一篇述杨氏有悍妇,虐遇其翁,又慢客,而兄弟祇畏,至对客皆失措云:

> ……约半载,马忽携僮仆过杨,直杨翁在门外曝阳扪虱,疑为佣仆,通姓氏使达主人;翁被絮去,或告马,"此即其翁也。"马方惊讶,杨兄弟岸帻出迎,登堂一揖,便请朝父,万石辞以偶恙,捉坐笑语,不觉向夕。万石屡言具食,而终不见至,兄弟迭互出入,始有瘦奴持壶酒来,俄顷引尽,坐伺良久,万石频起催呼,额颊间热汗蒸腾。俄瘦奴以馔具出,脱粟失饪,殊不甘旨。食已,万石草草便去;万锺襆被来伴客寝。……(卷十)

至于每卷之末,常缀小文,则缘事极简短,不合于传奇之笔,故数行即尽,与六朝之志怪近矣。又有《聊斋志异拾遗》[9]一卷二十七篇,出后人掇拾;而其中殊无佳构,疑本作者所自删弃,或他人拟作之。

乾隆末,钱唐袁枚[10]撰《新齐谐》二十四卷,续十卷,初名《子不语》,后见元人说部有同名者,乃改今称;序云"妄言妄听,记而存之,非有所感也",其文屏去雕饰,反近自然,然过于率意,亦多芜秽,自题"戏编",得其实矣。若纯法《聊斋》者,时则有吴门沈起凤作《谐铎》[11]十卷(乾隆五十六年序),而意过俳,文亦纤仄;满洲和邦额[12]作《夜谭随录》十二卷(亦五十六年序),颇借材他书(如《佟觭角》《夜星子》《疡医》皆本《新齐谐》),不尽己出,词气亦时失之粗暴,然记朔方景物及市井情形者特可观。他如长白浩歌子[13]之《萤窗异草》三编十二卷

（似乾隆中作，别有四编四卷，乃书估伪造），海昌管世灏[14]之《影谈》四卷（嘉庆六年序），平湖冯起凤[15]之《昔柳摭谈》八卷（嘉庆中作），近至金匮邹弢[16]之《浇愁集》八卷（光绪三年序），皆志异，亦俱不脱《聊斋》窠臼。惟黍余裔孙[17]《六合内外琐言》二十卷（似嘉庆初作）一名《璅蛣杂记》者，故作奇崛奥衍之辞，伏藏讽喻，其体式为在先作家所未尝试，而意浅薄；据金武祥[18]（《江阴艺文志》下）说，则江阴屠绅字贤书之所作也。绅又有《鹗亭诗话》一卷，文词较简，亦不尽记异闻，然审其风格，实亦此类。

《聊斋志异》风行逾百年，摹仿赞颂者众，顾至纪昀而有微辞。盛时彦[19]（《姑妄听之》跋）述其语曰，"《聊斋志异》盛行一时，然才子之笔，非著书者之笔也。虞初以下天宝以上古书多佚矣；其可见完帙者，刘敬叔《异苑》陶潜《续搜神记》，小说类也，《飞燕外传》《会真记》，传记类也。《太平广记》事以类聚，故可并收；今一书而兼二体，所未解也。小说既述见闻，即属叙事，不比戏场关目，随意装点；……今燕昵之词，媟狎之态，细微曲折，摹绘如生，使出自言，似无此理，使出作者代言，则何从而闻见之，又所未解也。"盖即訾其有唐人传奇之详，又杂以六朝志怪者之简，既非自叙之文，而尽描写之致而已。昀字晓岚，直隶献县人；父容舒，官姚安知府。昀少即颖异，年二十四领顺天乡试解额，然三十一始成进士，由编修官至侍读学士，坐泄机事谪戍乌鲁木齐，越三年召还，授编修，又三年擢侍读，总纂四库全书，绾书局者十三年，一生精力，悉注于《四库提要》及《目录》中，故他撰著甚少。后累迁至礼部尚书，充经筵讲官,自是又为总宪者五,长礼部者三(李元度《国朝先正事略》二十)。乾隆五十四年,以编排秘籍至热河,"时校理久竟,特督视官吏题签庋架而已,昼长无事",乃追录见闻,作稗说六卷,曰《滦阳消夏录》。越二年,作《如是我闻》,次年又作《槐西杂志》,次年又作《姑妄听之》,皆四卷;嘉庆三年夏复至热河,又成《滦阳续录》六卷,时年已七十五。后二年,其门人盛时彦合刊之,名《阅微草堂笔记五种》(本书)。十年正月,复调礼部,拜协办大学士,加太子少保,管国子监事;二月十四日卒于位,年八十二(一七二四——一八〇五),谥"文达"(《事略》)。

《阅微草堂笔记》虽"聊以遣日"之书,而立法甚严,举其体要,则在尚质黜华,追踪晋宋;自序云,"缅昔作者如王仲任应仲远引经据古,博辨宏通,陶渊明刘敬叔刘义庆简淡数言,自然妙远,诚不敢妄拟前修,然大旨期不乖于风教"[20]者,即此之谓。其轨范如是,故与《聊斋》之取法传奇者途径自殊,然较以晋宋人书,则《阅微》又过偏于论议。盖不安于仅为小说,更欲有益人心,即与晋宋志怪精神,自然违隔;且末流加厉,易堕为报应因果之谈也。

惟纪昀本长文笔,多见秘书,又襟怀夷旷,故凡测鬼神之情状,发人间之幽微,托狐鬼以抒己见者,隽思妙语,时足解颐;间杂考辨,亦有灼见。叙述复雍容淡雅,天趣盎然,故后来无人能夺其席,固非仅借位高望重以传者矣。今举其较简者三则于下:

　　刘乙斋廷尉为御史时,尝租西河沿一宅,每夜有数人击柝,声琅琅彻晓,……视之则无形,聒耳至不得片刻睡。

乙斋故强项,乃自撰一文,指陈其罪,大书粘壁以驱之,是夕遂寂。乙斋自诧不减昌黎之驱鳄也。余谓"君文章道德,似尚未敌昌黎,然性刚气盛,平生尚不作暧昧事,故敢悍然不畏鬼;又拮据迁此宅,力竭不能再徙,计无复之,惟有与鬼以死相持:此在君为'困兽犹斗',在鬼为'穷寇勿追'耳。……"乙斋笑击余背曰,"魏收轻薄哉!然君知我者。"(《滦阳消夏录》六)

田白岩言,"尝与诸友扶乩,其仙自称真山民,宋末隐君子也,倡和方洽,外报某客某客来,乩忽不动。他日复降,众叩昨遽去之故,乩判曰,'此二君者,其一世故太深,酬酢太熟,相见必有谀词数百句,云水散人拙于应对,不如避之为佳;其一心思太密,礼数太明,其与人语,恒字字推敲,责备无已,闲云野鹤岂能耐此苛求,故逋逃尤恐不速耳。'"后先姚安公闻之曰,"此仙究狷介之士,器量未宏。"(《槐西杂志》一)

李义山诗"空闻子夜鬼悲歌",用晋时鬼歌《子夜》事也;李昌谷诗"秋坟鬼唱鲍家诗",则以鲍参军有《蒿里行》,幻窅其词耳。然世间固往往有是事。田香沁言,"尝读书别业,一夕风静月明,闻有度昆曲者,亮折清圆,凄心动魄,谛审之,乃《牡丹亭》《叫画》一出也。忘其所以,倾听至终。忽省墙外皆断港荒陂,人迹罕至,此曲自何而来?开户视之,惟芦荻瑟瑟而已。"(《姑妄听之》三)

昀又"天性孤直,不喜以心性空谈,标榜门户"(盛序语),其处事贵宽,论人欲恕,故于宋儒之苛察,特有违言,书中有触即发,与见于《四库总目提要》中者正等。且于不情之论,世间习而不察者,亦每设疑难,揭其拘迂,此先后诸作家所未有者也,而世人不喻,哓哓然竟以劝惩之佳作誉之。

吴惠叔言,"医者某生素谨厚,一夜,有老媪持金钏一双就买堕胎药,医者大骇,峻拒之;次夕,又添持珠花两枝来,医者益骇,力挥去。越半载余,忽梦为冥司所拘,言有诉其杀人者。至,则一披发女子,项勒红巾,泣陈乞药不与状。医者曰,'药以活人,岂敢杀人以渔利。汝自以奸败,于我何尤!'女子曰,'我乞药时,孕未成形,倘得堕之,我可不死:是破一无知之血块,而全一待尽之命也。既不得药,不能不产,以致子遭扼杀,受诸痛苦,我亦见逼而就缢:是汝欲全一命,反戕两命矣。罪不归汝,反谁归乎?'冥官喟然曰,'汝之所言,酌乎事势;彼之所执者则理也。宋以来固执一理而不揆事势之利害者,独此人也哉?汝且休矣!'拊几有声,医者悚然而寤。"(《如是我闻》三)

东光有王莽河,即胡苏河也,旱则涸,水则涨,每病涉焉。外舅马公周箓言,"雍正末有丐妇一手抱儿一手扶病姑涉此水,至中流,姑蹶而仆,妇弃儿于水,努力负姑出。姑大诟曰,'我七十老妪,死何害? 张氏数世待此儿延香火,尔胡弃儿以拯我? 斩祖宗之祀者,尔也!'妇泣不敢语,长跪而已。越两日,姑竟以哭孙不食死;妇呜咽不成声,痴坐数日,亦立槁。……有著论者,谓儿与姑较则姑重,姑与祖宗较则祖宗重。使妇或有夫,或尚有兄弟,则弃儿是;既两世穷嫠,止一线之孤子,则姑所责者是:妇虽死,有余悔焉。姚安公曰,'讲学家责人无已时。夫急流汹涌,少纵即逝,此岂能深思长计时哉?势不两全,弃儿救姑,此天理之正而人心之所安也。使姑死而儿存,……不又有责以爱儿弃姑者耶?且儿方提抱,育不育未可知,使姑死而儿又不育,悔更何如耶?此妇所为,超出恒情已万万,不幸而其姑自殒,以死殉之,亦可哀矣。犹沾沾焉而动其喙,以为精义之学,毋乃白骨衔冤,黄泉赍恨乎?孙复作《春秋尊王发微》,二百四十年内有贬无褒;胡致堂作《读史管见》,三代以下无完人,辨则辨矣,非吾之所欲闻也。'"(《槐西杂志》二)

《滦阳消夏录》方脱稿,即为书肆刊行,旋与《聊斋志异》峙立;《如是我闻》等继之,行益广。其影响所及,则使文人拟作,虽尚有《聊斋》遗风,而摹绘之笔顿减,终乃类于宋明人谈异之书。如同时之临川乐钧[21]《耳食录》十二卷(乾隆五十七年序)《二录》八卷(五十九年序),后出之海昌许秋垞[22]《闻见异辞》二卷(道光二十六年序),武进汤用中[23]《翼駉稗编》八卷(二十八年序)等,皆其类也。迨长洲王韬作《遁窟谰言》(同治元年成)《淞隐漫录》(光绪初成)《淞滨琐话》[24](光绪十三年序)各十二卷,天长宣鼎[25]作《夜雨秋灯录》十六卷(光绪二十一年序),其笔致又纯为《聊斋》者流,一时传布颇广远,然所记载,则已狐鬼渐稀,而烟花粉黛之事盛矣。

体式较近于纪氏五书者,有云间许元仲[26]《三异笔谈》四卷(道光七年序),德清俞鸿渐[27]《印雪轩随笔》四卷(道光二十五年序),后者甚推《阅微》,而云"微嫌其中排击宋儒语过多"(卷二),则旨趣实异。光绪中,德清俞樾[28]作《右台仙馆笔记》十六卷,止述异闻,不涉因果;又有羊朱翁(亦俞樾)作《耳邮》四卷,自署"戏编",序谓"用意措辞,亦似有善恶报应之说,实则聊以遣日,非敢云意在劝惩"。颇似以《新齐谐》为法,而记叙简雅,乃类《阅微》,但内容殊异,鬼事不过什一而已。他如江阴金捧阊[29]之《客窗偶笔》四卷(嘉庆元年序),福州梁恭辰[30]之《池上草堂笔记》二十四卷(道光二十八年序),桐城许奉恩[31]之《里乘》十卷(似亦道光中作),亦记异事,貌如志怪者流,而盛陈祸福,专主劝惩,已不足以称小说。

*　　　*　　　*

〔1〕 瞿佑(1341—1427) 字宗吉,明钱塘(今浙江杭州)人。曾官国子助教、周王府长史。撰有《存斋遗稿》、《归田诗话》等。所撰《剪灯新话》,四卷,二十一则,模拟唐人传奇小说。据清黄虞稷《千顷堂书目》子部小说类注:"瞿佑又有《剪灯余话》(按应作《新话》),正统七年癸酉李时勉请禁毁其书,故与李祯《余话》皆不录。"

〔2〕 明嘉靖以来将说部刻为丛集的,有:陆楫等辑刊《古今说海》,李栻辑刊《历代小史》,吴琯辑刊《古今逸史》,王文浩辑刊《唐人说荟》(一名《唐代丛书》)等。这些书真伪错杂,鲁迅在《破唐人说荟》、《唐宋传奇集·序例》等文中曾予以批评。

〔3〕 关于蒲松龄的生卒年,清张元《柳泉蒲先生墓表》称,松龄"以康熙五十四年(1715)正月二十二日卒,享年七十有六。"据此推知其生年为崇祯十三年(1640)。

〔4〕 黄州 此处指北宋时谪居黄州的苏轼。宋叶梦得《避暑录话》卷一:"子瞻在黄州及岭表,每日起,不招客相与语,则必出而访

客。……谈谐放荡,不复为畛畦。有不能谈者,则强之说鬼;或辞无有,则曰姑妄言之。于是闻者无不绝倒,皆尽欢而去。"

〔5〕　关于蒲松龄搜集异闻事,见邹弢《三借庐笔谈》:"相传先生居乡里,……作此书时,每临晨,携一大磁罂,中贮苦茗,具淡巴菰一包,置行人大道旁,下陈芦衬,坐于上,烟茗置身畔。见行道者过,必强执与语,搜奇说异,随人所知,渴则饮以茗,或奉以烟,必令畅谈乃已。偶闻一事,归而粉饰之。如是二十余寒暑,此书方告蒇。"

〔6〕　关于王士禛欲市《聊斋志异》事,据清陆以恬《冷庐杂识》云:"蒲氏松龄《聊斋志异》流播海内,几于家有其书。相传渔洋山人爱重此书,欲以五百金购之不能得。"倪鸿《桐阴清话》也有类似记载。鲁迅《小说旧闻钞》中《聊斋志异》条按语指出:"王渔洋欲市《聊斋志异》稿及蒲留仙强执路人使说异闻二事,最为无稽,而世人偏艳传之,可异也。"

〔7〕　这里所说的《聊斋志异》始刊于严州,指乾隆三十一年(1766)青柯亭刊本,赵起杲刊刻。严州,治所在今浙江建德。

〔8〕　但明伦　字天叙,一字云湖,清广顺(今贵州长顺)人,曾官两淮盐运使。他注释的《聊斋志异》于道光二十二年(1842)刊行。吕湛恩,清文登(今属山东)人,他所作的《聊斋志异》的注文,曾于道光五年(1825)单独刊行,道光二十三年(1843)注文与《聊斋志异》原文合刻。

〔9〕　《聊斋志异拾遗》　一卷二十七篇本未见。另有道光十年(1830)得月簃丛书本《聊斋志异拾遗》一卷,光绪四年(1878)北京聚珍堂本《聊斋拾遗》四卷等。

〔10〕　袁枚(1716—1798)　字子才,号简斋、随园老人,清钱塘(今浙江杭州)人,曾任江浦、江宁等县知县。撰有《小仓山房集》、《随园诗话》等。

〔11〕　沈起凤(1741—?)　字桐威,号红心词客,清吴县(今属江苏)人。乾隆时曾官全椒训导。所撰《谐铎》,十二卷。

〔12〕 和邦额 字闲斋,号霁云主人,清满洲人。

〔13〕 浩歌子 即尹庆兰,字似村,清满洲镶黄旗人。

〔14〕 管世灏 字月楣,清海昌(今浙江海宁)人。

〔15〕 冯起凤 字梓华,清平湖(今属浙江)人。

〔16〕 邹弢 字翰飞,号潇湘馆侍者,清金匮(今江苏无锡)人。撰有《三借庐笔谈》等。

〔17〕 泰余裔孙 即屠绅,参看本书第二十五篇。

〔18〕 金武祥(1841—1924) 字溎生,号粟香,清末江阴(今属江苏)人。撰有《粟香随笔》、《江阴艺文志》等。

〔19〕 盛时彦 字松云,清北平(今北京)人。纪昀门人。下面的引文见《阅微草堂笔记·滦阳消夏录》自序。

〔20〕 此段引文见《阅微草堂笔记·姑妄听之》自序。

〔21〕 乐钧 字元淑,号莲裳,清临川(今属江西)人。撰有《青芝山馆诗集》。

〔22〕 许秋垞 清海昌(今浙江海宁)人。撰有《琵琶演义》等。

〔23〕 汤用中 字芷卿,清常州(今属江苏)人。

〔24〕 王韬(1828—1897) 字紫诠,号仲弢,又号天南遁叟,清长洲(今江苏吴县)人。诸生。曾游历英法,在香港创办《循环日报》,后在沪任《申报》编辑、格致书院山长。著译甚多。所撰《淞隐漫录》,又名《后聊斋志异》;《淞滨琐话》,又名《淞隐续录》。

〔25〕 宣鼎(1834—1879) 字瘦梅,清天长(今属安徽)人。撰有《返魂香传奇》等。

〔26〕 许元仲 字小欧,清松江(今属上海)人。

〔27〕 俞鸿渐(1781—1846) 字仪伯,号芦圩耕叟,清德清(今属浙江)人。嘉庆时举人。撰有《印雪轩文钞》、《印雪轩诗抄》等。

〔28〕 俞樾(1821—1907) 字荫甫,号曲园,清德清人。俞鸿渐次

子。曾任河南学政。著述颇多,总称《春在堂全书》。

〔**29**〕　金捧阊(1760—1810)　字玠堂,清江阴(今属江苏)人。所撰《客窗偶笔》,原八卷,后散佚,其孙辑得四卷,与《客窗二笔》一卷合刻。

〔**30**〕　梁恭辰　字敬叔,清福州(今属福建)人。

〔**31**〕　许奉恩　字叔平,清桐城(今属安徽)人。

第二十三篇　清之讽刺小说

　　寓讥弹于稗史者，晋唐已有，而明为盛，尤在人情小说中。然此类小说，大抵设一庸人，极形其陋劣之态，借以衬托俊士，显其才华，故往往大不近情，其用才比于"打诨"。若较胜之作，描写时亦刻深，讥刺之切，或逾锋刃，而《西游补》之外，每似集中于一人或一家，则又疑私怀怨毒，乃逞恶言，非于世事有不平，因抽毫而抨击矣。其近于呵斥全群者，则有《钟馗捉鬼传》[1]十回，疑尚是明人作，取诸色人，比之群鬼，一一抉剔，发其隐情，然词意浅露，已同嫚骂，所谓"婉曲"，实非所知。迨吴敬梓《儒林外史》出，乃秉持公心，指摘时弊，机锋所向，尤在士林；其文又感而能谐，婉而多讽：于是说部中乃始有足称讽刺之书。

　　吴敬梓字敏轩，安徽全椒人，幼即颖异，善记诵，稍长补官学弟子员，尤精《文选》，诗赋援笔立成。然不善治生，性又豪，不数年挥旧产俱尽，时或至于绝粮，雍正乙卯，安徽巡抚赵国麟举以应博学鸿词科，不赴，移家金陵，为文坛盟主，又集同志建先贤祠于雨花山麓，祀泰伯以下二百三十人，资不足，售所居屋以成之，而家益贫。晚年自号文木老人，客扬州，尤落拓纵酒，乾隆十九年卒于客中，年五十四（一七〇一——一七五四）。所著有《诗说》七卷，《文木山房集》五卷，[2]诗七卷，皆不甚传(详见新标点本《儒林外史》卷首)。

吴敬梓著作皆奇数,故《儒林外史》亦一例,为五十五回;其成殆在雍正末,著者方侨居于金陵也。时距明亡未百年,士流盖尚有明季遗风,制艺而外,百不经意,但为矫饰,云希圣贤。敬梓之所描写者即是此曹,既多据自所闻见,而笔又足以达之,故能烛幽索隐,物无遁形,凡官师,儒者,名士,山人,间亦有市井细民,皆现身纸上,声态并作,使彼世相,如在目前,惟全书无主干,仅驱使各种人物,行列而来,事与其来俱起,亦与其去俱讫,虽云长篇,颇同短制;但如集诸碎锦,合为帖子,虽非巨幅,而时见珍异,因亦娱心,使人刮目矣。敬梓又爱才士,"汲引如不及,独嫉'时文士'如仇,其尤工者,则尤嫉之。"(程晋芳所作传云)故书中攻难制艺及以制艺出身者亦甚烈,如令选家马二先生自述制艺之所以可贵云:

"……'举业'二字,是从古及今,人人必要做的。就如孔子生在春秋时候,那时用'言扬行举'做官,故孔子只讲得个'言寡尤,行寡悔,禄在其中':这便是孔子的举业。到汉朝,用贤良方正开科,所以公孙弘董仲舒举贤良方正:这便是汉人的举业。到唐朝,用诗赋取士;他们若讲孔孟的话,就没有官做了,所以唐人都会做几句诗:这便是唐人的举业。到宋朝,又好了,都用的是些理学的人做官,所以程朱就讲理学:这便是宋人的举业。到本朝,用文章取士,这是极好的法则。就是夫子在而今,也要念文章,做举业,断不讲那'言寡尤,行寡悔'的话。何也?就日日讲究'言寡尤,行寡悔',那个给你官做?孔子的道,

也就不行了。"(第十三回)

《儒林外史》所传人物,大都实有其人,而以象形谐声或廋词隐语寓其姓名,若参以雍乾间诸家文集,往往十得八九(详见本书上元金和跋)。此马二先生字纯上,处州人,实即全椒冯粹中[3],为著者挚友,其言真率,又尚上知春秋汉唐,在"时文士"中实犹属诚笃博通之士,但其议论,则不特尽揭当时对于学问之见解,且洞见所谓儒者之心肝者也。至于性行,乃亦君子,例如西湖之游,虽全无会心,颇杀风景,而茫茫然大嚼而归,迂儒之本色固在:

> 马二先生独自一个,带了几个钱,步出钱塘门,在茶亭里吃了几碗茶,到西湖沿上牌楼跟前坐下,见那一船一船乡下妇女来烧香的,……后面都跟着自己的汉子,……上了岸,散往各庙里去了。马二先生看了一遍,不在意里。起来又走了里把多路,望着湖沿上接连着几个酒店,……马二先生没有钱买了吃,……只得走进一个面店,十六个钱吃了一碗面,肚里不饱,又走到间壁一个茶室吃了一碗茶,买了两个钱"处片"嚼嚼,到觉有些滋味。吃完了出来,……往前走,过了六桥。转个湾,便像些村庄地方。又有人家的棺材,厝基中间,走也走不清,甚是可厌。马二先生欲待回去,遇着一个走路的,问道"前面可还有好顽的所在?"那人道,"转过去便是净慈,雷峰。怎么不好顽?"马二先生于是又往前走。……过了雷峰,远远望见高高下下许多房子盖着琉璃瓦,……马二先生走到跟前,看见一个极高的山门,一个金字直匾,上写"敕

赐净慈禅寺"；山门旁边一个小门。马二先生走了进去；
……那些富贵人家女客，成群结队，里里外外，来往不绝。
……马二先生身子又长，戴一顶高方巾，一幅乌黑的脸，
腆着个肚子，穿着一双厚底破靴，横着身子乱跑，只管在
人窝子里撞。女人也不看他，他也不看女人。前前后后
跑了一交，又出来坐在那茶亭内，……吃了一碗茶。柜上
摆着许多碟子：饺饼，芝麻糖，粽子，烧饼，处片，黑枣，煮
栗子，马二先生每样买了几个钱，不论好歹，吃了一饱。
马二先生觉得倦了，直着脚跑进清波门；到了下处，关门
睡了。因为多走了路，在下处睡了一天；第三日起来，要
到城隍山走走。……（第十四回）
至叙范进家本寒微，以乡试中式暴发，旋丁母忧，翼翼尽礼，则
无一贬词，而情伪毕露，诚微辞之妙选，亦狙击之辣手矣：

  ……两人（张静斋及范进）进来，先是静斋谒过，范进
上来叙师生之礼。汤知县再三谦让，奉坐吃茶。同静斋
叙了些阔别的话；又把范进的文章称赞了一番，问道"因
何不去会试？"范进方才说道，"先母见背，遵制丁忧。"汤
知县大惊，忙叫换去了吉服。拱进后堂，摆上酒来。……
知县安了席坐下，用的都是银镶杯箸。范进退前缩后的
不举杯箸，知县不解其故。静斋笑道，"世先生因遵制，想
是不用这个杯箸。"知县忙叫换去。换了一个磁杯，一双
象牙箸来，范进又不肯举动。静斋道，"这个箸也不用。"
随即换了一双白颜色竹子的来，方才罢了。知县疑惑：
"他居丧如此尽礼，倘或不用荤酒，却是不曾备办。"落后

看见他在燕窝碗里拣了一个大虾圆子送在嘴里,方才放心。……(第四回)

此外刻划伪妄之处尚多,掊击习俗者亦屡见。其述王玉辉之女既殉夫,玉辉大喜,而当入祠建坊之际,"转觉心伤,辞了不肯来",后又自言"在家日日看见老妻悲恸,心中不忍"(第四十八回),则描写良心与礼教之冲突,殊极刻深(详见本书钱玄同序);作者生清初,又束身名教之内,而能心有依违,托稗说以寄慨,殆亦深有会于此矣。以言君子,尚亦有人,杜少卿为作者自况,更有杜慎卿(其兄青然),有虞育德(吴蒙泉),有庄尚志(程绵庄),[4]皆贞士,其盛举则极于祭先贤。迨南京名士渐已销磨,先贤祠亦荒废;而奇人幸未绝于市井,一为"会写字的",一为"卖火纸筒子的",一为"开茶馆的",一为"做裁缝的"。末一尤恬淡,居三山街,曰荆元,能弹琴赋诗,缝纫之暇,往往以此自遣;间亦访其同人。

  一日,荆元吃过了饭,思量没事,一径踱到清凉山来。……他有一个老朋友姓于,住在山背后。这于老者也不读书,也不做生意,……督率着他五个儿子灌园。……这日,荆元步了进来,于老者迎着道,"好些时不见老哥来,生意忙的紧?"荆元道,"正是。今日才打发清楚些。特来看看老爹。"于老者道,"恰好烹了一壶现成茶,请用一杯。"斟了送过来。荆元接了,坐着吃,道,"这茶,色香味都好。老爹却是那里取来的这样好水?"于老者道,"我们城西不比你们城南,到处井泉都是吃得的。"荆元道,"古人动说'桃源避世',我想起来,那里要甚么桃源。只如老爹这样清闲自在,住在这样'城市山林'的所在,就是现在的活神仙了。"于老者道,"只是我老拙一样事也不会做,怎的如老哥会弹一曲琴,也觉得消遣些。近来想是一发弹的好了,可好几时请教一回?"荆元道,"这也容易,老爹不嫌污耳,明日携琴来请教。"说了一会,辞别回来。次日,荆元自己抱了琴,来到园里,于老者已焚下一炉好香,在那里等候。……于老者替荆元把琴安放在石凳上,荆元席地坐下,于老者也坐在旁边。荆元慢慢的和了弦,弹起来,铿铿锵锵,声振林木。……弹了一会,忽作变徵之音,凄清宛转。于老者听到深微之处,不觉凄然泪下。自此,他两人常常往来。当下也就别过了。(第五十五回)

然独不乐与士人往还,且知士人亦不屑与友:固非"儒林"中人也。至于此后有无贤人君子得入《儒林外史》,则作者但存疑问而已。

　　《儒林外史》初惟传钞,后刊木于扬州,[5]已而刻本非一。尝有人排列全书人物,作"幽榜",谓神宗以水旱偏灾,流民载道,冀"旌沉抑之人才"以祈福利,乃并赐进士及第,并遣礼官就国子监祭之;又割裂作者文集中骈语,襞积之以造诏表(金和跋云),统为一回缀于末:故一本有五十六回。又有人自作四回,事既不伦,语复猥陋,而亦杂入五十六回本中,印行于世:故一本又有六十回[6]。

　　是后亦鲜有以公心讽世之书如《儒林外史》者。

＊　　　　＊　　　　＊

〔１〕《钟馗捉鬼传》　又题《斩鬼传》，旧刊本题"阳直樵云山人编次"。徐昆《柳崖外编》谓撰者系清初刘璋。

〔２〕《诗说》　已佚。从《儒林外史》第三十四回及金和跋文所引片断材料，可知此书是解说《诗经》的。《文木山房集》，《全椒志》著录十二卷，文五卷，诗七卷。今存有四卷本，即赋一卷，诗二卷，词一卷。

〔３〕冯粹中　名祚泰，清全椒（今属安徽）人，曾任正白旗官学教习。

〔４〕杜慎卿的原型青然，即吴檠（１６９６—１７５０），字青然，清全椒人。吴敬梓族兄，曾官刑部主事。下文虞育德的原型吴蒙泉，名培源，字岵瞻，清无锡（今属江苏）人。曾官上元县教谕、遂安县知县。庄尚志的原型程绵庄（１６９１—１７６７），名廷祚，字启生，号绵庄，晚号青溪居士，清上元（今江苏南京）人。诸生。撰有《青溪文集》。

〔５〕关于《儒林外史》扬州初刻本的年代，据金和《儒林外史》跋："是书为全椒棕亭先生官扬州府教授时梓以行世，自后扬州书肆刻本非一。"金棕亭于乾隆戊子至己亥（１７６８—１７７９）间任扬州府教授，故可推知该书刻于乾隆己亥年（１７７９）以前。

〔６〕五十六回本《儒林外史》，即卧闲草堂本，刊行于嘉庆八年（１８０３），为今见最早刻本。金和跋载："是书原本仅五十五卷，于述琴棋书画四士既毕，即接《沁园春》一词；何时何人妄增'幽榜'一卷，其诏表皆割先生文集中骈语襞积而成，更陋劣可哂，今宜芟之以还其旧。"六十回本《儒林外史》，即增补齐省堂本，刊行于光绪十四年（１８８８），有东武惜红生序。其中增补之四回，叙沈琼枝嫁宋为富的故事。

第二十四篇　清之人情小说

乾隆中(一七六五年顷),有小说曰《石头记》者忽出于北京,历五六年而盛行,然皆写本,以数十金鬻于庙市。其本止八十回,开篇即叙本书之由来,谓女娲补天,独留一石未用,石甚自悼叹,俄见一僧一道,以为"形体到也是个宝物了,还只没有实在好处,须得再镌上数字,使人一见便知是奇物方妙。然后好携你到隆盛昌明之邦,诗礼簪缨之族,花柳繁华之地,温柔富贵之乡,去安身乐业"。于是袖之而去。不知更历几劫,有空空道人见此大石,上镌文词,从石之请,钞以问世。道人亦"因空见色,由色生情,传情入色,自色悟空,遂易名为情僧,改《石头记》为《情僧录》;东鲁孔梅溪则题曰《风月宝鉴》;后因曹雪芹于悼红轩中披阅十载,增删五次,纂成目录,分出章回,则题曰《金陵十二钗》,并题一绝云:'满纸荒唐言,一把辛酸泪。都云作者痴,谁解其中味?'"(戚蓼生所序八十回本之第一回)

本文所叙事则在石头城(非即金陵)之贾府,为宁国荣国二公后。宁公长孙曰敷,早死;次敬袭爵,而性好道,又让爵于子珍,弃家学仙;珍遂纵恣,有子蓉,娶秦可卿。荣公长孙曰赦,子琏,娶王熙凤;次曰政;女曰敏,适林海,中年而亡,仅遗一女曰黛玉。贾政娶于王,生子珠,早卒;次生女曰元春,后选为妃;次复得子,则衔玉而生,玉又有字,因名宝玉,人皆以为"来历不小",而政母史太君尤钟爱之。宝玉既七八岁,聪明绝人,然性爱女子,常说,"女儿是水作的骨肉,男人是泥作的骨肉。"人于是又以为将来且为"色鬼";贾政亦不甚爱惜,驭之极严,盖缘"不知道这人来历。……若非多读书识字,加以致知格物之功,悟道参玄之力者,不能知也"(戚本第二回贾雨村云)。而贾氏实亦"闺阁中历历有人",主从之外,姻连亦众,如黛玉宝钗,皆来寄寓,史湘云亦时至,尼妙玉则习静于后园。右即贾氏谱大要,用虚线者其姻连,著×者夫妇,著 ∗ 者在"金陵十二钗"之数者也。

事即始于林夫人(贾敏)之死,黛玉失怙,又善病,遂来依外家,时与宝玉同年,为十一岁。已而王夫人女弟所生女亦至,即薛宝钗,较长一年,颇极端丽。宝玉纯朴,并爱二人无偏心,宝钗浑然不觉,而黛玉稍恚。一日,宝玉倦卧秦可卿室,遽梦入太虚境,遇警幻仙,阅《金陵十二钗正册》及《副册》,有图有诗,然不解。警幻命奏新制《红楼梦》十二支,其末阕为《飞鸟各投林》,词有云:

"为官的,家业凋零;富贵的,金银散尽。有恩的,死里逃生;无情的,分明报应。欠命的命已还,欠泪的泪已尽! ……看破的,遁入空门;痴迷的,枉送了性命。好一似,食尽鸟投林:落了片白茫茫大地真干净!"(戚本第五回)

然宝玉又不解,更历他梦而寤。迨元春被选为妃,荣公府愈贵盛,及其归省,则辟大观园以宴之,情亲毕至,极天伦之乐。宝玉亦渐长,于外昵秦钟蒋玉函,归则周旋于姊妹中表以及侍儿如袭人晴雯平儿紫鹃辈之间,昵而敬之,恐拂其意,爱博而心劳,而忧患亦日甚矣。

这日,宝玉因见湘云渐愈,然后去看黛玉。正值黛玉才歇午觉,宝玉不敢惊动。因紫鹃正在回廊上手里做针线,便上来问他,"昨日夜里咳嗽的可好些?"紫鹃道,"好些了。"(宝玉道,"阿弥陀佛,宁可好了罢。"紫鹃笑道,"你也念起佛来,真是新闻。")宝玉笑道,"所谓'病笃乱投医'了。"一面说,一面见他穿着弹墨绫子薄绵袄,外面只穿着青缎子夹背心,宝玉便伸手向他身上抹了一抹,说,"穿的这样单薄,还在风口里坐着。春风才至,时气最不好。你再病了,越发难了。"紫鹃便说道,"从此咱们只可说话,别动手动脚的。一年大二年小的,叫人看着不尊重;又打着那起混账行子们背地里说你。你总不留心,还只管合小时一般行为,如何使得?姑娘常常吩咐我们,不叫合你说笑。你近来瞧他,远着你,还恐远不及呢。"说着,便起身,携了针线,进别房去了。宝玉见了这般景况,心中忽觉浇了一盆冷水一般,只看着竹子发了回呆。因祝妈正来挖笋修竿,便忙忙走了出来,一时魂魄失守,心无所知,随便坐在一块石上出神,不觉滴下泪来。直呆了五六顿饭工夫,千思万想,总不知如何是好。偶值雪雁从王夫人房中取了人参来,从此经过,……便走过来,蹲下笑道,"你在这里作什么呢?"宝玉忽见了雪雁,便说道,"你又作什么来招我?你难道不是女儿?他既防嫌,总不许你们理我,你又来寻我,倘被人看见,岂不又生口舌?你快家去罢。"雪雁听了,只当他又受了黛玉的委屈,只得回至房中,黛玉未醒,将人参交与紫鹃。……雪雁道,"姑娘还没醒呢,是谁给了宝玉气受?坐在那里哭呢。"……紫鹃听说,忙放下针线,……一直来寻宝玉。走到宝玉跟前,含笑说道,"我不过说了两句话,为的是大家好。你就赌气,跑了这风地里来哭,作出病来唬我。"宝玉忙笑道,"谁赌气了?我因为听你说的有理,我想你们既这样说,自然别人也是这样说,将来渐渐的都不理我了。我所以想着自己伤心。"……(戚本第五十七回,括弧中句据程本补。)

　　然荣公府虽煊赫,而"生齿日繁,事务日盛,主仆上下,安富尊荣者尽多,运筹谋画者无一,其日用排场,又不能将就省俭",故"外面的架子虽未甚倒,内囊却也尽上来了。"(第二回)颓运方至,变故渐多;宝玉在繁华丰厚中,且亦屡与"无常"觌面,先有可卿自经;秦钟夭逝;自又中父妾厌胜之术,几死;继以金钏投井;尤二姐吞金,而所爱之侍儿晴雯又被遣,随殁。悲凉之雾,遍被华林,然呼吸而领会之者,独宝玉而已。

　　……他便带了两个小丫头到一石后,也不怎么样,只问他二人道,"自我去了,你袭人姐姐可打发人瞧晴雯姐姐去了不曾?"这一个答道,"打发宋妈妈瞧去了。"宝玉道,"回来说什么?"小丫头道,"回来说晴雯姐姐直着脖子叫了一夜,今儿早起就闭了眼,住了口,人事不知,也出不得一声儿了,只有倒气的分儿了。"宝玉忙问道,"一夜叫的是谁?"小丫头子道,("一夜叫的是娘。"宝玉拭泪道,"还叫谁?"小丫头说,)"没有听见叫别人。"宝玉道,"你糊涂,想必没听真。"(……因又想:)"虽然临终未见,如今且去灵前一拜,也算尽这五六年的情肠。"……遂一径出园,往前日之处来,意为停柩在内。谁知他哥嫂见他一咽气,便回了进去,希图得几两发送例银。王夫人闻知,便赏了十两银子;又命"即刻送到外头焚化了罢。'女儿痨'死的,断不可留!"他哥嫂听了这话,一面就雇了人来入殓,抬往城外化人厂去了。……宝玉走来扑了个空,……自立了半天,别没法儿,只得翻身进入园中,待回自房,甚觉无趣,因乃顺路来找黛玉,偏他不在房中。……又到蘅芜院中,只见寂静无人。……仍往潇湘馆来,偏黛玉尚未回来。……正在不知所以之际,忽见王夫人的丫头进来找他,说,"老爷回来了,找你呢。又得了好题目来了,快走快走!"宝玉听了,只得跟了出来。……彼时贾政正与众幕友谈论寻秋之胜;又说,"临散时忽然谈及一事,最是千古佳谈,'风流俊逸忠义慷慨'八字皆备。到是个好题目,大家都要作一首挽词。"众人听了,都忙请教是何等妙题。贾政乃说,"近日有一位恒王,出镇青州。这恒王最喜女色,且公余好武,因选了许多美女,日习武事。……其姬中有一姓林行四者,姿色既冠,且武艺更精,皆呼为林四娘。恒王最得意,遂超拔林四娘统辖诸姬,又呼为姽婳将军。"众清客都称"妙极神奇!竟以'姽婳'下加'将军'二字,更觉妩媚风流,真绝世奇文!想这恒王也是第一风流人物了。"……(戚本第七十八回,括弧中句据程本补。)

《石头记》结局,虽早隐现于宝玉幻梦中,而八十回仅露"悲音",殊难必其究竟。比乾隆五十七年(一七九二),乃有百二十回之排印本出,改名《红楼梦》,字句亦时有不同,程伟元序其前云,"……然原本目录百二十卷,……爰为竭力搜罗,自藏书家甚至故纸堆中,无不留心。数年以来,仅积有二十余卷。一日,偶于鼓担上得十余卷,遂重价购之。……然漶漫不可收拾,乃同友人细加厘剔,截长补短,钞成全部,复为镌板以公同好。《石头记》全书至是始告成矣。"友人盖谓高鹗[1],亦有序,末题"乾隆辛亥冬至后一日",先于程序者一年。

后四十回虽数量止初本之半,而大故迭起,破败死亡相

继,与所谓"食尽鸟飞独存白地"者颇符,惟结末又稍振。宝玉
先失其通灵玉,状类失神。会贾政将赴外任,欲于宝玉娶妇后
始就道,以黛玉赢弱,乃迎宝钗。姻事由王熙凤谋画,运行甚
密,而卒为黛玉所知,咯血,病日甚,至宝玉成婚之日遂卒。宝
玉知将婚,自以为必黛玉,欣然临席,比见新妇为宝钗,乃悲叹
复病。时元妃先薨;贾赦以"交通外官倚势凌弱"革职查抄,累
及荣府;史太君又寻亡;妙玉则遭盗劫,不知所终;王熙凤既失
势,亦郁郁死。宝玉病亦加,一日垂绝,忽有一僧持玉来,遂
苏,见僧复气绝,历噩梦而觉;乃忽改行,发愤欲振家声,次年
应乡试,以第七名中式。宝钗亦有孕,而宝玉忽亡去。贾政既
葬母于金陵,将归京师,雪夜泊舟毗陵驿,见一人光头赤足,披
大红猩猩毡斗篷,向之下拜,审视知为宝玉。方欲就语,忽来
一僧一道,挟以俱去,且不知何人作歌,云"归大荒",追之无
有,"只见白茫茫一片旷野"而已。"后人见了这本传奇,亦曾
题过四句,为作者缘起之言更进一竿云:'说到酸辛事,荒唐愈
可悲,由来同一梦,休笑世人痴。'"(第一百二十回)

全书所写,虽不外悲喜之情,聚散之迹,而人物事故,则摆
脱旧套,与在先之人情小说甚不同。如开篇所说:

空空道人遂向石头说道,"石兄,你这一段故事,……
据我看来:第一件,无朝代年纪可考;第二件,并无大贤大
忠,理朝廷治风俗的善政。其中只不过几个异样女子
——或情,或痴,或小才微善——亦无班姑蔡女之德能。
我纵钞去,恐世人不爱看呢。"

石头笑曰,"我师何太痴也!若云无朝代可考,今我

师竟假借汉唐等年纪添缀,又有何难?但我想历来野史,皆蹈一辙;莫如我不借此套,反到新鲜别致,不过只取其事体情理罢了。……历来野史,或讪谤君相,或贬人妻女,奸淫凶恶,不可胜数。……至若才子佳人等书,则又千部共出一套,且其中终不能不涉于淫滥,以致满纸'潘安子建','西子文君';……且环婢开口,即'者也之乎',非文即理,故逐一看去,悉皆自相矛盾,大不近情理之说。竟不如我半世亲睹亲闻的这几个女子,虽不敢说强似前代所有书中之人,但事迹原委,亦可以消愁破闷也。……至若离合悲欢,兴衰际遇,则又追踪蹑迹,不敢稍加穿凿,徒为哄人之目,而反失其真传者。……"(戚本第一回)
盖叙述皆存本真,闻见悉所亲历,正因写实,转成新鲜。而世人忽略此言,每欲别求深义,揣测之说,久而遂多。今汰去悠谬不足辩,如谓是刺和珅(《谭瀛室笔记》)藏谶纬(《寄蜗残赘》)明易象(《金玉缘》评语)[2]之类,而著其世所广传者于下:

一,纳兰成德[3]家事说。 自来信此者甚多。陈康祺[4](《燕下乡脞录》五)记姜宸英[5]典康熙己卯顺天乡试获咎事,因及其师徐时栋[6](号柳泉)之说云,"小说《红楼梦》一书,即记故相明珠家事,金钗十二,皆纳兰侍御所奉为上客者也,宝钗影高澹人;妙玉即影西溟先生:'妙'为'少女','姜'亦妇人之美称;'如玉''如英',义可通假。……"侍御谓明珠之子成德,后改名性德,字容若。张维屏[7](《诗人征略》)云,"贾宝玉盖即容若也;《红楼梦》所云,乃其髫龄时事。"俞樾(《小浮梅闲话》)亦谓其"中举人止十五岁,于书中所述颇合"。然其他事迹,乃皆不符;胡适作《红楼梦考证》[8](《文存》三),已历正其失。最有力者,一为姜宸英有《祭纳兰成德文》,相契之深,非妙玉于宝玉可比;一为成德死时年三十一,时明珠方贵盛也。

二,清世祖与董鄂妃[9]故事说。　王梦阮沈瓶庵[10]合著之《红楼梦索隐》为此说。其提要有云,"盖尝闻之京师故老云,是书全为清世祖与董鄂妃而作,兼及当时诸名王奇女也。……"而又指董鄂妃为即秦淮旧妓嫁为冒襄妾之董小宛[11],清兵下江南,掠以北,有宠于清世祖,封贵妃,已而夭逝;世祖哀痛,乃遁迹五台山为僧云。孟森作《董小宛考》(《心史丛刊》三集)[12],则历摘此说之谬,最有力者为小宛生于明天启甲子,若以顺治七年入宫,已二十八岁矣,而其时清世祖方十四岁。

三,康熙朝政治状态说。　此说即发端于徐时栋,而大备于蔡元培之《石头记索隐》[13]。开卷即云,"《石头记》者,清康熙朝政治小说也。作者持民族主义甚挚,书中本事,在吊明之亡,揭清之失,而尤于汉族名士仕清者寓痛惜之意。……"于是比拟引申,以求其合,以"红"为影"朱"字;以"石头"为指金陵;以"贾"为斥伪朝;以"金陵十二钗"为拟清初江南之名士:如林黛玉影朱彝尊,王熙凤影余国柱,史湘云影陈维崧,宝钗妙玉则从徐说,旁征博引,用力甚勤。然胡适既考得作者生平,而此说遂不立,最有力者即曹雪芹为汉军,而《石头记》实其自叙也。

　　然谓《红楼梦》乃作者自叙,与本书开篇契合者,其说之出实最先,而确定反最后。嘉庆初,袁枚(《随园诗话》二)已云,"康熙中,曹练亭为江宁织造,……其子雪芹撰《红楼梦》一书,备记风月繁华之盛。中有所谓大观园者,即余之随园也。"末二语盖夸,余亦有小误(如以栋为练,以孙为子),但已明言雪芹之书,所记者其闻见矣。而世间信者特少,王国维[14](《静庵文集》)且诘难此类,以为"所谓'亲见亲闻'者,亦可自旁观者之口言之,未必躬为剧中之人物"也,迨胡适作考证,乃较然彰明,知曹雪芹实生于荣华,终于苓落,半生经历,绝似"石头",著书西郊,未就而没;晚出全书,乃高鹗续成之者矣。

　　雪芹名霑,字芹溪,一字芹圃,正白旗汉军。祖寅[15],字子清,号栋亭,康熙中为江宁织造。清世祖南巡时,五次以织造署为行宫,后四次皆寅在任。然颇嗜风雅,尝刻古书十余种,为时所称;亦能文,所著有《栋亭诗钞》五卷《词钞》一卷(《四库书目》),传奇二种(《在园杂志》)。寅子颙,即雪芹父,亦为江宁织造,故雪芹生于南京。时盖康熙末。雍正六年,颙卸任,雪芹亦归北京,时约十岁。然不知何因,是后曹氏似遭巨变,家顿落,雪芹至中年,乃至贫居西郊,啜饘粥,但犹傲兀,时复纵酒赋诗,而作《石头记》盖亦此际。乾隆二十七年,子殇,雪芹伤感成疾,至除夕,卒,年四十余(一七一九? ——一七六三)。其《石头记》尚未就,今所传者止八十回(详见《胡适文选》)。

　　言后四十回为高鹗作者,俞樾(《小浮梅闲话》)云,"《船山诗草》有《赠高兰墅鹗同年》一首云,'艳情人自说《红楼》。'注云,"《红楼梦》八十回以后,俱兰墅所补。"然则此书非出一手。
按乡会试增五言八韵诗,始乾隆朝,而书中叙科场事已有诗,
则其为高君所补可证矣。"然鹗所作序,仅言"友人程子小泉过
予,以其所购全书见示,且曰,'此仆数年铢积寸累之辛心,将
付剞劂,公同好。子闲且惫矣,盍分任之。'予以是书……尚不
背于名教,……遂襄其役。"盖不欲明言己出,而寮友则颇有知
之者。鹗即字兰墅,镶黄旗汉军,乾隆戊申举人,乙卯进士,旋
入翰林,官侍读,又尝为嘉庆辛酉顺天乡试同考官。其补《红
楼梦》当在乾隆辛亥时,未成进士,"闲且惫矣",故于雪芹萧条
之感,偶或相通。然心志未灰,则与所谓"暮年之人,贫病交
攻,渐渐的露出那下世光景来"(戚本第一回)者又绝异。是以
续书虽亦悲凉,而贾氏终于"兰桂齐芳",家业复起,殊不类茫
茫白地,真成干净者矣。

　　续《红楼梦》八十回本者,尚不止一高鹗。俞平伯[16]从戚
蓼生所序之八十回本旧评中抉剔,知先有续书三十回,似叙贾
氏子孙流散,宝玉贫寒不堪,"悬崖撒手",终于为僧;然其详不
可考(《红楼梦辨》下有专论)。或谓"戴君诚夫见一旧时真本,
八十回之后,皆与今本不同,荣宁籍没后,皆极萧条;宝钗亦早
卒,宝玉无以作家,至沦于击柝之流。史湘云则为乞丐,后乃
与宝玉仍成夫妇。……闻吴润生中丞家尚藏有其本。"(蒋瑞
藻《小说考证》七引《续阅微草堂笔记》)此又一本,盖亦续书。
二书所补,或俱未契于作者本怀,然长夜无晨,则与前书之伏
线亦不背。

　　此他续作,纷纭尚多,如《后红楼梦》,《红楼后梦》,《续红

楼梦》,《红楼复梦》,《红楼梦补》,《红楼补梦》,《红楼重梦》,
《红楼再梦》,《红楼幻梦》,《红楼圆梦》,《增补红楼》,《鬼红
楼》,《红楼梦影》[17]等。大率承高鹗续书而更补其缺陷,结以
"团圆";甚或谓作者本以为书中无一好人,因而钻刺吹求,大
加笔伐。但据本书自说,则仅乃如实抒写,绝无讥弹,独于自
身,深所忏悔。此固常情所嘉,故《红楼梦》至今为人爱重,然
亦常情所怪,故复有人不满,奋起而补订圆满之。此足见人之
度量相去之远,亦曹雪芹之所以不可及也。仍录彼语,以结此
篇:

　　……作者自云:因曾历过一番梦幻之后,故将真事隐
去,而借"通灵"之说,撰此《石头记》一书也。……自又
云:今风尘碌碌,一事无成,忽念及当日所有之女子,一一
细考较去,觉其行止见识,皆出于我之上。何我堂堂须
眉,诚不若彼裙钗女子?实愧则有余,悔又无益,是大无
可如何之日也。当此,则自欲将已往所赖天恩祖德,锦衣
纨裤之时,饫甘餍肥之日,背父兄教育之恩,负师友规训
之德,以致今日一技无成,半生潦倒之罪,编述一集,以告
天下人。我之罪固不免,然闺阁中本自历历有人,万不可
因我之不肖,自己护短,一并使其泯灭。虽今日之茅椽蓬
牖,瓦灶绳床,其晨夕风露,阶柳庭花,亦未有妨我之襟
怀,束笔阁墨;虽我未学,下笔无文,又何妨用俚语村言,
敷衍出一段故事来,亦可使闺阁照传,复可悦世之目,破
人愁闷,不亦宜乎?……(戚本第一回)

＊　　　　＊　　　　＊

〔１〕　高鹗(约 1738—约 1815)　字兰墅,别署红楼外史,汉军镶黄旗人。乾隆末年进士,曾官翰林院侍读、内阁中书。撰有《高兰墅集》、《月小山房遗稿》。清张问陶《赠高兰墅鹗同年》诗注云:"传奇《红楼梦》八十回以后俱兰墅所补。"今传一百二十回本《红楼梦》,其后四十回一般认为系高鹗所续。

〔２〕　刺和珅　和珅(1750—1799),清满洲正红旗人,姓钮祜禄氏,字致斋,历官内务府大臣、兵部尚书、文华殿大学士。《谭瀛室笔记》云:"和珅秉政时,内宠甚多,自妻以下,内嬖如夫人者二十四人,即《红楼梦》所指正副十二钗是也。"藏谶纬,汪堃《寄蜗残赘》卷九载:"曾闻一旗下友人云:'《红楼梦》为谶纬之书'。相传有此说,言之凿凿,具有征引",并谓曹雪芹因撰《红楼梦》,其后代遭"灭族之祸,实基于此。"明易象,《增评补象全图金玉缘》卷首载张新之《石头记读法》云:"《易》曰,'臣弑其君,子弑其父,非一朝一夕之故,其所由来者渐矣'。故谨履霜之戒。一部《石头记》,(演)一渐字。"

〔３〕　纳兰成德(1655—1685)　后改名性德,字容若,清满洲正黄旗人。大学士明珠长子,康熙时进士,曾任一等侍卫。撰有《饮水词》、《通志堂集》等。

〔４〕　陈康祺(1840—?)　字钧堂,清鄞县(今属浙江)人,同治进士,曾官刑部员外郎。所撰《燕下乡脞录》,十六卷。

〔５〕　姜宸英(1628—1699)　字西溟,号湛园,清慈溪(今属浙江)人。康熙己卯年(1699)为顺天乡试考官,因科场舞弊案牵连,死于狱中。撰有《湛园未定稿》、《西溟文钞》等。

〔６〕　徐时栋(1814—1873)　字定宇,号柳泉,清鄞县(今属浙江)人。曾任内阁中书,撰有《柳泉诗文集》等。下引徐说涉及的明珠(1635—1708),姓纳兰,清满洲正黄旗人。康熙年间任刑部尚书、武英

殿大学士。高澹人（1644—1703），名士奇，号江村，清钱塘（今浙江杭州）人。曾任礼部侍郎。撰有《清吟堂全集》、《天禄识余》等。

〔7〕 张维屏（1780—1859） 字南山，清番禺（今属广东）人，官至江西南康知府。撰有《松心诗集、文集》等。《诗人征略》，即《国朝诗人征略》，一编六十卷，二编六十四卷。引文见二编卷九。

〔8〕 胡适（1891—1962） 字适之，安徽绩溪人。他的《红楼梦考证》作于1921年，对《红楼梦》作者、版本进行了考证。

〔9〕 清世祖 即顺治皇帝福临（1638—1661）。董鄂妃（？—1660），世祖顺治之妃，内大臣鄂硕之女。董鄂氏，封贵妃。有些索隐派红学家以为董鄂妃即是董小宛。

〔10〕 王梦阮 未详。沈瓶庵，中华书局编辑，曾编《中华小说界》杂志。王、沈合撰的《红楼梦索隐》，1916年附刊于中华书局出版的一百二十回本《红楼梦》，卷首有他们写的《红楼梦索隐提要》。

〔11〕 冒襄（1611—1693） 字辟疆，号巢民，清初如皋（今属江苏）人。明末副贡，入清隐居不仕，撰有《巢民诗集、文集》。董小宛（1624—1651），名白，原为秦淮名妓，后为冒襄宠妾。

〔12〕 孟森（1868—1937） 字纯荪，笔名心史，江苏武进人。曾任北京大学教授。所撰《心史丛刊》，共三集，多为有关明清史的考证文章。

〔13〕 蔡元培（1868—1940） 字鹤卿，号子民，浙江绍兴人。曾任南京临时政府教育总长、北京大学校长。他在所撰《石头记索隐》中，以林黛玉为绛珠仙子，"珠"、"朱"谐音；以林黛玉所住潇湘馆比附朱彝尊的号"竹垞"，故认为林黛玉影射朱彝尊。以"王"即"柱"字偏旁之省；"國"俗作"国"，熙凤之夫曰"琏"，即二"王"字相连也，故认为王熙凤即影射余国柱。以陈维崧字其年、号迦陵，与史湘云所佩"麒麟"音近，故认为史湘云即影射陈维崧。

〔14〕 王国维（1877—1927） 字静安，号观堂，浙江海宁人。曾任

清华国学研究院教授。撰有《宋元戏曲史》、《观堂集林》等。引文见《静安文集·红楼梦评论》。

〔15〕　曹寅（1658—1712）　康熙三十一年起督理苏州、江宁织造，累官通政使。主持刊刻《全唐诗》、《佩文韵府》。所撰传奇二种为《虎口余生》、《续琵琶记》。下文"清世祖"应作"清圣祖"。

〔16〕　俞平伯（1900—1990）　名铭衡，浙江德清人。俞樾曾孙。曾任北京大学等校教授。所著《红楼梦辨》，1923 年出版（后经修订，改名《红楼梦研究》，1952 年出版）。

〔17〕《后红楼梦》　逍遥子撰，三十回，乾嘉间刊本。《续红楼梦》，同名者有二种：一为秦子忱撰，三十卷，嘉庆四年抱瓮轩刊本；一为题"海圃主人手制"，四十回，嘉庆间刊本。《红楼复梦》，题"红香阁小和山樵南阳氏编辑"，一百回，嘉庆十年金谷园刊本。《红楼梦补》，归锄子撰，四十八回，嘉庆二十四年藤花榭刊本。《红楼幻梦》，花月痴人撰，二十四回，道光二十三年疏影斋刊本。《红楼圆梦》，梦梦先生撰，三十一回，嘉庆十九年红蔷阁写刻本。《增补红楼》，嫏嬛山樵撰，三十二回，道光四年刊本。《鬼红楼》，即秦子忱《续红楼梦》；据《忏玉楼丛书提要》载："是书作于《后红楼梦》之后，人以其说鬼也，戏呼为《鬼红楼》。"《红楼梦影》，云槎外史（一名西湖散人）撰，二十四回，光绪三年北京聚珍堂活字刊本。《红楼后梦》、《红楼补梦》、《红楼重梦》、《红楼再梦》，未见。（以上据一粟《红楼梦书录》）

第二十五篇　清之以小说见才学者

　　以小说为庋学问文章之具，与寓惩劝同意而异用者，在清盖莫先于《野叟曝言》[1]。其书光绪初始出，序云康熙时江阴夏氏作，其人"以名诸生贡于成均，既不得志，乃应大人先生之聘，辄祭酒帷幕中，遍历燕晋秦陇。……继而假道黔蜀，自湘浮汉，溯江而归。所历既富，于是发为文章，益有奇气，……然首已斑矣。（自是）屏绝进取，壹意著书"，成《野叟曝言》二十卷，然仅以示友人，不欲问世，迨印行时，已小有缺失；一本独全，疑他人补足之。二本皆无撰人名，金武祥（《江阴艺文志》凡例）则云夏二铭作。二铭，夏敬渠之号也；光绪《江阴县志》（十七《文苑传》）云，"敬渠，字懋修，诸生；英敏绩学，通史经，旁及诸子百家礼乐兵刑天文算数之学，靡不淹贯。……生平足迹几遍海内，所交尽贤豪。著有《纲目举正》，《经史余论》，《全史约编》，《学古编》，诗文集若干卷。"与序所言者颇合，惟列于赵曦明[2]之后，则乾隆中盖尚存。

　　《野叟曝言》庞然巨帙，回数多至百五十四回，以"奋武揆文天下无双正士熔经铸史人间第一奇书"二十字编卷，即作者所以浑括其全书。至于内容，则如凡例言，凡"叙事，说理，谈经，论史，教孝，劝忠，运筹，决策，艺之兵诗医算，情之喜怒哀惧，讲道学，辟邪说，……"无所不包，而以文白为之主。白字素臣，"是铮铮铁汉，落落奇才，吟遍江山，胸罗星斗。说他不求宦达，却见理如漆雕；说他不会风流，却多情如宋玉。挥毫作赋，则颉颃相如；抵掌谈兵，则伯仲诸葛，力能扛鼎，退然如不胜衣；勇可屠龙，凛然若将陨谷。旁通历数，下视一行；闲涉岐黄，肩随仲景。以朋友为性命；奉名教若神明。真是极有血性的真儒，不识炎凉的名士。他平生有一段大本领，是止崇正学，不信异端；有一副大手眼，是解人所不能解，言人所不能言"（第一回）。然而明君在上，君子不穷，超擢飞腾，莫不如意。书名辟鬼，举手除妖，百夷慑于神威，四灵集其家囿。文功武烈，并萃一身，天子崇礼，号曰"素父"。而仍有异术，既能易形，又工内媚，姬妾罗列，生二十四男。男又大贵，且生百孙；孙又生子，复有云孙。其母水氏年百岁，既见"六世同堂"，来献寿者亦七十国；皇帝赠联，至称为"镇国卫圣仁孝慈寿宣成文母水太君"（百四十四回）。凡人臣荣显之事，为士人意想所能及者，此书几毕载矣，惟尚不敢希帝王。至于排斥异端，用力尤劲，道人释子，多被诛夷，坛场荒凉，塔寺毁废，独有"素父"一家，乃嘉祥备具，为万流宗仰而已。

《野叟曝言》云是作者"抱负不凡，未得黼黻休明，至老经猷莫展"，因而命笔，比之"野老无事，曝日清谈"（凡例云）。可知衒学寄慨，实其主因，圣而尊荣，则为抱负，与明人之神魔及佳人才子小说面目似异，根柢实同，惟以异端易魔，以圣人易才子而已。意既夸诞，文复无味，殊不足以称艺文，但欲知当时所谓"理学家"之心理，则于中颇可考见。雍正末，江阴人杨名时[3]为云南巡抚，其乡人拔贡生夏宗澜[4]尝从之问《易》，以名时为李光地[5]门人,故并宗光地而说益怪。乾隆初,名时入为礼部尚书,宗澜亦以经学荐授国子监助教,又历主他讲席,仍终身师名时(《四库书目》六及十《江阴志》十六及十七)。稍后又有诸生夏祖熊[6],亦"博通群经,尤笃好性命之学,患二氏说漫衍,因复考辨以归于正"(《江阴志》十七)。盖江阴自有杨名时(卒赠太子太傅谥文定)而影响颇及于其乡之士风;自有夏宗澜师杨名时而影响又颇及于夏氏之家学,大率与当时当道名公同意,崇程朱而斥陆王,[7]以"打僧骂道"为唯一盛业,故若文白者之言行际遇,固非独作者一人之理想人物矣。文白或云即作者自寓,析"夏"字作之;又有时太师,则杨名时也,其崇仰盖承夏宗澜之绪余,然因此遂或误以《野叟曝言》为宗澜作。

欲于小说见其才藻之美者,则有屠绅《蟫史》二十卷。绅字贤书,号笏岩,亦江阴人,世业农。绅幼孤,而资质聪敏,年十三即入邑庠,二十成进士,寻授云南师宗县知县,迁寻甸州知州,五校乡闱,颇称得士,后为广州同知。嘉庆六年以候补在北京,暴疾卒于客舍,年五十八(一七四四———一八〇一)。绅豪放嫉俗,生平慕汤显祖之为人,而作吏颇酷,又好内,姬侍众多(已上俱见《鹗亭诗话》附录);为文则务为古涩艳异,晦其义旨,志怪有《六合内外琐言》,杂说有《鹗亭诗话》(见第二十二篇),皆如此。《蟫史》为长篇,署"磊砢山房原本",金武祥(《粟香随笔》二)云是绅作。[8]书中有桑蠋生,盖作者自寓,其言有云,"予,甲子生也。"与绅生年正同。开篇又云,"在昔吴侬官于粤岭,行年大衍有奇,海隅之行,若有所得,辄就见闻传

闻之异辞,汇为一编。"且假傅鼐^[9]扞苗之事(在乾隆六十年)
为主干,则始作当在嘉庆初,不数年而毕;有五年四月小停道
人序。次年,则绅死矣。

《蟫史》首即言闽人桑蠋生海行,舟败堕水,流至甲子石之
外澳,为捕鱼人所救,引以见甘鼎。鼎官指挥,方奉檄筑城防
寇,求地形家,见生大喜,如其图依甲子石为垣,遂成神奇之
城,敌不能瞰。又于地穴中得三箧书,其一凡二十卷,"题曰
'彻土作稼之文,归墟野凫氏画'。又一箧为天人图,题曰'眼
藏须弥僧道作'。又一箧为方书,题曰'六子携持极老人口
授'。蠋生谓指挥曰,'此书明明授我主宾矣。何言之? 彻土,
桑也;作稼,甘也。'……营龛于秘室,置之;行则藏枕中;有所
求发明,则拜而同启视;两人大悦。"(第一回)已而有邝天龙者
为乱,自署广州王,其党娄万赤有异术,则翊辅之。甘鼎进讨,
有龙女来助,擒天龙,而万赤逸去。鼎以功晋位镇抚,仍随石
珏协剿海寇,又破交人;万赤在交址,则仍不能得。旋擢兵马
总帅,赴楚蜀黔广备九股苗,遂与诸苗战,多历奇险,然皆胜,
其一事云:

　　……须臾,苗卒大呼曰,"汉将不敢见阵耶?"季孙引
五百人,翼而进。两旗忽下,地中飞出滴血鸡六,向汉将
啼;又六犬皆火色,亦嗥声如豺。军士面灰死,木立,仅倚
其械。矩儿飞椎凿六犬脑,皆裂。木兰袖蛇医,引之啄一
鸡,张喙死;五鸡连栖而不鸣。惟见瓦片所图鸡犬形,狼
藉于地,实非有二物也。……复至金大都督营中,则癫牛
病马各六,均有皮无毛;士卒为角触足踏者皆死,一牛龁

金大都督之足,已齿陷于骨;矩儿挥两戚落牛首,齿仍不脱;木兰急遣虎头神凿去其齿,足骨亦折焉,令左右舁归大营。牛马奔突无所制,木兰以鲤鳞帕撒之,一鳞露一剑,并斫一十牛马。其物各吐火四五尺,鳞剑为之焦灼,火大延烧,牛马皆叫嚣自得。见猕猴掷身入,举手作霹雳声,暴雨灭火,平地起水丈余,牛马俱浸死。木兰喜曰,"吾固知乐王子能传灭火真人衣钵矣。"水退,见牛马皆无有,乃砌壁之破瓮朱书牛马字:是为蠡妖之"穷神尽化"云。……(卷九)

娄万赤亦在苗中,知交址将有事,潜归。甘鼎至广州,与抚军区星进击交址。区用犷儿策,疾薄宜京,斩关而入,擒其王,交民悉降;甘则由水道进,列营于江桥北。

……娄万赤与其师李长脚斗法于江桥南。……李长脚变金井绐万赤,即坠入,忽有铁树挺出,井阑撑欲破。犷儿引庆喜至,出白罗巾掷树巅,音然有声,铁树不复见,李长脚复其形,觅万赤,卧桥畔沙石间。遂袖出白壶子一器,持向万赤顶骨咒曰,……咒毕,举手振一雷。万赤精气已铄,跃入江中,将随波出海。木兰呼鳞介士百人追之飘浮,所在必见吃喝,乃变为璘蛄。乘海蟹空腹,入之,以为"藏身之固"矣,交址人善捞蟹者,得是物如箕,大喜,刳蟹将取其腹腴,一虫随手出,倏坠地化为人形,俄顷长大,固俨然盲僧焉,询之不复语。有屠者携刀来视,咄咄曰,"蟹腹自有'仙人',一名'和尚',要是谑语;断无别肠容此妖物,不诛戮之,吾南交祸未已也。"挥刀斫其首。时甘君

254

已入城,与区抚军议班师矣;常越所部卒持盲僧首以献,
转告两元戎。桑长史进曰,"斯必万赤头也。记天人第二
图为大蟹浮海中,篆云'横行自毙'。某当初疑万赤先亡,
乃今始验。"适李长脚入辞,视其头笑曰,"此贼以水火阴
阳,为害中国,不死于黄钺而死于屠刀,固犬豕之流耳。
仙骨何有哉?……"……(卷二十)

自是交址平。桑蠋生还闽;甘鼎亦弃官去,言将度庾岭云。

　　《蟫史》神态,仿佛甚奇,然探其本根,则实未离于神魔小
说;其缀以亵语,固由作者禀性,而一面亦尚承明代"世情书"
之流风。特缘勉造硬语,力拟古书,成诘屈之文,遂得掩凡近
之意。洪亮吉[10](《北江诗话》)评其诗云,"如栽盆红药,蓄沼
文鱼。"汪瑔[11]序其《鹗亭诗话》云,"貌渊奥而实平易,……然
笔致遒峭可喜。"即谓虽华艳而乏天趣,徒奇崛而无深意也。
《蟫史》亦然,惟以其文体为他人所未试,足称独步而已。

　　以排偶之文试为小说者,则有陈球之《燕山外史》八卷。
球字蕴斋,秀水诸生,家贫,以卖画自给,工骈俪,喜传奇,因有
此作(《光绪嘉兴府志》五十二)。自谓"史体从无以四六为文,
自我作古,极知僭妄,……第行于稗乘,当希末减"。盖未见张
鷟《游仙窟》(见第八篇),遂自以为独创矣。其本成于嘉庆中
(约一八一〇),专主词华,略以寄慨,故即取明冯梦桢所撰《窦
生传》[12]为骨干,加以敷衍,演为三万一千余言。传略谓永乐
时有窦绳祖,本燕人,就学于嘉兴,悦贫女李爱姑,迎以同居;
久之,父迫令就婚淄川宦族,遂绝去。爱姑复为金陵醝商所
绐,辗转落妓家,得侠士马遴之助,终复归窦,而大妇甚妒,虐

遇之，生不能堪，偕爱姑遁去，会有唐赛儿之乱，又相失。比生复归，则资产已空，妇亦求去，孑然止存一身，而爱姑忽至，自言当日匿尼庵中，今遂返矣。是年窦生及第，累官至山东巡抚；迎爱姑入署如命妇。未几生男，求乳媪，有应者，则前大妇也，再嫁后夫死子殇，遂困顿为贱役，而生仍优容之。然妇又设计害马遘，生亦牵连得罪；顾终竟昭雪复官，后与爱姑皆仙去。其事殊庸陋，如一切佳人才子小说常套，而作者奋然有取，则殆缘转折尚多，足以示行文手腕而已，然语必四六，随处拘牵，状物叙情，俱失生气，姑勿论六朝俪语，即较之张鷟之作，虽无其俳谐，而亦逊其生动也。仍录其叙窦生为父促归，爱姑怅怅失所之辞，以备一格：

> ……其父内存爱犊之思，外作搏牛之势，投鼠奚遑忌器，打鸭未免惊鸳；放苙之豚，追来入苙，丧家之犬，叱去还家。疾驱而身弱如羊，遂作补牢之计，严锢而人防似虎，终无出柙之时；所虞龙性难驯，拴于铁柱，还恐猿心易动，辱以蒲鞭。由是姑也蔷薇架畔，青黛将颦，薜荔墙边，红花欲悴，托意丁香枝上，其意谁知，寄情豆蔻梢头，此情自喻。而乃莲心独苦，竹沥将枯，却嫌柳絮何情，漫漫似雪，转恨海棠无力，密密垂丝。才过迎春，又经半夏，采莳采葛，只自空期，投李投桃，俱为陈迹，依稀梦里，徒栽待女之花，抑郁胸前，空带宜男之草。未能蠲忿，安得忘忧？鼓残瑟上桐丝，奚时续断，剖破楼头菱影，何日当归？岂知去者益远，望乃徒劳，昔虽音问久疏，犹同乡井，后竟梦魂永隔，忽阻山川。室迩人遐，每切三秋之感，星移物换，

仅深两地之思。……(卷二)

至光绪初(一八七九),有永嘉傅声谷注释之,然于本文反有删削。

雍乾以来,江南人士慑于文字之祸,因避史事不道,折而考证经子以至小学,若艺术之微,亦所不废;惟语必征实,忌为空谈,博识之风,于是亦盛。迨风气既成,则学者之面目亦自具,小说乃"道听途说者之所造",史以为"无可观",故亦不屑道也;然尚有一李汝珍之作《镜花缘》。汝珍字松石,直隶大兴人,少而颖异,不乐为时文,乾隆四十七年随其兄之海州任,因师事凌廷堪[13],论文之暇,兼及音韵,自云"受益极多",时年约二十。其生平交游,颇多研治声韵之士;汝珍亦特长于韵学,旁及杂艺,如壬遁星卜象纬,以至书法弈道多通。顾不得志,盖以诸生终老海州,晚年穷愁,则作小说以自遣,历十余年始成,道光八年遂有刻本。不数年,汝珍亦卒,年六十余(约一七六三——一八三〇)。于音韵之著述有《音鉴》[14],主实用,重今音,而敢于变古(以上详见新标点本《镜花缘》卷首胡适《引论》)。盖惟精声韵之学而仍敢于变古,乃能居学者之列,博识多通而仍敢于为小说也;惟于小说又复论学说艺,数典谈经,连篇累牍而不能自已,则博识多通又害之。

《镜花缘》凡一百回,大略叙武后于寒中欲赏花,诏百花齐放;花神不敢抗命,从之,然又获天谴,谪于人间,为百女子。时有秀才唐敖,应试中探花,而言官举劾,谓与叛人徐敬业辈有旧,复被黜,因慨然有出尘之想,附其妇弟林之洋商舶遨游海外,跋涉异域,时遇畸人,又多睹奇俗怪物,幸食仙草,"入圣

257

"超凡",遂入山不复返。其女小山又附舶寻父,仍历诸异境,且经众险,终不遇;但从山中一樵父得父书,名之曰闺臣,约其"中过才女"后可相见;更进,则见荒冢,曰镜花冢;更进,则入水月村;更进,则见泣红亭,其中有碑,上镌百人名姓,首史幽探,终毕全贞,而唐闺臣在第十一。人名之后有总论,其文有云:

> 泣红亭主人曰:以史幽探哀萃芳冠首者,盖主人自言穷探野史,尝有所见,惜湮没无闻,而哀群芳之不传,因笔志之。……结以花再芳毕全贞者,盖以群芳沦落,几至澌灭无闻,今赖斯而不朽,非若花之重芳乎?所列百人,莫非琼林琪树,合璧骈珠,故以全贞毕焉。(第四十八回)

闺臣不得已,遂归;值武后开科试才女,得与试,且亦入选,名次如碣文。于是同榜者百人大会于宗伯府,又连日宴集,弹琴赋诗,围棋讲射,蹴鞠斗草,行令论文,评韵谱,解《毛诗》,尽觞咏之乐。已而有两女子来,自云考列四等才女,而实风姨月姊化身,旋复以文字结嫌,弄风惊其坐众。魁星则现形助诸女;麻姑亦化为道姑,来和解之,于是即席诵诗,皆包含坐中诸人身世,自过去及现在,以至将来,间有哀音,听者黯淡,然不久意解,欢笑如初。末则文芸起兵谋匡复,才女或亦在军,有死者;而武家军终败。于是中宗复位,仍尊太后武氏为则天大圣皇帝。未几,则天下诏,谓来岁仍开女试,并命前科众才女重赴"红文宴",而《镜花缘》随毕。然以上仅全局之半,作者自云欲知"镜中全影,且待后缘",则当有续书,然竟未作。

作者命笔之由,即见于《泣红亭记》,盖于诸女,悲其销沉,爰托稗官,以传芳烈。书中关于女子之论亦多,故胡适以为"是一部讨论妇女问题的小说,他对于这个问题的答案,是男女应该受平等的待遇,平等的教育,平等的选举制度"(详见本书《引论》四)。其于社会制度,亦有不平,每设事端,以寓理想;惜为时势所限,仍多迁拘,例如君子国民情,甚受作者叹羡,然因让而争,矫伪已甚,生息此土,则亦劳矣,不如作诙谐观,反有启颜之效也。

　　……说话间,来到闹市,只见一隶卒在那里买物,手中拿着货物道,"老兄如此高货,却讨恁般贱价,教小弟买去,如何能安?务求将价加增,方好遵教。若再过谦,那是有意不肯赏光交易了。"……只听卖货人答道,"既承照顾,敢不仰体。但适才妄讨大价,已觉厚颜;不意老兄反说货高价贱,岂不更教小弟惭愧?况敝货并非'言无二价',其中颇有虚头。俗云'漫天要价,就地还钱'。今老兄不但不减,反要加增,如此克己,只好请到别家交易,小弟实难遵命。"唐敖道,"'漫天要价,就地还钱',原是买物之人向来俗谈;至'并非言无二价,其中颇有虚头',亦是买者之话。不意今皆出于卖者之口,倒也有趣。"只听隶卒又说道,"老兄以高货讨贱价,反说小弟'克己',岂不失了忠恕之道?凡事总要彼此无欺,方为公允。试问'那个腹中无算盘',小弟又安能受人之愚哩?"谈之许久,卖货人执意不增。隶卒赌气,照数付价,拿了一半货物,刚要举步。卖货人那里肯依,只说"价多货少",拦住不放。路旁走过两个老翁,作好作歹,从公评定,令隶卒照价拿了八折货物,这才交易而去。……唐敖道,"如此看来,这几个交易光景,岂非'好让不争'的一幅行乐图么?我们还打听甚么?且到前面再去畅游。如此美地,领略领略风景,广广见识,也是好的。"……(第十一回《观雅化闲游君子邦》)

又其罗列古典才艺,亦殊繁多,所叙唐氏父女之游行,才女百人之聚宴,几占全书什七,无不广据旧文(略见钱静方《小说丛考》上)[15],历陈众艺,一时之事,或亘数回。而作者则甚自喜,假林之洋之打诨,自论其书云,"这部'少子',乃圣朝太平之世出的;是俺天朝读书人做的。这人就是老子的后裔。老子做的是《道德经》,讲的都是元虚奥妙。他这'少子'虽以游戏为事,却暗寓劝善之意,不外风人之旨。上面载着诸子百家,人物花鸟,书画琴棋,医卜星相,音韵算法,无一不备。还有各样灯谜,诸般酒令,以及双陆马吊,射鹄蹴毬,斗草投壶,各种百戏之类。件件都可解得睡魔,也可令人喷饭。"(二十三回)盖以为学术之汇流,文艺之列肆,然亦与《万宝全书》[16]为邻比矣。惟经作者匠心,剪裁运用,故亦颇有虽为古典所拘,而尚能绰约有风致者,略引如下:

……多九公道,"林兄如饿,恰好此地有个充饥之物。"随向碧草丛中摘了几枝青草。……林之洋接过,只见这草宛如韭菜,内有嫩茎,开着几朵青花,即放入口内,不觉点头道,"这草一股清香,倒也好吃。请问九公,他叫甚么名号?……"唐敖道,"小弟闻得海外鹊山有青草,花如韭,名'祝余',可以疗饥。大约就是此物了。"多九公连连点头。于是又朝前走。……只见唐敖忽然路旁折了一枝青草,其叶如松,青翠异常,叶上生着一子,大如芥子,把子取下,手执青草道,"舅兄才吃祝余,小弟只好以此奉陪了。"说罢,吃入腹内。又把那个芥子放在掌中,吹气一口,登时从那子中生出一枝青草来,也如松叶,约长一尺,再吹一口,又长一尺,一连吹气三口,共有三尺之长,放在口边,随又吃了。林之洋笑道,"妹夫要这样很嚼,只怕这里青草都被你吃尽哩。这芥子忽变青草,这是甚故?"多九公道,"此是'蹑空草',又名'掌中芥'。取子放在掌中,一吹长一尺,再吹又长一尺,至三尺止。人若吃了,能立空中,所以叫作蹑空草。"林之洋道,"有这好处,俺也吃他几枝,久后回家,觉房上有贼,俺蹑空追他,岂不省事。"于是各处寻了多时,并无踪影。多九公道,"林兄不必找了。此草不吹不生。这空山中有谁吹气栽他?刚才唐兄吃的,大约此子因鸟雀啄食,受了呼吸之气,因此落地而生,并非常见之物,你却从何寻找?老夫在海外多年,今日也是初次才见。若非唐兄吹他,老夫还不知就是蹑空草哩。"……(第九回)

*　　　*　　　*

〔1〕《野叟曝言》 清夏敬渠(1705—1787)撰。此书有清光绪七年(1881)毗陵汇珍楼活字本,二十册,一五二回,其中缺一三二回至一三五回,第一三六回仅存末页。又有光绪八年(1882)申报馆排印本,二十卷,一五四回,增多两回,原本缺失者皆已补全;卷首有光绪壬午年

(1882)西岷山樵序。夏敬渠除《野叟曝言》外,尚撰有《浣玉轩集》等。

〔2〕 赵曦明(1704—1787) 字敬夫,号瞰江山人,清江阴(今属江苏)人,撰有《桑梓见闻录》、《颜氏家训注》等。

〔3〕 杨名时(1661—1737) 字宾实,号凝斋,清江阴(今属江苏)人,官至礼部尚书兼国子监祭酒。撰有《易义随记》、《诗义记讲》等。

〔4〕 夏宗澜 字起八,清江阴人。雍正年间由拔贡生荐授国子监助教。撰有《易卦劄记》等。

〔5〕 李光地(1642—1718) 字晋卿,号榕村,清安溪(今属福建)人,官至文渊阁大学士。主编《性理精义》、《朱子大全》等书,另撰有《榕村全集》等。

〔6〕 夏祖熊 字梦占,清江阴人。撰有《易学大成》等。

〔7〕 程朱 指北宋程颢、程颐和南宋朱熹。程颢(1032—1085),字伯淳,人称明道先生,洛阳(今属河南)人。嘉祐进士,曾任太子中允。程颐(1033—1107),字正叔,人称伊川先生,程颢之弟。曾为崇正殿说书。长居洛阳讲学。二人著作经朱熹编为《二程全书》。朱熹,参看本卷第92页注〔15〕。陆王,指南宋陆九渊和明王守仁。陆九渊(1139—1193),字子静,号存斋,南宋金溪(今属江西)人。曾官奉议郎知荆门军。有《象山先生全集》。王守仁(1472—1529),字伯安,号阳明,明余姚(今属浙江)人。累官右佥都御史、总督两广巡抚、南京兵部尚书。有《王文成公全书》。程朱学说主“天理”,偏于客观唯心主义,陆王学说主“心学”,偏于主观唯心主义。

〔8〕 关于《蟫史》撰者,据《粟香随笔》卷二云:“屠笏岩刺史,名绅,又号贤书。……所著有《六合内外琐言》二十卷,署黍余裔孙编。《蟫史》二十卷,署磊砢山人撰,近年上海以洋版刷印,流传颇广。”

〔9〕 傅鼐(1758—1811) 字重庵,清山阴(今浙江绍兴)人,历任宁洱知县、凤凰厅同知、湖南按察使。乾隆末至嘉庆中,曾于湘黔一带

镇压苗民起义。

〔10〕　洪亮吉（1746—1809）　字稚存，号北江，清阳湖（今江苏常州）人，曾由编修出督贵州学政。撰有《洪北江全集》等。

〔11〕　汪瑔（1828—1891）　字芙生，号谷庵，清山阴（今浙江绍兴）人。曾入曾国荃幕，晚年闲居著述。有《随山馆集》等。

〔12〕　冯梦桢（1548—1605）　字开之，明秀水（今浙江嘉兴）人，官至南京国子监祭酒。撰有《历代贡举志》、《快雪堂集》等。所撰《窦生传》，叙窦绳祖与李爱姑悲欢离合的故事。此传亦载小说《燕山外史》卷首。

〔13〕　凌廷堪（1757—1809）　字次仲，清歙县（今属安徽）人，曾任宁国府学教授。撰有《燕乐考原》、《校礼堂文集》等。

〔14〕　《音鉴》　李汝珍撰，六卷，系研究南北方音的音韵学著作。

〔15〕　据钱静方《小说丛考·镜花缘考》载，该书所叙"君子国见张华《博物志》"，"大人国见《山海经》"，"毗骞国见《南史》"等。

〔16〕　《万宝全书》　旧题明陈继儒纂辑，清毛焕文增补。正编二十卷，续编六卷。内容多载日用生活知识，兼杂酒令、灯谜、博戏、卜筮等。

第二十六篇　清之狭邪小说

　　唐人登科之后，多作冶游，习俗相沿，以为佳话，故伎家故事，文人间亦著之篇章，今尚存者有崔令钦《教坊记》及孙棨《北里志》[1]。自明及清，作者尤夥，明梅鼎祚之《青泥莲花记》[2]，清余怀之《板桥杂记》[3]尤有名。是后则扬州，吴门，珠江，上海诸艳迹，皆有录载；[4]且伎人小传，亦渐侵入志异书类中，然大率杂事琐闻，并无条贯，不过偶弄笔墨，聊遣绮怀而已。若以狭邪中人物事故为全书主干，且组织成长篇至数十回者，盖始见于《品花宝鉴》[5]，惟所记则为伶人。

　　明代虽有教坊，而禁士大夫涉足，亦不得挟妓，然独未云禁招优。达官名士以规避禁令，每呼伶人侑酒，使歌舞谈笑；有文名者又揄扬赞叹，往往如狂醒，其流行于是日盛。清初，伶人之焰始稍衰，后复炽，渐乃愈益猥劣，称为"像姑"，流品比于娼女矣。《品花宝鉴》者，刻于咸丰二年(一八五二)，即以叙乾隆以来北京优伶为专职，而记载之内，时杂猥辞，自谓伶人有邪正，狎客亦有雅俗，并陈妍媸，固犹劝惩之意，其说与明人之凡为"世情书"者略同。至于叙事行文，则似欲以缠绵见长，风雅为主，而描摹儿女之书，昔又多有，遂复不能摆脱旧套，虽所谓上品，即作者之理想人物如梅子玉杜琴言辈，亦不外伶如佳人，客为才子，温情软语，累牍不休，独有佳人非女，则他书所未写者耳。其叙"名旦"杜琴言往梅子玉家问病时情状云：

却说琴言到梅宅之时,心中十分害怕,满拟此番必有一场羞辱。及至见过颜夫人之后,不但不加呵责,倒有怜恤之心,又命他去安慰子玉,却也意想不到,心中一喜一悲。但不知子玉病体轻重,如何慰之？只好遵夫人之命,老着脸走到子玉房里。见帘帏不卷,几案生尘,一张小楠木床挂了轻绡帐。云儿先把帐子掀开,叫声"少爷,琴言来看你了"。子玉正在梦中,模模糊糊应了两声。琴言就坐在床沿,见那子玉面庞黄瘦,憔悴不堪。琴言凑在枕边,低低叫了一声,不绝泪涌下来,滴在子玉的脸上。只见子玉忽然呵呵一笑道：

"七月七日长生殿,夜半无人私语时。"

子玉吟了之后,又接连笑了两笑。琴言见他梦魇如此,十分难忍,在子玉身上掀了两掀,因想夫人在外,不好高叫,改口叫声"少爷"。子玉犹在梦中想念,候到七月七日,到素兰处,会了琴言,三人又好诉衷谈心,这是子玉刻刻不忘,所以念出这两句唐曲来。魂梦既酣,一时难醒。又见他大笑一会,又吟道：

"我道是黄泉碧落两难寻,……"

歌罢,翻身向内睡着。琴言看他昏到如此,泪越多了,只好呆怔怔看着,不好再叫。……(第二十九回)

《品花宝鉴》中人物,大抵实有,就其姓名性行,推之可知。惟梅杜二人皆假设,字以"玉"与"言"者,即"寓言"之谓,盖著者以为高绝,世已无人足供影射者矣。书中有高品,则所以自况，实为常州人陈森书（作者手稿之《梅花梦传奇》上，自署毗陵陈森，则"书"字或误衍），号少逸，道光中寓居北京，出入菊部中，因拾闻见事为书三十回，然又中辍，出京漫游，己酉（一八四九）自广西复至京，始足成后半，共六十回，好事者竞相传钞，越三年而有刻本（杨懋建《梦华琐簿》）。

至作者理想之结局，则具于末一回，为名士与名旦会于九香园，画伶人小像为花神，诸名士为赞；诸伶又书诸名士长生禄位，各为赞，皆刻石供养九香楼下。时诸伶已脱梨园，乃"当着众名士之前"，熔化钗钿，焚弃衣裙，将烬时，"忽然一阵香风，将那灰烬吹上半空，飘飘点点，映着一轮红日，像无数的花朵与蝴蝶飞舞，金迷纸醉，香气扑鼻，越旋越高，到了半天，成了万点金光，一闪不见"云。

其后有《花月痕》十六卷五十二回，题"眠鹤主人编次"，咸丰戊午年（一八五八）序，而光绪中始流行。其书虽不全写狭邪，顾与伎人特有关涉，隐现全书中，配以名士，亦如佳人才子小说定式。略谓韦痴珠韩荷生皆伟才硕学，游幕并州，极相善，亦同游曲中，又各有相眷妓，韦者曰秋痕，韩者曰采秋。韦风流文采，倾动一时，而不遇，困顿羁旅中；秋痕虽倾心，亦终不得嫁韦。已而韦妾先殁，韦亦寻亡，秋痕殉焉。韩则先为达官幕中上客，参机要，旋以平寇功，由举人保升兵科给事中，复因战绩，累迁至封侯。采秋久归韩，亦得一品夫人封典。班师受封之后，"高宴三日，自大将军以至走卒，无不雀忭。"（第五十回）而韦乃仅一子零丁，扶棺南下而已。其布局盖在使升沉相形，行文亦惟以缠绵为主，但时复有悲凉哀怨之笔，交错其间,欲于欢笑之时,并见黯然之色,而诗词简启,充塞书中,文饰既繁,情致转晦。符兆纶^[6]评之云,"词赋名家,却非说部当行,其淋漓尽致处,亦是从词赋中发泄出来,哀感顽艳。……"虽稍谀,然亦中其失。至结末叙韩荷生战绩,忽杂妖异之事,则如情话未央,突来鬼语,尤为通篇芜累矣。

……采秋道,"……妙玉称个'槛外人',宝玉称个'槛内人';妙玉住的是栊翠庵,宝玉住的是怡红院。……书中先说妙玉怎样清洁,宝玉常常自认浊物。不见将来清者转浊,浊者极清?"痴珠叹一口气,高吟道,"'一失足成千古恨,再回头已百年身。'"随说道,"……就书中'贾雨村言'例之:薛者,设也;黛者,代也。设此人代宝玉以写生,故'宝玉'二字,宝字上属于钗,就是宝钗;玉字下系于黛,就是黛玉。钗黛直是个'子虚乌有',算不得什么。倒是妙玉,真是做宝玉的反面镜子,故名之为妙。一僧一尼,暗暗影射,你道是不是呢?"采秋答应。……痴珠随说道,"'色即是空,空即是色。'"便敲着案子朗吟道:

"银字筝调心字香,英雄底事不柔肠?我来一切观空处,也要天花作道场。　采莲曲里猜莲子,丛桂开时又见君,何必摇鞭背花去,十年心已定香熏。"

荷生不待痴珠吟完,便哈哈大笑道,"算了,喝酒罢。"说笑一回,天就亮了。痴珠用过早点,坐着采秋的车先去了。午间,得荷生柬帖云:

"顷晤秋痕,泪随语下,可怜之至。弟再四慰解,令作缓图。临行,嘱弟转致阁下云,'好自静养。耿

耿此心,必有以相报也。'知关锦念,率此布闻。并呈
小诗四章,求和。"

诗是七绝四首。……痴珠阅毕,便次韵和云:

　　"无端花事太凌迟,残蕊伤心剩折枝,我欲替他
求净境,转嫌风恶不全吹。　蹉跎恨在夕阳边,湖海
浮沉二十年,骆马杨枝都去也,……"

正往下写,秃头回道,"菜市街李家着人来请,说是刘
姑娘病得不好。"痴珠惊讶,便坐车赴秋心院来。秋痕头
上包着绉帕,趺坐床上,身边放着数本书,凝眸若有所思,
突见痴珠,便含笑低声说道,"我料得你挨不上十天。其
实何苦呢?"痴珠说道,"他们说你病着,叫我怎忍不来
呢?"秋痕叹道,"你如今一请就来,往后又是纠缠不清。"
痴珠笑道,"往后再商量罢。"自此,痴珠又照旧往来了。
是夜,痴珠续成和韵诗,末一章有"博得蛾眉甘一死,果然
知己属倾城"之句,至今犹诵人口。……(第二十五回)

长乐谢章铤《赌棋山庄诗集》有《题魏子安所著书后》[7]
五绝三首,一为《石经考》,一为《陔南山馆诗话》,一即《花月
痕》(蒋瑞藻《小说考证》八引《雷颠笔记》),因知此书为魏子安
作。子安名秀仁,福建侯官人,少负文名,而年二十余始入泮,
即连举丙午(一八四六)乡试,然屡应进士试不第,乃游山西陕
西四川,终为成都芙蓉书院院长,因乱逃归,卒,年五十六(一
八一九——一八七四),著作满家,而世独传其《花月痕》(《赌
棋山庄文集》五)。[8]秀仁寓山西时,为太原知府保眠琴教子,
所入颇丰,且多暇,而苦无聊,乃作小说,以韦痴珠自况,保偶

见之,大喜,力奖其成,遂为巨帙云(谢章铤《课余续录》
一)[9]。然所托似不止此,卷首有太原歌妓《刘栩凤传》[10],
谓"倾心于逋客,欲委身焉",以索值昂中止,将抑郁憔悴死矣。
则秋痕盖即此人影子,而逋客实魏。韦韩,又逋客之影子也,
设穷达两途,各拟想其所能至,穷或类韦,达当如韩,故虽自寓
一己,亦遂离而二之矣。

　　全书以伎女为主题者,有《青楼梦》六十四回,题"鳌峰慕
真山人著",序则云俞吟香。吟香名达,江苏长洲人,中年颇作
冶游,后欲出离,而世事牵缠,又不能遽去,光绪十年(一八八
四)以风疾卒,所著尚有《醉红轩笔话》《花间棒》《吴中考古录》
及《闲鸥集》[11]等(邹弢《三借庐笔谈》四)。《青楼梦》成于光
绪四年,则取吴中倡女,以发挥其"游花国,护美人,采芹香,掇
巍科,任政事,报亲恩,全友谊,敦琴瑟,抚子女,睦亲邻,谢繁
华,求慕道"(第一回)之大理想,所写非实,从可知矣。略谓金
挹香字企真,苏州府长洲县人,幼即工文,长更慧美,然不娶,
谓欲得"有情人",而"当世滔滔,斯人谁与?竟使一介寒儒,怀
才不遇,公卿大夫竟无一识我之人,反不若青楼女子,竟有慧
眼识英雄于未遇时也"(本书《题纲》)。故挹香游狭邪,特受伎
人爱重,指挥如意,犹南面王。例如:

　　……(挹香与二友及十二妓女)至轩中,三人重复观
玩,见其中修饰,别有巧思。轩外名花绮丽,草木精神。
正中摆了筵席,月素定了位次,三人居中,众美人亦序次
而坐:

　　　第一位鸳鸯馆主人褚爱芳　第二位烟柳山人王

湘云　第三位铁笛仙袁巧云　第四位爱雏女史朱素卿　第五位惜花春起早使者陆丽春　第六位探梅女士郑素卿　第七位浣花仙史陆文卿……第十一位梅雪争先客何月娟

末位护芳楼主人自己坐了；两旁四对侍儿斟酒。众美人传杯弄盏，极尽绸缪。挹香向慧琼道，"今日如此盛会，宜举一觞令，庶不负此良辰。"月素道，"君言诚是，即请赐令。"挹香说道，"请主人自己开令。"月素道，"岂有此理，还请你来。"挹香被推不过，只得说道，"有占了。"众美人道，"令官必须先饮门面杯起令，才是。"于是十二位美人俱各斟酒一杯，奉与挹香；挹香一饮而尽，乃启口道，"酒令胜于军令，违者罚酒三巨觥！"众美人唯唯听命。……（第五回）

挹香亦深于情，侍疾服劳不厌，如：

……一日，挹香至留香阁，爱卿适发胃气，饮食不进。挹香十分不舍，忽想着过青田著有《医门宝》四卷，尚在馆中书架内，其中胃气丹方颇多，遂到馆取而复至，查到"香郁散"最宜，令侍儿配了回来，亲侍药炉茶灶；又解了几天馆，朝夕在留香阁陪伴。爱卿更加感激，乃口占一绝，以报挹香。……（第二十一回）

后乃终"掇巍科"，纳五妓，一妻四妾。又为养亲计，捐职仕余杭，即迁知府，则"任政事"矣。已而父母皆在府衙中跨鹤仙去；挹香亦悟道，将入山，

……心中思想道，"我欲勘破红尘，不能明告他们知

道,只得一个私自瞒了他们,踱了出去的了。"次日写了三封信,寄与拜林梦仙仲英,无非与他们留书志别的事情,又嘱拜林早日代吟梅完其姻事。过了几天,挹香又带了几十两银子,自己去置办了道袍道服草帽凉鞋,寄在人家,重归家里。又到梅花馆来,恰巧五美俱在,挹香见他们不识不知,仍旧笑嘻嘻在着那里,觉心中还有些对他们不起的念头。想了一回,叹道,"既解情关,有何恋恋!"……(第六十回)

遂去,羽化于天台山,又归家,悉度其妻妾,于是"金氏门中两代白日升天"(第六十一回)。其子则早抢元;旧友亦因挹香汲引,皆仙去;而曩昔所识三十六伎,亦一一"归班",缘此辈"多是散花苑主坐下司花的仙女,因为偶触思凡之念,所以谪降红尘,如今尘缘已满,应该重入仙班"(第六十四回)也。

《红楼梦》方板行,续作及翻案者即奋起,各竭智巧,使之团圆,久之,乃渐兴尽,盖至道光末而始不甚作此等书。然其余波,则所被尚广远,惟常人之家,人数鲜少,事故无多,纵有波澜,亦不适于《红楼梦》笔意,故遂一变,即由叙男女杂沓之狭邪以发泄之。如上述三书,虽意度有高下,文笔有妍媸,而皆摹绘柔情,敷陈艳迹,精神所在,实无不同,特以谈钗黛而生厌,因改求佳人于倡优,知大观园者已多,则别辟情场于北里而已。然自《海上花列传》出,乃始实写妓家,暴其奸谲,谓"以过来人现身说法",欲使阅者"按迹寻踪,心通其意,见当前之媚于西子,即可知背后之泼于夜叉,见今日之密于糟糠,即可卜他年之毒于蛇蝎"(第一回)。则开宗明义,已异前人,而《红楼梦》在狭邪小说之泽,亦自此而斩也。

《海上花列传》今有六十四回,题"云间花也怜侬著",或谓其人即松江韩子云[12],善弈棋,嗜鸦片,旅居上海甚久,曾充报馆编辑,所得笔墨之资,悉挥霍于花丛中,阅历既深,遂洞悉此中伎俩(《小说考证》八引《谈瀛室笔记》);而未详其名,自署云间,则华亭人也。其书出于光绪十八年(一八九二),每七日印二回,[13]遍鬻于市,颇风行。大略以赵朴斋为全书线索,言赵年十七,以访母舅洪善卿至上海,遂游青楼,少不更事,沉溺至大困顿,旋被洪送令还。而赵又潜返,愈益沦落,至"拉洋车"。书至此为第二十八回,忽不复印。作者虽目光始终不离于赵,顾事迹则仅此,惟因赵又牵连租界商人及浪游子弟,杂述其沉湎征逐之状,并及烟花,自"长三"至"花烟间"具有;略如《儒林外史》,若断若续,缀为长篇。其訾倡女之无深情,虽责善于非所,而记载如实,绝少夸张,则固能自践其"写照传神,属辞比事,点缀渲染,跃跃如生"(第一回)之约者矣。如述赵朴斋初至上海,与张小村同赴"花烟间"时情状云:

> ……王阿二一见小村,便撺上去嚷道,"耐好啊!骗我,阿是?耐说转去两三个月啘,直到仔故歇坎坎来。阿是两三个月嘎?只怕有两三年哉!……"小村忙陪笑央告道,"耐覅动气,我搭耐说。"便凑着王阿二耳朵边,轻轻的说话。说不到四句,王阿二忽跳起来,沉下脸道,"耐倒乖杀哚。耐想拿件湿布衫拨来别人着仔,耐末脱体哉,阿是?"小村发急道,"勿是呀,耐也等我说完仔了哩。"王阿二便又爬在小村怀里去听,也不知咕咕唧唧说些甚么,只

见小村说着，又努嘴，王阿二即回头把赵朴斋瞟了一眼，接着小村又说了几句。王阿二道，"耐末那价呢？"小村道，"我是原照旧晼。"王阿二方才罢了；立起身来，剔亮了灯台；问朴斋尊姓；又自头至足，细细打量。朴斋别转脸去，装做看单条。只见一个半老娘姨，一手提水铫子，一手托两盒烟膏，……蹭上楼来，……把烟盒放在烟盘里，点了烟灯，冲了茶碗，仍提铫子下楼自去。王阿二靠在小村身旁烧起烟来，见朴斋独自坐着，便说，"榻床浪来孵孵嘞。"朴斋巴不得一声，随向烟榻下手躺下，看着王阿二烧好一口烟，装在枪上，授于小村，飕飕飕直吸到底。……至第三口，小村说，"夠吃哉。"王阿二调过枪来，授与朴斋。朴斋吸不惯，不到半口，斗门噎住。……王阿二将签子打通烟眼，替他把火。朴斋趁势捏他手腕，王阿二夺过手，把朴斋腿膀尽力摔了一把，摔得朴斋又痠又痛又爽快。朴斋吸完烟，却偷眼去看小村，见小村闭着眼，朦朦胧胧，似睡非睡光景，朴斋低声叫"小村哥"。连叫两声，小村只摇手，不答应。王阿二道，"烟迷呀，随俚去罢。"朴斋便不叫了。……（第二回）

至光绪二十年，则第一至六十回俱出，进叙洪善卿于无意中见赵拉车，即寄书于姊，述其状。洪氏无计；惟其女曰二宝者颇能，乃与母赴上海来访，得之，而又皆留连不遽返。洪善卿力劝令归，不听，乃绝去。三人资斧渐尽，驯至不能归，二宝遂为倡，名甚噪。已而遇史三公子，云是巨富，极爱二宝，迎之至别墅消夏，谓将娶以为妻，特须返南京略一屏当，始来逛，遂别。二宝由是谢绝他客，且贷金盛制衣饰，备作嫁资，而史三公子竟不至。使朴斋往南京询得消息，则云公子新订婚，方赴扬州亲迎去矣。二宝闻信昏绝，救之始苏，而负债至三四千金，非重理旧业不能偿，于是复揽客，见噩梦而书止。自跋谓将续作，然不成。后半于所谓海上名流之雅集，记叙特详，但稍失实；至描写他人之征逐，挥霍，及互相欺谩之状，乃不稍逊于前三十回。有述赖公子赏女优一节，甚得当时世态：

> ……文君改装登场，一个门客凑趣，先喊声"好！"不料接接连连，你也喊好，我也喊好，一片声嚷得天崩地塌，海搅江翻。……只有赖公子捧腹大笑，极其得意。唱过半出，就令当差的放赏。那当差的将一卷洋钱散放在巴斗内，呈赖公子过目，望台上只一撒，但闻索郎一声响，便见许多晶莹焜耀的东西，满台乱滚；台下这些帮闲门客又齐声一号。文君揣知赖公子其欲逐逐，心上一急，倒急出个计较来，当场依然用心的唱，唱罢落场，……含笑入席。不提防赖公子一手将文君拦入怀中；文君慌的推开立起，佯作怒色，却又爬在赖公子肩膀，悄悄的附耳说了几句，赖公子连连点头道，"晓得哉。"……（第四十四回）

书中人物，亦多实有，而悉隐其真姓名，[14]惟不为赵朴斋讳。相传赵本作者挚友，时济以金，久而厌绝，韩遂撰此书以谤之，印卖至第二十八回，赵急致重赂，始辍笔，而书已风行；已而赵死，乃续作贸利，且放笔至写其妹为倡云。然二宝沦落，实作者豫定之局，故当开篇赵朴斋初见洪善卿时，即叙洪问"耐有个令妹，……阿曾受茶？"答则曰，"勿曾。今年也十五岁哉。"已为后文伏线也。光绪末至宣统初，上海此类小说之出尤多，往往数回辄中止，殆得赂矣；而无所营求，仅欲摘发伎家罪恶之书亦兴起，惟大都巧为罗织，故作已甚之辞，冀震耸世间耳目，终未有如《海上花列传》之平淡而近自然者。

＊　　　＊　　　＊

〔1〕　崔令钦　唐博陵(今河北定县)人。开元时官左金吾，天宝时迁著作佐郎，肃宗时改仓部郎中，后为万州刺史，终国子司业。所撰《教坊记》，一卷，记述唐开元天宝时期教坊的制度、轶闻和乐曲的起源、内容等。孙棨《北里志》，参看本卷第 102 页注〔9〕。

〔2〕　梅鼎祚(1553—1619)　字禹金，明宣城(今属安徽)人。诸生，隐居书带园，藏书著述。撰有传奇《玉合记》、杂剧《昆仑奴》等。所撰《青泥莲花记》，记娼女之可取者，分七门十三卷。

〔3〕　余怀(1616—?)　字澹心，别号鬘持老人，明末清初莆田(今属福建)人。居南京。撰有《味外轩文稿》、《研山堂集》等。所撰《板桥杂记》，分雅游、丽品、轶事三卷。

〔4〕　记述妓家故事之作，扬州有芬利它行者《竹西花事小录》等；吴门(苏州)有西溪山人《吴门画舫录》、个中生《吴门画舫续录》等；珠江(广州)有支机生(缪艮)《珠江名花小传》、周友良《珠江梅柳记》等；上海有淞北玉魫生(王韬)《海陬冶游录》、《淞滨琐话》等。

〔5〕　《品花宝鉴》　卷首有石函氏(陈森)自序。刻于咸丰二年(1852)，原刊本扉页题："戊申年(1848)十月幻中了幻斋开雕，己酉年(道光二十九年，1849)六月工竣。"又据《梦华琐簿》载："《宝鉴》是年(丁酉，道光十七年，1837)仅成前三十回；及己酉，少逸游广西归京，乃足成六十卷。余壬子(咸丰二年，1852)乃见其刊本。"

〔6〕 符兆纶 字雪樵,清宜黄(今属江西)人,曾官福建知县。撰有《梦梨云诗抄》等。下面的引文见《绘图花月姻缘》卷首。

〔7〕 谢章铤 字枚如,清长乐(今属福建)人。光绪进士,曾官内阁中书。撰有《赌棋山庄全集》。《赌棋山庄诗集》,十四卷。《题魏子安所著书后》五言诗三首,见卷八。题《花月痕》一首云:"有泪无地洒,都付管城子。醇酒与妇人,末路乃如此。独抱一片心,不生亦不死。"

〔8〕 《赌棋山庄文集》卷五《魏子安墓志铭》:"秀仁,字子安,一字子敦,侯官人。……少不利童试,年二十八,始补弟子员,即连举丙午乡试。……既累应春官不第,乃游晋,游秦,游蜀。故乡先达,与一时能为祸福之人,莫不爱君重君,而卒不能为君大力。君见时事多可危,手无尺寸,言不见异,而亢脏抑郁之气,无所发舒,因遁为稗官小说,托于儿女子之私,名其书曰《花月痕》。"

〔9〕 关于《花月痕》撰写过程,《课余续录》卷一云:"是时子安旅居山西,就太原知府保眠琴太守馆。……多暇日,欲读书,又苦丛杂,无聊极,乃创为小说,以自写照。其书中所称韦莹字痴珠者,即子安也。方草一两回,适太守入其室,见之,大欢喜。乃与子安约:十日成一回。一回成,则张盛席,招菊部,为先生润笔寿,于是浸淫数十回,成巨帙焉。"

〔10〕 《刘栩凤传》 即《栖梧花史小传》,内容记述河南滑县歌妓刘栩凤生平。

〔11〕 《醉红轩笔话》 此书及《花间棒》、《吴中考古录》、《闲鸥集》,均见邹弢《三借庐笔谈》,未见刻本。

〔12〕 韩子云(1856—1894) 名邦庆,别号太仙,清松江(今属上海)人。曾任申报馆编辑。

〔13〕 关于《海上花列传》刊出情况,该书自光绪十八年(1892)二月初一日起,陆续刊印于韩邦庆所编文艺杂志《海上奇书》。该刊开始

时每逢初一、十五出刊一期,每期印《海上花列传》二回;第九期起,改为每月一期,出至十五期停刊,《海上花列传》共刊出三十回。

〔14〕　据《谭瀛室随笔》载:《海上花列传》"书中人名,大抵皆有所指,熟于同、光间上海名流事实者,类能言之。兹姑举所知者,如:齐韵叟为沈仲馥,史天然为李木斋,赖头鼋为勒元侠,方蓬壶为袁翔父,一说为王紫诠,李实夫为盛朴人,李鹤汀为盛杏荪,黎篆鸿为胡雪岩,王莲生为马眉叔,小柳儿为杨猴子,高亚白为李芋仙。以外诸人,苟以类推之,当十得八九,是在读者之留意也。"

第二十七篇　清之侠义小说及公案

　　明季以来,世目《三国》《水浒》《西游》《金瓶梅》为"四大奇书"[1],居说部上首,比清乾隆中,《红楼梦》盛行,遂夺《三国》之席,而尤见称于文人。惟细民所嗜,则仍在《三国》《水浒》。时势屡更,人情日异于昔,久亦稍厌,渐生别流,虽故发源于前数书,而精神或至正反,大旨在揄扬勇侠,赞美粗豪,然又必不背于忠义。其所以然者,即一缘文人或有憾于《红楼》,其代表为《儿女英雄传》;一缘民心已不通于《水浒》,其代表为《三侠五义》。

　　《儿女英雄传评话》本五十三回,今残存四十回,题"燕北闲人著"。马从善序[2]云出文康手,盖定稿于道光中。文康,费莫氏,字铁仙,满洲镶红旗人,大学士勒保[3]次孙也,"以资为理藩院郎中,出为郡守,洊擢观察,丁忧旋里,特起为驻藏大臣,以疾不果行,卒于家。"家本贵盛,而诸子不肖,遂中落且至困惫。文康晚年块处一室,笔墨仅存,因著此书以自遣。升降盛衰,俱所亲历,"故于世运之变迁,人情之反复,三致意焉。"(并序语)荣华已落,怆然有怀,命笔留辞,其情况盖与曹雪芹颇类。惟彼为写实,为自叙,此为理想,为叙他,加以经历复殊,而成就遂迥异矣。书首有雍正甲寅观鉴我斋序,谓为"格致之书",反《西游》等之"怪力乱神"而正之;[4]次乾隆甲寅东

278

海吾了翁识,谓得于春明市上,不知作者何人,研读数四,"更于没字处求之"[5],始知言皆有物,因补其阙失,弁以数言云云:皆作者假托。开篇则谓"这部评话……初名《金玉缘》;因所传的是首善京都一桩公案,又名《日下新书》。篇中立旨立言,虽然无当于文,却还一洗秽语淫词,不乖于正,因又名《正法眼藏五十三参》,初非释家言也。后来东海吾了翁重订,题曰《儿女英雄传评话》。……"(首回)多立异名,摇曳见态,亦仍为《红楼梦》家数也。

所谓"京都一桩公案"者,为有侠女曰何玉凤,本出名门,而智慧骁勇绝世,其父先为人所害,因奉母避居山林,欲伺间报仇。其怨家曰纪献唐,有大勋劳于国,势甚盛。何玉凤急切不得当,变姓名曰十三妹,往来市井间,颇拓弛玩世;偶于旅次见孝子安骥困厄,救之,以是相识,后渐稔。已而纪献唐为朝廷所诛,何虽未手刃其仇而父仇则已报,欲出家,然卒为劝沮者所动,嫁安骥。骥又有妻曰张金凤,亦尝为玉凤所拯,乃相睦如姊妹,后各有孕,故此书初名《金玉缘》。

书中人物亦常取同时人为蓝本;或取前人,如纪献唐,蒋瑞藻(《小说考证》八)云,"吾之意,以为纪者,年也;献者,《曲礼》云,'犬名羹献';唐为帝尧年号:合之则年羹尧也。……其事迹与本传所记悉合。"安骥殆以自寓,或者有慨于子而反写之。十三妹未详,当纯出作者意造,缘欲使英雄儿女之概,备于一身,遂致性格失常,言动绝异,矫揉之态,触目皆是矣。如叙安骥初遇何于旅舍,虑其入室,呼人抬石杜门,众不能动,而何反为之运以入,即其例也:

……那女子又说道,"弄这块石头,何至于闹的这等马仰人翻的呀?"张三手里拿着镢头,看了一眼,接口说,"怎么'马仰人翻'呢?瞧这家伙,不这么弄,问得动他吗?打谅顽儿呢。"那女子走到跟前,把那块石头端相了端相,……约莫也有个二百四五十斤重,原是一个碾粮食的碌碡;上面靠边,却有个凿通了的关眼儿。……他先挽了挽袖子,……把那石头撂倒在平地上,用右手推着一转,找着那个关眼儿,伸进两个指头去勾住了,往上只一悠,就把那二百多斤的石头碌碡,单撒手儿提了起来。向着张三李四说道,"你们两个也别闲着,把这石头上的土给我拂落净了。"两个屁滚尿流,答应了一声,连忙用手拂落了一阵,说,"得了。"那女子才回过头来,满面含春的向安公子道,"尊客,这石头放在那里?"安公子羞得面红过耳,眼观鼻鼻观心的答应了一声,说,"有劳,就放在屋里罢。"那女子听了,便一手提着石头,款动一双小脚儿,上了台阶儿,那只手撩起了布帘,跨进门去,轻轻的把那块石头放在屋里南墙根儿底下;回转头来,气不喘,面不红,心不跳。众人伸头探脑的向屋里看了,无不咤异。……(第四回)

结末言安骥以探花及第,复由国子监祭酒简放乌里雅苏台参赞大臣,未赴,又"改为学政,陛辞后即行赴任,办了些疑难大案,政声载道,位极人臣,不能尽述"。因此复有人作续书三十二回,文意并拙,且未完,云有二续,序题"不计年月无名氏",[6]盖光绪二十年顷北京书估之所造也。

《三侠五义》出于光绪五年(一八七九),原名《忠烈侠义传》,百二十回,首署"石玉昆[7]述",而序则云问竹主人原藏,入迷道人编订,皆不详为何如人。凡此流著作,虽意在叙勇侠之士,游行村市,安良除暴,为国立功,而必以一名臣大吏为中枢,以总领一切豪俊,其在《三侠五义》者曰包拯。拯字希仁,以进士官至礼部侍郎,其间尝除天章阁待制,又除龙图阁学士,权知开封府,立朝刚毅,关节不到,世人比之阎罗,有传在《宋史》(三百十六)。而民间所传,则行事率怪异,元人杂剧中已有包公"断立太后"及"审乌盆鬼"[8]诸异说;明人又作短书十卷曰《龙图公案》[9],亦名《包公案》,记拯借私访梦兆鬼语等以断奇案六十三事,然文意甚拙,盖仅识文字者所为。后又演为大部,仍称《龙图公案》,则组织加密,首尾通连,即为《三侠五义》蓝本矣。[10]

《三侠五义》开篇,即叙宋真宗未有子,而刘李二妃俱娠,约立举子者为正宫。刘乃与宫监郭槐密谋,俟李生子,即易以剥皮之狸猫,谓生怪物。太子则付宫人寇珠,命缢而弃诸水,寇珠不忍,窃授陈林,匿八大王所,云是第三子,始得长育。刘又谗李妃去之,忠宦多死。真宗无子,既崩,八王第三子乃入承大统,即仁宗也。书由是即进叙包拯降生,惟以前案为下文伏线而已。复次,则述拯婚宦及断案事迹,往往取他人故事,并附著之。比知开封,乃于民间遇李妃,发"狸猫换子"旧案,时仁宗始知李为真母,迎以归。拯又以忠诚之行,感化豪客,如三侠,即南侠展昭,北侠欧阳春,双侠丁兆兰,丁兆蕙,以及五鼠,为钻天鼠卢方,彻地鼠韩彰,穿山鼠徐庆,翻江鼠蒋平,锦毛鼠白玉堂等，率为盗侠，纵横江湖间，或则偶入京师，戏盗御物，人亦莫能制，顾皆先后倾心，投诚受职，协诛强暴，人民大安。后襄阳王赵珏谋反，匿其党之盟书于冲霄楼，五鼠从巡按颜查散探访，而白玉堂遽独往盗之，遂坠铜网阵而死；书至此亦完。其中人物之见于史者，惟包拯八王等数人；故事亦多非实有，五鼠虽明人之《龙图公案》及《西洋记》皆载及，而并云物怪，与此之为义士者不同，宗藩谋反，仁宗时实未有，此殆因明宸濠事[11]而影响附会之矣。至于构设事端，颇伤稚弱，而独于写草野豪杰，辄奕奕有神，间或衬以世态，杂以诙谐，亦每令莽夫分外生色。值世间方饱于妖异之说，脂粉之谈，而此遂以粗豪脱略见长，于说部中露头角也。

  ……马汉道，"喝酒是小事，但不知锦毛鼠是怎么个人？"……展爷便将陷空岛的众人说出，又将绰号儿说与众人听了。公孙先生在旁，听得明白，猛然省悟道，"此人来找大哥，却是要与大哥合气的。"展爷道，"他与我素无仇隙，与我合什么气呢？"公孙策道，"大哥，你自想想，他们五人号称'五鼠'，你却号称'御猫'，焉有猫儿不捕鼠之理？这明是嗔大哥号称御猫之故，所以知道他要与大哥合气。"展爷道，"贤弟所说，似乎有理。但我这'御猫'，乃圣上所赐，非是劣兄有意称'猫'，要欺压朋友。他若真个为此事而来，劣兄甘拜下风，从此后不称御猫，也未为不可。"众人尚未答言，惟赵虎正在豪饮之间，……却有些不服气，拿着酒杯，立起身来道，"大哥，你老素昔胆量过人，今日何自馁如此？这'御猫'二字，乃圣上所赐，如何改

得？倘若是那个甚么白糖咧，黑糖咧，他不来便罢，他若
来时，我烧一壶开开的水，把他冲着喝了，也去去我的滞
气。"展爷连忙摆手说，"四弟悄言。岂不闻'窗外有耳'？"
刚说至此，只听得拍的一声，从外面飞进一物，不偏不歪，
正打在赵虎擎的那个酒杯之上，只听当啷啷一声，将酒杯
打了个粉碎。赵爷唬了一跳，众人无不惊骇。只见展爷
早已出席，将槅扇虚掩，回身复又将灯吹灭，便把外衣脱
下，里面却是早已结束停当的。暗暗将宝剑拿在手中，却
把槅扇假做一开，只听拍的一声，又是一物打在槅扇上。
展爷这才把槅扇一开，随着劲一伏身蹿将出去。只觉得
迎面一股寒风，嗖的就是一刀，展爷将剑扁着，往上一迎，
随招随架，用目在星光之下仔细观瞧，见来人穿着簇青的
夜行衣靠，脚步伶俐：依稀是前在苗家集见的那人。二人
也不言语，惟听刀剑之声，叮当乱响。展爷不过招架，并
不还手，见他刀刀逼紧，门路精奇，南侠暗暗喝采；又想
道，"这朋友好不知进退。我让着你，不肯伤你。又何必
赶尽杀绝？难道我还怕你不成？"暗道，"也叫他知道知
道。"便把宝剑一横，等刀临近，用个"鹤唳长空势"，用力
往上一削。只听得噌的一声，那人的刀已分为两段，不敢
进步，只见他将身一纵，已上了墙头。展爷一跃身，也跟
上去。……（第三十九回）

当俞樾寓吴下时，潘祖荫[12]归自北京，出示此本，初以为
寻常俗书耳，及阅毕，乃叹其"事迹新奇，笔意酣恣，描写既细
入毫芒，点染又曲中筋节，正如柳麻子说'武松打店'，初到店

内无人,蓦地一吼,店中空缸空甏,皆瓮瓮有声:闲中着色,精神百倍"(俞序语)。而颇病开篇"狸猫换太子"之不经,乃别撰第一回,"援据史传,订正俗说。"又以书中南侠北侠双侠,其数已四,非三能包,加小侠艾虎,则又成五,"而黑妖狐智化者,小侠之师也,小诸葛沈仲元者,第一百回中盛称其从游戏中生出侠义来,然则此两人非侠而何?"因复改名《七侠五义》,于光绪己丑(一八八九)序而传之,乃与初本并行,在江浙特盛。

其年五月,复有《小五义》出于北京,十月,又出《续小五义》,皆一百二十四回。序谓与《三侠五义》皆石玉昆原稿,得之其徒。"本三千多篇,分上中下三部,总名《忠烈侠义传》,原无大小之说,因上部三侠五义为创始之人,故谓之大五义,中下二部五义即其后人出世,故谓之小五义。"《小五义》虽续上部,而又自白玉堂盗盟单起,略当上部之百一回;全书则以襄阳王谋反,义侠之士竞谋探其隐事为线索。是时白玉堂早被害,余亦渐衰老,而后辈继起,并有父风。卢方之子珍,韩彰之子天锦,徐庆之子良,白玉堂之侄芸生,皆意外凑聚于客舍,益以小侠艾虎,遂结为兄弟。诸人奔走道路,颇诛豪强,终集武昌,拟共破铜网阵,未陷而书毕。《续小五义》即接叙前案,铜网先破,叛王遂逃,而诸侠仍在江湖间诛锄盗贼。已而襄阳王成擒,天子论功,侠义之士皆受封赏,于是全书完。序虽云二书皆石玉昆旧本,而较之上部,则中部荒率殊甚,入下又稍细,因疑草创或出一人,润色则由众手,其伎俩有工拙,故正续遂差异也。

且说徐庆天然的性气一冲的性情,永不思前想后,一时不顺,他就变脸,把桌子一扳,哗喇一声,碗盏皆碎。钟雄是泥人,还有个土性情,拿住了你们,好眼相看,摆酒款待,你倒如此,难怪他怒发。指着三爷道,"你这是怎样了?"三爷说,"这是好的哪。"寨主说,"不好便当怎样?"三爷说,"打你!"话言未了,就是一拳。钟雄就用指尖往三爷肋下一点。"哎哟!"噗咚! 三爷就躺于地下。焉知晓钟寨主用的是"十二支讲关法",又叫"闭血法",俗语就叫"点穴"。三爷心里明白,不能动转。钟雄拿脚一踢,吩咐绑起来。三爷周身这才活动,又教人捆上了五花大绑。展南侠自己把二臂往后一背,说,"你们把我捆上!"众人有些不肯,又不能不捆。钟雄传令,推在丹凤桥枭首。内中有人嚷道,"刀下留人!"……(《小五义》第十七回)

　　且说黑妖狐智化与小诸葛沈仲元二人暗地商议,独出己见,要去上王府盗取盟单。……(智化)爬伏在悬龛之上,晃千里火照明:下面是一个方匣子,……上头有一个长方的硬木匣子,两边有个如意金环。伸手揪住两个金环,往怀中一带,只听上面嗑哎一声,下来了一口月牙式铡刀。智化把眼睛一闭,也不敢往前蹿,也不敢往后缩,正在腰脊骨中当啷的一声。智化以为是腰断两截,慢慢睁开眼睛一看,却不觉着疼痛,就是不能动转。列公,这是什么缘故? 皆因他是月牙式样;若要是铡草的铡刀,那可就把人铡为两段。此刀当中有一个过陇儿,也不至于甚大;又对着智爷的腰细;又对着解了百宝囊,底下没有东西垫着;又有背后背着这一口刀,连皮鞘带刀尖,正

把腰脊骨护住。……总而言之：智化命不该绝。可把沈仲元吓了个胆裂魂飞。……（《续小五义》第一回）

大小五义之书既尽出，乃即见《正续小五义全传》刊行，凡十五卷六十回，前有光绪壬辰（一八九二）绣谷居士序。其本即取《小五义》及续书，合为一部，去其复重，又汰其铺叙，省略成十三卷五十二回。末二卷八回则谓襄阳王将就擒，而又逸去，至红罗山，举兵复战，乃始败亡，是二书之所无，实为蛇足。行文叙事，亦虽简明有加，而原有之游词余韵，刊落甚多，故神采则转逊矣。

包拯颜查散而外，以他人为全书枢轴者，在先亦已尝有。道光十八年（一八三八），有《施公案》八卷九十七回，一名《百断奇观》，记康熙时施仕纶（当作世纶）[13]为泰州知州至漕运总督时行事，文意俱拙，略如明人之《包公案》，而稍加曲折，一案或亘数回；且断案之外，又有遇险，已为侠义小说先导。至光绪十七年（一八九一），则有《彭公案》二十四卷一百回，为贪梦道人作，述彭朋（当作鹏）[14]于康熙中为三河县知县，洊擢河南巡抚，回京出查大同要案等故事，亦不外贤臣微行，豪杰盗宝之类，而字句拙劣，几不成文。

其他类似《三侠五义》之书尚甚夥，通行者有《永庆升平》九十七回，为潞河郭广瑞录哈辅源[15]演说，叙康熙帝变装私访，及除邪教，平逆匪诸案；寻有续一百回，亦贪梦道人作。又有《圣朝鼎盛万年青》八集，共七十六回，无撰人名，则记康熙帝以大政付刘墉陈宏谋[16]，自游江南，历遇奸徒戢法，英杰效忠之事。余如《英雄大八义》《英雄小八义》《七剑十三侠》《七

剑十八义》[17]等，其类尚多，大率出光绪二十年顷。后又有
《刘公案》(刘墉)，《李公案》(李丙寅当作秉衡)[18]；而《施公
案》亦续至十集，《彭公案》续至十七集；《七侠五义》则续至二
十四集，千篇一律，语多不通，甚至一人之性格，亦先后顿异，
盖历经众手，共成恶书，漫不加察，遂多矛盾矣。

　　《三侠五义》及其续书，绘声状物，甚有平话习气，《儿女英
雄传》亦然。郭广瑞序《永庆升平》云，"余少游四海，常听评词
演《永庆升平》一书，……国初以来，有此实事流传，咸丰年间
有姜振名先生，乃评谈今古之人，尝演说此书，未能有人刊刻，
传流于世。余长听哈辅源先生演说，熟记在心，闲暇之时，录
成四卷。……"《小五义》序亦谓与《三侠五义》皆石玉昆原稿，
得之其徒，则石玉昆殆亦咸丰时说话人，与姜振名各专一种故
事。文康习闻说书，拟其口吻，于是《儿女英雄传》遂亦特有
"演说"流风。是侠义小说之在清，正接宋人话本正脉，固平民
文学之历七百余年而再兴者也。惟后来仅有拟作及续书，且
多滥恶，而此道又衰落。

　　清初，流寇悉平，遗民未忘旧君，遂渐念草泽英雄之为明
宣力者，故陈忱作《后水浒传》，则使李俊去国而王于暹罗(见
第十五篇)。历康熙至乾隆百三十余年，威力广被，人民慑服，
即士人亦无贰心，故道光时俞万春作《结水浒传》，则使一百八
人无一幸免(亦见第十五篇)，然此尚为僚佐之见也。《三侠五
义》为市井细民写心，乃似较有《水浒》余韵，然亦仅其外貌，而
非精神。时去明亡已久远，说书之地又为北京，其先又屡平内
乱，游民辄以从军得功名，归耀其乡里，亦甚动野人歆羡，故凡

侠义小说中之英雄,在民间每极粗豪,大有绿林结习,而终必为一大僚隶卒,供使令奔走以为宠荣,此盖非心悦诚服,乐为臣仆之时不办也。然当时于此等书,则以为"善人必获福报,恶人总有祸临,邪者定遭凶殃,正者终逢吉庇,报应分明,昭彰不爽,使读者有拍案称快之乐,无废书长叹之时……"(《三侠五义》及《永庆升平》序)云。

而其时欧人之力又侵入中国。

* * *

〔1〕"四大奇书" 清李渔《三国演义序》云:"昔弇州先生有宇宙四大奇书之目,曰:《史记》也,《南华》也,《水浒》与《西厢》也。冯犹龙亦有四大奇书之目,曰:《三国》也,《水浒》也,《西游》与《金瓶梅》也。两人之论各异。愚谓书之奇,当从其类,《水浒》在小说家,与经史不类;《西厢》系词曲,与小说又不类。今将从其类以配其奇,则冯说为近是。"(见清两衡堂刊本《三国志第一才子书》)。

〔2〕 马从善 自号古辽阆圃,文康家门客,余未详。其序写于光绪戊寅年(1878),称"《儿女英雄传》一书,文铁仙先生康所作也。"

〔3〕 勒保(1740—1819) 费莫氏,字宜轩,清满洲镶红旗人,官陕甘总督、四川总督、武英殿大学士兼军机大臣等。曾镇压川、鄂、陕等地白莲教起义及云、贵苗民起义,封威勤伯。

〔4〕 观鉴我斋《儿女英雄传》序云:"其书以天道为纲,以人道为纪,以性情为意旨,以儿女英雄为文章,……吾不图于无意中果得于诚正、修齐、治平而外,快睹此格致一书也。"又云:"《西游记》其神也怪也,《水浒传》其力也,《金瓶梅》其乱也。"

〔5〕 东海吾了翁《儿女英雄传序》云:"其事则日下旧闻,其文则

忽庄忽谐,若明若昧,⋯⋯研读数四,更于没字处求之,始知其所以忽庄忽谐,若明若昧者,言非无所为而发也。噫,伤已!惜原稿半残阙失次,爰不辞固陋,为之点金以铁,补缀成书,易其名曰《儿女英雄传评话》。"

〔6〕　《续儿女英雄传》共三十二回,卷首有无名氏自序,不记年月。光绪二十四年(1898)北京宏文书局印行。

〔7〕　石玉昆(约 1810—约 1871)　字振之,清天津人。道光咸丰年间说书艺人。

〔8〕　"断立太后"　见元杂剧《抱妆盒》,剧情叙宋真宗时李美人生子,遭刘皇后嫉害,陈琳抱妆盒救出幼主,幼主后即位为仁宗,密询陈琳,尊生母李氏为皇太后。"审乌盆鬼",见元杂剧《盆儿鬼》,剧情叙汴梁人杨国用经商遇害,尸首虽被烧成灰和土制成瓦盆,但"冤魂"不散,能作人声,后经包公审理伸冤。

〔9〕　《龙图公案》　十卷,明万历朱氏与耕堂本称《包龙图判百家公案》,题"钱唐散人安遇时编集"。清初刊本序署"江左陶烺元乃斌父题于虎丘之悟石轩"。全本故事一百则,简本故事数不等。叙包公审案故事。

〔10〕　这里的《龙图公案》指传钞本《龙图耳录》,一二〇回,系石玉昆说唱《龙图公案》的记录本(删去唱词)。刊本《忠烈侠义传》(亦名《三侠五义》)即从此本出。

〔11〕　明宸濠事　明正德十四年(1519),宗室宁王朱宸濠伪称奉太后密诏,于南昌起兵叛乱,后兵败被杀。

〔12〕　俞樾　参看本卷第 226 页注〔28〕。俞樾将《三侠五义》改名《七侠五义》,并作序。序中所说的柳麻子,即柳敬亭(1587—约 1670),明末著名说书艺人。俞序关于柳敬亭说《水浒》的记述,本自明张岱《陶庵梦忆》卷五《柳敬亭说书》。潘祖荫(1830—1890),字伯寅,号郑盦,清吴县(今属江苏)人,官至工部尚书。撰有《郑盦诗存、文存》各一卷,编

有《滂喜斋丛书》。

〔13〕 施世纶（？—1722） 字文贤，清汉军镶黄旗人。曾任泰州知州，后官户部侍郎、漕运总督，撰有《南堂集》。《施公案》叙写其有关事迹，多出附会臆造。

〔14〕 彭鹏（1637—1704） 字奋斯，号古愚，清莆田（今属福建）人，由三河知县官至广东巡抚。撰有《古愚心言》。《彭公案》叙写其有关事迹，多出附会臆造。

〔15〕 郭广瑞 字筱亭，别号燕南居士，清潞河（今北京通县）人。哈辅源，满洲旗人。说书艺人，以专说《永庆升平》而闻名。

〔16〕 刘墉（1719—1804） 字崇如，号石庵，清诸城（今属山东）人，官至吏部尚书、体仁阁大学士。陈宏谋（1696—1771），字汝咨，号榕门，清临桂（今属广西）人，官至湖广总督、东阁大学士。此处正文“康熙”应为“乾隆”。

〔17〕 《英雄大八义》 四卷，五十六回。《英雄小八义》系其续集，四卷，四十四回。叙写东京汴梁宋士公等人故事。《七剑十三侠》，又名《七子十三生》，三集，一八〇回，题“姑苏桃花馆主人唐芸洲编次”。叙写明王守仁平定朱宸濠叛乱故事。《七剑十八义》，未见，同类书有《七剑八侠十六义》、《五剑十八义》等多种。

〔18〕 《刘公案》 二十回，仅见储仁逊抄本。又有唱本《刘墉私访大清传》，四卷，叙写乾隆时刘墉奉旨查办国舅、济南巡抚国泰事。《李公案》，一名《李公案奇闻》，三十四回，题“惜红居士编纂”。叙写清李秉衡办理讼案事。

第二十八篇　清末之谴责小说

　　光绪庚子(一九〇〇)后,谴责小说之出特盛。盖嘉庆以来,虽屡平内乱(白莲教,太平天国,捻,回),亦屡挫于外敌(英,法,日本),细民暗昧,尚啜茗听平逆武功,有识者则已翻然思改革,凭敌忾之心,呼维新与爱国,而于"富强"尤致意焉。戊戌变政既不成,越二年即庚子岁而有义和团之变,群乃知政府不足与图治,顿有掊击之意矣。其在小说,则揭发伏藏,显其弊恶,而于时政,严加纠弹,或更扩充,并及风俗。虽命意在于匡世,似与讽刺小说同伦,而辞气浮露,笔无藏锋,甚且过甚其辞,以合时人嗜好,则其度量技术之相去亦远矣,故别谓之谴责小说。其作者,则南亭亭长与我佛山人名最著。

　　南亭亭长为李宝嘉,字伯元,江苏武进人,少擅制艺及诗赋,以第一名入学,累举不第,乃赴上海办《指南报》,旋辍,别办《游戏报》,为俳谐嘲骂之文,后以"铺底"售之商人,又别办《海上繁华报》,[1]记注倡优起居,并载诗词小说,殊盛行。所著有《庚子国变弹词》若干卷,《海天鸿雪记》六本,《李莲英》一本,[2]《繁华梦》《活地狱》[3]各若干本。又有专意斥责时弊者曰《文明小史》,分刊于《绣像小说》中,[4]尤有名。时正庚子,政令倒行,海内失望,多欲索祸患之由,责其罪人以自快,宝嘉

291

亦应商人之托,撰《官场现形记》,拟为十编,编十二回,自光绪二十七至二十九年中成三编,后二年又成二编,三十二年三月以瘵卒,年四十(一八六七——一九〇六),书遂不完;亦无子,伶人孙菊仙[5]为理其丧,酬《繁华报》之揄扬也。尝被荐应经济特科,不赴,时以为高;又工篆刻,有《芋香印谱》[6]行于世(见周桂笙《新庵笔记》三,李祖杰致胡适书及顾颉刚《读书杂记》等)。

《官场现形记》已成者六十回,为前半部,第三编印行时(一九〇三)有自序,略谓“亦尝见夫官矣,送迎之外无治绩,供张之外无材能,忍饥渴,冒寒暑,行香则天明而往,禀见则日昃而归,卒不知其何所为而来,亦卒不知其何所为而去。”岁或有凶灾,行振恤,又“皆得援救助之例,邀奖励之恩,而所谓官者,乃日出而未有穷期”。及朝廷议汰除,则“上下蒙蔽,一如故旧,尤其甚者,假手宵小,授意私人,因苞苴而通融,缘贿赂而解释:是欲除弊而转滋之弊也”。于是群官搜括,小民困穷,民不敢言,官乃愈肆,“南亭亭长有东方之谐谑,与淳于之滑稽,又熟知夫官之龌龊卑鄙之要凡,昏聩糊涂之大旨”,爰“以含蓄蕴酿存其忠厚,以酣畅淋漓阐其隐微,……穷年累月,殚精竭诚,成书一帙,名曰《官场现形记》。……凡神禹所不能铸之于鼎,温峤所不能烛之以犀者,无不毕备也”。故凡所叙述,皆迎合,钻营,朦混,罗掘,倾轧等故事,兼及士人之热心于作吏,及官吏闺中之隐情。头绪既繁,脚色复夥,其记事遂率与一人俱起,亦即与其人俱讫,若断若续,与《儒林外史》略同。然臆说颇多,难云实录,无自序所谓“含蓄蕴酿”之实,殊不足望文木

老人后尘。况所搜罗，又仅"话柄"，联缀此等，以成类书；官场
伎俩，本小异大同，汇为长编，即千篇一律。特缘时势要求，得
此为快，故《官场现形记》乃骤享大名；而袭用"现形"名目，描
写他事，如商界学界女界者亦接踵也。今录南亭亭长之作八
百余言为例，并以概余子：

　　……却说贾大少爷，……看看已到了引见之期，头天
赴部演礼，一切照例仪注，不庸细述。这天贾大少爷起了
一个半夜，坐车进城，……一直等到八点钟，才有带领引
见的司官老爷把他带了进去，不知走到一个甚么殿上，司
官把袖一摔，他们一班几个人在台阶上一溜跪下，离着上
头约摸有二丈远，晓得坐在上头的就是"当今"了。……
他是道班，又是明保的人员，当天就有旨，叫他第二天预
备召见。……贾大少爷虽是世家子弟，然而今番乃是第
一遭见皇上，虽然请教过多少人，究竟放心不下。当时引
见了下来，先看见华中堂。华中堂是收过他一万银子古
董的，见了面问长问短，甚是关切。后来贾大少爷请教他
道，"明日朝见，门生的父亲是现任臬司，门生见了上头，
要碰头不要碰头？"华中堂没有听见上文，只听得"碰头"
二字，连连回答道，"多碰头，少说话：是做官的秘诀。"贾
大少爷忙分辨道，"门生说的是上头问着门生的父亲，自
然要碰头；倘不问，也要碰头不要碰头？"华中堂道，"上头
不问你，你千万不要多说话；应该碰头的地方，又万万不
要忘记不碰，就是不该碰，你多磕头，总没有处分的。"一
席话说得贾大少爷格外糊涂，意思还要问，中堂已起身送

客了。贾大少爷只好出来,心想华中堂事情忙,不便烦他,不如去找黄大军机,……或者肯赐教一二。谁知见了面,贾大少爷把话才说完,黄大人先问"你见过中堂没有?他怎么说的?"贾大少爷照述一遍,黄大人道,"华中堂阅历深,他叫你多碰头少说话,老成人之见,这是一点儿不错的。"……贾大少爷无法,只得又去找徐大军机。这位徐大人,上了年纪,两耳重听,就是有时候听得两句,也装作不知。他平生最讲究养心之学,有两个诀窍:一个是"不动心",一个是"不操心"。……后来他这个诀窍被同寅中都看穿了,大家就送他一个外号,叫他做"琉璃蛋"。……这日贾大少爷……去求教他,见面之后,寒暄了几句,便题到此事。徐大人道,"本来多碰头是顶好的事。就是不碰头,也使得。你还是应得碰头的时候,你碰头;不必碰的时候,还是不必碰的为妙。"贾大少爷又把华黄二位的话述了一遍,徐大人道,"他两位说的话都不错。你便照他二位的话,看事行事,最妥。"说了半天,仍旧说不出一毫道理,只得又退了下来。后来一直找到一位小军机,也是他老人家的好友,才把仪注说清。第二天召见上去,居然没有出岔子。……(第二十六回)

我佛山人为吴沃尧,字茧人,后改趼人,广东南海人也,居佛山镇,故自称"我佛山人"。年二十余至上海,常为日报撰文,皆小品;光绪二十八年新会梁启超[7]印行《新小说》于日本之横滨,月一册,次年(一九〇三),沃尧乃始学为长篇,即以寄之,先后凡数种,曰《电术奇谈》,曰《九命奇冤》,[8]曰《二十

年目睹之怪现状》，名于是日盛，而末一种尤为世间所称。后
客山东，游日本，皆不得意，终复居上海；三十二年，为《月月小
说》[9]主笔，撰《劫余灰》，《发财秘诀》，《上海游骖录》[10]；又
为《指南报》作《新石头记》[11]。又一年，则主持广志小学校，
甚尽力于学务，所作遂不多。宣统纪元，始成《近十年之怪现
状》[12]二十回，二年九月遽卒，年四十五（一八六六——一九
一〇）。别有《恨海》《胡宝玉》[13]二种，先皆单行；又尝应商人
之托，以三百金为撰《还我灵魂记》颂其药，[14]一时颇被訾议，
而文亦不传（见《新庵笔记》三，《近十年之怪现状》自序，《我佛
山人笔记》汪维甫序）。短文非所长，后因名重，亦有人缀集为
《趼廛笔记》，《趼人十三种》[15]，《我佛山人笔记四种》，《我佛
山人滑稽谈》，《我佛山人札记小说》[16]等。

　　《二十年目睹之怪现状》本连载于《新小说》[17]中，后亦与
《新小说》俱辍，光绪三十三年乃有单行本甲至丁四卷，宣统元
年又出戊至辛四卷，共一百八回。全书以自号"九死一生"者
为线索，历记二十年中所遇，所见，所闻天地间惊听之事，缀为
一书，始自童年，末无结束，杂集"话柄"，与《官场现形记》同。
而作者经历较多，故所叙之族类亦较夥，官师士商，皆著于录，
搜罗当时传说而外，亦贩旧作（如《钟馗捉鬼传》之类），以为新
闻。自云"只因我出来应世的二十年中，回头想来，所遇见的
只有三种东西：第一种是蛇虫鼠蚁；第二种是豺狼虎豹；第三
种是魑魅魍魉。"（第一回）则通本所述，不离此类人物之言行
可知也。相传吴沃尧性强毅，不欲下于人，遂坎坷没世，故其
言殊慨然。惜描写失之张皇，时或伤于溢恶，言违真实，则感

295

人之力顿微,终不过连篇"话柄",仅足供闲散者谈笑之资而已。其叙北京同寓人符弥轩之虐待其祖云:

> ……到了晚上,各人都已安歇,我在枕上隐隐听得一阵喧嚷的声音出在东院里。……嚷了一阵,又静了一阵,静了一阵,又嚷一阵,虽是听不出所说的话来,却只觉得耳根不清净,睡不安稳。……直等到自鸣钟报了三点之后,方才朦胧睡去;等到一觉醒来,已是九点多钟了。连忙起来,穿好衣服,走出客堂,只见吴亮臣李在兹和两个学徒,一个厨子,两个打杂,围在一起窃窃私议。我忙问是甚么事。……亮臣正要开言,在兹道,"叫王三说罢,省了我们费嘴。"打杂王三便道,"是东院符老爷家的事。昨天晚上半夜里我起来解手,听见东院里有人吵嘴,……就摸到后院里,……往里面偷看:原来符老爷和符太太对坐在上面,那一个到我们家里讨饭的老头儿坐在下面,两口子正骂那老头子呢。那老头子低着头哭,只不做声。符太太骂得最出奇,说道,'一个人活到五六十岁,就应该死的了,从来没见过八十多岁人还活着的。'符老爷道,'活着倒也罢了。无论是粥是饭,有得吃吃点,安分守己也罢了;今天嫌粥了,明天嫌饭了,你可知道要吃的好,喝的好,穿的好,是要自己本事挣来的呢。'那老头子道,'可怜我并不求好吃好喝,只求一点儿咸菜罢了。'符老爷听了,便直跳起来,说道,'今日要咸菜,明日便要咸肉,后日便要鸡鹅鱼鸭,再过些时,便燕窝鱼翅都要起来了。我是个没补缺的穷官儿,供应不起!'说到那里,拍桌子打板凳的

大骂。……骂够了一回，老妈子开上酒菜来，摆在当中一张独脚圆桌上。符老爷两口子对坐着喝酒，却是有说有笑的。那老头子坐在底下，只管抽抽咽咽的哭。符老爷喝两杯，骂两句；符太太只管拿骨头来逗叭儿狗顽。那老头子哭丧着脸，不知说了一句甚么话，符老爷登时大发雷霆起来，把那独脚桌子一掀，匍訇一声，桌上的东西翻了个满地，大声喝道，'你便吃去！'那老头子也太不要脸，认真就爬在地下拾来吃。符老爷忽的站了起来，提起坐的凳子，对准了那老头子摔去。幸亏站着的老妈子抢着过来接了一接，虽然接不住，却挡去势子不少。那凳子虽然还摔在那老头子的头上，却只摔破了一点头皮。倘不是那一挡，只怕脑子也磕出来了。"我听了这一番话，不觉吓了一身大汗，默默自己打主意。到了吃饭时，我便叫李在兹赶紧去找房子，我们要搬家了。……（第七十四回）

吴沃尧之所撰著，惟《恨海》，《劫余灰》，及演述译本之《电术奇谈》等三种，自云是写情小说，其他悉此类，而谴责之度稍不同。至于本旨，则缘借笔墨为生，故如周桂笙（《新庵笔记》三）言，亦"因人，因地，因时，各有变态"，但其大要，则在"主张恢复旧道德"（见《新庵译屑》评语）云。

又有《老残游记》二十章，题"洪都百炼生"著，实刘鹗[18]之作也，有光绪丙午（一九〇六）之秋于海上所作序；或云本未完，末数回乃其子续作之。鹗字铁云，江苏丹徒人，少精算学，能读书，而放旷不守绳墨，后忽自悔，闭户岁余，乃行医于上海，旋又弃而学贾，尽丧其资。光绪十四年河决郑州，鹗以同知投效于吴大澂[19]，治河有功，声誉大起，渐至以知府用。在北京二年，上书请敷铁道；又主张开山西矿，既成，世俗交谪，称为"汉奸"。庚子之乱，鹗以贱值购太仓储粟于欧人，或云实以振饥困者，全活甚众；后数年，政府即以私售仓粟罪之，流新疆死（约一八五〇——一九一〇，详见罗振玉《五十日梦痕录》）。其书即借铁英号老残者之游行，而历记其言论闻见，叙景状物，时有可观，作者信仰，并见于内，而攻击官吏之处亦多。其记刚弼误认魏氏父女为谋毙一家十三命重犯，魏氏仆行贿求免，而刚弼即以此证实之，则摘发所谓清官者之可恨，或尤甚于赃官，言人所未尝言，虽作者亦甚自熹，以为"赃官可恨，人人知之，清官尤可恨，人多不知。盖赃官自知有病，不敢公然为非；清官则自以为不要钱，何所不可？刚愎自用，小则杀人，大则误国，吾人亲目所见，不知凡几矣。试观徐桐李秉衡[20]，其显然者也。……历来小说，皆揭赃官之恶。有揭清官之恶者，自《老残游记》始"也。

　　……那衙役们早将魏家父女带到，却都是死了一半的样子。两人跪到堂上，刚弼便从怀里摸出那个一千两银票并那五千五百两凭据，……叫差役送与他父女们看。他父女回说"不懂，这是甚么缘故？"……刚弼哈哈大笑道，"你不知道，等我来告诉你，你就知道了。昨儿有个胡举人来拜我，先送一千两银子，道，你们这案，叫我设法儿开脱；又说，如果开脱，银子再要多些也肯。……我再详细告诉你，倘若人命不是你谋害的，你家为甚么肯拿几千两银子出来打点呢？这是第一据。……倘人不是你害的，我告诉他，'照五百两一条命计算，也应该六千五百两。'你那管事的就应该说，'人命实不是我家害的，如蒙委员代为昭雪，七千八千俱可，六千五百两的数目却不敢答应。'怎么他毫无疑义，就照五百两一条命算帐呢？这是第二据。我劝你们，早迟总得招认，免得饶上许多刑具的苦楚。"那父女两个连连叩头说，"青天大老爷。实在是冤枉。"刚弼把桌子一拍，大怒道，"我这样开导，你们还是不招？再替我夹拶起来！"底下差役炸雷似的答应了一声"嗄！"……正要动刑。刚弼又道，"慢着。行刑的差役上来，我对你说。……你们伎俩，我全知道。你们看那案子是不要紧的呢，你们得了钱，用刑就轻，让犯人不甚吃苦。你们看那案情重大，是翻不过来的了，你们得了钱，就猛一紧，把犯人当堂治死，成全他个整尸首，本官又有个严刑毙命的处分。我是全晓得的。今日替我先拶贾魏氏，只不许拶得他发昏，但看神色不好就松刑，等他回过气来再拶。预备十天工夫，无论你甚么好汉，也不怕你不招！"……（第十六章）

《孽海花》以光绪三十三年载于《小说林》[21]，称"历史小说"，署"爱自由者发起，东亚病夫编述"。相传实常熟举人曾朴[22]字孟朴者所为。第一回犹楔子，有六十回全目，自金沟抡元起，即用为线索，杂叙清季三十年间遗闻逸事；后似欲以豫想之革命收场，而忽中止，旋合辑为书十卷，仅二十回。金沟谓吴县洪钧，尝典试江西，丁忧归，过上海，纳名妓傅彩云为妾，后使英，携以俱去，称夫人，颇多话柄。比洪殁于北京，傅复赴上海为妓,称曹梦兰,又至天津,称赛金花,庚子之乱,为联军统帅所眷,势甚张。书于洪傅特多恶谑,并写当时达官名士模样,亦极淋漓,而时复张大其词,如凡谴责小说通病;惟结构工巧,文采斐然,则其所长也。书中人物,几无不有所影射;使撰人诚如所传,则改称李纯客者实其师李慈铭[23]字莼客(见曾之撰《越缦堂骈体文集序》),亲炙者久,描写当能近实,而形容时复过度,亦失自然,盖尚增饰而贱白描,当日之作风固如此矣。即引为例:

> ……却说小燕便服轻车,叫车夫径到城南保安寺街而来。那时秋高气爽,尘软蹄轻,不一会,已到了门口。把车停在门前两棵大榆树阴下。家人方要通报,小燕摇手说"不必",自己轻跳下车。正跨进门,瞥见门上新贴一副淡红朱砂笺的门对,写得英秀瘦削,历落倾斜的两行字,道:
>
> 保安寺街藏书十万卷
> 户部员外补阙一千年
>
> 小燕一笑。进门一个影壁;绕影壁而东,朝北三间倒厅;沿倒厅廊下一直进去,一个秋叶式的洞门;洞门里面,方方一个小院落。庭前一架紫藤,绿叶森森,满院种着木芙蓉,红艳娇酣,正是开花时候。三间静室,垂着湘帘,悄无人声。那当儿恰好一阵微风,小燕觉得在帘缝里透出一股药烟,清香沁鼻。掀帘进去,却见一个椎结小童,正拿着把破蒲扇,在中堂东壁边煮药哩。见小燕进来,正要起立。只听房里高吟道,"淡墨罗巾灯畔字,小风铃佩梦

中人。"小燕一脚跨进去,笑道,"'梦中人'是谁呢?"一面说,一面看,只见纯客穿着件半旧熟罗半截衫,踏着草鞋,本来好好儿,一手挦着短须,坐在一张旧竹榻上看书。看见小燕进来,连忙和身倒下,伏在一部破书上发喘,颤声道,"呀,怎么小翁来,老夫病体竟不能起迓,怎好怎好?"小燕道,"纯老清恙,几时起的? 怎么兄弟连影儿也不知?"纯客道,"就是诸公定议替老夫做寿那天起的。可见老夫福薄,不克当诸公盛意。云卧园一集,只怕今天去不成了。"小燕道,"风寒小疾,服药后当可小痊。还望先生速驾,以慰诸君渴望。"小燕说话时,却把眼偷瞧,只见榻上枕边拖出一幅长笺,满纸都是些抬头。那抬头却奇怪,不是"阁下""台端",也非"长者""左右",一迭连三,全是"妄人"两字。小燕觉得诧异,想要留心看他一两行,忽听秋叶门外有两个人,一路谈话,一路蹑手蹑脚的进来。那时纯客正要开口,只听竹帘子拍的一声。正是:十丈红尘埋侠骨,一帘秋色养诗魂。不知来者何人,且听下回分解。(第十九回)

《孽海花》亦有他人续书(《碧血幕》,《续孽海花》[24]),皆不称。

此外以抉摘社会弊恶自命,撰作此类小说者尚多,顾什九学步前数书,而甚不逮,徒作谯呵之文,转无感人之力,旋生旋灭,亦多不完。其下者乃至丑诋私敌,等于谤书;又或有嫚骂之志而无抒写之才,则遂堕落而为"黑幕小说"[25]。

*　　　*　　　*

〔1〕《指南报》 1896年(清光绪二十二年)创刊,不久停刊。《游戏报》,1897年(光绪二十三年)创刊,1910年(宣统二年)停刊。《海上繁华报》,未详,不知是否即李伯元所办《世界繁华报》。该报于1901年(光绪二十七年)创刊,宣统二年停刊。

〔2〕《庚子国变弹词》 四十回,长篇弹词,暴露八国联军侵略中国的罪行,但对义和团持敌视态度。《海天鸿雪记》,二十回,题"二春居士编",每回后有南亭亭长评。叙写上海妓女生活,对当时社会黑暗有所暴露。《李莲英》,未见,周桂笙《新庵笔记》曾提及。

〔3〕《繁华梦》 全称《海上繁华梦》,三集,一百回,题"古沪警梦痴仙戏墨",实即孙家振撰。《活地狱》,四十三回。李宝嘉生前撰至三十九回,余为吴沃尧、欧阳巨源续成。此书由十五个长短不等的故事组成。

〔4〕《文明小史》 六十回,叙写清廷官吏的昏庸腐败,提倡改良。《绣像小说》,李宝嘉主编。小说期刊,1903年(光绪二十九年)创刊于上海,1906年(光绪三十二年)停刊。

〔5〕孙菊仙(1841—1931) 名濂,天津人。京剧艺人。

〔6〕《芋香印谱》 常州市博物馆藏有《芋香室印存》,卷首之独孤粲《李伯元传略》中称李"有芋香印谱行世"。据此,《芋香印谱》或即《芋香室印存》。

〔7〕梁启超(1873—1929) 字卓如,号任公,广东新会人。光绪戊戌年(1898)与康有为、谭嗣同等发起维新变法,失败后逃亡日本。他曾倡导"诗界革命"、"小说界革命",著述甚多,主要有《饮冰室文集》等。

〔8〕《电术奇谈》 一名《催眠术》,二十四回,日本菊池幽芳著,方庆周译,吴趼人演述。内容叙写印度一部族酋长的女儿与一英国青年相爱的故事。《九命奇冤》,三十六回,叙写广东番禺梁、凌两家因风

水之争而酿成九条命案的故事。

〔9〕《月月小说》 吴趼人、周桂笙等主编。1906 年 9 月创刊于上海,1908 年 12 月停刊,共出二十四期。所刊除小说外,尚有戏剧、论文、杂著等。

〔10〕《劫余灰》 十六回,叙写秀才陈畴与未婚妻朱婉贞各自的悲惨遭遇。《发财秘诀》,又名《黄奴外史》,十回,叙写几个穷汉在香港、上海等地靠投机发家的故事。《上海游骖录》,十回,叙写辜望延在上海寻访革命党的遭遇。

〔11〕《新石头记》 四十回,以庚子事变前后的北京为背景,借贾宝玉之名,幻设事迹,与原《红楼梦》故事无关。

〔12〕《近十年之怪现状》 又名《最近社会龌龊史》,二十回,叙写当时社会黑暗情况,可视作《二十年目睹之怪现状》的续集。

〔13〕《恨海》 十回,以庚子事变为背景,叙写两对青年男女的婚姻悲剧。《胡宝玉》,又名《三十年上海北里之怪历史》,全书分八章,叙写名妓胡宝玉等人的故事。

〔14〕《还我灵魂记》 原题《还我魂灵记》,是吴沃尧 1910 年为药房写的一篇广告文字。其中的商人指中法大药房老板黄楚九,所颂的药为艾罗补脑汁。(据 1910 年 7 月 22 日《汉口中西报》)

〔15〕《趼廛笔记》 共七十二则,内容有记叙传闻,亦有读书札记。《趼人十三种》,即《光绪万年》、《无理取闹西游记》、《立宪万岁》、《黑籍冤魂》、《义盗记》、《庆祝立宪》、《大改革》、《平步青云》、《快升官》、《查功课》、《人镜学社鬼哭传》、《趼廛膡墨》及《趼廛诗删膡》。先后均发表于《月月小说》。吴趼人死后,由他人汇集成册印行。

〔16〕《我佛山人笔记四种》 即《我佛山人笔记》,汪维甫辑。收《趼廛随笔》、《趼廛续笔》、《中国侦探三十四案》及《上海三十年艳迹》四种。前二种与《趼廛笔记》内容基本相同。《我佛山人滑稽谈》,收笑话

之类一百七十余则。《我佛山人札记小说》,四卷,五十三篇,所记多属
奇闻轶事。

〔17〕 《新小说》 1902 年(清光绪二十八年)梁启超创办于日本横
滨,1905 年 12 月停刊,共出两卷二十四期,以小说为主,旁及诗歌、戏
曲、笔记等。

〔18〕 刘鹗(1857—1909) 丹徒(今属江苏)人。曾以同知任黄河
下游提调,后官候补知府,旋弃官经商。除《老残游记》外,编有甲骨文
《铁云藏龟》等。

〔19〕 吴大澂(1835—1902) 字清卿,号愙斋,清吴县(今属江苏)
人,官湖南巡抚。撰有《愙斋诗文集》、《愙斋集古录》等。

〔20〕 徐桐(1819—1900) 字荫轩,汉军正蓝旗人,历任礼部、吏
部尚书。顽固守旧,反对维新变法。李秉衡(1830—1900),字鉴堂,海
城(今属辽宁)人,官山东巡抚、巡阅长江水师大臣等。八国联军进攻北
京时战败自尽。

〔21〕 《小说林》 黄摩西主编。1907 年 1 月于上海创刊,1908 年
9 月停刊,共出十二期,多载翻译小说。

〔22〕 曾朴(1872—1935) 字孟朴,笔名东亚病夫,江苏常熟人,
辛亥革命后任江苏财政厅长、政务厅长等职。曾创办小说林书店。所
撰小说除《孽海花》外,尚有《鲁男子》等。《孽海花》前六回为爱自由者
(金松岑)所作,经曾朴修改。

〔23〕 李慈铭(1830—1894) 字㤅伯,号莼客,会稽(今浙江绍兴)
人,官至山西道监察御史。撰有《越缦堂日记》、《白华绛跗阁诗集》、《湖
塘林馆骈体文钞》等。

〔24〕 关于《孽海花》续书。《碧血幕》,包天笑撰。有光绪丁未年
(1907)《小说林》本,未写完。《续孽海花》,陆士谔撰。原题《孽海花续
编》,书内题作《孽海花三编》。后又续写四、五、六编,题名《新孽海花》。

曾朴初撰《孽海花》时曾拟六十回回目,然初稿仅成二十回。此续书系据曾朴拟定之回目,自二十一回始,至六十二回止。又有张鸿(燕谷老人)续本,六十回。

〔25〕 "黑幕小说" 1916 年 10 月《时事新报》辟"上海黑幕"专栏后逐渐风行的一种小说,代表作品有《绘图中国黑幕大观》等。

后　记

　　右中国小说史略二十八篇其第一至第十五篇以去年十月中印讫已而于朱彝尊[1]明诗综卷八十知雁宕山樵陈忱字遐心胡适为后水浒传序[2]考得其事尤众于谢无量平民文学之两大文豪[3]第一编知说唐传旧本题庐陵罗本撰粉妆楼相传亦罗贯中作惜得见在后不及增修其第十六篇以下草稿则久置案头时有更定然识力俭隘观览又不周洽不特于明清小说阙略尚多即近时作者如魏子安韩子云辈之名亦缘他事相牵未遑博访况小说初刻多有序跋可借知成书年代及其撰人而旧本希觏仅获新书贾人草率于本文之外大率刊落用以编录亦复依据寡薄时虑讹谬惟更历岁月或能小小妥帖耳而时会交迫当复印行乃任其不备辄付排印顾畴昔所怀将以助听者之聆察释写生之烦劳之志愿则于是乎毕矣一千九百二十四年三月三日校竟记[4]

　　＊　　　　＊　　　　＊

　　〔1〕　朱彝尊(1629—1709)　字锡鬯，号竹垞，清秀水（今浙江嘉兴）人。康熙中授检讨，参修《明史》。所撰《明诗综》，一百卷，卷八十辑录陈忱诗一首，称"忱字遐心，乌程人"。

　　〔2〕　《后水浒传序》　即《水浒续集两种序》，见《胡适文存》二集

卷四。

〔3〕　谢无量(1884—1964)　名蒙,四川梓潼人,曾任上海中华书局编辑。撰有《中国大文学史》、《中国妇女文学史》等。《平民文学之两大文豪》,后改名《罗贯中与马致远》。

〔4〕　本文原无标点,为便于读者,试加标点如下。

右《中国小说史略》二十八篇,其第一至第十五篇以去年十月中印讫。已而于朱彝尊《明诗综》卷八十知雁宕山樵陈忱字遐心,胡适为《后水浒传序》考得其事尤众;于谢无量《平民文学之两大文豪》第一编知《说唐传》旧本题庐陵罗本撰,《粉妆楼》相传亦罗贯中作,惜得见在后,不及增修。其第十六篇以下草稿,则久置案头,时有更定,然识力俭隘,观览又不周洽,不特于明清小说阙略尚多,即近时作者如魏子安、韩子云辈之名,亦缘他事相牵,未遑博访。况小说初刻,多有序跋,可借知成书年代及其撰人,而旧本希觏,仅获新书,贾人草率,于本文之外,大率刊落;用以编录,亦复依据寡薄,时虑讹谬,惟更历岁月,或能小小妥帖耳。而时会交迫,当复印行,乃任其不备,辄付排印。顾畴昔所怀将以助听者之聆察、释写生之烦劳之志愿,则于是乎毕矣。一千九百二十四年三月三日校竟记。

中国小说的历史的变迁

本篇系鲁迅 1924 年 7 月在西安讲学时的记录稿,经本人修订后,收入西北大学出版部 1925 年 3 月印行的《国立西北大学、陕西教育厅合办暑期学校讲演集》(二)。

我所讲的是中国小说的历史的变迁。许多历史家说，人类的历史是进化的，那么，中国当然不会在例外。但看中国进化的情形，却有两种很特别的现象：一种是新的来了好久之后而旧的又回复过来，即是反复；一种是新的来了好久之后而旧的并不废去，即是羼杂。然而就并不进化么？那也不然，只是比较的慢，使我们性急的人，有一日三秋之感罢了。文艺，文艺之一的小说，自然也如此。例如虽至今日，而许多作品里面，唐宋的，甚而至于原始人民的思想手段的糟粕都还在。今天所讲，就想不理会这些糟粕——虽然它还很受社会欢迎——而从倒行的杂乱的作品里寻出一条进行的线索来，一共分为六讲。

第一讲　从神话到神仙传

　　考小说之名，最古是见于庄子所说的"饰小说以干县令"。"县"是高，言高名；"令"是美，言美誉。但这是指他所谓琐屑之言，不关道术的而说，和后来所谓的小说并不同。因为如孔子,杨子[1],墨子[2]各家的学说,从庄子看来,都可以谓之小说;反之,别家对庄子,也可称他的著作为小说。至于《汉书》《艺文志》上说:"小说者,街谈巷语之说也。"这才近似现在的所谓小说了,但也不过古时稗官采集一般小民所谈的小话,借以考察国之民情,风俗而已,并无现在所谓小说之价值。

小说是如何起源的呢?据《汉书》《艺文志》上说:"小说家者流,盖出于稗官。"稗官采集小说的有无,是另一问题;即使真有,也不过是小说书之起源,不是小说之起源。至于现在一班研究文学史者,却多认小说起源于神话。因为原始民族,穴居野处,见天地万物,变化不常——如风,雨,地震等——有非人力所可捉摸抵抗,很为惊怪,以为必有个主宰万物者在,因之拟名为神;并想像神的生活,动作,如中国有盘古氏开天辟地之说,这便成功了"神话"。从神话演进,故事渐近于人性,出现的大抵是"半神",如说古来建大功的英雄,其才能在凡人以上,由于天授的就是。例如简狄吞燕卵而生商,尧时"十日并出",尧使羿射之的话,都是和凡人不同的。这些口传,今人谓之"传说"。由此再演进,则正事归为史;逸史即变为小说了。

我想,在文艺作品发生的次序中,恐怕是诗歌在先,小说在后的。诗歌起于劳动和宗教。其一,因劳动时,一面工作,一面唱歌,可以忘却劳苦,所以从单纯的呼叫发展开去,直到发挥自己的心意和感情,并偕有自然的韵调;其二,是因为原始民族对于神明,渐因畏惧而生敬仰,于是歌颂其威灵,赞叹其功烈,也就成了诗歌的起源。至于小说,我以为倒是起于休息的。人在劳动时,既用歌吟以自娱,借它忘却劳苦了,则到休息时,亦必要寻一种事情以消遣闲暇。这种事情,就是彼此谈论故事,而这谈论故事,正就是小说的起源。——所以诗歌是韵文,从劳动时发生的;小说是散文,从休息时发生的。

但在古代,不问小说或诗歌,其要素总离不开神话。印度,埃及,希腊都如此,中国亦然。只是中国并无含有神话的大著作;其零星的神话,现在也还没有集录为专书的。我们要寻求,只可从古书上得到一点,而这种古书最重要的,便推《山海经》。不过这书也是无系统的,其中最要的,和后来有关系的记述,有西王母的故事,现在举一条出来:

> "玉山,是西王母所居也。西王母其状如人,豹尾虎
> 齿而善啸,蓬发戴胜,是司天之厉及五残。"

如此之类还不少。这个古典,一直流行到唐朝,才被骊山老母夺了位置去。此外还有一种《穆天子传》,讲的是周穆王驾八骏西征的故事,是汲郡古冢中杂书之一篇。——总之中国古代的神话材料很少,所有者,只是些断片的,没有长篇的,而且似乎也并非后来散亡,是本来的少有。我们在此要推求其原因,我以为最要的有两种:

一、太劳苦　因为中华民族先居在黄河流域,自然界底情形并不佳,为谋生起见,生活非常勤苦,因之重实际,轻玄想,故神话就不能发达以及流传下来。劳动虽说是发生文艺的一个源头,但也有条件:就是要不过度。劳逸均适,或者小觉劳苦,才能发生种种的诗歌,略有余暇,就讲小说。假使劳动太多,休息时少,没有恢复疲劳的余裕,则眠食尚且不暇,更不必

提什么文艺了。

二、易于忘却　　因为中国古时天神，地祇，人，鬼，往往殽杂，则原始的信仰存于传说者，日出不穷，于是旧者僵死，后人无从而知。如神荼，郁垒，为古之大神，传说上是手执一种苇索，以缚虎，且御凶魅的，所以古代将他们当作门神。但到后来又将门神改为秦琼，尉迟敬德，并引说种种事实，以为佐证，于是后人单知道秦琼和尉迟敬德为门神，而不复知神荼，郁垒，更不消说造作他们的故事了。此外这样的还很不少。

中国的神话既没有什么长篇的，现在我们就再来看《汉书》《艺文志》上所载的小说：《汉书》《艺文志》上所载的许多小说目录，现在一样都没有了，但只有些遗文，还可以看见。如《大戴礼》《保傅篇》中所引《青史子》说：

> "古者年八岁而出就外舍，学小艺焉，履小节焉；束发
> 而就大学，学大艺焉，履大节焉。居则习礼文，行则鸣佩
> 玉，升车则闻和鸾之声，是以非僻之心无自入也。……"

《青史子》这种话，就是古代的小说；但就我们看去，同《礼记》所说是一样的，不知何以当作小说？或者因其中还有许多思想和儒家的不同之故吧。至于现在所有的所谓汉代小说，却有称东方朔所做的两种：一、《神异经》；二、《十洲记》。班固做的，也有两种：一、《汉武故事》；二、《汉武帝内传》。此外还有郭宪做的《洞冥记》，刘歆做的《西京杂记》。《神异经》的文章，是仿《山海经》的，其中所说的多怪诞之事。现在举一条出来：

> "西南荒山中出诎兽，其状若菟，人面能言，常欺人，
> 言东而西，言恶而善。其肉美，食之，言不真矣。"（《西南

荒经》)

《十洲记》是记汉武帝闻十洲于西王母之事，也仿《山海经》的，不过比较《神异经》稍微庄重些。《汉武故事》和《汉武帝内传》，都是记武帝初生以至崩葬的事情。《洞冥记》是说神仙道术及远方怪异的事情。《西京杂记》则杂记人间琐事。然而《神异经》，《十洲记》，为《汉书》《艺文志》上所不载，可知不是东方朔做的，乃是后人假造的。《汉武故事》，《汉武帝内传》则与班固别的文章，笔调不类，且中间夹杂佛家语，——彼时佛教尚不盛行，且汉人从来不喜说佛语——可知也是假的。至于《洞冥记》，《西京杂记》又已经为人考出是六朝人做的。——所以上举的六种小说，全是假的。惟此外有刘向的《列仙传》[3]是真的。晋的葛洪又作《神仙传》[4]，唐宋更多，于后来的思想及小说，很有影响。但刘向的《列仙传》，在当时并非有意作小说，乃是当作真实事情做的，不过我们以现在的眼光看去，只可作小说观而已。《列仙传》，《神仙传》中片断的神话，到现在还多拿它做儿童读物的材料。现在常有一问题发生：即此种神话，可否拿它做儿童的读物？我们顺便也说一说。在反对一方面的人说：以这种神话教儿童，只能养成迷信，是非常有害的；而赞成一方面的人说：以这种神话教儿童，正合儿童的天性，很感趣味，没有什么害处的。在我以为这要看社会上教育的状况怎样，如果儿童能继续更受良好的教育，则将来一学科学，自然会明白，不至迷信，所以当然没有害的；但如果儿童不能继续受稍深的教育，学识不再进步，则在幼小时所教的神话，将永信以为真，所以也许是有害的。

※　　　※　　　※

〔1〕 杨子　即杨朱,战国初期魏国人。主张"贵生重己","全性
葆真,不以物累形"的"为我"思想。其言论事迹,散见《孟子》、《庄子》、
《韩非子》、《吕氏春秋》等书。《列子》中虽有《杨朱》篇,但系后人伪托。

〔2〕 墨子(约前 468—前 376)　名翟,春秋战国之际鲁国人。曾
任宋国大夫,墨家学派创始者。他主张"爱无差等"的"兼爱"思想。现
存《墨子》五十三篇。

〔3〕《列仙传》《隋书·经籍志》著录二卷,题刘向撰。叙写赤松
子等七十一个仙人的故事。

〔4〕《神仙传》《隋书·经籍志》著录十卷,题葛洪撰。叙写许
由、巢父等八十四人名列仙班的故事。

第二讲　六朝时之志怪与志人

　　上次讲过：一、神话是文艺的萌芽。二、中国的神话很少。三、所有的神话，没有长篇的。四、《汉书》《艺文志》上载的小说都不存在了。五、现存汉人的小说，多是假的。现在我们再看六朝时的小说怎样？中国本来信鬼神的，而鬼神与人乃是隔离的，因欲人与鬼神交通，于是乎就有巫出来。巫到后来分为两派：一为方士；一仍为巫。巫多说鬼，方士多谈炼金及求仙，秦汉以来，其风日盛，到六朝并没有息，所以志怪之书特多，像《博物志》上说：

> “燕太子丹质于秦，……欲归，请于秦王。王不听，谬言曰，‘令乌头白，马生角，乃可。’丹仰而叹，乌即头白，俯而嗟，马生角。秦王不得已而遣之……”（卷八《史补》）

这全是怪诞之说，是受了方士思想的影响。再如刘敬叔的《异苑》上说：

> “义熙中，东海徐氏婢兰忽患羸黄，而拂拭异常，共伺察之，见扫帚从壁角来趋婢床，乃取而焚之，婢即平复。”
> （卷八）

这可见六朝人视一切东西，都可成妖怪，这正就是巫底思想，即所谓“万有神教”。此种思想，到了现在，依然留存，像：常见在树上挂着“有求必应”的匾，便足以证明社会上还将树木当神,正如六朝人一样的迷信。其实这种思想,本来是无论何国,古时候都有的,不过后来渐渐地没有罢了,但中国还很盛。

六朝志怪的小说,除上举《博物志》、《异苑》而外,还有干宝的《搜神记》,陶潜的《搜神后记》。但《搜神记》多已佚失,现在所存的,乃是明人辑各书引用的话,再加别的志怪书而成,是一部半真半假的书籍。至于《搜神后记》,亦记灵异变化之事,但陶潜旷达,未必作此,大约也是别人的托名。

此外还有一种助六朝人志怪思想发达的,便是印度思想之输入。因为晋,宋,齐,梁四朝,佛教大行,当时所译的佛经很多,而同时鬼神奇异之谈也杂出,所以当时合中,印两国底鬼怪到小说里,使它更加发达起来,如阳羡鹅笼的故事,就是:

"阳羡许彦于绥安山行,遇一书生,……卧路侧,云脚痛,求寄鹅笼中。彦以为戏言,书生便入笼,……宛然与双鹅并坐,鹅亦不惊。彦负笼而去,都不觉重。前行息树下,书生乃出笼谓彦曰:'欲为君薄设。'彦曰:'善。'乃口中吐出一铜奁子,中具肴馔。……酒数行,谓彦曰:'向将一妇人自随,今欲暂邀之。'……又于口中吐一女子,……共坐宴。俄而书生醉卧,此女谓彦曰:'……向亦窃得一男子同行,……暂唤之……'……女子于口中吐出一男子……"

此种思想,不是中国所故有的,乃完全受了印度思想的影响。就此也可知六朝的志怪小说,和印度怎样相关的大概了。但须知六朝人之志怪,却大抵一如今日之记新闻,在当时并非有意做小说。

六朝时志怪的小说，既如上述，现在我们再讲志人的小说。六朝志人的小说，也非常简单，同志怪的差不多，这有宋刘义庆做的《世说新语》，可以做代表。现在待我举出一两条来看：

"阮光禄在剡，曾有好车，借者无不皆给。有人葬母，意欲借而不敢言。阮后闻之，叹曰：'吾有车而使人不敢借，何以车为？'遂焚之。"（卷上《德行篇》）

"刘伶恒纵酒放达，或脱衣裸形在屋中。人见讥之，伶曰：'我以天地为栋宇，屋室为裈衣，诸君何为入我裈中？'"（卷下《任诞篇》）

这就是所谓晋人底风度。以我们现在的眼光看去，阮光禄之烧车，刘伶之放达，是觉得有些奇怪的，但在晋人却并不以为奇怪，因为那时所贵的是奇特的举动和玄妙的清谈。这种清谈，本从汉之清议而来。汉末政治黑暗，一般名士议论政事，其初在社会上很有势力，后来遭执政者之嫉视，渐渐被害，如孔融，祢衡等都被曹操设法害死[1]，所以到了晋代底名士，就不敢再议论政事，而一变为专谈玄理；清议而不谈政事，这就成了所谓清谈了。但这种清谈的名士，当时在社会上却仍旧很有势力，若不能玄谈的，好似不够名士底资格；而《世说》这部书，差不多就可以看做一部名士底教科书。

前乎《世说》尚有《语林》，《郭子》，不过现在都没有了。而《世说》乃是纂辑自后汉至东晋底旧文而成的。后来有刘孝标给《世说》作注，注中所引的古书多至四百余种，而今又不多存在了；所以后人对于《世说》看得更贵重，到现在还很通行。

　　此外还有一种魏邯郸淳做的《笑林》，也比《世说》早。它的文章，较《世说》质朴些，现在也没有了，不过在唐宋人的类书上所引的遗文，还可以看见一点，我现在把它也举一条出来：

> "甲父母在，出学三年而归，舅氏问其学何所得，并序别父久。乃答曰：'渭阳之思，过于秦康。'（秦康父母已死）既而父数之，'尔学奚益。'答曰：'少失过庭之训，故学无益。'"（《广记》二百六十二）

就此可知《笑林》中所说，大概不外俳谐之谈。

　　上举《笑林》，《世说》两种书，到后来都没有什么发达，因为只有模仿，没有发展。如社会上最通行的《笑林广记》，当然是《笑林》的支派，但是《笑林》所说的多是知识上的滑稽；而到了《笑林广记》[2]，则落于形体上的滑稽，专以鄙言就形体上谑人，涉于轻薄，所以滑稽的趣味，就降低多了。至于《世说》，后来模仿的更多，从刘孝标的《续世说》——见《唐志》——一直到清之王晫所做的《今世说》，现在易宗夔所做的《新世说》等，都是仿《世说》的书。但是晋朝和现代社会底情状，完全不同，到今日还模仿那时底小说，是很可笑的。因为我们知道从汉末到六朝为篡夺时代，四海骚然，人多抱厌世主义；加以佛道二教盛行一时，皆讲超脱现世，晋人先受其影响，于是有一派人去修仙，想飞升，所以喜服药；有一派人欲永游醉乡，不问世事，所以好饮酒。服药者——晋人所服之药，我们知道的有五石散，是用五种石料做的，其性燥烈——身上常发炎，适于穿旧衣——因新衣容易擦坏皮肤——又常不洗，虱子生得极多,所以说:"扪虱而谈。"饮酒者,放浪形骸之外,醉生梦死。——这就是晋时社会底情状。而生在现代底人,生活情形完全不同了,却要去模仿那时社会背景所产生的小说,岂非笑话?

我在上面说过:六朝人并非有意作小说,因为他们看鬼事和人事,是一样的,统当作事实;所以《旧唐书》《艺文志》,把那种志怪的书,并不放在小说里,而归入历史的传记一类,一直到了宋欧阳修才把它归到小说里。可是志人底一部,在六朝时看得比志怪底一部更重要,因为这和成名很有关系;像当时乡间学者想要成名,他们必须去找名士,这在晋朝,就得去拜访王导,谢安一流人物,正所谓"一登龙门,则身价十倍"。但要和这流名士谈话,必须要能够合他们的脾胃,而要合他们的脾胃,则非看《世说》,《语林》这一类的书不可。例如:当时阮宣子见太尉王夷甫[3],夷甫问老庄之异同,宣子答说:"将毋同。"夷甫就非常佩服他,给他官做,即世所谓"三语掾"。但"将毋同"三字,究竟怎样讲?有人说是"殆不同"的意思;有人说是"岂不同"的意思——总之是一种两可、飘渺恍惚之谈罢了。要学这一种飘渺之谈,就非看《世说》不可。

＊　　　＊　　　＊

〔1〕　孔融(153—208)　字文举,东汉末鲁国(今山东曲阜)人。曾任北海相,后因反对曹操,为曹操所杀。祢衡(173—198),字正平,东汉末平原般(今山东临邑)人。因反对曹操被送至刘表处,刘表又将他送至黄祖处,终为黄祖所杀。

〔2〕 《笑林广记》 清游戏主人辑。笑话集,四卷,分古艳、腐流、形体、闺风等十二类。

〔3〕 阮宣子(270—311) 名修,字宣子,西晋陈留尉氏(今属河南)人,曾官太子洗马。王夷甫(256—311),名衍,字夷甫,西晋琅琊临沂(今属山东)人,官至尚书令、司空、太尉。

第三讲　唐之传奇文

小说到了唐时,却起了一个大变迁。我前次说过:六朝时之志怪与志人底文章,都很简短,而且当作记事实;及到唐时,则为有意识的作小说,这在小说史上可算是一大进步。而且文章很长,并能描写得曲折,和前之简古的文体,大不相同了,这在文体上也算是一大进步。但那时作古文底人,见了很不满意,叫它做"传奇体"。"传奇"二字,当时实是訾贬的意思,并非现代人意中的所谓"传奇"。可是这种传奇小说,现在多没有了,只有宋初底《太平广记》——这书可算是小说的大类书,是搜集六朝以至宋初底小说而成的——我们于其中还可以看见唐时传奇小说底大概:唐之初年,有王度做的《古镜记》,是自述得一神镜底异事,文章虽很长,但仅缀许多异事而成,还不脱六朝志怪底流风。此外又有无名氏做的《白猿传》,说的是梁将欧阳纥至长乐,深入溪洞,其妻为白猿掠去,后来得救回去,生一子,"厥状肖焉"。纥后为陈武帝所杀,他的儿子欧阳询,在唐初很有名望,而貌像猕猴,忌者因作此传;后来假小说以攻击人的风气,可见那时也就流行了。

到了武则天时,有张鷟做的《游仙窟》,是自叙他从长安走河湟去,在路上天晚,投宿一家,这家有两个女人,叫十娘,五嫂,和他饮酒作乐等情。事实不很繁复,而是用骈体文做的。

这种以骈体做小说，是从前所没有的，所以也可以算一种特别的作品。到后来清之陈球所做的《燕山外史》，是骈体的，而作者自以为用骈体做小说是由他别开生面的，殊不知实已开端于张鷟了。但《游仙窟》中国久已佚失；惟在日本，现尚留存，因为张鷟在当时很有文名，外国人到中国来，每以重金买他的文章，这或者还是那时带去的一种。其实他的文章很是佻巧，也不见得好，不过笔调活泼些罢了。

唐至开元，天宝以后，作者蔚起，和以前大不同了。从前看不起小说的，此时也来做小说了，这是和当时底环境有关系的，因为唐时考试的时候，甚重所谓"行卷"；就是举子初到京，先把自己得意的诗钞成卷子，拿去拜谒当时的名人，若得称赞，则"声价十倍"，后来便有及第的希望，所以行卷在当时看得很重要。到开元，天宝以后，渐渐对于诗，有些厌气了，于是就有人把小说也放在行卷里去，而且竟也可以得名。所以从前不满意小说的，到此时也多做起小说来，因之传奇小说，就盛极一时了。大历中，先有沈既济做的《枕中记》——这书在社会上很普通，差不多没有人不知道的——内容大略说：有个卢生，行邯郸道中，自叹失意，乃遇吕翁，给他一个枕头，生睡去，就梦娶清河崔氏；——清河崔属大姓，所以得娶清河崔氏，也是极荣耀的。——并由举进士，一直升官到尚书兼御史大夫。后为时宰所忌，害他贬到端州。过数年，又追他为中书令，封燕国公。后来衰老有病，呻吟床次，至气断而死。梦中死去，他便醒来，却尚不到煮熟一锅饭的时候。——这是劝人不要躁进，把功名富贵，看淡些的意思。到后来明人汤显祖做的《邯郸记》,清人蒲松龄所做《聊斋》中的《续黄粱》,都是本这《枕中记》的。

　　此外还有一个名人叫陈鸿的,他和他的朋友白居易经过安史之乱以后,杨贵妃死了,美人已入黄土,凭吊古事,不胜伤情,于是白居易作了《长恨歌》;而他便做了《长恨歌传》。此传影响到后来,有清人洪昇所做的《长生殿》传奇,是根据它的。当时还有一个著名的,是白居易之弟白行简,做了一篇《李娃传》,说的是:荥阳巨族之子,到长安来,溺于声色,贫病困顿,竟流落为挽郎。——挽郎是人家出殡时,挽棺材者,并须唱挽歌。——后为李娃所救,并勉他读书,遂得擢第,官至参军。行简的文章本好,叙李娃的情节,又很是缠绵可观。此篇对于后来的小说[1],也很有影响,如元人的《曲江池》,明人薛近兖的《绣襦记》,都是以它为本的。

　　再唐人底小说,不甚讲鬼怪,间或有之,也不过点缀点缀而已。但也有一部分短篇集,仍多讲鬼怪的事情,这还是受了六朝人底影响,如牛僧孺的《玄怪录》,段成式的《酉阳杂俎》,李复言的《续玄怪录》,张读的《宣室志》,苏鹗的《杜阳杂编》,裴铏的《传奇》等,都是的。然而毕竟是唐人做的,所以较六朝人做的曲折美妙得多了。

　　唐之传奇作者,除上述以外,于后来影响最大而特可注意者,又有二人:其一著作不多,而影响很大,又很著名者,便是元微之;其一著作多,影响也很大,而后来不甚著名者,便是李公佐。现在我把他两人分开来说一说:

　　一、元微之的著作　元微之名稹,是诗人,与白居易齐名。

他做的小说,只有一篇《莺莺传》,是讲张生与莺莺之事,这大概大家都是知道的,我可不必细说。微之的诗文,本是非常有名的,但这篇传奇,却并不怎样杰出,况且其篇末叙张生之弃绝莺莺,又说什么"……德不足以胜妖,是用忍情"。文过饰非,差不多是一篇辩解文字。可是后来许多曲子,却都由此而出,如金人董解元的《弦索西厢》,——现在的《西厢》,是扮演;而此则弹唱——元人王实甫的《西厢记》,关汉卿的《续西厢记》,明人李日华的《南西厢记》,陆采的《南西厢记》,……等等,非常之多,全导源于这一篇《莺莺传》。但和《莺莺传》原本所叙的事情,又略有不同,就是:叙张生和莺莺到后来终于团圆了。这因为中国人底心理,是很喜欢团圆的,所以必至于如此,大概人生现实底缺陷,中国人也很知道,但不愿意说出来;因为一说出来,就要发生"怎样补救这缺点"的问题,或者免不了要烦闷,要改良,事情就麻烦了。而中国人不大喜欢麻烦和烦闷,现在倘在小说里叙了人生底缺陷,便要使读者感着不快。所以凡是历史上不团圆的,在小说里往往给他团圆;没有报应的,给他报应,互相骗骗。——这实在是关于国民性底问题。

　　二、李公佐的著作　李公佐向来很少人知道,他做的小说很多,现在只存有四种:(一)《南柯太守传》:此传最有名,是叙东平淳于棼的宅南,有一棵大槐树,有一天梦因醉卧东庑下,梦见两个穿紫色衣服的人,来请他到了大槐安国,招了驸马,出为南柯太守;因有政绩,又累升大官。后领兵与檀萝国战争,被打败,而公主又死了,于是仍送他回来。及醒来则刹那之梦，如度一世；而去看大槐树，则有一蚂蚁洞，蚂蚁正出入乱走着，所谓大槐安国，南柯郡，就在此地。这篇立意，和《枕中记》差不多，但其结穴，余韵悠然，非《枕中记》所能及。后来明人汤显祖作《南柯记》，也就是从这传演出来的。(二)《谢小娥传》：此篇叙谢小娥的父亲，和她的丈夫，皆往来江湖间，做买卖，为盗所杀。小娥梦父告以仇人为"車中猴東門草"；又梦夫告以仇人为"禾中走一日夫"；人多不能解，后来李公佐乃为之解说："車中猴，東門草"是"申蘭"二字；"禾中走，一日夫"是"申春"二字。后果然因之得盗。这虽是解谜获贼，无大理致，但其思想影响于后来之小说者甚大：如李复言演其文入《续玄怪录》，题曰《妙寂尼》，明人则本之作平话。他若《包公案》中所叙，亦多有类此者。(三)《李汤》：此篇叙的是楚州刺史李汤，闻渔人见龟山下，水中有大铁锁，以人，牛之力拉出，则风涛大作；并有一像猿猴之怪兽，雪牙金爪，闯上岸来，观者奔走，怪兽仍拉铁锁入水，不再出来。李公佐为之解说：怪兽是淮涡水神无支祁。"力逾九象，搏击腾踔疾奔，轻利倏忽。"大禹使庚辰制之，颈锁大索，徙到淮阴的龟山下，使淮水得以安流。这篇影响也很大，我以为《西游记》中的孙悟空正类无支祁。但北大教授胡适之先生则以为是由印度传来的；俄国人钢和泰教授也曾说印度也有这样的故事。[2]可是由我看去：1. 作《西游记》的人，并未看过佛经；2. 中国所译的印度经论中，没有和这相类的话；3. 作者——吴承恩——熟于唐人小说，《西游记》中受唐人小说的影响的地方很不少。所以我还以为孙悟空是袭取无支祁的。但胡适之先生仿佛并以为李公佐就受了印度传说的影响,这是我现在还不能说然否的话。
(四)《庐江冯媪》:此篇叙事很简单,文章也不大好,我们现在
可以不讲它。

　　唐人小说中的事情,后来都移到曲子里。如"红线","红
拂","虬髯"〔3〕……等,皆出于唐之传奇,因此间接传遍了社
会,现在的人还知道。至于传奇本身,则到唐亡就随之而绝
了。

　　＊　　　　　＊　　　　　＊

　　〔1〕　此处"小说"应为"戏曲"。

　　〔2〕　胡适在其《西游记考证》中说:"我总疑心这个神通广大的猴
子不是国货,乃是一件从印度进口的。也许连无支祁的神话也是受了
印度影响而仿造的。"又说:"我依着钢和泰博士的指引,在印度最古的
记事诗《拉麻传》里寻得一个哈奴曼,大概可以算是齐天大圣的背影了"
(见《胡适文存》二集)。钢和泰,沙俄时代贵族,十月革命后曾来中国,
在北京大学教古印度宗教学和梵文。

　　〔3〕　"红线"　明梁辰鱼曾作杂剧《红线女》。"红拂",明张凤翼
曾作传奇《红拂记》。"虬髯",明凌濛初曾作杂剧《虬髯翁》。

第四讲　宋人之"说话"及其影响

　　上次讲过:传奇小说,到唐亡时就绝了。至宋朝,虽然也有作传奇的,但就大不相同。因为唐人大抵描写时事;而宋人则极多讲古事。唐人小说少教训;而宋则多教训。大概唐时讲话自由些,虽写时事,不至于得祸;而宋时则讳忌渐多,所以文人便设法回避,去讲古事。加以宋时理学极盛一时,因之把小说也多理学化了,以为小说非含有教训,便不足道。但文艺之所以为文艺,并不贵在教训,若把小说变成修身教科书,还说什么文艺。宋人虽然还作传奇,而我说传奇是绝了,也就是这意思。然宋之士大夫,对于小说之功劳,乃在编《太平广记》一书。此书是搜集自汉至宋初的琐语小说,共五百卷,亦可谓集小说之大成。不过这也并非他们自动的,乃是政府召集他们做的。因为在宋初,天下统一,国内太平,因招海内名士,厚其廪饩,使他们修书,当时成就了《文苑英华》,《太平御览》和《太平广记》。此在政府的目的,不过利用这事业,收养名人,以图减其对于政治上之反动而已,固未尝有意于文艺;但在无意中,却替我们留下了古小说的林薮来。至于创作一方面,则宋之士大夫实在并没有什么贡献。但其时社会上却另有一种平民底小说,代之而兴了。这类作品,不但体裁不同,文章上也起了改革,用的是白话,所以实在是小说史上的一大变迁。

因为当时一般士大夫，虽然都讲理学，鄙视小说，而一般人民，是仍要娱乐的；平民的小说之起来，正是无足怪讶的事。

宋建都于汴，民物康阜，游乐之事，因之很多，市井间有种杂剧，这种杂剧中包有所谓"说话"。"说话"分四科：一、讲史；二、说经诨经；三、小说；四、合生。"讲史"是讲历史上底事情，及名人传记等；就是后来历史小说之起源。"说经诨经"，是以俗话演说佛经的。"小说"是简短的说话。"合生"，是先念含混的两句诗，随后再念几句，才能懂得意思，大概是讽刺时人的。这四科后来于小说有关系的，只是"讲史"和"小说"。那时操这种职业的人，叫做"说话人"；而且他们也有组织的团体，叫做"雄辩社"。他们也编有一种书，以作说话时之凭依，发挥，这书名叫"话本"。南宋初年，这种话本还流行，到宋亡，而元人入中国时，则杂剧消歇，话本也不通行了。至明朝，虽也还有说话人，——如柳敬亭就是当时很有名的说话人——但已不是宋人底面目；而且他们已不属于杂剧，也没有什么组织了。到现在，我们几乎已经不能知道宋时的话本究竟怎样。——幸而现在翻刻了几种书，可以当作标本看。

一种是《五代史平话》，是可以作讲史看的。讲史的体例，大概是从开天辟地讲起，一直到了要讲的朝代。《五代史平话》也是如此；它的文章，是各以诗起，次入正文，又以诗结，总是一段一段的有诗为证。但其病在于虚事铺排多，而于史事发挥少。至于诗，我以为大约是受了唐人底影响：因为唐时很重诗，能诗者就是清品；而说话人想仰攀他们，所以话本中每多诗词，而且一直到现在许多人所做的小说中也还没有改。

再若后来历史小说中每回的结尾上,总有"不知后事如何?且听下回分解"的话,我以为大概也起于说话人,因为说话必希望人们下次再来听,所以必得用一个惊心动魄的未了事拉住他们。至于现在的章回小说还来模仿它,那可只是一个遗迹罢了,正如我们腹中的盲肠一样,毫无用处。一种是《京本通俗小说》,已经不全了,还存十多篇。在"说话"中之所谓小说,并不像现在所谓的广义的小说,乃是讲的很短,而且多用时事的。起首先说一个冒头,或用诗词,或仍用故事,名叫"得胜头回"——"头回"是前回之意;"得胜"是吉利语。——以后才入本文,但也并不冗长,长短和冒头差不多,在短时间内就完结。可见宋代说话中的所谓小说,即是"短篇小说"的意思,《京本通俗小说》虽不全,却足够可以看见那类小说底大概了。

除上述两种之外,还有一种《大宋宣和遗事》,首尾皆有诗,中间杂些俚句,近于"讲史"而非口谈;好似"小说"而不简洁;惟其中已叙及梁山泊的事情,就是《水浒》之先声,是大可注意的事。还有现在新发现的一部书,叫《大唐三藏法师取经诗话》,——此书中国早没有了,是从日本拿回来的——这所谓"诗话",又不是现在人所说的诗话,乃是有诗,有话;换句话说:也是注重"有诗为证"的一类小说的别名。这《大唐三藏法师取经诗话》,虽然是《西游记》的先声,但又颇不同:例如"盗人参果"一事,在《西游记》上是孙悟空要盗,而唐僧不许;在《取经诗话》里是仙桃,孙悟空不盗,而唐僧使命去盗。——这与其说时代,倒不如说是作者思想之不同处。因为《西游记》之作者是士大夫,而《取经诗话》之作者是市人。士大夫论人极严，以为唐僧岂应盗人参果，所以必须将这事推到猴子身上去；而市人评论人则较为宽恕，以为唐僧盗几个区区仙桃有何要紧，便不再经心作意地替他隐瞒，竟放笔写上去了。

总之，宋人之"说话"的影响是非常之大，后来的小说，十分之九是本于话本的。如一、后之小说如《今古奇观》等片段的叙述，即仿宋之"小说"。二、后之章回小说如《三国志演义》等长篇的叙述，皆本于"讲史"。其中讲史之影响更大，并且从明清到现在，"二十四史"都演完了。作家之中，又出了一个著名人物，就是罗贯中。

罗贯中名本，钱唐人，大约生活在元末明初。他做的小说很多，可惜现在只剩了四种。而此四种又多经后人乱改，已非本来面目了。——因为中国人向来以小说为无足轻重，不似经书，所以多喜欢随便改动它——至于贯中生平之事迹，我们现在也无从而知；有的说他因为做了水浒，他的子孙三代都是哑巴，那可也是一种谣言。贯中的四种小说，就是：一、《三国演义》；二、《水浒传》；三、《隋唐志传》；四、《北宋三遂平妖传》。《北宋三遂平妖传》，是记贝州王则借妖术作乱的事情，平他的有三个人，其名字皆有一"遂"字，所以称"三遂平妖"。《隋唐志传》，是叙自隋禅位，以至唐明皇的事情。——这两种书的构造和文章都不甚好，在社会上也不盛行；最盛行，而且最有势力的，是《三国演义》和《水浒传》。

一、《三国演义》讲三国底事情的，也并不自罗贯中起始，宋时里巷中说古话者，有"说三分"，就讲的是三国故事。苏东坡也说："王彭尝云：'途巷中小儿，……坐听说古话，至说三国事,闻刘玄德败,频蹙眉,有出涕者;闻曹操败,即喜唱快。以是知君子小人之泽,百世不斩。'"可见在罗贯中以前,就有《三国演义》这一类的书了。因为三国底事情,不像五代那样纷乱;又不像楚汉那样简单;恰是不简不繁,适于作小说。而且三国时底英雄,智术武勇,非常动人,所以人都喜欢取来做小说底材料。再有裴松之注《三国志》,甚为详细,也足以引起人之注意三国的事情。至罗贯中之《三国演义》是否出于创作,还是继承,现在固不敢草草断定;但明嘉靖时本题有"晋平阳侯陈寿史传,明罗本编次"之说,则可见是直接以陈寿的《三国志》为蓝本的。但是现在的《三国演义》却已多经后人改易,不是本来面目了。若论其书之优劣,则论者以为其缺点有三:(一)容易招人误会。因为中间所叙的事情,有七分是实的,三分是虚的;惟其实多虚少,所以人们或不免并信虚者为真。如王渔洋是有名的诗人,也是学者,而他有一个诗的题目叫"落凤坡吊庞士元"[1],这"落凤坡"只有《三国演义》上有,别无根据,王渔洋却被它闹昏了。(二)描写过实。写好的人,简直一点坏处都没有;而写不好的人,又是一点好处都没有。其实这在事实上是不对的,因为一个人不能事事全好,也不能事事全坏。譬如曹操他在政治上也有他的好处;而刘备,关羽等,也不能说毫无可议,但是作者并不管它,只是任主观方面写去,往往成为出乎情理之外的人。(三)文章和主意不能符合——这就是说作者所表现的和作者所想像的,不能一致。如他要写曹操的奸,而结果倒好像是豪爽多智;要写孔明之智,而结果倒像狡猾。——然而究竟它有很好的地方,像写关云长斩华雄一节,真是有声有色;写华容道上放曹操一节,则义勇之气可掬,如见其人。后来做历史小说的很多,如《开辟演义》,《东西汉演义》,《东西晋演义》,《前后唐演义》,《南北宋演义》,《清史演义》……都没有一种跟得住《三国演义》。所以人都喜欢看它;将来也仍旧能保持其相当价值的。

二、《水浒传》 《水浒传》是叙宋江等的事情,也不自罗贯中起始;因为宋江是实有其人的,为盗亦是事实,关于他的事情,从南宋以来就成社会上的传说。宋元间有高如,李嵩等,即以水浒故事作小说;宋遗民龚圣与又作《宋江三十六人赞》;又《宣和遗事》上也有讲"宋江擒方腊有功,封节度使"等说话,可见这种故事,早已传播人口,或早有种种简略的书本,也未可知。到后来,罗贯中荟萃诸说或小本《水浒》故事,而取舍之,便成了大部的《水浒传》。但原本之《水浒传》,现在已不可得,所通行的《水浒传》有两类:一类是七十回的;一类是多于七十回的。多于七十回的一类是先叙洪太尉误走妖魔,而次以百八人渐聚梁山泊,打家劫舍,后来受招安,用以破辽,平田虎,王庆,擒方腊,立了大功。最后朝廷疑忌,宋江服毒而死,终成神明。其中招安之说,乃是宋末到元初的思想,因为当时社会扰乱,官兵压制平民,民之和平者忍受之,不和平者便分离而为盗。盗一面与官兵抗,官兵不胜,一面则掳掠人民,民间自然亦时受其骚扰;但一到外寇进来,官兵又不能抵抗的时候,人民因为仇视外族,便想用较胜于官兵的盗来抵抗他,所以盗又为当时所称道了。至于宋江服毒的一层,乃明初加入的,明太祖统一天下之后,疑忌功臣,横行杀戮,善终的很不多,人民为对于被害之功臣表同情起见,就加上宋江服毒成神之事去。——这也就是事实上缺陷者,小说使他团圆的老例。

《水浒传》有许多人以为是施耐庵做的。因为多于七十回的《水浒传》就有繁的和简的两类,其中一类繁本的作者,题着施耐庵。然而这施耐庵恐怕倒是后来演为繁本者的托名,其实生在罗贯中之后。后人看见繁本题耐庵作,以为简本倒是节本,便将耐庵看作更古的人,排在贯中以前去了。到清初,金圣叹又说《水浒传》到"招安"为止是好的,以后便很坏;又自称得着古本,定"招安"为止是耐庵作,以后是罗贯中所续,加以痛骂。于是他把"招安"以后都删了去,只存下前七十回——这便是现在的通行本。他大概并没有什么古本,只是凭了自己的意见删去的,古本云云,无非是一种"托古"的手段罢了。但文章之前后有些参差,却确如圣叹所说,然而我在前边说过:《水浒传》是集合许多口传,或小本《水浒》故事而成的,所以当然有不能一律处。况且描写事业成功以后的文章,要比描写正做强盗时难些,一大部书,结末不振,是多有的事,也不能就此便断定是罗贯中所续作。至于金圣叹为什么要删"招安"以后的文章呢?这大概也就是受了当时社会环境底影响。胡适之先生说:"圣叹生于流贼遍天下的时代,眼见张献忠,李自成一般强盗流毒全国,故他觉强盗是不应该提倡的,是应该口诛笔伐的。"这话很是。就是圣叹以为用强盗来平外寇,是靠不住的,所以他不愿听宋江立功的谣言。

但到明亡之后,外族势力全盛了,几个遗民抱亡国之痛,便把流寇之痛苦忘却,又与强盗表起同情来。如明遗民陈忱,就托名雁宕山樵作了一部《后水浒传》。他说:宋江死了以后,余下的同志,尚为宋御金,后无功,李俊率众浮海到暹罗做了国王。——这就是因为国家为外族所据,转而与强盗又表同情的意思。可是到后来事过情迁,连种族之感都又忘掉了,于是道光年间就有俞万春作《结水浒传》,说山寇宋江等,一个个皆为官兵所杀。他的文章,是漂亮的,描写也不坏,但思想实在未免煞风景。

*　　　*　　　*

〔1〕"落凤坡吊庞士元" 诗见王士禛《渔洋山人精华录》卷十二:"沔上风流万古存,鱼梁洲畔向江村。何如但作鸿冥好,采药相携去鹿门。"

第五讲　明小说之两大主潮

　　上次已将宋之小说,讲了个大概。元呢,它的词曲很发达,而小说方面,却没有什么可说。现在我们就讲到明朝的小说去。明之中叶,即嘉靖前后,小说出现的很多,其中有两大主潮:一、讲神魔之争的;二、讲世情的。现在再将它分开来讲:

　　一、讲神魔之争的　此思潮之起来,也受了当时宗教,方士之影响的。宋宣和时,即非常崇奉道流;元则佛道并奉,方士的势力也不小;至明,本来是衰下去的了,但到成化时,又抬起头来,其时有方士李孜,释家继晓,正德时又有色目人于永,都以方技杂流拜官,因之妖妄之说日盛,而影响及于文章。况且历来三教之争,都无解决,大抵是互相调和,互相容受,终于名为"同源"而后已。凡有新派进来,虽然彼此目为外道,生些纷争,但一到认为同源,即无歧视之意,须俟后来另有别派,它们三家才又自称正道,再来攻击这非同源的异端。当时的思想,是极模糊的,在小说中所写的邪正,并非儒和佛,或道和佛,或儒道释和白莲教,单不过是含胡的彼此之争,我就总括起来给他们一个名目,叫做神魔小说。此种主潮,可作代表者,有三部小说:(一)《西游记》;(二)《封神传》;(三)《三宝太监西洋记》。

（一）《西游记》 《西游记》世人多以为是元朝的道士邱长春做的，其实不然。邱长春自己另有《西游记》三卷，是纪行，今尚存《道藏》中：惟因书名一样，人们遂误以为是一种。加以清初刻《西游记》小说者，又取虞集所作的《长春真人西游记序》冠其首，人更信这《西游记》是邱长春所做的了。——实则做这《西游记》者，乃是江苏山阳人吴承恩。此见于明时所修的《淮安府志》；但到清代修志却又把这记载删去了。《西游记》现在所见的，是一百回，先叙孙悟空成道，次叙唐僧取经的由来，后经八十一难，终于回到东土。这部小说，也不是吴承恩所创作，因为《大唐三藏法师取经诗话》——在前边已经提及过——已说过猴行者，深河神[1]，及诸异境。元朝的杂剧也有用唐三藏西天取经做材料的著作。此外明时也别有一种简短的《西游记传》——由此可知玄奘西天取经一事，自唐末以至宋元已渐渐演成神异故事，且多作成简单的小说，而至明吴承恩，便将它们汇集起来，以成大部的《西游记》。承恩本善于滑稽，他讲妖怪的喜、怒、哀、乐，都近于人情，所以人都喜欢看！这是他的本领。而且叫人看了，无所容心，不像《三国演义》，见刘胜则喜，见曹胜则恨；因为《西游记》上所讲的都是妖怪，我们看了，但觉好玩，所谓忘怀得失，独存赏鉴了——这也是他的本领。至于说到这书的宗旨，则有人说是劝学；有人说是谈禅；有人说是讲道；议论很纷纷。但据我看来，实不过出于作者之游戏，只因为他受了三教同源的影响，所以释迦，老君，观音，真性，元神之类，无所不有，使无论什么教徒，皆可随宜附会而已。如果我们一定要问它的大旨，则我觉得明人谢肇渊所说的"《西游记》……以猿为心之神,以猪为意之驰,其始之放纵,上天下地,莫能禁制,而归于紧箍一咒,能使心猿驯伏,至死靡他,盖亦求放心之喻。"这几句话,已经很足以说尽了。后来有《后西游记》及《续西游记》等,都脱不了前书窠臼。至董说的《西游补》,则成了讽刺小说,与这类没有大关系了。

(二)《封神传》 《封神传》在社会上也很盛行,至为何人所作,我们无从而知。有人说:作者是一穷人,他把这书做成卖了,给他女儿作嫁资,但这不过是没有凭据的传说。它的思想,也就是受了三教同源的模糊的影响;所叙的是受辛进香女娲宫,题诗黩神,神因命三妖惑纣以助周。上边多说战争,神佛杂出,助周者为阐教;助殷者为截教。我以为这"阐"是明的意思,"阐教"就是正教;"截"是断的意思,"截教"或者就是佛教中所谓断见外道。——总之是受了三教同源的影响,以三教为神,以别教为魔罢了。

(三)《三宝太监西洋记》 《三宝太监西洋记》,是明万历间的书,现在少见;这书所叙的是永乐中太监郑和服外夷三十九国,使之朝贡的事情。书中说郑和到西洋去,是碧峰长老助他的,用法术降服外夷,收了全功。在这书中,虽然所说的是国与国之战,但中国近于神,而外夷却居于魔的地位,所以仍然是神魔小说之流。不过此书之作,则也与当时的环境有关系,因为郑和之在明代,名声赫然,为世人所乐道;而嘉靖以后,东南方面,倭寇猖獗,民间伤今之弱,于是便感昔之盛,做了这一部书。但不思将帅,而思太监,不恃兵力,而恃法术者,乃是一则为传统思想所囿;一则明朝的太监的确常做监军,权力非常之大。这种用法术打外国的思想,流传下来一直到清朝,信以为真,就有义和团实验了一次。

二、讲世情的 当神魔小说盛行的时候,讲世情的小说,也就起来了,其原因,当然也离不开那时的社会状态,而且有一类,还与神魔小说一样,和方士是有很大的关系的。这种小说,大概都叙述些风流放纵的事情,间于悲欢离合之中,写炎凉的世态。其最著名的,是《金瓶梅》,书中所叙,是借《水浒传》中之西门庆做主人,写他一家的事迹。西门庆原有一妻三妾,后复爱潘金莲,酖其夫武大,纳她为妾;又通金莲婢春梅;复私了李瓶儿,也纳为妾了。后来李瓶儿,西门庆皆先死,潘金莲又为武松所杀,春梅也因淫纵暴亡。至金兵到清河时,庆妻携其遗腹子孝哥,欲到济南去,路上遇着普净和尚,引至永福寺,以佛法感化孝哥,终于使他出了家,改名明悟。因为这书中的潘金莲,李瓶儿,春梅,都是重要人物,所以书名就叫《金瓶梅》。明人小说之讲秽行者,人物每有所指,是借文字来报夙仇的,像这部《金瓶梅》中所说的西门庆,是一个绅士,大约也不外作者的仇家,但究属何人,现在无可考了。至于作者是谁,我们现在也还未知道。有人说:这是王世贞为父报仇而做的,因为他的父亲王忬为严嵩所害,而严嵩之子世蕃又势盛一时,凡有不利于严嵩的奏章,无不受其压抑,不使上闻。王世贞探得世蕃爱看小说,便作了这部书,使他得沉湎其中,无暇他顾,而参严嵩的奏章,得以上去了。所以清初的翻刻本上,就有《苦孝说》冠其首。但这不过是一种推测之辞,不足信据。《金瓶梅》的文章做得尚好,而王世贞在当时最有文名,所以世人遂把作者之名嫁给他了。后人之主张此说，并且以《苦孝说》冠其首，也无非是想减轻社会上的攻击的手段，并不是确有什么王世贞所作的凭据。

此外叙放纵之事，更甚于《金瓶梅》者，为《玉娇李》。但此书到清朝已经佚失，偶有见者，也不是原本了。还有一种山东诸城人丁耀亢所做的《续金瓶梅》，和前书颇不同，乃是对于《金瓶梅》的因果报应之说，就是武大后世变成淫夫，潘金莲也变为河间妇，终受极刑；西门庆则变成一个骏憨男子，只坐视着妻妾外遇。[2]——以见轮回是不爽的。从此以后世情小说，就明明白白的，一变而为说报应之书——成为劝善的书了。这样的讲到后世的事情的小说，如果推演开去，三世四世，可以永远做不完工，实在是一种奇怪而有趣的做法。但这在古代的印度却是曾经有过的，如《鸯堀摩罗经》[3]就是一例。

如上所讲，世情小说在一方面既有这样的大讲因果的变迁，在他方面也起了别一种反动。那是讲所谓"温柔敦厚"的，可以用《平山冷燕》，《好逑传》，《玉娇梨》来做代表。不过这类的书名字，仍多袭用《金瓶梅》式，往往摘取书中人物的姓名来做书名；但内容却不是淫夫荡妇，而变了才子佳人了。所谓才子者，大抵能作些诗，才子和佳人之遇合，就每每以题诗为媒介。这似乎是很有悖于"父母之命，媒妁之言"的婚姻，对于旧习惯是有些反对的意思的，但到团圆的时节，又常是奉旨成婚，我们就知道作者是寻到了更大的帽子了。那些书的文章也没有一部好，而在外国却很有名。一则因为《玉娇梨》，《平山冷燕》,有法文译本;《好逑传》有德,法文译本,所以研究中国文学的人们都知道,给中国做文学史就大概提起它;二则因为若在一夫一妻制的国度里,一个以上的佳人共爱一个才子便要发生极大的纠纷,而在这些小说里却毫无问题,一下子便都结了婚了,从他们看起来,实在有些新奇而且有趣。

＊　　　　＊　　　　＊

〔1〕　深河神　据《大唐三藏取经诗话》应作"深沙神"。

〔2〕　这是《玉娇李》的情节,参看《中国小说史略》第十九篇。

〔3〕　《鸯堀摩罗经》　四卷,南朝宋求那跋陀罗译。属大乘部,叙述佛济度鸯堀摩罗的故事。

第六讲　清小说之四派及其末流

清代底小说之种类及其变化,比明朝比较的多,但因为时间关系,我现在只可分作四派来说一个大概。这四派便是:一、拟古派;二、讽刺派;三、人情派;四、侠义派。

一、拟古派　所谓拟古者,是指拟六朝之志怪,或拟唐朝之传奇者而言。唐人底小说单本,到明时什九散亡了,偶有看见模仿的,世间就觉得新异。元末明初,先有钱唐瞿佑仿了唐人传奇,作《剪灯新话》,文章虽没有力,而用些艳语来描画闺情,所以特为时流所喜,仿效者很多,直到被朝廷禁止,这风气才渐渐的衰歇。但到了嘉靖间,唐人底传奇小说盛行起来了,从此模仿者又在在皆是,文人大抵喜欢做几篇传奇体的文章;其专做小说,合为一集的,则《聊斋志异》最有名。《聊斋志异》是山东淄川人蒲松龄做的。有人说他作书以前,天天在门口设备茗烟,请过路底人讲说故事,作为著作的材料;但是多由他的朋友那里听来的,有许多是从古书尤其是从唐人传奇变化而来的——如《凤阳士人》,《续黄粱》等就是——所以列他于拟古。书中所叙,多是神仙,狐鬼,精魅等故事,和当时所出同类的书差不多,但其优点在:(一)描写详细而委曲,用笔变幻而熟达。(二)说妖鬼多具人情,通世故,使人觉得可亲,并不觉得很可怕。不过用古典太多,使一般人不容易看下去。

《聊斋志异》出来之后，风行约一百年，这其间模仿和赞颂它的非常之多。但到了乾隆末年，有直隶献县人纪昀出来和他反对了，纪昀说《聊斋志异》之缺点有二：（一）体例太杂。就是说一个人的一个作品中，不当有两代的文章的体例，这是因为《聊斋志异》中有长的文章是仿唐人传奇的，而又有些短的文章却象六朝的志怪。（二）描写太详。这是说他的作品是述他人的事迹的，而每每过于曲尽细微，非自己不能知道，其中有许多事，本人未必肯说，作者何从知之？纪昀为避此两缺点起见，所以他所做的《阅微草堂笔记》就完全模仿六朝，尚质黜华，叙述简古，力避唐人的做法。其材料大抵自造，多借狐鬼的话，以攻击社会。据我看来，他自己是不信狐鬼的，不过他以为对于一般愚民，却不得不以神道设教。但他很有可以佩服的地方：他生在乾隆间法纪最严的时代，竟敢借文章以攻击社会上不通的礼法，荒谬的习俗，以当时的眼光看去，真算得很有魄力的一个人。可是到了末流，不能了解他攻击社会的精神，而只是学他的以神道设教一面的意思，于是这派小说差不多又变成劝善书了。

拟古派的作品，自从以上二书出来以后，大家都学它们；一直到了现在，即如上海就还有一群所谓文人在那里模仿它。可是并没有什么好成绩，学到的大抵是糟粕，所以拟古派也已经被踏死在它的信徒的脚下了。

二、讽刺派　小说中寓讥讽者，晋唐已有，而在明之人情小说为尤多。在清朝，讽刺小说反少有，有名而几乎是唯一的作品，就是《儒林外史》。《儒林外史》是安徽全椒人吴敬梓做的。敬梓多所见闻，又工于表现，故凡所有叙述，皆能在纸上见其声态；而写儒者之奇形怪状，为独多而独详。当时距明亡没有百年，明季底遗风，尚留存于士流中，八股而外，一无所知，也一无所事。敬梓身为士人，熟悉其中情形，故其暴露丑态，就能格外详细。其书虽是断片的叙述，没有线索，但其变化多而趣味浓，在中国历来作讽刺小说者，再没有比他更好的了。一直到了清末，外交失败，社会上的人们觉得自己的国势不振了，极想知其所以然，小说家也想寻出原因的所在；于是就有李宝嘉归罪于官场，用了南亭亭长的假名字，做了一部《官场现形记》。这部书在清末很盛行，但文章比《儒林外史》差得多了；而且作者对于官场的情形也并不很透彻，所以往往有失实的地方。嗣后又有广东南海人吴沃尧归罪于社会上旧道德的消灭，也用了我佛山人的假名字，做了一部《二十年目睹之怪现状》。这部书也很盛行，但他描写社会的黑暗面，常常张大其词，又不能穿入隐微，但照例的慷慨激昂，正和南亭亭长有同样的缺点。这两种书都用断片凑成，没有什么线索和主角，是同《儒林外史》差不多的，但艺术的手段，却差得远了；最容易看出来的就是《儒林外史》是讽刺，而那两种都近于谩骂。

讽刺小说是贵在旨微而语婉的，假如过甚其辞，就失了文艺上底价值，而它的末流都没有顾到这一点，所以讽刺小说从《儒林外史》而后，就可以谓之绝响。

三、人情派　此派小说，即可以著名的《红楼梦》做代表。《红楼梦》其初名《石头记》，共有八十回，在乾隆中年忽出现于北京。最初皆抄本，至乾隆五十七年，才有程伟元刻本，加多四十回，共一百二十回，改名叫《红楼梦》。据伟元说：乃是从旧家及鼓担上收集而成全部的。至其原本，则现在已少见，惟现有一石印本，也不知究是原本与否。《红楼梦》所叙为石头城中——未必是今之南京——贾府的事情。其主要者为荣国府的贾政生子宝玉，聪明过人，而绝爱异性；贾府中实亦多好女子，主从之外，亲戚也多，如黛玉，宝钗等，皆来寄寓，史湘云亦常来。而宝玉与黛玉爱最深；后来政为宝玉娶妇，却迎了宝钗，黛玉知道以后，吐血死了。宝玉亦郁郁不乐，悲叹成病。其后宁国府的贾赦革职查抄，累及荣府，于是家庭衰落，宝玉竟发了疯，后又忽而改行，中了举人。但不多时，忽又不知所往了。后贾政因葬母路过毗陵，见一人光头赤脚，向他下拜，细看就是宝玉；正欲问话，忽来一僧一道，拉之而去。追之无有，但见白茫茫一片荒野而已。

　《红楼梦》的作者，大家都知道是曹雪芹，因为这是书上写着的。至于曹雪芹是何等样人，却少有人提起过；现经胡适之先生的考证，我们可以知道大概了。雪芹名霑，一字芹圃，是汉军旗人。他的祖父名寅，康熙中为江宁织造。清世祖南巡时，即以织造局为行宫。其父頫，亦为江宁织造。我们由此就知道作者在幼时实在是一个大世家的公子。他生在南京。十岁时，随父到了北京。此后中间不知因何变故，家道忽落。雪芹中年，竟至穷居北京之西郊，有时还不得饱食。可是他还纵酒赋诗，而《红楼梦》的创作，也就在这时候。可惜后来他因为儿子夭殇，悲恸过度，也竟死掉了——年四十余——《红楼梦》也未得做完,只有八十回。后来程伟元所刻的,增至一百二十回,虽说是从各处搜集的,但实则其友高鹗所续成,并不是原本。

对于书中所叙的意思,推测之说也很多。举其较为重要者而言:(一)是说记纳兰性德的家事,所谓金钗十二,就是性德所奉为上客的人们。这是因为性德是词人,是少年中举,他家后来也被查抄,和宝玉的情形相仿佛,所以猜想出来的。但是查抄一事,宝玉在生前,而性德则在死后,其他不同之点也很多,所以其实并不很相像。(二)是说记顺治与董鄂妃的故事,而又以鄂妃为秦淮旧妓董小宛。清兵南下时,掠小宛到北京,因此有宠于清世祖,封为贵妃;后来小宛夭逝,清世祖非常哀痛,就出家到五台山做了和尚。《红楼梦》中宝玉也做和尚,就是分明影射这一段故事。但是董鄂妃是满洲人,并非就是董小宛,清兵下江南的时候,小宛已经二十八岁了;而顺治方十四岁,决不会有把小宛做妃的道理。所以这一说也不通的。(三)是说叙康熙朝政治底状态的;就是以为石头记是政治小说,书中本事,在吊明之亡,而揭清之失。如以"红"影"朱"字,以"石头"指"金陵",以"贾"斥伪朝——即斥"清",以金陵十二钗讥降清之名士。然此说未免近于穿凿,况且现在既知道作者既是汉军旗人,似乎不至于代汉人来抱亡国之痛的。(四)是说自叙;此说出来最早,而信者最少,现在可是多起来了。因为我们已知道雪芹自己的境遇,很和书中所叙相合。雪芹的祖父,父亲,都做过江宁织造,其家庭之豪华,实和贾府略同;雪芹幼时又是一个佳公子,有似于宝玉;而其后突然穷困,假定是被抄家或近于这一类事故所致,情理也可通——由此可知《红楼梦》一书，说是大部分为作者自叙，实是最为可信的一说。

至于说到《红楼梦》的价值，可是在中国底小说中实在是不可多得的。其要点在敢于如实描写，并无讳饰，和从前的小说叙好人完全是好，坏人完全是坏的，大不相同，所以其中所叙的人物，都是真的人物。总之自有《红楼梦》出来以后，传统的思想和写法都打破了。——它那文章的旖旎和缠绵，倒是还在其次的事。但是反对者却很多，以为将给青年以不好的影响。这就因为中国人看小说，不能用赏鉴的态度去欣赏它，却自己钻入书中，硬去充一个其中的脚色。所以青年看《红楼梦》，便以宝玉，黛玉自居；而年老人看去，又多占据了贾政管束宝玉的身分，满心是利害的打算，别的什么也看不见了。

《红楼梦》而后，续作极多：有《后红楼梦》，《续红楼梦》，《红楼后梦》，《红楼复梦》，《红楼补梦》，《红楼重梦》，《红楼幻梦》，《红楼圆梦》……大概是补其缺陷，结以团圆。直到道光年中，《红楼梦》才谈厌了。但要叙常人之家，则佳人又少，事故不多，于是便用了《红楼梦》的笔调，去写优伶和妓女之事情，场面又为之一变。这有《品花宝鉴》，《青楼梦》可作代表。《品花宝鉴》是专叙乾隆以来北京底优伶的。其中人物虽与《红楼梦》不同，而仍以缠绵为主；所描写的伶人与狎客，也和佳人与才子差不多。《青楼梦》全书都讲妓女，但情形并非写实的，而是作者的理想。他以为只有妓女是才子的知己，经过若干周折，便即团圆，也仍脱不了明末的佳人才子这一派。到光绪中年，又有《海上花列传》出现，虽然也写妓女，但不像《青楼梦》那样的理想，却以为妓女有好，有坏，较近于写实了。一到光绪末年，《九尾龟》[1]之类出，则所写的妓女都是坏人，狎客也像了无赖，与《海上花列传》又不同。这样，作者对于妓家的写法凡三变，先是溢美，中是近真，临末又溢恶，并且故意夸张，谩骂起来；有几种还是诬蔑，讹诈的器具。人情小说底末流至于如此，实在是很可以诧异的。

四、侠义派　侠义派底小说，可以用《三侠五义》做代表。这书的起源，本是茶馆中的说书，后来能文的人，把它写出来，就通行于社会了。当时底小说，有《红楼梦》等专讲柔情，《西游记》一派，又专讲妖怪，人们大概也很觉得厌气了，而《三侠五义》则别开生面，很是新奇，所以流行也就特别快，特别盛。当潘祖荫由北京回吴的时候，以此书示俞曲园，曲园很赞许，但嫌其太背于历史，乃为之改正第一回；又因书中的北侠，南侠，双侠，实已四人，三不能包，遂加上艾虎和沈仲元；索性改名为《七侠五义》。这一种改本，现在盛行于江浙方面。但《三侠五义》，也并非一时创作的书，宋包拯立朝刚正，《宋史》有传；而民间传说，则行事多怪异；元朝就传为故事，明代又渐演为小说，就是《龙图公案》。后来这书的组织再加密些，又成为大部的《龙图公案》，也就是《三侠五义》的蓝本了。因为社会上很欢迎，所以又有《小五义》，《续小五义》，《英雄大八义》，《英雄小八义》，《七剑十三侠》，《七剑十八侠》等等都跟着出现。——这等小说，大概是叙侠义之士，除盗平叛的事情，而中间每以名臣大官，总领一切。其先又有《施公案》，同时则有《彭公案》一类的小说，也盛行一时。其中所叙的侠客，大半粗豪，很像《水浒》中底人物，故其事实虽然来自《龙图公案》，而源流则仍出于《水浒》。不过《水浒》中人物在反抗政府；而这一类书中底人物，则帮助政府，这是作者思想的大不同处，大概也因为社会背景不同之故罢。这些书大抵出于光绪初年，其先曾经有过几回国内的战争，如平长毛，平捻匪，平教匪等，许多市井中人，粗人无赖之流，因为从军立功，多得顶戴，人民非常羡慕，愿听"为王前驱"的故事，所以茶馆中发生的小说，自然也受了影响了。现在《七侠五义》已出到二十四集，《施公案》出到十集，《彭公案》十七集，而大抵千篇一律，语多不通，我们对此，无多批评，只是很觉得作者和看者，都能够如此之不惮烦，也算是一件奇迹罢了。

上边所讲的四派小说，到现在还很通行。此外零碎小派的作品也还有，只好都略去了它们。至于民国以来所发生的新派的小说，还很年幼——正在发达创造之中，没有很大的著作，所以也姑且不提起它们了。

我讲的《中国小说的历史的变迁》在今天此刻就算终结了。在此两星期中，匆匆地只讲了一个大概，挂一漏万，固然在所不免，加以我的知识如此之少，讲话如此之拙，而天气又如此之热，而诸位有许多还始终来听完我的讲，这是我所非常之抱歉而且感谢的。

* * * *

〔1〕《九尾龟》 清末漱六山房(张春帆)撰。一九二回。叙写妓女生活。

汉文学史纲要

本书系鲁迅 1926 年在厦门大学担任中国文学史课程时编写的讲义,分篇陆续刻印,书名刻于每页中缝,前三篇为"中国文学史略"(或简称"文学史"),第四至第十篇均为"汉文学史纲要"。1938 年编入《鲁迅全集》首次正式出版时,取用后者为书名,此后各版均同。本版仍沿用。

第一篇　自文字至文章

在昔原始之民，其居群中，盖惟以姿态声音，自达其情意而已。声音繁变，寖成言辞，言辞谐美，乃兆歌咏。时属草昧，庶民朴淳，心志郁于内，则任情而歌呼，天地变于外，则祇畏以颂祝，踊跃吟叹，时越侪辈，为众所赏，默识不忘，口耳相传，或逮后世。复有巫觋，职在通神，盛为歌舞，以祈灵贶，而赞颂之在人群，其用乃愈益广大。试察今之蛮民，虽状极狉獉，未有衣服宫室文字，而颂神抒情之什，降灵召鬼之人，大抵有焉。吕不韦云，"昔葛天氏之乐，三人操牛尾，投足以歌八阕。"（《吕氏春秋》《仲夏纪》《古乐》）[1]郑玄则谓"诗之兴也，谅不于上皇之世。"（《诗谱序》）[2]虽荒古无文，并难征信，而证以今日之野人，揆之人间之心理，固当以吕氏所言，为较近于事理者矣。

然而言者，犹风波也，激荡既已，余踪杳然，独恃口耳之传，殊不足以行远或垂后。诗人感物，发为歌吟，吟已感漓，其事随讫。倘将记言行，存事功，则专凭言语，大惧遗忘，故古者尝结绳而治，而后之圣人易之以书契。结绳之法，今不能知；书契者，相传"古者庖牺氏之王天下也，仰则观象于天，俯则观法于地，观鸟兽之文与地之宜，近取诸身，远取诸物，于是始作八卦。"（《易》《下系辞》）"神农氏复重之为六十四爻。"[3]（司马贞《补史记》)颇似为文字所由始。其文今具存于《易》[4]，积画成象，短长错综，变易有穷，与后之文字不相系属。故许慎复以为"黄帝之史仓颉，见鸟兽蹄迒之迹，知分理之可相别异也，初造书契"(《说文解字序》)。要之文字成就，所当绵历岁时，且由众手，全群共喻，乃得流行，谁为作者，殊难确指，归功一圣，亦凭臆之说也。

许慎[5]云，"仓颉之初作书，盖依类象形，故谓之文。其后形声相益，即谓之字。字者，言孳乳而浸多也。著于竹帛谓之书。书者，如也。……周礼八岁入小学，保氏教国子，先以六书。一曰指事，指事者，视而可识，察而可见，上下是也；二曰象形，象形者，画成其物，随体诘诎，日月是也；三曰形声，形声者，以事为名，取譬相成，江河是也；四曰会意，会意者，比类合谊，以见指撝，武信是也；五曰转注，转注者，建类一首，同意相受，考老是也；六曰假借，假借者，本无其字，依声托事，令长是也。"(《说文解字序》)指事象形会意为形体之事，形声假借为声音之事，转注者，训诂之事也。虞夏书契，今不可见，岣嵝禹书[6]，伪造不足论，商周以来，则刻于骨甲金石者多有，下及秦汉，文字弥繁，而摄以六事，大抵弭合。意者文字初作，首必象形，触目会心，不待授受，渐而演进，则会意指事之类兴焉。今之文字，形声转多，而察其缔构，什九以形象为本柢，诵习一字，当识形音义三：口诵耳闻其音，目察其形，心通其义，三识并用，一字之功乃全。其在文章，则写山曰峻嶒嵯峨，状水曰汪洋澎湃，蔽芾葱茏，恍逢丰木，鳟鲂鳗鲤，如见多鱼。故其所函，遂具三美：意美以感心，一也；音美以感耳，二也；形美以感目,三也。

连属文字,亦谓之文。而其兴盛,盖亦由巫史乎。巫以记神事,更进,则史以记人事也,然尚以上告于天;翻今之《易》与《书》,间能得其仿佛。至于上古实状,则荒漠不可考,君长之名,且难审知,世以天皇地皇人皇为三皇[7]者,列三才开始之序,继以有巢燧人[8]伏羲神农者,明人群进化之程,殆皆后人所命,非真号矣。降及轩辕,遂多传说,逮于虞夏,乃有箸于简策之文传于今。

巫史非诗人,其职虽止于传事,然厥初亦凭口耳,虑有愆误,则练句协音,以便记诵。文字既作,固无愆误之虞矣,而简策繁重,书削为劳,故复当俭约其文,以省物力,或因旧习,仍作韵言。今所传有黄帝《道言》[9](见《吕氏春秋》),《金人铭》[10](《说苑》),颛顼《丹书》[11](《大戴礼记》),帝喾《政语》[12](《贾谊新书》),虽并出秦汉人书,不足凭信,而大抵协其音,偶其词,使读者易于上口,则殆犹古之道也。

由前言更推度之,则初始之文,殆本与语言稍异,当有藻韵,以便传诵,“直言曰言,论难曰语”[13],区以别矣。然汉时已并称凡箸于竹帛者为文章(《汉书》《艺文志》),后或更拓其封域,举一切可以图写,接于目睛者皆属之。梁之刘勰[14],至谓“人文之元,肇自太极”(《文心雕龙》《原道》),三才所显,并由道妙,“形立则章成矣,声发则文生矣”,故凡虎斑霞绮,林籁泉韵,俱为文章。其说汗漫,不可审理。稍隘之义,则《易》有曰,“物相杂,故曰文。”[15]《说文解字》曰,“文,错画也。”可知凡所谓文,必相错综,错而不乱,亦近丽尔之象。至刘熙[16]云

"文者,会集众彩以成锦绣,会集众字以成辞义,如文绣然也"
(《释名》)。则确然以文章之事,当具辞义,且有华饰,如文绣
矣。《说文》又有彣字,云:"䋣也";"䋣,彣彰也"〔17〕。盖即此
义。然后来不用,但书文章,今通称文学。

刘勰虽于《原道》一篇,以人"为五行之秀,实天地之心,
心生而言立,言立而文明,自然之道也。傍及万品,动植皆
文。……"而晋宋以来,文笔之辨又甚峻。其《总术篇》即云,
"今之常言:有文有笔。以为无韵者笔也,有韵者文也。"萧
绎〔18〕所诠,尤为昭晰,曰:"今之门徒,转相师受,通圣人之经
者谓之儒;屈原宋玉枚乘长卿之徒,止于辞赋则谓之文。……
至如不便为诗如阎纂,善为章奏如伯松,若是之流,泛谓之笔。
吟咏风谣,流连哀思者谓之文。"又曰,"笔,退则非谓成篇,进
则不云取义,神其巧惠,笔端而已。至如文者,惟须绮縠纷披,
宫徵靡曼,唇吻遒会,精灵荡摇。而古之文笔今之文笔,其源
又异。"(《金楼子》《立言篇》)盖其时文章界域,极可弛张,纵之
则包举万汇之形声;严之则排摈简质之叙记,必有藻韵,善移
人情,始得称文。其不然者,概谓之笔。

辞笔或诗笔对举,唐世犹然,逮及宋元,此义遂晦,于是散
体之笔,并称曰文,且谓其用,所以载道,提挈经训,诛锄美辞,
讲章告示,高张文苑矣。清阮元〔19〕作《文言说》,其子福又作
《文笔对》,复昭古谊,而其说亦不行。

*   *   *

〔1〕 吕不韦(? —前235) 战国末期卫国濮阳(今属河南)人,原

为大商人。秦庄襄王、秦王政时为相国,后被免职,忧惧自杀。他曾命门客编撰《吕氏春秋》,二十六卷。葛天氏,传说中氏族首领之一。八阕,据《吕氏春秋·仲夏纪·古乐》载,即《载民》、《玄鸟》、《遂草木》、《奋五谷》、《敬天常》、《建帝功》、《依地德》、《总禽兽之极》。

〔2〕　郑玄(127—200)　字康成,东汉北海高密(今属山东)人。长期聚徒讲学,后曾官大司农。所撰《诗谱》,分别说明《诗经》风、雅、颂各部分的地域、时代等情况;《诗谱序》总述《诗经》的形成与时代的关系。上皇,指伏羲氏(亦称庖牺氏),相传他教民结网,从事渔猎畜牧。

〔3〕　据唐司马贞《补史记》(《三皇本纪》):“炎帝神农氏,……斲木为耜,揉木为耒,耒耨之用,以教万人,始教耕,故号神农氏。于是作蜡祭,以赭鞭鞭草木,始尝百草,始有医药。又作五弦之瑟。教人日中为市,交易而退,各得其所。遂重八卦为六十四爻。”

〔4〕　《易》　又称《周易》,我国古代占卜书。分经与传。经有卦、卦辞、爻辞三部分;传有十篇,是对经的解释。

〔5〕　许慎(约58—约147)　字叔重,东汉汝南召陵(今河南偃城)人。曾任太尉南阁祭酒。所撰《说文解字》三十卷,系文字学的重要著作。下文“书者,如也”,唐孔颖达《尚书序正义》:“《璇玑钤》云:‘书者,如也。’则书者,写其言,如其意,情得展舒也。”八岁入小学,《大戴礼记·保傅篇》载:“古者年八岁而出就外舍,学小艺焉,履小节焉。”保氏教国子,《周礼·地官》载:“保氏掌谏王恶,养国子以道,乃教之六艺。”六艺,指礼、乐、射、御、书、数。书,即六书。

〔6〕　岣嵝禹书　湖南衡山岣嵝峰上,有碑文七十余字,字体奇古,相传为夏禹所刻,实系后人伪托。

〔7〕　三皇　诸说不一。《帝王世纪》云:“天地开辟,有天皇氏、地皇氏、人皇氏。”西汉孔安国《尚书序》:“伏羲、神农、黄帝之书谓之三坟”;唐孔颖达《正义》:“三皇之书为三坟。”

〔8〕 有巢、燧人　皆传说中氏族首领。相传有巢教人巢居,因号有巢氏;燧人教人钻木取火,开始熟食,因号燧人氏。

〔9〕 黄帝　传说中的上古帝王。《史记·五帝本纪》:"黄帝者,少典之子,姓公孙,名曰轩辕。"《道言》,散见《吕氏春秋》、《淮南子》等书。如《吕氏春秋·去私》记黄帝之言曰:"声禁重,色禁重,衣禁重,香禁重,味禁重,室禁重。"

〔10〕《金人铭》　西汉刘向《说苑·敬慎》记孔丘在周太庙见一金人(铜人),背上刻有铭文,有句云:"荧荧不灭,炎炎奈何。涓涓不壅,将成江河。绵绵不绝,将成网罗。青青不伐,将寻斧柯。"

〔11〕 颛顼　据《帝王世纪》载,颛顼即"高阳氏,黄帝之孙"。《大戴礼记·武王践祚》载颛顼《丹书》语云:"敬胜怠者吉,怠胜敬者灭;义胜欲者从,欲胜义者凶。"

〔12〕 帝喾　据《帝王世纪》载,帝喾即"高辛氏,少皥之孙",少皥为黄帝之子。《贾子新书·修政语(上)》记帝喾语云:"德莫高于博爱人,而政莫高于博利人,故政莫大于信,治莫大于仁,吾慎此而已也。"

〔13〕"直言曰言,论难曰语"　语见《说文解字》第三卷。

〔14〕 刘勰(约465—约532)　字彦和,南朝梁南东莞(今江苏镇江)人。所撰《文心雕龙》,十卷,五十篇,是中国第一部系统性的文学理论批评专著。下文自"三才已显"至"俱为文章",均据《文心雕龙·原道》:"高卑定位,故两仪既生矣。唯人参之,性灵所钟,是谓三才;为五行之秀,实天地之心。心生而言立,言立而文明,自然之道也。傍及万品,动植皆文:龙凤以藻绘呈瑞,虎豹以炳蔚凝姿;云霞雕色,有逾画工之妙;草木贲华,无待锦匠之奇;夫岂外饰,盖自然耳。至于林籁结响,调如竽瑟;泉石激韵,和若球锽;故形立则章成矣,声发则文生矣。"

〔15〕"物相杂,故曰文"　语见《易·系辞(下)》。物,指阴阳。此二句意谓阴(- -)和阳(—)相错综即是文。

〔**16**〕　刘熙　字成国,东汉末北海(今山东潍坊)人。建安时曾在交州司职(一说任太守)。所撰《释名》,八卷,以音同或音近的字解释字义,推究事物所以命名的由来。

〔**17**〕　"馘,㦮彰也"　许慎《说文解字》原作"馘,有文章也"。清段玉裁注:"彣,馘也,有部曰馘,有彣彰也。"彣,段注:"以毛饰画而成彣彰。"

〔**18**〕　萧绎(508—554)　即梁元帝,自号金楼子。初封湘东王,后即位称帝。所撰《金楼子》,笔记体著作,原为十卷,今存六卷。引文中的阎纂,即阎缵,字续伯,晋巴西安汉人。曾为太傅杨骏舍人。《晋书》有传。伯松,姓张名竦,西汉末年武阳人。因善作奏章,封淑德侯,官丹阳太守。《汉书·王莽传》载时人云:"欲求封,过张伯松;力战斗,不如巧为奏。"引文中的"今之门徒"、"精灵荡摇",《知不足斋丛书》本作"夫子门徒"、"情灵摇荡"。

〔**19**〕　阮元(1764—1849)　字伯元,号芸台,清仪征(今属江苏)人,历任两广总督、体仁阁大学士等。著有《揅经室集》,其中《文言说》、《文韵说》、《与友人论古文书》等篇,论析文笔之分。其子阮福撰《文笔对》,谓"有情辞声韵者为文","直言无文采者为笔"。此文收入他所编《文笔考》一书,又见阮元《揅经室三集·学海堂文笔策问》。

第二篇 《书》与《诗》

《周礼》[1]，外史掌三皇五帝之书，[2]今已莫知其书为何等。假使五帝书诚为五典，则今惟《尧典》在《尚书》[3]中。"尚者，上也。上所为，下所书也。"（王充《论衡》《须颂篇》）或曰："言此上代以来之书。"（孔颖达《尚书正义》）纬书[4]谓"孔子求书，得黄帝玄孙帝魁之书，迄于秦穆公，凡三千二百四十篇。断远取近，定可为世法者百二十篇：以百二篇为《尚书》，十八篇为《中候》。去三千一百二十篇。"（《尚书璇玑铃》）乃汉人侈大之言，不可信。《尚书》盖本百篇：《虞夏书》二十篇，《商书》《周书》各四十篇。[5]今本有序，相传孔子所为，言其作意（《汉书》《艺文志》），然亦难信，以其文不类也。[6]秦燔烧经籍，济南伏生[7]抱书藏山中，又失之。汉兴，景帝使晁错往从口授，而伏生旋老死，仅得自《尧典》至《秦誓》二十八篇；故汉人尝以拟二十八宿。[8]

《书》之体例有六：曰典，曰谟，曰训，曰诰，曰誓，曰命，[9]是称六体。然其中有《禹贡》[10]，颇似记，余则概为训下与告上之词，犹后世之诏令与奏议也。其文质朴，亦诘屈难读，距以藻韵为饰，俾便颂习，便行远之时，盖已远矣。晋卫宏[11]则云，"伏生老，不能正言，言不可晓，使其女传言教错。齐人语多与颍川异，错所不知，凡十二三，略以其意属读而已。"故难

解之处多有。今即略录《尧典》中语,以见大凡:

"……帝曰:畴咨若时,登庸。放齐曰:胤子朱,启明。
帝曰:吁!嚚讼,可乎?帝曰:畴咨若予采?驩兜曰:都!
共工,方鸠僝工。帝曰:吁!静言庸违,象恭,滔天!帝
曰:咨,四岳!汤汤洪水方割,荡荡怀山襄陵,浩浩滔天,
下民其咨。有能,俾乂。佥曰:於,鲧哉!帝曰:吁,咈哉!
方命,圮族。岳曰:异哉!试可,乃已。帝曰:往,钦哉!
九载,绩用弗成。帝曰:咨,四岳!朕在位七十载,汝能庸
命,巽朕位。岳曰:否德,忝帝位。曰:明明,扬侧陋!师
锡帝曰:有鳏在下,曰虞舜。帝曰:俞!予闻。如何?岳
曰:瞽子。父顽,母嚚,象傲。克谐以孝,烝烝乂,不格奸。
帝曰:我其试哉。女于时观厥刑于二女,釐降二女于妫
汭,嫔于虞。"

扬雄曰,"昔之说《书》者序以百,……《虞》《夏》之书浑浑
尔,《商书》灏灏尔,《周书》噩噩尔。"(《法言》《问神》)[12] 虞夏
禅让,独饶治绩,敷扬休烈,故深大矣;周多征伐,上下相戒,事
危而言切,则峻肃而不阿借;惟《商书》时有哀激之音,若缘厓
而失其援,以为夷旷,所未详也。如《西伯戡黎》:

"西伯既戡黎,祖伊恐,奔告于王曰:天子!天既讫我
殷命,格人元龟,罔敢知吉。非先王不相我后人,惟王淫
戏用自绝。故天弃我,不有康食。不虞天性,不迪率典。
今我民罔弗欲丧,曰,天曷不降威,大命不挚?今王其如
台。王曰:呜呼!我生不有命在天?祖伊反曰:呜呼!乃
罪多参在上,乃能责命于天?殷之即丧,指乃功,不无戮

于尔邦!"

武帝时,鲁共王[13]坏孔子旧宅,得其末孙惠所藏之书,字皆古文。孔安国[14]以今文校之,得二十五篇,其五篇与伏生所诵相合,因并依古文,开其篇第,以隶古字写之,合成五十八篇。会巫蛊事[15]起,不得奏上,乃私传其业于生徒,称《尚书》古文之学(《隋书》《经籍志》)。而先伏生所口授者,缘其写以汉隶,遂反称今文。

孔氏所传,既以值巫蛊不行,遂有张霸[16]之徒,伪造《舜典》《汩作》等二十四篇,亦称古文书,而辞义芜鄙,不足取信于世。若今本孔传《古文尚书》,则为晋豫章梅赜[17]所奏上,独失《舜典》;至隋购募,乃得其篇,唐孔颖达[18]疏之,遂大行于世。宋吴棫[19]始以为疑;朱熹更比较其词,以为"今文多艰涩,而古文反平易","却似晋宋间文章",并书序亦恐非安国作也。[20]明梅鷟[21]作《尚书考异》,尤力发其复,谓"《尚书》惟今文传自伏生口诵者为真古文。出孔壁中者,尽后儒伪作,大抵依约诸经《论》《孟》中语,并窃其字句而缘饰之"云。

诗歌之起,虽当早于记事,然葛天《八阕》,黄帝乐词[22],仅存其名。《家语》谓舜弹五弦之琴,造《南风》之诗[23]曰:"南风之熏兮,可以解吾民之愠兮;南风之时兮,可以阜吾民之财兮。"《尚书大传》[24]又载其《卿云歌》云:"卿云烂兮,糺缦缦兮,日月光华,旦复旦兮!"辞仅达意,颇有古风,而汉魏始传,殆亦后人拟作。其可征信者,乃在《尚书》《皋陶谟》,(伪孔传《尚书》分之为《益稷》)曰:

"……夔曰:於!予击石拊石,百兽率舞,庶尹允谐。

帝庸作歌曰：敕天之命，惟时惟几。乃歌曰：股肱喜哉，元首起哉，百工熙哉！皋陶拜手稽首扬言曰：念哉！率作兴事，慎乃宪，钦哉！屡省乃成，钦哉！乃赓载歌曰：元首明哉，股肱良哉，庶事康哉！又歌曰：元首丛脞哉，股肱惰哉，万事堕哉！帝曰：俞，往，钦哉！"

以体式言，至为单简，去其助字，实止三言，与后之"汤之《盘铭》〔25〕曰：苟日新，日日新，又日新"同式；又虽亦偶字履韵，而朴陋无华，殊无以胜于记事。然此特君臣相勖，冀各慎其法宪，敬其职事而已，长言咏叹，故命曰歌，固非诗人之作也。

自商至周，诗乃圆备，存于今者三百五篇，称为《诗经》。其先虽遭秦火，而人所讽诵，不独在竹帛，故最完。司马迁〔26〕始以为"古者《诗》三千余篇，及至孔子，去其重，取其可施于礼义，上采契后稷，中述殷周之盛，至幽厉之缺。"然唐孔颖达已疑其言；宋郑樵则谓诗皆商周人作，孔子得于鲁太师，编而录之。朱熹于诗，其意常与郑樵合，亦曰："人言夫子删诗，看来只是采得许多诗，夫子不曾删去，只是刊定而已。"〔27〕

《书》有六体，《诗》则有六义焉：一曰风，二曰赋，三曰比，四曰兴，五曰雅，六曰颂。风雅颂以性质言：风者，闾巷之情诗；雅者，朝廷之乐歌；颂者，宗庙之乐歌也。是为《诗》之三经。赋比兴以体制言：赋者直抒其情；比者借物言志；兴者托物兴辞也。是为《诗》之三纬。风以《关雎》始，雅有大小，小雅以《鹿鸣》始，大雅以《文王》始；颂以《清庙》始；是为四始。汉时，说《诗》者众，鲁有申培，齐有辕固，燕有韩婴，〔28〕皆尝列于学官,而其书今并亡。存者独有赵人毛苌诗传,其学自谓传自子夏;河间献王尤好之。[29]其诗每篇皆有序,郑玄以为首篇大序即子夏作,后之小序则子夏毛公合作也。[30]而韩愈则云,"子夏不序诗。"[31]朱熹解诗,亦但信诗不信序。[32]然据范晔说,则实后汉卫宏之所为尔。[33]

毛氏《诗序》既不可信,三家《诗》又失传,作诗本义遂难通晓。而《诗》之篇目次第,又不甚以时代为先后,故后来异说滋多。明何楷作《毛诗世本古义》[34],乃以诗编年,谓上起于夏少康时(《公刘》,《七月》等)而讫于周敬王之世(《下泉》),虽与孟子知人论世[35]之说合,然亦非必其本义矣。要之《商颂》[36]五篇,事迹分明,词亦诘屈,与《尚书》近似,用以上续舜皋陶之歌,或非诬欤?今录其《玄鸟》一篇;《毛诗》序曰:祀高宗也。

"天命玄鸟,降而生商,宅殷土芒芒。古帝命武汤,正域彼四方,方命厥后,奄有九有。商之先后,受命不殆,在武丁孙子。武丁孙子,武王靡不胜,龙旗十乘,大糦是承。邦畿千里,维民所止,肇域彼四海,四海来假。来假祁祁,景员维河,殷受命咸宜,百禄是何。"

至于二《雅》,则或美或刺,较足见作者之情,非如《颂》诗,大率叹美。如《小雅》《采薇》,言征人远戍,虽劳而不敢息云:

"采薇采薇,薇亦作止。曰归曰归,岁亦莫止。靡室靡家,玁狁之故;不遑启居,玁狁之故。……彼尔维何?维常之华。彼路斯何?君子之车。戎车既驾,四牡业业;岂敢定居,一月三捷。……昔我往矣,杨柳依依;今我来思，雨雪霏霏，行道迟迟，载渴载饥。我心伤悲，莫知我哀！"

此盖所谓怨诽而不乱，温柔敦厚之言矣。[37]然亦有甚激切者，如《大雅》《瞻卬》：

"瞻卬昊天，则不我惠，孔填不宁，降此大厉。邦靡有定，士民其瘵。蟊贼蟊疾，靡有夷届；罪罟不收，靡有夷瘳！人有土田，女反有之；人有民人，女复夺之。此宜无罪，女反收之；彼宜有罪，女复说之！哲夫成城，哲妇倾城。……觱沸槛泉，维其深矣；心之忧矣，宁自今矣。不自我先，不自我后。藐藐昊天，无不克巩；无忝皇祖，式救尔后！"

《国风》之词，乃较平易，发抒情性，亦更分明。如：

"野有死麕，白茅包之；有女怀春，吉士诱之。林有朴樕；野有死鹿，白茅纯束；有女如玉。舒而脱脱兮；无感我帨兮；无使尨也吠！"（《召南》《野有死麕》）

"溱与洧，方涣涣兮；士与女，方秉蕳兮。女曰观乎，士曰既且。且往观乎，洧之外，洵讦且乐。维士与女，伊其相谑，赠之以勺药。……"（《郑风》《溱洧》）

"山有枢，隰有榆。子有衣裳，弗曳弗娄；子有车马，弗驰弗驱；宛其死矣，他人是愉。山有栲，隰有杻。子有廷内，弗洒弗扫；子有钟鼓，弗鼓弗考，宛其死矣，他人是保。山有漆，隰有栗。子有酒食，何不日鼓瑟？且以喜乐，且以永日。宛其死矣，他人入室。"（《唐风》《山有枢》）

《诗》之次第，首《国风》，次《雅》，次《颂》。《国风》次第，则始周召二南[38]，次邶鄘卫王郑齐魏唐秦陈桧曹而终以豳。其序列先后，宋人多以为即孔子微旨所寓，[39]然古诗流传来久，篇次未必一如其故，今亦无以定之。惟《诗》以平易之《风》始，而渐及典重之《雅》与《颂》；《国风》又以所尊之周室始，次乃旁及于各国，则大致尚可推见而已。

《诗》三百篇，皆出北方，而以黄河为中心。其十五国中，周南召南王桧陈郑在河南，邶鄘卫曹齐魏唐在河北，豳秦则在泾渭之滨，疆域概不越今河南山西陕西山东四省之外。其民厚重，故虽直抒胸臆，犹能止乎礼义，忿而不戾，怨而不怒，哀而不伤，乐而不淫，虽诗歌，亦教训也。然此特后儒之言，实则激楚之言，奔放之词，《风》《雅》中亦常有，而孔子则曰："《诗》三百，一言以蔽之，曰：思无邪。"后儒因孔子告颜渊为邦，曰"放郑声"。又曰："恶郑声之乱雅乐也。"[40]遂亦疑及《郑风》，以为淫逸，失其旨矣。自心不净，则外物随之，嵇康[41]曰："若夫郑声，是音声之至妙，妙音感人，犹美色惑志，耽槃荒酒，易以丧业，自非至人，孰能御之。"(本集《声无哀乐论》)世之欲捐窈窕之声，盖由于此，其理亦并通于文章。

参考书：

《尚书正义》(唐孔颖达)

《毛诗正义》(同上)

《经义考》(清朱彝尊)卷七十二至七十六　卷九十八至一百

《支那文学史纲》(日本儿岛献吉郎)第二篇二至四章

《诗经研究》(谢无量)

* * * *

〔1〕 《周礼》 又名《周官》,记述周王室官制和战国时各国制度,战国后期写成。内分《天官冢宰》、《地官司徒》、《春官宗伯》、《夏官司马》、《秋官司寇》、《冬官司空》六篇。《冬官司空》已佚,西汉河间献王(刘德)补以《考工记》。

〔2〕 外史 《周礼·春官宗伯》载:"外史掌书外令,掌四方之志,掌三皇五帝之书,掌达书名于四方。若以书使于四方,则书其令。"三皇五帝之书,即"三坟五典"。西汉孔安国《尚书序》载:"伏羲、神农、黄帝之书谓之三坟,言大道也。少昊、颛顼、高辛、唐、虞之书谓之五典,言常道也。"

〔3〕 《尧典》 《尚书》第一篇,也称"帝典"。主要记载尧舜禅让事迹等。《尚书》,即《书》,中国上古历史文件和追述古代史事的著作的汇编。

〔4〕 纬书 汉代人混合神学迷信思想附会儒家经义的书。《易》、《书》、《诗》、《礼》、《乐》、《春秋》、《孝经》七经的纬书,统称"七纬"。《璇玑钤》即《尚书纬》的一种。明胡应麟《四部正讹》:"纬之名,所以配经。"原书已失传,明孙毂《古微书》、清马国翰《玉函山房辑佚书》有辑录。帝魁,南宋罗泌《路史后纪·黄帝纪》:"帝魁氏,大鸿氏之曾孙也。"传说大鸿氏系黄帝之子。《中候》,即《尚书中候》十八篇,也是《尚书》的一种纬书。

〔5〕 《虞夏书》 指《虞书》和《夏书》。《虞书》记载传说中唐尧、虞舜、夏禹等事迹,《夏书》记载夏代史事。《商书》记载商代史事,《周书》记载周代史事。

〔6〕 关于孔子作《书》序,据《汉书·艺文志》:"故《书》之所起远矣,至孔子纂焉。上断于尧,下迄于秦,凡百篇,而为之序,言其作意。"

〔7〕 伏生 名胜,字子贱,西汉济南(郡治今山东章丘)人。《史

记·儒林列传》："故为秦博士。孝文帝时，欲求能治《尚书》者，天下无有，乃闻伏生能治，欲召之。是时伏生年九十余，老，不能行，于是乃诏太常使掌故晁错往受之。秦时焚书，伏生壁藏之。其后兵大起，流亡，汉定，伏生求其书，亡数十篇，独得二十九篇，即以教于齐鲁之间。"下文"景帝"应作"文帝"。

〔8〕 关于汉人以《书》二十八篇拟二十八宿，据《史记·儒林列传》唐司马贞《索隐》："孔臧与安国书云：'旧《书》潜于壁室，歘尔复出，古训复申。唯闻《尚书》二十八篇取象二十八宿，何图乃有百篇'。"

〔9〕 典、谟、训、诰、誓、命 《尚书》中的六种文体。典，记述帝王言行，以作后代常法，如《尧典》。谟，记述君臣谋议国事，如《皋陶谟》。训，记述训导言词，如《伊训》。诰，施政文告，如《汤诰》。誓，临战勉励将士的誓词，如《牧誓》。命，帝王的诏令，如《顾命》。

〔10〕 《禹贡》 《尚书·夏书》的一篇。内容记述夏禹王划定冀、兖、青、徐等九州，并记载各州山川、土壤、物产和贡赋等级。近人认为，反映如此广大地区自然现象和贡赋问题的记叙文，只有至战国时始可能出现。

〔11〕 卫宏 字敬仲，东汉东海（郡治今山东郯城）人。光武帝时任议郎，官至给事中。治《毛诗》及《古文尚书》。卫宏语见《汉书·儒林传》颜师古注。"晋"应作"东汉"。

〔12〕 扬雄 参看本卷第27页注〔12〕。撰有《法言》、《方言》等书和《甘泉》、《长杨》等赋。《法言》，十三卷，模仿《论语》写成的著作。"昔之说《书》者序以百"，据唐孔颖达《尚书正义》："按郑（玄）序《虞夏书》二十篇，《商书》四十篇，《周书》四十篇。"

〔13〕 鲁共王 即刘余，西汉景帝子。《隋书·经籍志》载："鲁共王坏孔子旧宅，得其末孙惠所藏之书，字皆古文。"

〔14〕 孔安国 字子国，孔子十二世孙，汉武帝时曾任谏大夫、临

淮太守。《隋书·经籍志》载:孔子旧宅所藏之书"字皆古文,孔安国以今文校之,……又济南伏生所诵,有五篇相合。安国并依古文,开其篇第,以隶古字写之,合成五十八篇"。这里所说"五篇相合",据《孔传序》云:伏生以"《舜典》合于《尧典》,《益稷》合于《皋陶谟》,《盘庚》三篇合为一,《康王之诰》合于《顾命》";"合成五十八篇",从伏生口授的二十八篇分出"相合"的五篇,计三十三篇,再加孔安国校的二十五篇,共五十八篇。

〔15〕 巫蛊事 指巫蛊之祸。武帝晚年多病,疑有人以巫蛊之术谋害他。宠臣江充遂诬陷太子以蛊术谋篡位。征和二年,太子被逼出奔,最后自杀。为追查巫蛊事死者达数万人。巫蛊,当时迷信认为将木偶埋于地下,用巫术诅咒,可以害人。

〔16〕 张霸 西汉东莱(郡治今山东掖县)人。汉成帝时伪造古文《尚书》。东汉王充《论衡·正说篇》:"至孝成皇帝时,征为古文《尚书》学。东海张霸案百篇之序,空造百两之篇,献之成帝。帝出秘百篇以校之,皆不相应,于是下霸于吏。吏白霸罪当至死,成帝高其才而不诛,亦惜其文而不灭。"张霸所造,世称《百两篇》。《汉书·儒林传》:"世所传《百两篇》者,出东莱张霸,分析合二十九篇以为数十,又采《左氏传》、《书叙》为作首尾,凡百二篇。"

〔17〕 梅赜 又作梅颐或枚赜,字仲真,东晋汝南西平(今属河南)人,曾任豫章内史。东晋元帝时,奏献孔传《古文尚书》。

〔18〕 孔颖达(574—648) 字冲远,唐冀州衡水(今属河北)人。由隋入唐,官至国子祭酒,奉太宗命主编《五经正义》。

〔19〕 吴棫(约1100—1154) 字才老,南宋建安(今福建建瓯)人,官泉州通判,撰有《韵补》等。他对《古文尚书》的怀疑,见所撰《书稗传》。该书已佚,清阎若璩《古文尚书疏证》卷八称:"疑古文自吴才老始。"南宋朱熹、明梅鷟均曾引述吴棫之说。

〔20〕 朱熹 参看本卷第92页注〔15〕。他撰有《四书章句集注》、

《诗集传》和《朱子语类》等。他对孔传《古文尚书》的怀疑,见《朱子语类》卷七十八。

〔21〕 梅鷟　字致斋,明旌德(今属安徽)人,武宗正德年间举人。曾官南京国子监助教、盐课司提举。撰有《尚书考异》、《尚书谱》。

〔22〕 黄帝乐词　即《咸池》。《汉书·礼乐志》:"昔黄帝作《咸池》。"

〔23〕 《家语》　《孔子家语》的简称,《汉书·艺文志》著录二十七卷。今本十卷,宋以来即认为系魏时王肃收集和伪造。《南风》,《礼记·乐记》:"昔者舜作五弦之琴,以歌南风。"《南风》歌见《尸子》和《家语》。

〔24〕 《尚书大传》　旧题西汉伏生撰。清陈寿祺有辑本。其中说:"舜为宾客,而禹为主人。……于时卿云聚,俊乂集,百工相和而歌《庆云》"。按"卿云"亦作"庆云"。

〔25〕 《盘铭》　见《礼记·大学》。朱熹注:"盘,沐浴之盘也。铭,名其器以自警之辞也。"

〔26〕 司马迁(约前145—约前86)　参看本书第十篇。引文见《史记·孔子世家》。

〔27〕 关于孔子删诗,孔颖达怀疑《史记》之言,见《诗谱序》疏:"如《史记》之言,则孔子之前,诗篇多矣。案书传所引之诗,见在者多,亡逸者少,则孔子所录,不容十分去九。马迁言古诗三千余篇,未可信也。"郑樵(1103—1162),字渔仲,南宋莆田(今属福建)人,官至枢密院编修,撰《通志》二百卷。他在所撰《六经奥论·删诗辨》中说:"夫《诗》上自《商颂》祀成汤,下至《株林》刺陈灵公,上下千余年,而诗才三百五篇,有更十君而取一篇者。皆商周人所作。夫子并得之于鲁太师,编而录之,非有意于删也。"下文所引朱熹对孔子删诗问题的话,见《朱子语类》卷二十三。

〔28〕 申培　又称申公,西汉鲁(今山东曲阜)人。初为楚王戊太

傅,为戍所辱。回乡讲学,武帝时征为太中大夫,年已八十余。因窦太后好黄老之学,他倡议尊儒触怒太后,约建元三年罢归,数年后卒。创鲁诗学派。《汉书·艺文志》著录《鲁故》二十五卷,《鲁说》二十八卷,已失。辕固,又称固生,西汉齐(今山东淄博)人,景帝时博士,为清河王太傅,病归。武帝时又应征召,因老免归。创齐诗学派。韩婴,西汉燕(今北京)人,文帝时博士。景帝时为常山王太傅,武帝时尚在朝堂论学。创韩诗学派。《汉书·艺文志》著录《韩故》三十六卷,《韩说》四十一卷,《韩内传》四卷,《韩外传》六卷。此三家《诗》学均由朝廷列为经学科目,其书均已亡佚。清王先谦有辑本《诗三家义集疏》。

〔29〕 毛苌 苌一作"长",西汉赵(郡治今河北邯郸)人。相传是"毛诗学"的传授者。曾任河间献王博士。子夏(前507—?),姓卜名商,春秋时晋国温(今河南温县)人,孔子门徒。相传《诗》、《春秋》是由他传授下来的。河间献王,即刘德,参看本卷第419页注〔31〕。

〔30〕 大序 《国风》首篇《关雎》"小序"后所载有关《诗》的总序,综论古代诗歌性质、内容、形式和作用诸问题。小序,《诗》各篇题下对该诗所作的简要解释。郑玄关于《诗》大序、小序作者问题的意见,见其所撰《诗谱》。毛公,即毛亨,西汉鲁(今山东曲阜)人,一说河间(郡治今河北献县)人。相传是"毛诗学"的创立者。"毛诗学"传自毛亨,后人因称毛亨为"大毛公",毛苌为"小毛公"。

〔31〕 韩愈 参看本卷第80页注〔1〕。明杨慎《升庵经说·诗小序》:"予见古本韩文,有《议诗序》一篇,其言曰'子夏不序诗'。"

〔32〕 朱熹不信《诗》序,见《朱子语类》卷八十:"《诗小序》全不可信,如何定知是美刺那人?"朱熹《诗集传》对某些诗篇的评论与《诗序》不同。

〔33〕 范晔 参看本卷第42页注〔9〕。他所撰《后汉书·儒林列传》云:"卫宏字敬仲,东海人也。……九江谢曼卿善《毛诗》,乃为其训,

宏从曼卿受学,因作《毛诗序》。"

〔34〕 何楷 字元子,明镇海卫(今福建漳浦)人,熹宗天启年间进士。崇祯时官户部主事、工科给事中。所撰《毛诗世本古义》,又名《诗经世本古义》,二十八卷。对《诗》三百篇勉强划分时代,附会作者姓名;名物训诂方面,引证考据较详。

〔35〕 知人论世 语出《孟子·万章(下)》:"颂其诗,读其书,不知其人可乎? 是以论其世也,是尚友也。"

〔36〕 《商颂》 包括《那》、《烈祖》、《玄鸟》、《长发》、《殷武》五篇。自宋代起,即有人怀疑《商颂》并非商代作品,清魏源《诗古微·商颂发微篇》考定为宋襄公大夫正考父所作。

〔37〕 怨诽而不乱 语见司马迁《史记·屈原贾生列传》:"《国风》好色而不淫,《小雅》怨诽而不乱。"温柔敦厚,语见《礼记·经解》:"孔子曰:'入其国,其教可知也。其为人也,温柔敦厚,《诗》教也'。"

〔38〕 周召二南 指《国风》中的《周南》和《召南》。周是周公旦管理的地区,召是召公奭管理的地区。周灭殷后,将原来周的封邑分封给周召二公,在今陕西凤翔一带。但二南中所收录的诗,其范围除上述两个地区外,还包括南方江汉一带的诗。

〔39〕 关于《诗经》序列先后问题,宋代学者如欧阳修《诗解·十五国次解》云:"《国风》之号,起《周》终《豳》,皆有所次,圣人岂徒云哉?"

〔40〕 "《诗》三百"等句,见《论语·为政》。"放郑声",见《论语·卫灵公》:"颜渊问为邦。子曰:'行夏之时,乘殷之辂,服周之冕,乐则《韶》、《舞》,放郑声,远佞人。郑声淫,佞人殆'。""恶郑声之乱雅乐也",见《论语·阳货》。

〔41〕 嵇康(223—263) 字叔夜,三国魏谯郡铚(今安徽宿县)人。官中散大夫,撰有《嵇中散集》。

第三篇　老　　庄

　　周室寝衰,风人辍采;故曰:"王者之迹熄而诗亡。"[1]志士欲救世弊,则穷竭神虑,举其知闻。而诸侯又方并争,厚招游学之士;或将取合世主,起行其言,乃复力斥异家,以自所执持者为要道,骋辩腾说,著作云起矣。然当时足称"显学"[2]者,实止三家,曰道,曰儒,曰墨。

　　道家书据《汉书》《艺文志》所录有《伊尹》,《太公》,《辛甲》[3]等,今皆不传;《鬻子》《筦子》[4]亦后人作,故存于今者莫先于《老子》。老子[5]名耳,字聃,姓李氏,楚人,盖生于周灵王初(约西历纪元前五七〇),尝为守藏室之史,见周之衰,遂去,至关,为关令尹喜[6]著书上下篇,言道德之意五千余言而去,莫知其所终也。今书又离为八十一章,亦后人妄分,本文实惟杂述思想,颇无条贯;时亦对字协韵,以便记诵,与秦汉人所传之黄帝《金人铭》,颛顼《丹书》等(见第一篇)同:

　　"视之不见名曰夷,听之不闻名曰希,搏之不得名曰微。此三者不可致诘,故混而为一。其上不皦,其下不昧,绳绳不可名,复归于无物。是谓无状之状,无物之象,是谓惚恍。迎之不见其首,随之不见其后,执古之道,以御今之有。能知古始,是谓道纪。"

　　"执大象,天下往。往而不害,安平太。乐与饵,过客止;道之出口,淡乎其无味,视之不足见,听之不足闻,用之不足既。"

老子尝为周室守书,博见文典,又阅世变,所识甚多,班固[7]谓"道家者流,盖出于史官,历记成败存亡祸福古今之道,然后知秉要执本,清虚以自守,卑弱以自持"者盖以此。然老子之言亦不纯一,戒多言而时有愤辞,尚无为而仍欲治天下。其无为者,以欲"无不为"也。

"大道废,有仁义。智慧出,有大伪。六亲不和有孝慈,国家昏乱有忠臣。"

"民之饥,以其上食税之多,是以饥。民之难治,以其上之有为,是以难治。民之轻死,以其求生之厚,是以轻死。夫唯无以生为者,是贤于贵生。"

"……圣人处无为之事,行不言之教,万物作焉而不辞,生而不有,为而不恃,功成而弗居。夫唯弗居,是以不去。"

"为学日益,为道日损。损之又损,以至于无为。无为而无不为。取天下常以无事;及其有事,不足以取天下。"

儒墨二家起老氏之后,而各欲尽人力以救世乱。孔子以周灵王二十一年(前五五一)生于鲁昌平乡陬邑,年三十余,尝问礼于老聃,然祖述尧舜[8],欲以治世弊,道不行,则定《诗》《书》,订《礼》《乐》,序《易》,作《春秋》[9]。既卒(敬王四十一年＝前四七九),门人又相与辑其言行而论纂之,谓之《论语》。墨子[10]亦鲁人,名翟,盖后于孔子百三四十年(约威烈王一至十年生），而尚夏道，兼爱尚同，非古之礼乐，亦非儒，有书七十一篇，今存者作十五卷。然儒者崇实，墨家尚质，故《论语》《墨子》，其文辞皆略无华饰，取足达意而已。时又有杨朱[11]，主"为我"，殆未尝著书，而其说亦盛行于战国之世。孟子名轲（前三七二生二八九卒）者，邹人，受学于子思，亦崇唐虞，说仁义，于杨墨则辞而辟之，[12]著书七篇曰《孟子》。生当周季，渐有繁辞，而叙述则时特精妙，如墦间乞食一段，宋吴氏（《林下偶谈》）[13]极推称之：

> "齐人有一妻一妾而处室者。其良人出，则必餍酒食而后反；其妻问所与饮食者，尽富贵也。其妻告其妾曰：良人出，则必餍酒食而后反，问其与饮食者，尽富贵也，而未尝有显者来，吾将瞷良人之所之也。蚤起，施从良人之所之。遍国中无与立谈者，卒之东郭墦间之祭者，乞其余，不足，又顾而之他。此其为餍足之道也。其妻归，告其妾曰：良人者，所仰望而终身也，今若此。与其妾讪其良人，而相泣于中庭。而良人未之知也，施施从外来，骄其妻妾。"

然文辞之美富者，实惟道家，《列子》《鹖冠子》[14]书晚出，皆后人伪作；今存者有《庄子》。庄子[15]名周，宋之蒙人，盖稍后于孟子，尝为蒙漆园吏。著书十余万言，大抵寓言，人物土地，皆空言无事实，而其文则汪洋辟阖，仪态万方，晚周诸子之作，莫能先也。今存三十三篇，《内篇》七，《外篇》十五，《杂篇》十一；然《外篇》《杂篇》疑亦后人所加。于此略录《内篇》之文，以见大概：

　　"齧缺问乎王倪曰:子知物之所同是乎?曰:吾恶乎
知之。子知子之所不知邪?曰:吾恶乎知之。然则物无
知邪?曰:吾恶乎知之。虽然,尝试言之:庸讵知吾所谓
知之非不知邪?庸讵知吾所谓不知之非知邪?且吾尝试
问乎女:民湿寝则要疾偏死,鰌然乎哉?木处则惴栗恂
惧,猿猴然乎哉?三者孰知正处。……自我观之:仁义之
端,是非之途,樊然淆乱。吾恶能知其辩。齧缺曰:子不
知利害,则至人固不知利害乎?王倪曰:至人神矣,大泽
焚而不能热,河汉沍而不能寒,疾雷破山,风振海而不能
惊。若然者乘云气,骑日月,而游乎四海之外。死生无变
于己,而况利害之端乎?"(《齐物论》第二)

　　"泉涸,鱼相与处于陆,相呴以湿,相濡以沫,不如相
忘于江湖。与其誉尧而非桀也,不如两忘而化其道。夫
大块载我以形,劳我以生,佚我以老,息我以死,故善吾生
者,乃所以善吾死也。"(《大宗师》第六)

　　"南海之帝为儵,北海之帝为忽,中央之帝为混沌。
儵与忽时与相遇于混沌之地,混沌待之甚善。儵与忽谋
报混沌之德,曰:人皆有七窍以视听食息,此独无有。尝
试凿之。日凿一窍,七日而混沌死。"(《应帝王》第七)
末有《天下》一篇(胡适谓非庄周作)[16],则历评"天下之治方
术者",最推关尹老子,以为"古之博大真人",而自述其文与意
云:

　　"芴漠无形,变化无常。死与生与?天地并与?神明
往与?芒乎何之,忽乎何适?万物毕罗,莫足以归。古之

道术，有在于是者。庄周闻其风而悦之，以谬悠之说，荒唐之言，无端崖之辞，时纵恣而不傥，不以觭见之也。以天下为沉浊不可与庄语，以卮言为曼衍，以重言为真，以寓言为广。独与天地精神往来，而不敖倪于万物；不谴是非，以与世俗处。其书虽瑰玮，而连犿无伤也。其辞虽参差，而諔诡可观。彼其充实，不可以已。上与造物者游，而下与外死生无终始者为友。其于本也，弘大而辟，深闳而肆；其于宗也，可谓稠适而上遂矣。……"

故自史迁以来，均谓周之要本，归于老子之言。然老子尚欲言有无，别修短，知白黑，而措意于天下；周则欲并有无修短白黑而一之，以大归于"混沌"，其"不谴是非"，"外死生"，"无终始"，胥此意也。中国出世之说，至此乃始圆备。

察周季之思潮，略有四派。一邹鲁派，皆诵法先王，标榜仁义，以备世之急，儒有孔孟，墨有墨翟。二陈宋派，老子生于苦县，本陈地也，言清净之治，迨庄周生于宋，则且以"天下为沉浊不可与庄语"，自无为而入于虚无。三曰郑卫派，郑有邓析申不害，卫有公孙鞅，赵有慎到公孙龙，韩有韩非，[17]皆言名法。四曰燕齐派，则多作空疏迂怪之谈，齐之驺衍，驺奭，田骈，接子[18]等，皆其卓者，亦秦汉方士所从出也。

参 考 书：

《老子》(晋王弼注)

《庄子》(晋郭象注)

《史记》(《孔子世家》，孟、老、庄列传等)

《汉书》(《艺文志》)

《子略》(宋高似孙)

《支那文学史纲》(日本儿岛献吉郎)第二篇第六章

《中国大文学史》(谢无量)卷二第七章

《中国哲学史大纲》(胡适)上卷

＊　　　　＊　　　　＊

〔1〕 "王者之迹熄而诗亡" 语见《孟子·离娄(下)》。南宋朱熹注:"王者之迹熄,谓平王东迁,而政教号令不及于天下也。"

〔2〕 "显学" 《韩非子·显学》:"世之显学,儒墨也。"鲁迅在这里添上道家。

〔3〕 《伊尹》 《汉书·艺文志》著录五十一篇,传伊尹作。原注:"汤相"。《太公》,《汉书·艺文志》著录二三七篇,传吕望作。原注:"吕望为周师尚父,本有道者。或有近世又以为太公术者所增加也。"《辛甲》,《汉书·艺文志》著录二十九篇,传辛甲作。原注:"纣臣"。

〔4〕 《鬻子》 《汉书·艺文志》著录二十二篇,传鬻熊作。原注:"名熊,为周师。"今存一卷,十四篇。《筦子》,《汉书·艺文志》著录八十六篇,传管仲作。原注:"名夷吾,相齐桓公。"按《筦子》即《管子》,今存七十六篇。

〔5〕 老子(约前571—?) 春秋时楚国苦县(今河南鹿邑)人,道家学派创始者,曾任周守藏室之史。《史记·老子韩非列传》载:"老子修道德,其学以自隐无名为务。居周久之,见周之衰,乃遂去。至关,关令尹喜曰:'子将隐矣,彊为我著书'。于是老子乃著书上下篇,言道德之意五千余言而去,莫知其所终。"《隋书·经籍志》著录《老子道德经》二卷。

〔6〕 关令尹喜 《汉书·艺文志》著录《关尹子》九篇,传尹喜作。原注:"名喜,为关吏。老子过关,喜去吏而从之。"

〔7〕　班固　参看本卷第 12 页注〔6〕。他所撰除《汉书》外，尚有《白虎通义》及《两都赋》等。这里的引文见《汉书·艺文志》。

〔8〕　祖述尧舜　语见《礼记·中庸》："仲尼祖述尧舜，宪章文武。"朱熹注："祖述者，远宗其道。"

〔9〕　"定《诗》《书》"等句，其中的《诗》、《书》，参看本书第二篇。《礼》，即《仪礼》，春秋战国时期部分礼制的汇编。《乐》，即《乐经》，已亡佚。《易》，即《周易》。《春秋》，鲁国史书，所记上起隐公元年（前 722），下止哀公十四年（前 481）。相传孔子曾对这些书作过整理，见《史记·孔子世家》。

〔10〕　墨子　参看本卷第 316 页注〔2〕。他提出兼爱尚同，《兼爱》篇云："兼相爱则治，相恶则乱。"《尚同》篇云："察天下之所以治者何也，天子唯能一同天下之义，是以天下治也"，主张选择贤者为天子诸臣，"使从事乎一同天下之义"，"上之所是，必皆是之，所非必皆非之"。下文所说"有书七十一篇"，《汉书·艺文志》著录《墨子》七十一篇，现存五十三篇，共十五卷。

〔11〕　杨朱　参看本卷第 316 页注〔1〕。《孟子·滕文公（下）》曾云："天下之言，不归杨，则归墨。"可见当时二家学说盛行情况。

〔12〕　孟子（约前 372—前 289）　名轲，战国时邹（今山东邹县）人。《史记·孟子荀卿列传》说他"受业子思之门人"。他是儒家学说的重要代表人物，主张"法先王"、"行仁政"。他排斥杨墨，曾说："杨子为我，是无君也；墨氏兼爱，是无父也。无父无君，是禽兽也。"（《孟子·滕文公（下）》）子思（前 483—前 402），姓孔名伋，春秋时鲁国人。孔子之孙，相传他受业于曾参，作《中庸》。

〔13〕　宋吴氏　即吴子良（1197—?），字明辅，号荆溪，南宋临海（今属浙江）人，理宗宝庆年间进士，官至太府少卿。所撰《林下偶谈》，四卷。该书卷四论《孟子》："其文法极可观，如齐人乞墦一段尤妙，唐人

杂说之类,盖仿于此。"墦间乞食一段引文见《孟子·离娄(下)》。

〔**14**〕 《列子》 列子即列御寇,战国时郑国人。《汉书·艺文志》著录《列子》八篇,原注:"先庄子,庄子称之。"《鹖冠子》,《汉书·艺文志》著录《鹖冠子》一篇,原注:"楚人,居深山,以鹖为冠。"鹖冠子,姓名不详,相传战国时楚国人,一说春秋时人,因以鹖羽为冠,故得此号。

〔**15**〕 庄子(前369—前286) 名周,战国时宋国人。道家学派代表人,曾为蒙漆园吏。《史记·老子韩非列传》载:"其学无所不闚,然其要本归于老子之言。故其著书十余万言,大抵率寓言也。"又云所撰"皆空语无事实,然善属书离辞,指事类情,用剽剥儒墨,虽当世宿学不能自解免也。其言洸洋自恣以适己,故自王公大人不能器之。"《汉书·艺文志》著录《庄子》五十二篇。今传《庄子》三十三篇,《内篇》有《逍遥游》、《齐物论》、《养生主》、《人间世》、《德充符》、《大宗师》、《应帝王》,此七篇一般认为系庄周所撰;《外篇》有《骈拇》、《马蹄》等十五篇,《杂篇》有《庚桑楚》、《徐无鬼》等十一篇,此二十六篇一般认为系庄子后学所撰。

〔**16**〕 关于《天下》篇的作者,胡适《中国哲学史大纲》第九篇第一章说:"《天下》篇是一篇绝妙的后序,却决不是庄子自作的。"

〔**17**〕 邓析(前545—前501) 春秋时郑国大夫。曾编刑书《竹刑》,已佚。《汉书·艺文志》著录《邓析》二篇,亦佚。今存《邓析子》一卷,系伪作。申不害(约前385—前337),战国时郑国人,曾任韩昭侯相。《汉书·艺文志》著录《申子》六篇,现仅存《大体》一篇。公孙鞅(约前390—前338),即商鞅,战国时卫国人。秦孝公时,任左庶长、大良造,两次进行变法。《汉书·艺文志》著录《商君》二十九篇,今存二十四篇;又有《公孙鞅》二十七篇,已佚。慎到(约前395—约前315),战国时赵国人,曾在齐国讲学。《汉书·艺文志》著录《慎子》四十二篇,今存五篇。公孙龙(约前320—前250),战国时赵国人,曾为平原君门客。《汉书·艺文志》著录《公孙龙子》十四篇,今存六篇。韩非(约前280—前

233),战国时韩国人,受业于荀况。《汉书·艺文志》著录《韩子》五十五篇。

〔**18**〕 驺衍(约前 305—前 240) 号谈天衍,战国时齐国人,曾任燕昭王之师。《汉书·艺文志》著录《邹子》四十九篇,又《邹子终始》五十六篇。清马国翰《玉函山房辑佚书》有《邹子》一卷。驺奭,号雕龙奭,战国时齐国人,曾为列大夫。《汉书·艺文志》著录《邹奭子》十二篇,已佚。田骈,又名陈骈子,号天口骈,战国时齐国人,宣王时曾在稷下讲学。《汉书·艺文志》著录《田子》二十五篇,已佚。接子,又名捷子,战国时齐国人。宣王时曾游稷下讲学。《汉书·艺文志》著录《捷子》二篇,已佚。《汉书·艺文志》将驺衍、驺奭归入阴阳家,田骈、接子归入道家。

第四篇　屈原及宋玉

战国之世，言道术既有庄周之蔑诗礼，贵虚无，尤以文辞，陵轹诸子。在韵言则有屈原起于楚，被谗放逐，乃作《离骚》。[1]逸响伟辞，卓绝一世。后人惊其文采，相率仿效，以原楚产，故称"楚辞"[2]。较之于《诗》，则其言甚长，其思甚幻，其文甚丽，其旨甚明，凭心而言，不遵矩度。故后儒之服膺诗教者，或訾而绌之，然其影响于后来之文章，乃甚或在三百篇以上。

屈原，名平，楚同姓也，事怀王为左徒，博闻强志，明于治乱，娴于辞令，王令原草宪令，上官大夫[3]欲夺其稿，不得，谗之于王，王怒而疏屈原。原彷徨山泽，见先王之庙及公卿祠堂，图画天地山川神灵，琦玮僪佹，及古贤圣怪物行事。因书其壁，呵而问之，以抒愤懑，曰《天问》[4]。辞句大率四言；以所图故事，今多失传，故往往难得其解：

"……雄虺九首，儵忽焉在？何所不死，长人何守？靡萍九衢，枲华安居？一蛇吞象，厥大何如？黑水玄趾，三危安在？延年不死，寿何所止？鲮鱼何所，魁堆焉处？羿焉彃日，乌焉解羽？……"

"……中央共牧后何怒？蜂蚁微命力何固？惊女采薇鹿何祐？北至回水萃何喜？兄有噬犬弟何欲，易之以百两卒无禄？……"

后盖又召还，尝欲联齐拒秦，不见用。怀王与秦婚，子兰[5]劝王入秦，屈原止之，不听，卒为秦所留。长子顷襄王立，子兰为令尹，亦谗屈原，王怒而迁之。原在湘沅之间九年，行吟泽畔，颜色憔悴，作《离骚》，终怀石自投汨罗以死，时盖顷襄王十四五年（前二八五或六）也。

《离骚》者，司马迁以为"离忧"，班固以为"遭忧"，王逸释以离别之愁思，扬雄则解为"牢骚"，故作《反离骚》，又作《畔牢愁》矣。[6]其辞述己之始生，以至壮大，迄于将终，虽怀内美，重以修能，正道直行，而罹谗贼，于是放言遐想，称古帝，怀神山，呼龙虬，思佚女，申纾其心，自明无罪，因以讽谏。其文几二千言，中有云：

"……跪敷衽以陈辞兮，耿吾既得此中正。驷玉虬以乘鹥兮，溘埃风余上征。朝发轫于苍梧兮，夕余至乎县圃，欲少留此灵琐兮，日忽忽其将暮。吾令羲和弭节兮，望崦嵫而勿迫，路曼曼其修远兮，吾将上下而求索。饮余马于咸池兮，总余辔乎扶桑，折若木以拂日兮，聊逍遥以相羊。……览相观于四极兮，周流乎天余乃下，望瑶台之偃蹇兮，见有娀之佚女。吾令鸩为媒兮，鸩告余以不好；雄鸠之鸣逝兮，余犹恶其佻巧。……理弱而媒拙兮，恐导言之不固；时混浊而嫉贤兮，好蔽美而称恶。闺中既以邃远兮，哲王又不寤。怀朕情而不发兮，余焉能忍与此终古！……"

次述占于灵氛，问于巫咸，无不劝其远游，毋怀故宇，于是驰神

纵意,将翱将翔,而睠怀宗国,终又宁死而不忍去也:

> "……抑志而弭节兮,神高驰之邈邈;奏《九歌》而舞
> 《韶》兮,聊假日以愉乐。陟升皇之赫戏兮,忽临睨夫旧
> 乡;仆夫悲余马怀兮,蜷局顾而不行。乱曰:已矣哉! 国
> 无人,莫我知兮,又何怀乎故都? 既莫足与为美政兮,吾
> 将从彭咸之所居!"

今所传《楚辞》中有《九章》[7]九篇,亦屈原作。又有《卜
居》,《渔父》,[8]述屈原既放,与卜者及渔人问答之辞,亦云自
制,然或后人取故事仿作之,而其设为问难,履韵偶句之法,则
颇为词人则效,近如宋玉之《风赋》,远如相如之《子虚》,《上
林》,班固之《两都》[9]皆是也。

《离骚》之出,其沾溉文林,既极广远,评隲之语,遂亦纷
繁,扬之者谓可与日月争光,抑之者且不许与狂狷比迹,[10]盖
一则达观于文章,一乃局踏于诗教,故其裁决,区以别矣。实
则《离骚》之异于《诗》者,特在形式藻采之间耳。时与俗异,故
声调不同;地异,故山川神灵动植皆不同;惟欲媾简狄,留二
姚,或为北方人民所不敢道,若其怨愤责数之言,则三百篇中
之甚于此者多矣。楚虽蛮夷,久为大国,春秋之世,已能赋诗,
风雅之教,宁所未习? 幸其固有文化,尚未沦亡,交错为文,遂
生壮采。刘勰取其言辞,校之经典,[11]谓有异有同,固雅颂之
博徒,实战国之风雅,"虽取熔经义,亦自铸伟辞。……故能气
往轹古,辞来切今,惊采绝艳,难与并能。"(《文心雕龙》《辨
骚》)可谓知言者已。

形式文采之所以异者,由二因缘,曰时与地。古者交接邻

国,揖让之际,盖必诵诗,故孔子曰:"不学《诗》,无以言。"〔12〕周室既衰,聘问歌咏,不行于列国,而游说之风寖盛,纵横之士,欲以唇吻奏功,遂竞为美辞,以动人主。如屈原同时有苏秦者,其说赵司寇李兑〔13〕也,曰:"雒阳乘轩里苏秦,家贫亲老,无罢车驽马,桑轮蓬箧,赢縢担囊,触尘埃,蒙霜露,越漳、河,足重茧,日百而舍,造外阙,愿造于前,口道天下之事。"(《赵策》一)自叙其来,华饰至此,则辩说之际,可以推知。余波流衍,渐及文苑,繁辞华句,固已非《诗》之朴质之体式所能载矣。况《离骚》产地,与《诗》不同,彼有河渭,此则沅湘,彼惟朴樕,此则兰茝;又重巫,浩歌曼舞,足以乐神,盛造歌辞,用于祀祭。《楚辞》中有《九歌》〔14〕,谓"楚南郢之邑,沅湘之间,其俗信鬼而好祀,……屈原放逐,……愁思怫郁,出见俗人祭祀之礼,歌舞之乐,其词鄙俚,因为作《九歌》之曲"。而绮靡杳渺,与原他文颇不同,虽曰"为作",固当有本。俗歌俚句,非不可沾溉词人,句不拘于四言,圣不限于尧舜,盖荆楚之常习,其所由来者远矣。今略录其《湘夫人》:

> "帝子降兮北渚,目眇眇兮愁余。袅袅兮秋风,洞庭波兮木叶下。登白薠兮骋望,与佳期兮夕张。鸟何萃兮苹中,罾何为兮木上?沅有芷兮澧有兰,思公子兮未敢言;慌惚兮远望,观流水兮潺湲。麋何食兮庭中,蛟何为兮水裔?朝驰余马兮江皋,夕济兮西澨。闻佳人兮召予,将腾驾兮偕逝。筑室兮水中,葺之以荷盖。荪壁兮紫坛,播芳椒兮盈堂,桂栋兮兰橑,辛夷楣兮药房。……芷葺兮荷盖,缭之兮杜衡,合百草兮实庭,建芳馨兮庑门。九疑

缤兮并迎,灵之来兮如云。捐余袂兮江中,遗余褋兮澧浦,搴汀洲兮杜若,将以遗兮远者。时不可兮骤得,聊逍遥兮容与。"

同时有儒者赵人荀况[15](约前三一五至二三○),年五十始游学于齐,三为祭酒;已而被谗适楚,春申君以为兰陵令。亦作赋,《汉书》云十篇,今有五篇在《荀子》中,曰《礼》,曰《知》,曰《云》,曰《蚕》,曰《箴》,臣以隐语设问,而王以隐语解之,文亦朴质,概为四言,与楚声不类。又有《佹诗》,实亦赋,言天下不治之意,即以遗春申君者,则词甚切激,殆不下于屈原,岂身临楚邦,居移其气[16],终亦生牢愁之思乎?

"天下不治,请陈佹诗:天地易位,四时易乡。列星殒坠,旦暮晦盲。……仁人绌约,敖暴擅强。天下幽险,恐失世英。螭龙为蝘蜓,鸱枭为凤凰。比干见刳,孔子拘匡。昭昭乎其知之明也,郁郁乎其遇时之不祥也。……圣人共手,时几将矣,与愚以疑,愿闻反辞。其小歌曰:念彼远方,何其塞矣。仁人绌约,暴人衍矣。忠臣危殆,谗人般矣。璇玉瑶珠,不知佩也。杂布与锦,不知异也。……以盲为明;以聋为聪;以危为安;以吉为凶。呜呼上天,曷维其同!"

稍后,楚又有宋玉唐勒景差[17]之徒,皆好辞,而以赋见称。然虽学屈原之文辞,终莫敢直谏,盖掇其哀愁,猎其华艳,而"九死未悔"[18]之概失矣。宋玉者,王逸以为屈原弟子;事怀王之子襄王,为大夫,然不得志。所作本十六篇,今存十一篇,殆多后人拟作,可信者有《九辩》[19]。《九辩》本古辞,玉取

其名,创为新制,虽驰神逞想,不如《离骚》,而凄怨之情,实为独绝。如:

> "皇天平分四时兮,窃独悲此凛秋。白露既下降百草兮,奄离披此梧楸。去白日之昭昭兮,袭长夜之悠悠。离芳蔼之方壮兮,余萎约而悲愁。秋既先戒以白露兮,冬又申之以严霜。……岁忽忽而遒尽兮,恐余寿之弗将。悼余生之不时兮,逢此世之怃攘。澹容与而独倚兮,蟋蟀鸣此西堂。心怵惕而震荡兮,何所忧之多方?卬明月而太息兮,步列星而极明。"

又有《招魂》[20]一篇,外陈四方之恶,内崇楚国之美,欲召魂魄,来归修门。司马迁以为屈原作,然辞气殊不类。其文华靡,长于敷陈,言险难则天地间皆不可居,述逸乐则饮食声色必极其致,后人作赋,颇学其夸。句末俱用"些"字,亦为创格,宋沈存中[21]云,"今夔峡湖湘及南北江獠人,凡禁咒句尾皆称些,乃楚人旧俗"也。

> "……魂兮归来,南方不可以止些。雕题黑齿,得人肉以祀,以其骨为醢些。蝮蛇蓁蓁,封狐千里些。雄虺九首,往来儵忽,吞人以益其心些。魂兮归来,不可以久淫些。……魂兮归来,君无上天些。虎豹九关,啄害下人些。一夫九首,拔木九千些。豺狼从目,往来侁侁些。悬人以娭,投之深渊些。致命于帝,然后得瞑些。归来归来,往恐危身些。……魂兮归来,入修门些。……室家遂宗,食多方些。稻粢穱麦,挐黄粱些。大苦醎酸,辛甘行些。肥牛之腱,臑若芳些。和酸若苦,陈吴羹些。胹鳖炮

羔,有柘浆些。……肴羞未通,女乐罗些。陈钟按鼓,造新歌些。涉江采菱,发扬荷些。美人既醉,朱颜酡些。娭光眇视,目曾波些。被文服纤,丽而不奇些。长发曼鬋,艳陆离些。……"

其称为赋者则九篇,(《文选》四篇;《古文苑》六篇,然《舞赋》实傅毅作)[22]大率言玉与唐勒景差同侍楚王,即事兴情,因而成赋,然文辞繁缛填委,时涉神仙,与玉之《九辩》《招魂》及当时情景颇违异,疑亦犹屈原之《卜居》《渔父》,皆后人依托为之。又有《对楚王问》[23],(见《文选》及《说苑》)自辩所以不见誉于士民众庶之故,先征歌曲,次引鲸凤,以明俗士之不能知圣人。其辞甚繁,殆如游说之士所谈辩,或亦依托也。然与赋当并出汉初。刘勰谓赋萌于《骚》,荀卿宋玉,乃锡专名,与诗划境,蔚成大国;[24]又谓"宋玉含才,始造'对问,'"[25],于是枚乘《七发》,扬雄《连珠》,[26]抒愤之文,郁然盛起。然则《骚》者,固亦受三百篇之泽,而特由其时游说之风而恢宏,因荆楚之俗而奇伟;赋与对问,又其长流之漫于后代者也。

唐勒景差之文,今所传尤少。《楚辞》中有《大招》[27],欲效《招魂》而甚不逮,王逸云,"屈原之所作也;或曰景差。"审其文辞,谓差为近。

参 考 书:

《楚辞集注》(宋朱熹)

《荀子》卷十八

《史记》卷八十四《屈原贾生列传》

《文心雕龙讲疏》(范文澜)卷一《辨骚》,卷二《诠赋》,卷三《杂文》

《支那文学之研究》(日本铃木虎雄)卷一《骚赋之生成》

《楚辞新论》(谢无量)

《楚辞概论》(游国恩)

*　　　*　　　*

〔1〕　屈原(约前340—约前278)　名平,字原,又字灵均,战国后期楚国人。楚怀王时官左徒,主张内修政治,任用贤能,联齐抗秦,其后遭谗去职。顷襄王时被放逐于沅湘流域。秦兵攻破郢都后,悲愤自沉于汨罗江。《汉书·艺文志》著录屈原赋二十五篇,已散佚。今传屈原作品,见西汉刘向所辑《楚辞》。《离骚》,屈原代表作。作于顷襄王时,一说作于怀王时。

〔2〕　"楚辞"　楚辞起于战国时的楚国,以屈原所作《离骚》为代表。北宋黄伯思《东观余论·翼骚序》云:"屈宋诸骚,皆书楚语,作楚声,纪楚地,名楚物,故可谓之楚辞。"

〔3〕　上官大夫　一说上官系复姓,东汉王逸《离骚经序》谓即上官靳尚;一说上官大夫系官名。《史记·屈原贾生列传》:"上官大夫与之同列,争宠而心害其能。怀王使屈原造为宪令,屈平属草稿未定。上官大夫见而欲夺之,屈平不与,因谗之曰:'王使屈平为令,众莫不知,每一令出,平伐其功,以为"非我莫能为"也。'王怒而疏屈平。"

〔4〕　《天问》　参看本卷第28页注〔15〕。

〔5〕　子兰　楚怀王少子,顷襄王时官令尹,《史记·屈原贾生列传》载:"秦昭王与楚婚,欲与怀王会。怀王欲行,屈平曰:'秦虎狼之国,不可信,不如毋行。'怀王稚子子兰劝王行:'奈何绝秦欢!'怀王卒行。入武关,秦伏兵绝其后,因留怀王,以求割地。怀王怒,不听。亡走赵,赵不内。复之秦,竟死于秦而归葬。"

〔6〕　关于离骚一词的含义,诸解不一。《史记·屈原贾生列传》:

"离骚者,犹离忧也。"班固《离骚赞序》:"离,犹遭也;骚,忧也。明己遭忧作辞也。"王逸《离骚经序》:"离,别也;骚,愁也。"扬雄作《反离骚》、《畔牢愁》,"离骚"、"牢愁"楚语意为牢骚。王逸,参看本卷第28页注〔16〕。《反离骚》、《畔牢愁》,《汉书·扬雄传》载:雄读屈原《离骚》,"悲其文,读之未尝不流涕也。以为君子得时则大行,不得时则龙蛇,遇不遇命也,何必湛身哉!乃作书,往往摭《离骚》文而反之,自岷山投诸江流以吊屈原,名曰《反离骚》"。"又旁《惜诵》以下至《怀沙》一卷,名曰《畔牢愁》"。《畔牢愁》,不传。

〔7〕 《九章》 屈原九篇较短作品的总称,即《惜诵》、《涉江》、《哀郢》、《抽思》、《怀沙》、《思美人》、《惜往日》、《桔颂》、《悲回风》。南宋朱熹《楚辞集注》:"《九章》者,屈原之所作也。屈原既放,思君念国,随事感触,辄形于声。后人辑之,得其九章,合为一卷,非必出于一时之言也。"

〔8〕 《卜居》、《渔父》 此两篇假设屈原与太卜、渔父问答,抒发对世事混浊的愤慨,以及忠于理想、不愿随俗浮沉的思想感情。王逸《楚辞章句》谓此两篇均"屈原之所作也",又谓《渔父》系楚人思念屈原,因叙其与渔父问答之辞而成。

〔9〕 《风赋》 旧题宋玉撰,后人或疑为伪托。篇中叙写楚襄王与宋玉关于"大王之雄风"和"庶人之雌风"的对话,隐寓讽谏之意。《子虚》、《上林》,即《子虚赋》、《上林赋》,西汉司马相如作。参看本书第十篇。《两都》,即《西都赋》和《东都赋》,东汉班固作。赋中设为西都宾与东都主人辩论建都长安或洛阳的事。

〔10〕 关于对屈原《离骚》的抑扬问题,扬之者,《史记·屈原贾生列传》称:"《国风》好色而不淫,《小雅》怨诽而不乱。若《离骚》者,可谓兼之矣"。"其文约,其辞微,其志絜,其行廉,其称文小而其指极大,举类迩而见义远,……推此志也,虽与日月争光可也。"抑之者,班固《离骚

序》云："今若屈原，露才扬己，……忿怼不容，沉江而死，亦贬絜狂狷景行之士。……谓之兼《诗·风雅》而与日月争光，过矣！"

〔11〕 刘勰《文心雕龙·辨骚》认为《离骚》中"典诰之体"、"规讽之旨"、"比兴之义"、"忠怨之辞"皆"同于风雅"，至于"诡异之辞"、"谲怪之谈"、"狷狭之志"、"荒淫之意"，则"异乎经典"。又云："故论其典诰则如彼，语其夸诞则如此；固知楚辞者，体慢（一作宪）于三代，而风雅（一作杂）于战国，乃雅颂之博徒，而词赋之英杰也。"

〔12〕 "不学《诗》，无以言" 《论语·季氏》载：孔子"尝独立，鲤趋而过庭。曰：'学《诗》乎？'对曰：'未也！''不学《诗》，无以言。'鲤退而学《诗》。"鲤，孔子之子。

〔13〕 苏秦说赵司寇李兑 苏秦（？—前317），字季子，战国时东周洛阳人。纵横家。曾为齐相，主六国联合抗秦的"合纵"之说。李兑，战国时赵国人。《资治通鉴·周纪·慎靓王四年（前317）》："齐大夫与苏秦争宠，使人刺秦，杀之。"同书《周纪·赧王二十年（前295）》："公子成为相，号安平君，李兑为司寇。是时惠文王少，成、兑专政。"据此，则苏秦生前说李兑时，李兑尚未为司寇。

〔14〕 《九歌》 共十一篇，即《东皇太一》、《云中君》、《湘君》、《湘夫人》、《大司命》、《少司命》、《东君》、《河伯》、《山鬼》、《国殇》、《礼魂》，系屈原根据民间祭祀的乐歌加工改写而成。这里的引文见王逸《楚辞章句·九歌序》。

〔15〕 荀况（约前313—前238） 又称荀卿、孙卿，战国时赵国人。曾为齐稷下祭酒，楚兰陵令。《汉书·艺文志》著录《孙卿子》三十三篇。今称《荀子》。

〔16〕 居移其气 语出《孟子·尽心（上）》："居移气，养移体。"

〔17〕 宋玉 战国时楚国鄢（在今河南鄢陵）人，顷襄王时为大夫。唐勒、景差皆战国时楚国人。《史记·屈原贾生列传》云："楚有宋玉、唐

勒、景差之徒者,皆好辞而以赋见称,然皆祖屈原之从容辞令,终莫敢直
谏。"《汉书·艺文志》著录宋玉赋十六篇,唐勒赋四篇。

〔18〕 "九死未悔" 语出《离骚》:"亦余心之所善兮,虽九死其犹
未悔。"

〔19〕 《九辩》 王逸《楚辞章句·九辩序》:"宋玉者,屈原弟子也。
悯惜其师忠而放逐,故作《九辩》,以述其志。"

〔20〕 《招魂》 王逸《楚辞章句·招魂序》:"宋玉怜哀屈原忠而斥
弃,愁懑山泽,魂魄放佚,厥命将落,故作《招魂》。"有些学者据《史记·屈
原贾生列传》赞语:"余读《离骚》、《天问》、《招魂》、《哀郢》,悲其志",认
为《招魂》系屈原所撰。

〔21〕 沈存中(1031—1095) 名括,北宋钱塘(今浙江杭州)人。
曾任翰林学士、知延州。撰有《梦溪笔谈》、《长兴集》等。引文见《梦溪
笔谈》卷三。

〔22〕 这里所说的"九篇",指《文选》所收《风赋》、《高唐赋》、《神女
赋》、《登徒子好色赋》,及《古文苑》所收《讽赋》、《笛赋》、《钓赋》、《大
言》、《小言》。《文选》,即《昭明文选》,南朝梁萧统(昭明太子)编,选录
先秦至梁的诗文词赋,共分三十八类,是现存最早的诗文总集。《古文
苑》,编者不详,旧说系唐人旧藏本,清顾广圻以为系宋人所录,内收周
代至南齐诗文,皆史传及《文选》所不载,共九卷,分二十类。《古文苑》
另有《舞赋》一篇,傅毅撰。傅毅,参看本书第八篇及其注〔17〕。

〔23〕 《对楚王问》 此文叙写楚王与宋玉问答,宋玉引述《下里巴
人》、《阳春白雪》之别,以说明"曲高和寡";又以鲲鱼、凤凰比喻自己超
然独处,不为世俗所理解。鲲,《文选》作"鲲",《新序》作"鲸"。此处《说
苑》应作《新序》,二书均系西汉刘向编撰。刘向以此篇为宋玉首创的
"对问"文体。

〔24〕 赋萌于《骚》 《文心雕龙·诠赋》:"及灵均唱《骚》,始广声

貌。然赋也者,受命于诗人,拓宇于楚辞也。于是荀况《礼》、《智》,宋玉《风》、《钓》,爰锡名号,与诗画境,六义附庸,蔚成大国。"

〔25〕　"宋玉含才,始造'对问'"　《文心雕龙·杂文》:"宋玉含才,颇亦负俗,始造'对问',以申其志。"

〔26〕　枚乘　枚乘及其所撰《七发》,参看本书第八篇及其注〔16〕。自枚乘作《七发》后,"七"成为一种文体。《连珠》,扬雄撰。后来"连珠"亦成为一种文体。《艺文类聚》卷五十七引西晋傅玄《连珠序》云:"其文体辞丽而言约,不指说事情,必假喻以达其旨,而贤者微悟,合于古诗劝兴之义。欲使历历如贯珠,易观而可悦,故谓之连珠也。"

〔27〕　《大招》　王逸《楚辞章句·大招序》:"《大招》者,屈原之所作也。或曰景差,疑不能明也。"南宋朱熹《楚辞集注》云:"此篇决为差作无疑也。"明胡应麟《诗薮·杂编·遗逸》则云:"(唐)勒赋四篇,志于《艺文》。……盖《大招》即此四篇中之一篇。"

第五篇　李　斯

　　秦始皇帝即位之初,相国吕不韦以列国常下士喜宾客,且多辩士,如荀况之徒,著书布天下,乃亦厚养士,使人人著其所知,集以为书,凡二十余万言,号曰《吕氏春秋》[1],布咸阳市门,延诸侯游士宾客,有能增损一字者予千金。始皇既壮,绌不韦;又渐并兼列国,虽亦召文学,置博士,而终则焚烧《诗》《书》,杀诸生甚众,[2]重任丞相李斯,以法术为治。

　　李斯,楚上蔡人,少与韩非俱从荀况学帝王之术,成而入秦,为吕不韦舍人,说始皇,拜为长史,渐进至左丞相,二世二年(前二〇八)宦者赵高诬以谋反,杀之,具五刑,夷三族。斯虽出荀卿之门,而不师儒者之道,治尚严急,然于文字,则有殊勋,六国之时,文字异形,斯乃立意,罢其不与秦文合者,画一书体,作《仓颉》[3]七章,与古文颇不同,后称秦篆;又始造隶书,盖起于官狱多事,苟趋简易,施之于徒隶也。法家大抵少文采,惟李斯奏议,尚有华辞,如上书《谏逐客》[4]云:

　　　　“……必秦国所生然后可,则是夜光之璧,不饰朝廷;犀象之器,不为玩好;郑卫之女,不充后宫;而骏良駃騠,不实外厩;江南金锡不为用,西蜀丹青不为采。……夫击瓮叩缶,弹筝搏髀,而歌呼呜呜快耳目者,真秦之声也。郑卫桑间,《昭虞》《武象》者,异国之乐也。今弃击瓮叩缶而就郑卫,退弹筝而取《昭虞》。若是者,何也? 快意当前,适观而已矣。今取人则不然:不问可否,不论曲直,非秦者去,为客者逐。然则是所重者在乎色乐珠玉,而所轻者在乎人民也。此非所以跨海内,制诸侯之术也。……”

二十八年,始皇始东巡郡县,群臣乃相与诵其功德,刻于金石,以垂后世。其辞亦李斯所为,今尚有流传,质而能壮,实汉晋碑铭所从出也。如《泰山刻石文》:

　　“皇帝临位,作制明法,臣下修饬。二十六年,初并天下,罔不宾服。亲巡天下黎民,登兹泰山,周览东极。从臣思迹,本原事业,祇诵功德。治道运行,诸产得宜,皆有法式。大义休明,垂于后世,顺承勿革。皇帝躬圣,既平天下,不懈于治。……昭隔内外,靡不清净,施于后嗣。化及无穷,遵奉遗诏,永承重戒。”

三十六年,东郡民刻陨石以诅始皇[5],案问不服,尽诛石旁居人。始皇终不乐,乃使博士作《仙真人诗》[6];及行所游天下,传令乐人歌弦之。其诗盖后世游仙诗之祖,然不传。《汉书》《艺文志》著秦时杂赋九篇[7];《礼乐志》云周有《房中乐》[8],至秦名曰《寿人》,今亦俱佚。故由现存者而言,秦之文章,李斯一人而已。

参 考 书:

《史记》卷六《秦始皇帝本纪》,卷八十五《吕不韦》,八十七《李斯列传》

《全秦文》(清严可均辑)

《中国大文学史》(谢无量)第二编第八章

＊　　　＊　　　＊

〔1〕《吕氏春秋》 《史记·吕不韦列传》载："吕不韦乃使其客人
人著所闻,集论以为八《览》、六《论》、十二《纪》,二十余万言。以为备天
地万物古今之事,号曰《吕氏春秋》。布咸阳市门,悬千金其上,延诸侯
游士宾客,有能增损一字者予千金。"

〔2〕 焚烧《诗》《书》 《史记·秦始皇本纪》载,始皇三十四年(前
213)丞相李斯上书："今皇帝并有天下,别黑白而定一尊。私学而相与
非法教,人闻令下,则各以其学议之,入则心非,出则巷议,……如此弗
禁,则主势降乎上,党与成乎下。禁之便。臣请史官非秦记皆烧之。非
博士官所职,天下敢有藏《诗》、《书》、百家语者,悉诣守、尉杂烧之。有
敢偶语《诗》、《书》者弃市,以古非今者族,吏见知不举者与同罪。令下
三十日不烧,黥为城旦。所不去者,医药、卜筮、种树之书。若欲有学法
令,以吏为师。"又载三十五年,始皇以诸生"为妖言以惑黔首",于是"使
御史悉案问诸生,诸生传相告引,乃自除犯禁者四百六十余人,皆坑之
咸阳"。

〔3〕 李斯(？—前208) 楚国上蔡(今属河南)人。仕秦为丞相。
《仓颉》,亦作《苍颉》,古代字书。李斯作七章。后人取此七章与秦车府
令赵高所作《爰历》、太史令胡母敬所作《博学》合为一篇。《汉书·艺文
志》载《苍颉》一篇,即指此;并说,其"文字多取《史籀篇》,而篆体复颇
异,所谓秦篆者也。"秦篆,亦称小篆。隶书,由篆书简化演变而成的一
种字体。唐张怀瓘《书断》云："隶书者,秦下邽人程邈所作也。邈字元
岑,始为县吏,得罪始皇,幽系云阳狱中,覃思十年,益小篆方圆而为隶
书三千字。奏之始皇,善之,用为御史。以奏事烦多,篆字难成,乃用隶
书为隶人佐书,故曰隶书"(据《百川学海》本)。隶书系由古代隶人(胥
吏)在书写中逐步形成,程邈加以搜集整理,故有程邈创作隶书的传说。

〔4〕《谏逐客》 即《谏逐客书》。《史记·李斯列传》载："秦宗室

大臣皆言秦王曰：'诸侯人来事秦者，大抵为其主游间于秦耳，请一切逐客。'李斯议亦在逐中。"斯乃上书，历陈"客卿"对于秦之功绩，分析逐客一举之谬误及其危害。奏上，"秦王乃除逐客之令，复李斯官"。

〔5〕　刻陨石以诅始皇　《史记·秦始皇本纪》载："三十六年，荧惑守心，有坠星下东郡，至地为石。黔首或刻其石曰：'始皇帝死而地分。'始皇闻之，遣御史逐问，莫服，尽取石旁居人诛之，因燔销其石。"

〔6〕　《仙真人诗》　《史记·秦始皇本纪》载：东郡民刻陨石以诅始皇，"始皇不乐，使博士为《仙真人诗》，及行所游天下，传令乐人歌弦之"。游仙诗，借描述"仙境"以寄托作者思想感情的诗歌。《文选》列为诗的一类，收有西晋何劭、郭璞此类诗篇。

〔7〕　秦时杂赋九篇　《汉书·艺文志》仅有"秦时杂赋九篇"一句，未载作者、篇名。

〔8〕　《房中乐》　参看本书第六篇及其注〔7〕。

第六篇　汉宫之楚声

秦既焚烧《诗》《书》，坑诸生于咸阳，儒者乃往往伏匿民间，或则委身于敌以舒愤怨。故陈涉[1]起匹夫，旬月王楚，而鲁诸儒持孔氏之礼器归之；孔甲则为涉博士，与俱败死。汉兴，高祖亦不乐儒术，其佐又多刀笔之吏，惟郦食其，陆贾，叔孙通文雅，[2]有博士余风。然其厕足汉廷，亦非尽因文术，陆贾虽称说《诗》《书》，顾特以辩才见赏，郦生固自命儒者，而高祖实以说客视之；至叔孙通，则正以曲学阿世取容，非重其能定朝仪，知典礼也。即位之后，过鲁，虽曾以中牢祀孔子，盖亦英雄欺人，将借此收揽人心，俾知一反秦之所为而已。高祖崩，儒者亦不见用，《汉书》《儒林传》云："孝惠高后时，公卿皆武力功臣。孝文本好刑名之言。及至孝景，不任儒；窦太后又好黄老术，故诸博士具官待问，未有进者。"

故在文章，则楚汉之际，诗教已熄，民间多乐楚声，刘邦以一亭长登帝位，其风遂亦被宫掖。盖秦灭六国，四方怨恨，而楚尤发愤，誓虽三户必亡秦[3]，于是江湖激昂之士，遂以楚声为尚。项籍困于垓下，歌曰："力拔山兮气盖世，时不利兮骓不逝！骓不逝兮可奈何？虞兮虞兮奈若何？"[4]楚声也。高祖既定天下，因征黥布过沛，置酒沛宫，召故人父老子弟佐酒，自击筑歌曰："大风起兮云飞扬。威加海内兮归故乡。安得猛士兮守四方！"[5]亦楚声也。且发沛中儿百二十人教之歌，群儿皆和习之。其后欲立戚夫人子赵王如意，因而废太子，不果，戚夫人泣涕，亦令作楚舞，而自为楚歌[6]：

"鸿鹄高飞，一举千里，羽翼已就，横绝四海。横绝四海，又可奈何？虽有矰缴，尚安所施？"

《房中乐》[7]始于周，以乐祖先。汉初，高帝姬唐山夫人作乐词，以从帝所好，亦楚声。至孝惠二年（前一九三）使乐府令夏侯宽备其箫管，更名《安世乐》，凡十六章，今录其二：

"丰草葽，女罗施。善何如，谁能回？大莫大，成教德；长莫长，被无极。"

"都荔遂芳，窅窊桂华。孝奏天仪，若日月光。乘玄四龙，回驰北行。羽旄殷盛，芬哉芒芒。孝道随世，我署文章。"

又以沛宫为原庙，令歌儿吹习高帝《大风》之歌，遂用百二十人为常员。文景相嗣，礼官肄之。楚声之在汉宫，其见重如此，故后来帝王仓卒言志，概用其声，而武帝词华，实为独绝。当其行幸河东，祠后土，顾视帝京，忻然中流，与群臣醼饮，自作《秋风辞》[8]，缠绵流丽，虽词人不能过也：

"秋风起兮白云飞，草木黄落兮雁南归。兰有秀兮菊有芳，怀佳人兮不能忘。泛楼船兮济汾河，横中流兮扬素波，箫鼓鸣兮发棹歌。欢乐极兮哀情多，少壮几时兮奈老何。"

降及少帝[9]，将为董卓所酖，与妻唐姬别，悲歌云："天道易兮我何艰，弃万乘兮退守藩。逆臣见迫兮命不延，逝将去汝兮适幽玄!"唐姬歌曰:"皇天崩兮后土颓,身为帝兮命夭摧。死生路异兮从此乖,奈我茕独兮中心哀!"虽临危抒愤,词意浅露,而其体式,亦皆楚歌也。

参 考 书:

《汉书》(《帝纪》,《礼乐志》)

《全汉诗》(丁福保辑)

《中国大文学史》(谢无量)第三编第一章

*　　　*　　　*

〔1〕 陈涉(?—前208) 名胜,字涉,秦末阳城(今河南登封)人,我国历史上第一次农民起义领袖。秦二世元年(前209)起义,不久称王,号张楚。《汉书·儒林传》:"陈涉之王也,鲁诸儒持孔氏礼器往归之,于是孔甲为涉博士,卒与俱死。"孔甲(约前264—前208),名鲋,字甲,孔子八世孙。

〔2〕 郦食其(?—前203) 汉初陈留(今河南杞县)人,刘邦谋士,在汉楚战争中为齐王田广所杀。陆贾,汉初大中大夫。参看本卷第405页注〔1〕。叔孙通,汉初薛(今山东薛城)人,原为秦博士,后归刘邦。汉王朝建立时,他曾拟定朝会典章制度。

〔3〕 虽三户必亡秦 《史记·项羽本纪》载:范增往说项梁曰:"夫秦灭六国,楚最无罪。自怀王入秦不反,楚人怜之至今,故楚南公曰'楚虽三户,亡秦必楚'也。"

〔4〕 即《垓下歌》。《史记·项羽本纪》载:"项王军壁垓下,兵少食尽,汉军及诸侯兵围之数重。夜闻汉军四面皆楚歌。"项王"夜起,饮帐中。有美人名虞,常幸从;骏马名骓,常骑之。于是项王乃悲歌慷慨,自为诗曰:'力拔山兮气盖世,时不利兮骓不逝! 骓不逝兮可奈何? 虞兮

虞兮奈若何！’歌数阕，美人和之。”

〔5〕　即《大风歌》。《史记·高祖本纪》载：高祖追击黥布，“过沛，留。置酒沛宫，悉召故人父老子弟纵酒。发沛中儿，得百二十人，教之歌。酒酣，高祖击筑，自为歌诗曰：‘大风起兮云飞扬，威加海内兮归故乡，安得猛士兮守四方！’令儿皆和习之”。

〔6〕　高祖为戚夫人作歌，《史记·留侯世家》载：“上欲废太子，立戚夫人子赵王如意。”吕后、张良设计加以阻挠。高祖告诉戚夫人，太子“羽翼已成，难动矣。吕后真而主矣。”“戚夫人泣，上曰：‘为我楚舞，吾为若楚歌。’”

〔7〕　《房中乐》　周代乐歌的一种，系宗庙所用乐章。《汉书·礼乐志》载：“汉兴，……又有《房中祠乐》，高祖唐山夫人所作也。周有《房中乐》，至秦名曰《寿人》。凡乐，乐其所生，礼不忘本。高祖乐楚声，故《房中乐》楚声也。孝惠二年，使乐府令夏侯宽备其箫管，更名曰《安世乐》。”唐山夫人，高祖姬，唐山系复姓。夏侯宽，惠帝时为乐府令，余未详。按此处“乐府令”，一说疑为“太乐令”，因惠帝时尚未设立乐府（武帝时始设）；一说此系以后制追述前事。

〔8〕　《秋风辞》　见萧统编《文选》卷四十五。

〔9〕　少帝　东汉少帝刘辩（173—190），中平六年（189）即位，不久被董卓废为弘农王。《后汉书·皇后纪》载：初平元年（190），“卓乃置弘农王于阁上，使郎中令李儒进酖，曰：‘服此药，可以辟恶。’王曰：‘我无疾，是欲杀我耳！’不肯饮。强饮之，不得已，乃与妻唐姬及宫人饮醼别”，“（王）遂饮药而死”。此处所引少帝及唐姬歌，俱见于该《纪》。

第七篇　贾谊与晁错

汉初善言治道,亦擅文章者,先有陆贾[1]佐高祖,每称说《诗》《书》;高帝命著书言秦所以失天下及古今成败,每奏一篇,帝未尝不称善,名其书曰《新语》;今存。文帝时则有颍川贾山,尝借秦为喻,言治乱之道,名曰《至言》[2];其后每上书,言多激切,善指事意,然不见用。所言今多亡失,惟《至言》见于《汉书》本传。

贾谊[3],雒阳人,尝从秦博士张苍受《春秋左氏传》[4]。年十八,以能诵《诗》《书》属文称于郡中,廷尉吴公[5]荐于文帝,召为博士,时年二十余,而善于答诏令,诸生莫能及。文帝悦之,一岁中超迁至大中大夫,且拟以任公卿。绛灌冯敬[6]等毁之曰:"雒阳之人年少初学,专欲擅权,纷乱诸事。"于是帝亦疏之,不用其议;后以谊为长沙王[7]太傅。谊既以谪去,意不自得,及渡湘水,为赋吊屈原,亦以自谕也:

> "恭承嘉惠兮俟罪长沙,侧闻屈原兮自湛汨罗。造托湘流兮敬吊先生,遭世罔极兮乃殒厥身。呜呼哀哉兮逢时不祥,鸾凤伏窜兮鸱枭翱翔。阘茸尊显兮谗谀得志,贤圣逆曳兮方正倒植。……吁嗟默默,生之无故兮。斡弃周鼎,宝康瓠兮。腾驾罢牛,骖蹇驴兮。骥垂两耳,服盐车兮。章甫荐履,渐不可久兮。嗟苦先生,独离此咎兮。

讯曰：已矣，国其莫我知兮，独壹郁其谁语。凤漂漂其高逝兮，夫固自引而远去。袭九渊之神龙兮，沕深潜以自珍；偭蟂獭以隐处兮，夫岂从虾与蛭蟥。所贵圣人之神德兮，远浊世而自藏；使骐骥可得系而羁兮，岂云异夫犬羊。般纷纷其离此尤兮，亦夫子之故也；历九州而相其君兮，何必怀此都也！凤凰翔于千仞兮，览德辉而下之；见细德之险征兮，遥曾击而去之。彼寻常之污渎兮，岂能容夫吞舟之巨鱼；横江湖之鳣鲸兮，固将制于蝼蚁。"

三年，有鸮飞入谊舍，止于坐隅。长沙卑湿，谊自惧不寿，因作《服赋》以自广，服者，楚人之谓鸮也。大意谓祸福纠缠，吉凶同域，生不足悦，死不足患，纵躯委命，乃与道俱，见服细故，无足疑虑。其外死生，顺造化之旨，盖得之于庄生。岁余，文帝征谊，问鬼神之本，自叹为不能及。顷之，拜为帝少子梁怀王太傅[8]。时复封淮南厉王子四人[9]为列侯，谊上疏以谏；又以诸侯王僭拟，地或连数郡，非古之制，乃屡上书陈政事[10]，请稍削之。其治安之策，洋洋至六千言，以为天下"事势，有可为痛哭者一，可为流涕者二，可为长太息者六，若其它背理而伤道者，难遍以疏举"，因历指其失，颇切事情，然不见听。居数年，怀王堕马死，无后；谊自伤为傅无状，哭泣岁余，亦死，年三十三（前二〇〇至一六八）。

晁错[11]，颍川人，少学申商刑名于轵张恢[12]所，文帝时以文学为太常掌故，被遣从济南伏生受《尚书》，还，因上便宜事，以《书》称说，诏以为太子舍人、门大夫，迁博士，拜太子家令。又以辩得幸太子，太子家号曰智囊。举贤良文学，对策高第,又数上书文帝,言削诸侯事及法令可更定者,帝不听,然奇其材,迁中大夫。景帝即位,以为内史,言事辄听,始宠幸倾九卿,法令多所更定,袁盎申屠嘉[13]皆弗善之,而错愈贵,迁为御史大夫。又请削诸侯之地,收其枝郡。其说削吴[14]云:

> "昔高帝初定天下,昆弟少,诸子弱,大封同姓,故孽子悼惠王王齐七十二城,庶弟元王王楚四十城,兄子王吴五十余城。封三庶孽,分天下半。今吴王前有太子之隙,诈称病不朝,于古法当诛。文帝不忍,因赐几杖,德至厚也。不改过自新,乃益骄恣,公即山铸钱,煮海为盐,诱天下亡人,谋作乱逆。今削之亦反,不削亦反。削之,其反亟,祸小;不削之,其反迟,祸大。"

错请削地之奏,诸贵人皆不敢难,惟窦婴[15]争之,由是与错有隙。诸侯亦先疾其所更法令三十章,于是吴楚七国遂反[16],以诛错为名;窦婴袁盎又说文帝[17],令晁错衣朝衣,斩于东市(前一五四年)。

晁贾性行,其初盖颇同,一从伏生传《尚书》,一从张苍受《左氏》。错请削诸侯地,且更定法令;谊亦欲改正朔,易服色[18];又同被功臣贵幸所潜毁。为文皆疏直激切,尽所欲言;司马迁亦云:"贾生晁错明申商。"[19]惟谊尤有文采,而沉实则稍逊,如其《治安策》,《过秦论》,与晁错之《贤良对策》,《言兵事疏》,《守边劝农疏》,皆为西汉鸿文,沾溉后人,其泽甚远;然以二人之论匈奴者相较,则可见贾生之言,乃颇疏阔,不能与晁错之深识为伦比矣。

惟其后之所以绝异者,盖以文帝守静,故贾生所议,皆不见用,为梁王傅,抑郁而终。晁错则适遭景帝,稍能改革,于是大获宠幸,得行其言,卒召变乱,斩于东市;又夙以刑名著称,遂复来"为人陗直刻深"[20]之谤。使易地而处,所遇之主不同,则其晚节末路,盖未可知也。但贾谊能文章,平生又坎壈,司马迁哀其不遇,以与屈原同传,遂尤为后世所知闻。

参 考 书:

《史记》(卷八十四,一百一)

《汉书》(卷四十八,四十九)

《全汉文》(清严可均辑)

《中国大文学史》(第三编第二章)

《支那文学史纲》(第三篇第四章)

*　　　*　　　*

〔1〕　陆贾　西汉楚(今江苏徐州)人。官大中大夫。以辩才称。高祖、文帝时两次出使南越,劝说南越王尉佗归藩。据《汉书》本传载,他以《诗》、《书》劝高祖以文治天下,说"马上得之,宁可以马上治乎?"高祖不悦,命他撰文论述秦的兴亡和古今得失,遂作《新语》十二篇。《汉书·艺文志》著录"《陆贾》,二十三篇。"系与他的其他著作合计。

〔2〕　贾山　西汉颍川(今河南禹县)人。曾任颍川侯灌婴骑尉。《汉书·艺文志》著录《贾山》八篇。《至言》,叙论秦王朝灭亡的历史教训,强调帝王应听取臣下劝谏。

〔3〕　贾谊(前200—前168)　西汉洛阳(今属河南)人。《汉书·艺文志》著录《贾谊》五十八篇,即今传本《贾谊新书》,又称《贾子》。又赋七篇,除《吊屈原赋》、《鵩鸟赋》外,《楚辞》收有《惜誓》,题贾谊作。

〔4〕　张苍(?—前152)　西汉阳武(今河南原阳)人。秦时御史,

汉初封北平侯,后为丞相。《汉书·艺文志》著录《《张苍》十六篇。《春秋左氏传》,即《左传》,相传系春秋时左丘明所作。是一部依据《春秋》记述当时各国史事的编年体史书。叙事起于鲁隐公元年(前722),终于鲁悼公十四年(前454),比《春秋》多出二十七年。《隋书·经籍志》:"《左氏》,汉初出于张苍之家,本无传者。至文帝时,梁太傅贾谊为训诂。"

〔5〕 吴公 名字失传,西汉上蔡(今属河南)人。曾就学于李斯。他任河南郡守时颇器重贾谊,文帝元年任廷尉后荐谊入朝。

〔6〕 绛灌 绛指绛侯周勃(？—前169),西汉沛县(今属江苏)人。灌指颍侯灌婴(？—前176),西汉睢阳(今河南商丘)人。二人随刘邦起义,后协力共诛诸吕,迎立文帝。周勃为右丞相,灌婴为太尉。冯敬(？—前142),文帝时任典客、御史大夫。周勃、灌婴、冯敬等毁贾谊事,见《汉书·贾谊传》。

〔7〕 长沙王 汉初建长沙国,封吴芮为长沙王。贾谊所傅者系第五世长沙王吴产(产,一作著)。

〔8〕 梁怀王太傅 梁怀王指汉文帝少子刘揖(？—前170)。《汉书·贾谊传》载,贾谊被贬长沙后岁余,文帝召见贾谊。"上因感鬼神事,而问鬼神之本。谊具道所以然之故。""乃拜谊为梁怀王太傅。怀王,上少子,爱,而好书,故令谊傅之"。

〔9〕 淮南厉王四子 淮南厉王即文帝庶弟刘长(前198—前174),高祖十一年封淮南王。文帝时因谋叛罪押赴四川,中途不食而死,文帝甚悔,后分封其子安、勃、赐、良四人为列侯。贾谊"知上必将复王之",将不利于国,上疏谏阻。

〔10〕 陈政事 《汉书·贾谊传》载,谊曾多次上疏陈述政事,这些疏称为《陈政事疏》,或称《治安策》。以下引文即《治安策》中语。

〔11〕 晁错(前200—前154) 西汉颍川(今河南禹县)人,历任博士、御史大夫。《汉书·艺文志》著录《晁错》三十一篇。

〔12〕　张恢　西汉轵县(今河南济源)人。《汉书·袁盎晁错传》载：晁错"学申商刑名于轵张恢生所"。唐颜师古注："轵县之儒生姓张名恢，错从之受申商法也。"

〔13〕　袁盎(？—前148)　即爰盎，字丝，西汉楚人，后徙安陵(今陕西咸阳)。文帝时为郎中，后为太常。申屠嘉(？—前155)，西汉梁(郡治今河南商丘)人，文帝时为御史大夫，官至丞相。《汉书·袁盎晁错传》载："错又言宜削诸侯事，及法令可更定者，书凡三十篇。孝文虽不尽听，然奇其材。当是时，太子善错计策，袁盎诸大功臣多不好错。景帝即位，以错为内史。错数请间言事，辄听，幸倾九卿，法令多所更定。丞相申屠嘉心弗便。"

〔14〕　说削吴　《汉书·荆燕吴传》载："朝错为太子家令，得幸皇太子，数从容言吴过可削。数上书说之，文帝宽，不忍罚，以此吴王日益横。"及景帝即位，错为御史大夫，上书请削吴。朝错，即晁错；"王天下半"，《汉书·荆燕吴传》及《史记·吴王濞列传》均作"分天下半"。

〔15〕　窦婴(？—前131)　字王孙，西汉观津(今河北衡水)人。景帝时拜大将军，武帝时为丞相。《汉书·袁盎晁错传》载，晁错为御史大夫，"请诸侯之罪过，削其支郡。奏上，上(令)公卿列侯宗室(杂议)，莫敢难，独窦婴争之，由此与错有隙"。

〔16〕　吴楚七国反　《汉书·景帝本纪》载：前元三年(前154)正月，"吴王濞、胶西王卬、楚王戊、赵王遂、济南王辟光、菑川王贤、胶东王雄渠皆举兵反。大赦天下，遣太尉亚夫、大将军窦婴将兵击之，斩御史大夫晁错以谢七国"。二月，"诸将破七国，斩首十余万级。追斩吴王濞于丹徒。胶西王卬、楚王戊、赵王遂、济南王辟光、菑川王贤、胶东王雄渠皆自杀"。

〔17〕　文帝　应作"景帝"。

〔18〕　改正朔，易服色　《汉书·贾谊传》载："谊以为汉兴二十余

年,天下和洽,宜当改正朔,易服色制度,定官名,兴礼乐。乃草具其仪法,色上黄,数用五,为官名悉更,奏之。文帝谦让未皇也。"按秦以十月为岁首,色尚黑。据《汉书·武帝纪》,至太初元年始"以正月为岁首。色上黄"。

〔19〕 "贾生晁错明申商" 语出《史记·太史公自序》:"自曹参荐盖公言黄老,而贾生、晁错明申、商。"申、商,指申不害和商鞅。

〔20〕 "为人陗直刻深" 语出《汉书·袁盎晁错传》:"错为人陗直刻深。"

第八篇　藩国之文术

汉高祖虽不喜儒,文景二帝,亦好刑名黄老,而当时诸侯王中,则颇有倾心养士,致意于文术者。楚,吴,梁,淮南,河间五王,其尤著者也。

楚元王交[1]为高祖同父少弟,好书多材艺,少时,与鲁穆生,白生,申公,[2]俱受《诗》于孙卿门人浮丘伯[3]。故好《诗》,既王楚,诸子亦皆读《诗》;申公始为《诗》传,号"鲁诗";元王亦自为传,号"元王诗"。汉初治《诗》大师,皆居于楚;申公,白公之外,又有韦孟[4],为元王傅,傅子夷王,及孙王戊。戊荒淫不遵道,孟乃作诗讽谏;后遂去位,徙家于邹,又作诗一篇,其叙事布词,自为一体,皆有风雅遗韵。魏晋以来,逮相师法,用以叙先烈,述祖德,故任昉《文章缘起》[5]以为"四言诗起于前汉楚王傅韦孟《谏楚夷王戊》诗"也。

吴王濞[6]者,高祖兄仲之子。文帝时,吴太子入见,与皇太子争博道,皇太子引博局提杀之。吴王由是怨望,藏亡匿死,积三十余年,故能使其众。然所用多纵横游说之士;亦有并擅文词者,如严忌,邹阳,枚乘等。吴既败,皆游梁。

梁孝王名武[7],文帝窦皇后少子也。七国之叛,梁距吴楚最有功,又最为大国,卤簿拟天子;招延四方豪杰,自山东游士莫不至。传《易》者有丁宽,以授田王孙,田授施仇,孟喜,梁丘贺，[8]由是《易》有施孟梁丘三家之学。又有羊胜，公孙诡，韩安国，[9]各以辩智著称。吴败，吴客又皆游梁；司马相如[10]亦尝游梁，皆词赋高手，天下文学之盛，当时盖未有如梁者也。

严忌本姓庄，后避明帝[11]讳，称严，会稽吴人。好词赋，哀屈原忠贞不遇，作词曰《哀时命》。遭景帝不好词赋，无所得志，乃游吴；吴败，徒步入梁，受知孝王，与邹阳，枚乘同见尊重，而忌名尤盛，世称庄夫子。《汉志》有《庄夫子赋》二十四篇；今仅存《哀时命》一篇，在《楚辞》中。

邹阳，齐人，初与严忌，枚乘等俱仕吴，皆以文辩著名。吴王将叛，阳作书以谏，不见用，乃去而之梁，从孝王游。其为人有智略，慷慨不苟合，为羊胜，公孙诡所谗[12]，孝王怒，下阳于狱，将杀之。阳在狱中，上书自明：

"……语曰：有白头如新，倾盖如故。何则？知与不知也。故樊於期逃秦之燕，借荆轲首以奉丹事；王奢去齐之魏，临城自刭，以却齐而存魏。夫王奢樊於期，非新于齐秦而故于燕魏也，所以去二国，死两君者，行合于志而慕义无穷也。……今人主诚能去骄傲之心，怀可报之意，披心腹，见情素，隳肝胆，施德厚，终与之穷达，无爱于士，则桀之犬可使吠尧，而跖之客可使刺由。何况因万乘之权，假圣王之资乎？然则荆轲湛七族，要离燔妻子，岂足为大王道哉？……"

书奏，孝王立出之，卒为上客。后羊胜公孙诡以罪死，阳独为梁王解深怒于天子。盖吴蓄深谋，偏好策士，故文辩之士，亦常有纵横家遗风，词令文章，并长辟阖，犹战国游士之口说也。《汉志》纵横家，有《邹阳》七篇，而不录其词赋，似阳之在汉，固以权略见称。《西京杂记》[13]云：梁孝王游于忘忧之馆，集诸游士，使各为赋。枚乘《柳赋》，路乔如《鹤赋》，公孙诡《文鹿赋》，邹阳《酒赋》，公孙乘《月赋》，羊胜《屏风赋》，韩安国作《几赋》不成，邹阳代作。邹阳安国罚酒三升；赐枚乘路乔如绢，人五匹。《西京杂记》为晋葛洪作，托之刘歆[14]，则诸赋或亦洪之所为耳。

枚乘，字叔，淮阴人，为吴王濞郎中。吴王谋为逆，乘上书以谏，吴王不纳，乃去而之梁。汉既平七国，乘由是知名，景帝召拜弘农都尉。乘久为大国上宾，不乐郡吏，以病去官；复游梁。梁客皆善属词，乘尤高。梁孝王薨，乘归淮阴。武帝自为太子闻乘名，及即位，乘年老，乃以安车蒲轮征乘，道死（前一四〇）。

《汉志》有《枚乘赋》九篇；今惟《梁王菟园赋》存。《临灞池远诀赋》仅存其目，[15]《柳赋》盖伪托。然乘于文林，业绩之伟，乃在略依《楚辞》《七谏》之法，并取《招魂》《大招》之意，自造《七发》。[16]借吴楚为客主，先言舆辇之损，宫室之疾，食色之害，宜听妙言要道，以疏神导体。于是说以声色逸游之乐等等，凡六事，最末为观涛于广陵：

"……其始起也，洪淋淋焉若白鹭之下翔；其少进也，浩浩澄澄，如素车白马帷盖之张。其波涌而云乱，扰扰焉如三军之腾装。其旁作而奔起也，飘飘焉如轻车之勒兵。六驾蛟龙，附从太白。纯驰浩蜺，前后骆驿。颙颙卬卬，据据强强,莘莘将将。壁垒重坚,沓杂似军行。旬隐匈盖,轧盘涌裔,原不可当。观其两傍,则滂渤怫郁,暗漠感突,上击下律。有似勇壮之卒,突怒而无畏,蹈壁冲津,穷曲随隈,逾岸出追,遇者死,当者坏。……"

其说皆不入,则云:

"将为太子奏方术之士,有资略者,若庄周,魏牟,杨朱,墨翟,便娟,詹何之伦,使之论天下之精微,理万物之是非;孔老览观,孟子持筹而算之,万不失一。此亦天下要言妙道也,太子岂欲闻之乎?于是太子据几而起,曰:涣乎若一听圣人辩士之言。涊然汗出,霍然病已。"

由是遂有"七"体,后之文士,仿作者众,汉傅毅有《七激》,刘广有《七兴》,崔骃有《七依》,[17]……凡十余家;递及魏晋,仍多拟造。谢灵运有《七集》十卷,卞景有《七林》十二卷,[18]梁又有《七林》三十卷,盖即集众家此体为之,今俱佚;惟乘《七发》及曹植《七启》,[19]张协《七命》,[20]在《文选》中。

《文选》又有《古诗十九首》,[21]皆五言,无撰人名。唐李善曰:"并云古诗,盖不知作者;或云枚乘,疑不能明也。"[22]然陈徐陵所集《玉台新咏》,则其中九首,明题乘名。[23]审如是,乘乃不特始创七体,且亦肇开五古者矣,今录其三:

"西北有高楼,上与浮云齐,交疏结绮窗,阿阁三重阶。上有弦歌声,音响一何悲,谁能为此曲,无乃杞梁妻。清商随风发,中曲正徘徊,一弹再三叹,慷慨有余哀。不惜歌者苦,但伤知音稀。愿为双鸿鹄,奋翅起高飞。"

"……相去日已远,衣带日已缓。浮云蔽白日,游子不复返。思君令人老,岁月忽已晚。弃捐勿复道,努力加餐饭。"

　　"迢迢牵牛星,皎皎河汉女。纤纤濯素手,札札弄机杼,终日不成章,泣涕零如雨。河汉清且浅,相处复几许,盈盈一水间,脉脉不得语。"

　　其词随语成韵,随韵成趣,[24]不假雕琢,而意志自深,风神或近楚《骚》,体式实为独造,诚所谓"畜神奇于温厚,寓感怆于和平,意愈浅愈深,词愈近愈远"者也。稍后李陵与苏武[25]赠答,亦为五言,盖文景以后,渐多此体,而天质自然,终当以乘为独绝矣。

　　淮南王安[26]为文帝所封,好书,鼓琴;招致宾客方术之士数千人,作为《内书》二十一篇,《外书》甚众;又有《中篇》八卷,言神仙黄白之术,亦二十余万言。时武帝方好艺文,以安为诸父,辩博善文辞,甚尊重之。尝使为《离骚传》,旦受诏,日食时上。传今亡;所传者惟《淮南》二十一篇,亦曰《鸿烈》。[27]其书盖与诸游士讲论,掇拾旧文而成。其诸游士著者,则为苏飞,李尚,左吴,田由,雷被,毛被,伍被,晋昌等八人,是曰八公[28];又分造词赋,以类相从,或称《大山》,或称《小山》,[29]其义犹《诗》之有《大雅》《小雅》也。小山之徒有《招隐士》[30]之赋,其源虽出《离骚》《招魂》等,而不泥于迹象,为汉代楚辞之新声:

　　"桂树丛生兮山之幽,偃蹇连蜷兮枝相缭。山气巃嵸兮石嵯峨;溪谷崭岩兮水曾波。猿狖群啸兮虎豹嗥,攀援桂枝兮聊淹留。王孙游兮不归,春草生兮萋萋,岁暮兮不自聊,螗蚰鸣兮啾啾。块兮轧,山曲岪,心淹留兮恫慌忽;岡兮沕,憭兮栗,虎豹穴,丛薄深林兮人上栗。嶔岑碕礒兮碅磳硊硝,树轮相纠兮林木茷骫;青莎杂树兮薠草靃靡;白鹿麏麚兮或腾或倚,状儿崟崟兮峩峩,凄凄兮漇漇。猕猴兮熊罴,慕类兮以悲。攀援桂枝兮聊淹留,虎豹斗兮熊罴咆,禽兽骇兮亡其曹。王孙兮归来,山中兮不可以久留。"

河间献王德[31]为景帝子,亦好书,而所得皆古文先秦旧书。又立《毛氏诗》,《左氏春秋》博士;山东诸儒,多从而游。其所好盖与楚元王交相类。惟吴梁淮南三国之客,较富文词,梁客之上者,多来自吴,甚有纵横家余韵;聚淮南者,则大抵浮辩方术之士也。

参考书:

《史记》(卷一百六,一百十八)

《汉书》(卷三十六,四十四,四十七,五十一,五十三)

《全汉文》(清严可均辑)

《中国大文学史》(第三编第三章)

*   *   *

〔1〕 楚元王交 即刘交(?—前179),刘邦同父少弟。随刘邦起兵,后封楚王。好文艺,集儒生于楚,撰有《元王诗》,已佚。事迹见《汉书·楚元王传》。

〔2〕 穆生 西汉鲁(今山东曲阜一带)人。《汉书·楚元王传》:"元王既至楚,以穆生、白生、申公为中大夫。"刘戊嗣楚王位后,穆生因遭冷遇,称病辞去。白生,又称白公,鲁国奄里(在今山东曲阜城东)人。

刘戊嗣位后意欲谋反,他劝阻受辱。申公,即申培,参看本卷第 370 页注〔28〕。

〔3〕　浮丘伯　又称浮丘公,复姓浮丘,汉初齐人。《汉书·楚元王传》:"伯者,孙卿门人也。"服虔注:"浮丘伯,秦时儒生。"

〔4〕　韦孟　西汉彭城(郡治今江苏徐州)人。曾任楚国刘交、刘郢、刘戊三王之傅。戊无道,韦孟作《谏楚夷王戊诗》,后弃位迁家于邹,作《在邹诗》。《在邹诗》一名《述志诗》,《汉书·韦贤传》云:"或曰其子孙好事,述先人之志而作是诗也。"按韦孟系韦贤先人,《韦贤传》云:"自孟至贤五世。"

〔5〕　任昉　参看本卷第 54 页注〔16〕。所撰《文章缘起》,又名《文章始》,一卷,隋已亡佚。《新唐书·艺文志》著录任昉《文章始》一卷,注:"张绩补。"今传本可能即张绩补本。该书论述诗、文、骚、赋等各种文体起源,共八十五题。

〔6〕　吴王濞　即刘濞(前 215—前 154),刘邦侄,封吴王。景帝时发动吴、楚等七国叛乱,兵败逃至东越,被杀。事迹见《汉书·荆燕吴列传》。

〔7〕　梁孝王武　即刘武(?—前 144),文帝刘恒次子。最受窦后宠爱,欲以他为帝嗣,大臣袁盎等反对。梁王怨望,使人刺杀袁盎,得罪景帝,抑郁而死。事迹见《汉书·文三王传》。

〔8〕　丁宽　字子襄,汉初梁(今河南商丘一带)人。景帝时从梁孝王抵御吴、楚,称丁将军。从田何受《易》,《汉书·艺文志》著录《丁氏》八篇。田王孙,西汉砀(今安徽砀山)人,景帝时博士。施仇,字长卿,西汉沛县(今属江苏)人,宣帝时博士。孟喜,字长卿,西汉兰陵(今山东峄县)人。举孝廉为郎,曲台署长。《隋书·经籍志》著录《周易》八卷,孟喜章句。梁丘贺,梁丘系复姓,字长翁,西汉琅琊诸县(今山东诸城)人。宣帝时任太中大夫,官至少府。《汉书·艺文志》著录《章句》施、孟、梁丘

氏各二篇。丁、田、施、孟、梁丘五人事迹见《汉书·儒林传》。

〔9〕 羊胜(?—前148) 西汉齐郡(治今山东淄博)人。公孙诡(?—前148),西汉齐人。二人同为梁王门客。公孙诡官至中尉,号"公孙将军"。《汉书·文三王传》载,胜、诡二人曾为梁王谋嗣位,袁盎等反对,梁王与胜、诡使人刺杀袁盎等多人,景帝下令缉捕,梁王遂令胜、诡自杀。韩安国(?—前130),字长孺,西汉梁成安(在今河南)人。先任梁孝王中大夫,武帝时为御史大夫。事迹见《汉书》本传。

〔10〕 司马相如 参看本书第十篇。

〔11〕 明帝 即东汉明帝刘庄(28—75),光武帝第四子,建武中元二年(公元57)继位,在位十八年。

〔12〕 关于邹阳为羊胜、公孙诡所谗事,见《汉书·邹阳传》:"梁王始与胜、诡有谋,阳争以为不可,故见谗。"邹阳于狱中上书自明,"孝王立出之,卒为上客。""及梁事败,胜、诡死,孝王恐诛",乃问计于邹阳。邹阳结交景帝宠姬王美人兄王长君,请王美人于景帝前为梁王说情,事遂解。见《汉书》本传。

〔13〕 《西京杂记》 东晋葛洪撰,托名西汉刘歆。原为二卷,后世分为六卷。记叙西汉遗闻轶事及神话传说。其中记忘忧馆作赋事,未见他书。路乔如、公孙乘,不详。《柳赋》等七篇,内容均为咏物颂圣。葛洪(284—363),字稚川,东晋句容(今属江苏)人。除《西京杂记》外,尚撰有《抱朴子》、《神仙传》等。

〔14〕 刘歆 参看本卷第12页注〔5〕。

〔15〕 《梁王菟园赋》 叙写菟园山石、林禽之胜及宾客宴饮射钓之乐,收入《古文苑》。《临灞池远诀赋》,文已佚。《文选》谢朓《休沐重还道中》唐李善注:"《枚乘集》有《临灞池远诀赋》。"

〔16〕 《七谏》 西汉东方朔撰。内容系悼念屈原。除小序外共有《初放》、《沉江》、《怨世》、《怨思》、《自悲》、《哀命》、《谬谏》七段。《招

魂》、《大招》的作者参看本书第四篇及其注〔20〕〔27〕。内容系列述饮食、女子、宫室之美，招魂归来。枚乘《七发》，假设楚太子有病，吴客往问，用音乐、饮食、车马、游观、田猎、观涛、论道七事启发太子，故称《七发》。以后称此类文体为"七体"，或称"七"。按枚乘首创"七"体，他死时东方朔方十四岁，《七谏》似不能作于《七发》之前。

〔17〕　关于《七发》的仿作，《艺文类聚》卷五十七引西晋傅玄《七谟序》："昔枚乘作《七发》，而属文之士，若傅毅、刘广世、崔骃、李尤、桓麟、崔琦、刘梁之徒，承其流而作者，纷焉《七激》、《七兴》、《七依》、《七疑》、《七说》、《七蠲》、《七举》之篇。通儒大才马季长、张平子亦引其源而广之。马作《七厉》，张造《七辩》。"傅毅（？—约90），字武仲，东汉扶风茂陵（今陕西兴平）人。章帝时任兰台令史，与班固等共典校书。所撰《七激》，写玄通子以珍味、骏马等七事说徒华公子。见《艺文类聚》卷五十七。刘广，应为刘广世，生平不详。所撰《七兴》已佚，《艺文类聚》卷五十七及《文选·七命》注中存有残文。崔骃（？—92），字亭伯，东汉涿郡安平（今属河北）人。少年时与班固、傅毅齐名，撰有《达旨》等诗赋共二十一篇。《七依》已散佚，《艺文类聚》卷五十七及《北堂书钞》卷一四二、一四四辑有残文。

〔18〕　谢灵运（385—433）　南朝宋阳夏（今河南太康）人。东晋谢玄之孙，袭封康乐公，入宋任永嘉太守。有《谢康乐集》。卞景，生平不详。《隋书·经籍志》著录《七林》十卷，原注："梁十二卷，录二卷，卞景撰。梁又有《七林》三十卷，音一卷，亡。"

〔19〕　曹植（192—232）　字子建，三国沛国谯（今安徽亳县）人。曹操第三子，封陈王，谥思，后世称陈思王。有《曹子建集》。《七启》，叙写玄微子与镜机子问答七事。

〔20〕　张协　字景阳，西晋安平（今属河北）人，官河间内史。有《张景阳集》。《七命》，叙写冲漠公子与殉华大夫的对话。

〔21〕 《古诗十九首》　无名氏作，非一时一人所为，或谓出于西汉时，一般认为多出于东汉。梁萧统辑为一组收入《文选》，题作《古诗十九首》。为早期文人五言诗的重要作品。

〔22〕 李善(约 630—689)　唐江都(今属江苏)人。曾任崇贤馆学士，后因罪流放，遇赦后专事研究、讲授《文选》，从学者甚多，号"文选学"，所注《文选》共六十卷。这里的"并云古诗"等句，系该书《古诗十九首》题下的注文。

〔23〕 徐陵(507—583)　字孝穆，南朝陈东海郯(今山东郯城)人。梁时任东宫学士，陈时任尚书左仆射、中书监，宫体诗代表作家。有《徐孝穆集》。《玉台新咏》，是他所编的诗歌总集，十卷。其中题为枚乘所作诗九首，八首见于《古诗十九首》，即《青青河畔草》、《西北有高楼》、《涉江采芙蓉》、《庭中有奇树》、《迢迢牵牛星》、《东城高且长》、《明月何皎皎》、《行行重行行》。另一首《兰若生春阳》，不入《古诗十九首》。按此九首究竟是否枚乘所作，学者颇多异议。

〔24〕 "随语成韵，随韵成趣"二句及下文"畜神奇于温厚"等句，见明胡应麟《诗薮·古体·五言》："至《十九首》及诸杂诗，随语成韵，随韵成趣，辞藻气骨，略无可寻，而兴象玲珑，意致深婉，真可以泣鬼神，动天地。""诗之难，其《十九首》乎！畜神奇于温厚，寓感怆于和平；意愈浅愈深，词愈近愈远；篇不可句摘，句不可字求。盖千古元气，锺孕一时，而枚、张诸子，以无意发之，故能诣绝穷微，掩映千古。"

〔25〕 李陵(？—前 74)　字少卿，西汉陇西成纪(今甘肃秦安)人，名将李广之孙。官骑都尉，汉武帝时伐匈奴，兵败降敌。苏武(？—前 60)，字子卿，西汉杜陵(今陕西西安)人。武帝时以中郎将出使匈奴，被拘十九年，守节不降，后匈奴与汉和好，始得归国。现存苏武与李陵赠答诗，学者疑系后人伪托，参看本书第九篇及其注〔26〕。

〔26〕 淮南王安　即刘安(前 179—前 122)，淮南厉王刘长子，刘

邦孙。他因武帝无子，有异志，又因厉王之死，心怀怨望，遂谋反，事发自杀。事迹见《汉书·淮南衡山济北王传》。

〔27〕《内书》　《内书》、《外书》与《中篇》均系淮南王刘安集门客编撰。《汉书·艺文志》著录《淮南内》二十一篇，《淮南外》三十三篇。唐颜师古注："《内篇》论道，《外篇》杂说。"《内书》又称《鸿烈》，《外书》又称《淮南外篇》。东汉高诱《淮南子序》称：刘安与诸儒"共讲论道德，总统仁义而著此书，其旨近老子，淡泊无为，蹈虚守静，出入经道。……然其大较归之于道，号曰《鸿烈》。鸿，大也；烈，明也。以为大明道之言也。……又有十九篇者，谓之《淮南外篇》。"《鸿烈》经西汉刘向校刊，改称《淮南》，后称《淮南子》。《中篇》，《汉书·艺文志》未著录，书名见《汉书·淮南王传》中。

〔28〕八公　苏飞、李尚等八人均为淮南王门客，号称"八公"。左吴、雷被、伍被事迹见《史记·淮南王传》。雷被、伍被又见《汉书·淮南王传》，伍被《汉书》另有传。

〔29〕《大山》、《小山》　王逸《楚辞章句·招隐士序》："昔淮南王安博雅好古，招怀天下俊伟之士。自八公之徒，咸慕其德而归其仁，各竭才智，著作篇章，分造辞赋，以类相从，故或称《小山》，或称《大山》，其义犹《诗》有《小雅》、《大雅》也。"此处《大山》、《小山》系辞赋类编名称。高诱《淮南子序》云："诸儒大山、小山之徒"，则以为是人名。

〔30〕《招隐士》　此文题解不一：王逸《楚辞章句·招隐士序》认为系"闵伤屈原"之作；清王夫之《楚辞通释·招隐士》则云："今按此篇义尽于招隐，为淮南召致山谷潜伏之士，绝无闵屈子而章之之意。"

〔31〕河间献王德　即刘德（？—前130），景帝刘启子。他收集古书，立博士，推崇儒术。事迹见《汉书·景十三王传》。

第九篇　武帝时文术之盛

　　武帝有雄材大略,而颇尚儒术。即位后,丞相卫绾即请奏罢郡国所举贤良治申商韩非苏秦张仪之言者。[1]又以安车蒲轮征申公枚乘等;议立明堂;置"五经"博士。[2]元光间亲策贤良,则董仲舒公孙弘等出焉。[3]又早慕词赋,喜"楚辞",尝使淮南王安为《离骚》作传。其所自造,如《秋风辞》(见第六篇)《悼李夫人赋》[4](见《汉书》《外戚传》)等,亦入文家堂奥。复立乐府,集赵代秦楚之讴[5],以李延年为协律都尉,多举司马相如等数十人作诗颂,[6]用于天地诸祠,是为《十九章》之歌[7]。延年辄承意弦歌所造诗,谓之"新声曲",实则楚声之遗,又扩而变之者也。其《郊祀歌》十九章,今存《汉书》《礼乐志》中,第三至第六章,皆题"邹子乐"。

　　"朱明盛长,旉与万物。桐生茂豫,靡有所诎。敷华就实,既阜既昌,登成甫田,百鬼迪尝。广大建祀,肃雍不忘。神若宥之,传世无疆。"《朱明》四"邹子乐"

　　"日出入安穷,时世不与人同。故春非我春,夏非我夏,秋非我秋,冬非我冬。泊如四海之沱,遍观是邪谓何。吾知所乐,独乐六龙。六龙之调,使我心若。訾,黄其何不来下!"《日出入》九

是时河间献王以为治道非礼乐不成,因献所集雅乐;大乐

官亦肄习之以备数,然不常用,用者皆新声。至敖游醼饮之时,则又有新声变曲。曲亦昉于李延年。延年中山人,身及父母兄弟皆故倡,坐法腐刑,给事狗监中。性知音,善歌舞,武帝爱之,每为新声变曲,闻者莫不感动。尝侍武帝,起舞,歌曰:"北方有佳人,绝世而独立,一顾倾人城,再顾倾人国。宁不知倾城与倾国,佳人难再得。"因进其女弟,得幸,号李夫人,早卒。武帝思念不已,方士齐人少翁[8]言能致其魂,乃夜张烛设帐,而令帝居他帐遥望,见一好女,如李夫人之貌,然不得就视。帝愈益相思悲感,作为诗曰:"是耶非耶?立而望之,偏何姗姗其来迟。"令乐府诸音家弦歌之。随事兴咏,节促意长,殆即所谓新声变曲者也。

文学之士,在武帝左右者亦甚众。先有严助[9],会稽吴人,严忌子也,或云族家子,以贤良对策高第,擢为中大夫。助荐吴人朱买臣[10]召见,说《春秋》,言"楚词",亦拜中大夫,与严助俱侍中。又有吾丘寿王[11],司马相如,主父偃[12],徐乐,严安,[13]东方朔[14],枚皋[15],胶仓,终军,严葱奇[16]等;而东方朔,枚皋,严助,吾丘寿王,司马相如尤见亲幸。相如文最高,然常称疾避事;朔皋持论不根,见遇如俳优,惟严助与寿王见任用。助最先进,常与大臣辩论国家便宜,有奇异亦辄使为文及作赋颂数十篇。寿王字子赣,赵人,年少以善格五召待诏,迁侍中中郎;有赋十五篇,见《汉志》。

东方朔字曼倩,平原厌次人也。武帝初即位,征天下举方正贤良文学材力之士,待以不次之位,四方士多上书言得失,自衒鬻者以千数。朔初来,上书曰:"臣朔少失父母,长养兄嫂。年十二学书，三冬，文史足用。十五学击剑。十六学诗书，诵二十二万言。十九学孙吴兵法，战阵之具，钲鼓之教，亦诵二十二万言。凡臣朔固已诵四十四万言。又常服子路之言。臣朔年二十二；长九尺三寸，目若悬珠，齿若编贝，勇若孟贲，捷若庆忌，廉若鲍叔，信若尾生。若此，可以为天子大臣矣。臣朔昧死，再拜以闻。"其文辞不逊，高自称誉。帝伟之，令待诏公车；渐以奇计俳辞得亲近，诙达多端，不名一行，然时观察颜色，直言切谏，帝亦常用之。尝至太中大夫，与枚皋郭舍人[17]俱在左右，但诙啁而已，不得大官，因以刑名家言求试用，辞数万言，指意放荡，颇复诙谐，终不见用，乃作《答客难》[18]（见《汉书》本传）以自慰谕。又有《七谏》（见《楚辞》），则言君子失志，自古而然。临终诫子云："明者处世，莫尚于中，优哉游哉，与道相从。首阳为拙，柳下为工。饱食安步，以仕代农。依隐玩世，诡时不逢。……圣人之道，一龙一蛇，形见神藏，与物变化，随时之宜，无有常家。"又黄老意也。朔盖多所通晓，然先以自衒进身，终以滑稽名世，后之好事者因取奇言怪语，附著之朔；方士又附会以为神仙，作《神异经》《十洲记》[19]，托为朔造，其实皆非也。

枚皋者字少孺，枚乘孽子也。武帝征乘，道死，诏问乘子，无能为文者。皋上书自陈，得见，诏使作《平乐观赋》，善之，拜为郎，使匈奴。然皋好诙笑，为赋颂多嫚戏，故不得尊显，见视如倡，才比东方朔郭舍人。作文甚疾，故所赋甚多，自谓不及司马相如，而颇诋娸东方朔，又自诋娸。班固云："其文骫骳，曲随其事，皆得其意，颇诙笑，不甚闲靡。凡可读者百二十篇，其尤嫚戏不可读者尚数十篇。"[20]

至于儒术之士,亦擅文词者,则有菑川薛人公孙弘,字次卿,元光中贤良对策第一,拜博士,终为丞相,封平津侯,于是天下学士,靡然向风矣。广川董仲舒与公孙弘同学,于经术尤著,景帝时已为博士,武帝即位,举贤良对策,除江都相,迁胶西相,卒。尝作《士不遇赋》(见《古文苑》),有云:

"……观上世之清辉兮,廉士亦茕茕而靡归。殷汤有卞随与务光兮,周武有伯夷与叔齐;卞随务光遁迹于深山兮,伯夷叔齐登山而采薇。使彼圣贤其繇周遑兮,矧举世而同迷。若伍员与屈原兮,固亦无所复顾。亦不能同彼数子兮,将远游而终古。……"

终则谓不若反身素业,归于一善,托声楚调,结以中庸,虽为粹然儒者之言,而牢愁狷狭之意尽矣。

小说家言,时亦兴盛。洛阳人虞初[21],以方士侍郎,号黄车使者,作《周说》九百四十三篇。齐人饶,不知其姓,为待诏,作《心术》二十五篇。又有《封禅方说》十八篇,[22]不知何人作,然今俱亡。

诗之新制,亦复蔚起。《骚》《雅》遗声之外,遂有杂言,是为"乐府"。《汉书》云东方朔作八言及七言诗[23],各有上下篇,今虽不传,然元封三年作柏梁台[24],诏群臣二千石有能为七言诗,乃得上坐,则其辞今具存,通篇七言,亦联句之权舆也:

"日月星辰和四时_{皇帝},骖驾驷马从梁来_{梁王},郡国士马羽林材_{大司马},总领天下诚难治_{丞相},和抚四夷不易哉_{大将军},刀笔之吏臣执之_{御史大夫}。(中略)蛮吏朝贺常会期_{典属国},柱枅欂栌相枝持^{大匠},枇杷橘栗桃李梅^{太官令},走狗逐兔张罘罳^{上林令},啖妃女唇甘如饴^{郭舍人},迫窘诘屈几穷哉^{东方朔}。"

褚少孙补《史记》[25]云:"东方朔行殿中,郎谓之曰:人皆以先生为狂。朔曰:如朔等,所谓避世于朝廷间者也。古之人乃避世于深山中。时坐席中酒酣,乃据地歌曰——

　　　陆沉于俗,避世金马门。宫殿中,可以避世全身;何必深山之中,蒿庐之下。"

亦新体也,然或出后人附会。

五言有枚乘开其先,而是时苏李别诗[26],亦称佳制。苏武字子卿,京兆杜陵人,天汉元年,以中郎将使匈奴,留不遣。李陵字少卿,陇西成纪人,天汉二年击匈奴,兵败降虏,单于以女妻之,立为右校王;汉夷其族。至元始六年[27],苏武得归,故与陵以诗赠答:

　　　"携手上河梁,游子暮何之。徘徊蹊路侧,恨恨不能辞。行人难久留,各言长相思。安知非日月,弦望自有时。努力崇明德,皓首以为期。"^{李陵与苏武诗三首之一}

　　　"二凫俱北飞,一凫独南翔。子当留斯馆,我当归故乡。一别如秦胡,会见何讵央。怆恨切中怀,不觉泪沾裳。愿子长努力,言笑莫相忘。"^{苏武别李陵。见《初学记》卷十八,然疑是后人拟作}

武归后拜典属国;宣帝即位,赐爵关内侯,神爵二年(前六十)卒,年八十余。陵则在匈奴二十余年,卒,有集二卷。诗以外,后世又颇传其书问,在《文选》及《艺文类聚》中。[28]

参 考 书:

《史记》(卷一百二十六)

《汉书》(卷六,二十二,五十一,五十四,六十五,九十三)

《乐府诗集》(宋郭茂倩编)

《全汉文》(清严可均辑)

《全汉诗》(丁福保辑)

《中国大文学史》(第三编第四章)

* * *

〔1〕 卫绾 西汉代郡大陵(今山西文水)人。文帝时任中郎将,景帝时因平吴楚有功,官至丞相,武帝初续任,旋即免职。《汉书·武帝纪》:"建元元年冬十月,诏丞相、御史、列侯、中二千石、二千石、诸侯相举贤良方正直言极谏之士。丞相绾奏:'所举贤良,或治申、商、韩非、苏秦、张仪之言,乱国政,请皆罢。'奏可。"

〔2〕 立明堂 武帝建元元年(前140)六月,议立明堂。《汉书·儒林传》载:"(赵)绾、(王)臧请立明堂,以朝诸侯,不能就其事,乃言师申公。于是上使使束帛加璧,安车以蒲裹轮,驾驷迎申公,弟子二人乘轺传从。至,……舍鲁邸,议明堂事。"后因窦太后喜黄老,赵绾又触怒太后,遂罢立明堂。置"五经"博士,《汉书·武帝纪》载:建元五年(前136)春,"置'五经'博士"。

〔3〕 亲策贤良 《汉书·武帝纪》载:元光元年(前194)五月,"诏贤良曰:'……朕之不敏,不能远德,此子大夫之所睹闻也。贤良明于古今王事之体,受策察问,咸以书对,著之于篇,朕亲览焉。'于是董仲舒、公孙弘等出焉。"董仲舒(前179—前104),西汉广川(今河北枣强)人。文、景二帝时任博士,武帝时任江都王相、胶西王相,曾建议罢黜百家,独尊儒术。《汉书·艺文志》著录《董仲舒》百二十三篇。撰有《春秋繁露》等。公孙弘(前200—前121),字季,西汉薛(今山东滕县)人。早年

研究《公羊传》，六十岁始被召为博士，罢免后又被重新召用，历任御史大夫、丞相。《汉书·艺文志》著录《公孙弘》十篇。

〔4〕 《悼李夫人赋》 汉武帝悼念宠妃李夫人之作。《汉书·外戚传》载："孝武李夫人，本以倡进"，甚得宠幸。她死后武帝思念不已，"自为作赋，以伤悼夫人"，辞曰"美连娟以修嫮兮，命樔绝而不长"云云。按汉武帝辞赋，《汉书·艺文志》著录"上所自造赋二篇"，未注篇名。

〔5〕 赵代秦楚之讴 当时民间歌谣。按《汉书·艺文志》著录《邯郸河间歌诗》四篇、《燕代讴雁门云中陇西歌诗》九篇、《左冯翊秦歌诗》三篇、《吴楚汝南歌诗》十五篇等。

〔6〕 李延年(？—约前87) 西汉中山(郡治今河北定县)人，武帝宠妃李夫人之兄。《汉书·佞幸传》载："延年善歌，为新变声，是时上方兴天地诸祠，欲造乐，令司马相如等作诗颂。延年辄承意弦歌所造诗，为之新声曲。而李夫人产昌邑王，延年由是贵为协律都尉。"《汉书·礼乐志》载："以李延年为协律都尉，多举司马相如等数十人造为诗赋，略论律吕，以合八音之调，作《十九章》之歌。"

〔7〕 《十九章》之歌 即《郊祀歌》十九章。此类新歌与旧时雅乐不同，内容除赞美天地神祇外，还歌颂其他神灵和祥瑞。其第三至第六章，题《青阳》、《朱明》、《西颢》、《玄冥》，分别祭祀春、夏、秋、冬四神。《史记·乐书》云："春歌《青阳》，夏歌《朱明》，秋歌《西暤》，冬歌《玄冥》。"下文的邹子乐，胡应麟《诗薮·古体·杂言》："汉《郊祀歌十九章》，以为司马相如等作，而《青阳》、《朱明》四章，史题邹子乐名。按四章体气如一，皆四字为句，辞虽淳古，而意极典明，当出一人之手，是为邹作无疑。"梁启超《中国之美文及其历史》亦云："唯《青阳》、《朱明》、《西颢》、《玄冥》四章，注明为'邹子乐'，当是邹阳作。阳，景帝时人，似不逮事武帝。想是当时乐府采其辞以制谱。"

〔8〕 少翁 西汉齐人，武帝时方士。以方术得宠，封文成将军。

招李夫人魂魄事,见《汉书·外戚传》。《史记·孝武本纪》亦有招魂魄事,"李夫人"作"王夫人",无武帝诗。

〔9〕　严助(?—前122)　本姓庄,后人因避明帝刘庄讳,或改为严,西汉会稽吴(今江苏苏州)人。严忌之子或族家子。武帝时任中大夫、会稽太守。后与淮南王刘安交厚,淮南王谋反,他受株连弃市。《汉书·艺文志》著录《庄助》四篇、赋三十五篇,均已佚。现存《喻意淮南王》一篇,见《汉书》本传。

〔10〕　朱买臣(?—前115)　字翁子,西汉吴(今江苏苏州)人。先为中大夫,后任会稽太守、主爵都尉。《汉书·艺文志》著录朱买臣赋三篇,已佚。

〔11〕　吾丘寿王　字子赣,西汉赵人。以善格五为待诏,官东郡都尉、光禄大夫侍中。《汉书·艺文志》著录《吾丘寿王》六篇、赋十五篇。现存《议禁民不得挟弓弩对》见《汉书》本传,《骠骑论功论》见《艺文类聚》卷五十九,赋篇已佚。格五,《汉书》本传注引刘德曰:"格五,棊行。《簺法》曰簺、白、乘、五,至五格不得行,故云格五。"

〔12〕　主父偃(?—前126)　主父系复姓,西汉临淄(今山东淄博)人,武帝时官至中大夫,后任齐王相。《汉书·艺文志》著录《主父偃》二十八篇,《汉书》本传存《上书谏伐匈奴》等三篇。

〔13〕　徐乐　西汉燕郡无终(今天津蓟县)人,因上书被召为郎中。《汉书·艺文志》著录《徐乐》一篇。现存《上书言世务》一篇,见《汉书》本传。严安,原姓庄,西汉临淄(今属山东)人。原为丞相史,因上书武帝被任为郎中,后为骑马令。《汉书·艺文志》著录《庄安》一篇。现存《上书言世务》一篇,见《汉书》本传。

〔14〕　东方朔(前154—前93)　字曼倩,西汉平原厌次(今山东惠民)人。《汉书·艺文志》著录《东方朔》二十篇,现存《上书》、《谏除上林苑》、《化民有道对》、《答客难》、《非有先生传》五篇,见《汉书》本传。此

外《艺文类聚》卷二十三收有《诫子》,《初学记》卷十八收有《从公孙弘借车》等。

〔15〕 枚皋 字少孺,西汉淮阴(今属江苏)人。枚乘庶子。《汉书·艺文志》著录枚皋赋百二十篇,皆不传。后文说到的"诏使作《平乐观赋》",《汉书》本传"观"作"馆"。平乐馆在上林苑中。

〔16〕 胶仓 一作聊苍,西汉赵人。与朱买臣、吾丘寿王等并侍武帝左右,《汉书·艺文志》著录《待诏金马聊苍》三篇。终军(?—前112),字子云,西汉济南(今属山东)人。十八岁上书武帝,召为谒者给事中,迁谏大夫。奉命赴南越,被杀,年方二十余岁。《汉书·艺文志》著录《终军》八篇。现存《白麟奇木对》、《自请使匈奴》等,见《汉书》本传。严葱奇,本姓庄,西汉吴(今江苏苏州)人。《汉书·艺文志》著录常侍郎庄葱奇赋十一篇,已佚。唐颜师古注:"《七略》云'葱奇者,或言庄夫子子,或言族家子庄助昆弟也'。"

〔17〕 郭舍人 姓郭名舍人,汉武帝宠幸的艺人。事迹见《史记·滑稽列传》。

〔18〕《答客难》《汉书·东方朔传》:"朔上书陈农战强国之计,因自讼独不得大官,欲求试用。其言专商鞅、韩非之语也,指意放荡,颇复诙谐,辞数万言,终不见用。朔因著论,设客难己,用位卑以自慰喻。"

〔19〕《神异经》《隋书·经籍书》著录一卷,仿《山海经》,偏重于记载奇产异物。《十洲记》,《隋书·经籍志》著录一卷,记汉武帝召东方朔询问海内十洲物产事。二书均系伪托,《汉书·艺文志》不载。参看《中国小说史略》第四篇。

〔20〕"其文骫骳"数句,见《汉书·枚乘传》。骫骳,颜师古注:"犹言屈曲也。"

〔21〕 虞初 西汉洛阳(今属河南)人。《文选·西京赋》李善注:"初,河南人也。武帝时,以方士侍郎,乘马,衣黄衣,号黄车使者。"《汉

书·艺文志》著录《虞初周说》九四三篇,已佚。

〔22〕 《心术》 《汉书·艺文志》著录《待诏臣饶心术》二十五篇。颜师古注:"刘向《别录》云:饶,齐人也,不知其姓。武帝时待诏,作书名曰《心术》也。"《封禅方说》,《汉书·艺文志》著录《封禅方说》十八篇,原注:"武帝时。"

〔23〕 关于东方朔的诗,《汉书·东方朔传》载:朔所撰有"八言、七言上下。"西晋晋灼注:"八言、七言诗,各有上下篇。"

〔24〕 柏梁台 《汉书·武帝纪》载:元鼎二年(前115)"春,起柏梁台"。颜师古注:"《三辅旧事》云以香柏为之。"《柏梁台诗》收入《古文苑》,有序云:"汉武帝元封三年作柏梁台,诏群臣二千石有能为七言诗,乃得上座。"柏梁台联诗后人疑为伪托。顾炎武《日知录》卷二十一考证甚详:"汉武《柏梁台诗》本出《三秦记》,云是元封三年作。……按《孝武纪》元鼎二年春,起柏梁台,是为梁平王之二十二年,而孝王之薨,至此已二十九年。又七年始为元封三年。"又参加联句者的某些官名,如光禄勋、大鸿胪、大司农、执金吾、京兆尹、左冯翊、右扶风等"皆太初以后之名,不应预书于元封之时"。"反复考证,无一合者。盖是后人拟作。"

〔25〕 褚少孙 西汉颍川(今河南禹县)人。从王式学《鲁诗》,为博士,见《汉书·王式传》。《史记·滑稽列传》叙淳于髡、优孟、优旃三人事,其后有褚少孙补文云:"臣幸得以经术为郎,而好读外家传语。窃不逊让,复作故事滑稽之语六章,编之于左。可以览观扬意,以示后世,好事者读之,以游心骇耳;以附益上方太史公之三章。"所补者为郭舍人、东方朔、东郭先生、淳于髡、王先生、西门豹六人事迹。此处引文即出自褚少孙补作。

〔26〕 苏李别诗 指苏武、李陵的赠答诗,苏武《别李陵》见《初学记》卷十八、《古文苑》卷四。李陵《与苏武诗》三首见《文选·杂诗》。刘勰、苏轼、顾炎武、梁启超等均认为是后人拟作。

〔27〕 元始　应作"始元",汉昭帝刘弗陵年号。始元六年为公元前八十一年。

〔28〕 书问　指《李陵答苏武书》,见《文选》卷四十一及《艺文类聚》卷三十,内容是为他的投降作辩护。后人疑是六朝人伪作。刘知几《史通·杂说》:"《李陵集》有《与苏武书》,词采壮丽,音句流靡。观其文体,不类西汉人,殆后来所为,假称陵作也。迁《史》缺而不载,良有以焉,编于《李集》中,斯为谬矣。"苏轼《答刘沔书》:"陵与武书,辞句儇浅,正齐梁间小儿所拟作,决非西汉人,而统不悟,刘子玄独知之。"《艺文类聚》,唐欧阳询奉命编纂的类书,一百卷,引录古籍达一千四百余种。

第十篇　司马相如与司马迁

武帝时文人,赋莫若司马相如[1],文莫若司马迁[2],而一则寥寂,一则被刑。盖雄于文者,常桀骜不欲迎雄主之意,故遇合常不及凡文人。

司马相如字长卿,蜀郡成都人。少时好读书,学击剑,故其亲名之曰犬子;既学,慕蔺相如[3]之为人,更名相如。以訾为郎,[4]事景帝。帝不好辞赋,时梁孝王来朝,游说之士邹阳枚乘严忌等皆从,相如见而悦之,因病免,游梁,与诸侯游士居,数岁,作《子虚赋》。武帝立,读而善之,曰:"朕独不得与此人同时哉?"蜀人杨得意为狗监侍帝[5],因言是其邑人司马相如作,乃召问相如。相如曰:有是。然此乃诸侯之事,未足观,请为天子游猎之赋。帝令尚书给笔札。相如以"子虚",虚言也,为楚称;"乌有先生"者,乌有此事也,为齐难;"亡是公"者,亡是人也,欲明天子之义。故虚借此三人为辞,以推天子诸侯之苑囿。其卒章归之于节俭,因以讽谏。其文具存《史记》及《汉书》本传中:《文选》则以后半为《上林赋》,或召问后之所续欤?

相如既奏赋,武帝大悦,以为郎;数岁,作《喻巴蜀檄》[6],旋拜中郎将,赴蜀,通西南夷,以蜀父老多言此事无益,大臣亦以为然,乃作《难蜀父老》文。其后,人有上书言相如使时受金,遂失官,岁余,复召为郎。然常闲居,不慕官爵,亦往往托辞讽谏,于游猎信谗之事,皆有微辞[7]。拜孝文园令。武帝既以《子虚赋》为善,相如察其好神仙,乃曰:"上林之事,未足美也,尚有靡者。臣尝为《大人赋》[8],未就;请具而奏之。"意以为列仙之儒,居山泽间,形容甚臞,非帝王之仙意。惟彼大人,居于中州,悲世迫隘,于是轻举,乘虚无,超无友,亦忘天地,而乃独存也。中有云:

"……屯余车而万乘兮,粹云盖而树华旗。使句芒其将行兮,吾欲往乎南娭。……纷湛湛其差错兮,杂遝胶辀以方驰。骚扰冲苁其纷挐兮,滂濞泱轧丽以林离。攒罗列聚丛以茏茸兮,曼衍流烂痑以陆离。径入雷室之砰磷郁律兮,洞出鬼谷之掘礨崴魁。……时若暧暧将混浊兮,召屏翳,诛风伯,刑雨师。西望昆仑之轧沕荒忽兮,直径驰乎三危。排阊阖而入帝宫兮,载玉女而与之俱归。登阆风而遥集兮,亢乌腾而壹止。低徊阴山翔以纡曲兮,吾乃今日睹西王母,皬然白首戴胜而穴处兮,亦幸有三足乌为之使。必长生若此而不死兮,虽济万世不足以喜。……"

既奏,武帝大悦,飘飘有凌云之气,似游天地之间意。盖汉兴好楚声,武帝左右亲信,如朱买臣等,多以楚辞进,而相如独变其体,益以瑰奇之意,饰以绮丽之辞,句之短长,亦不拘成法,与当时甚不同。故扬雄以为使孔门用赋,则贾谊升堂,相如入室[9]。班固以为西蜀自相如游宦京师,而文章冠天下[10]。盖后之扬雄,王褒,李尤,[11]固皆蜀人也。然相如亦作短赋,则繁丽之词较少,如《哀二世赋》,《长门赋》[12]。独《美人赋》颇靡丽,殆即扬雄所谓"劝百而讽一,犹骋郑卫之音,曲终而奏雅"者乎?[13]

"……途出郑卫,道由桑中,朝发溱洧,暮宿上宫。上宫闲馆,寂寥空虚,门阁昼掩,暧若神居。臣排其户而造其堂,芳香芬烈,黼帐高张;有女独处,婉然在床,奇葩逸丽,淑质艳光,睹臣迁延,微笑而言曰:'上客何国之公子,所从来无乃远乎?'遂设旨酒,进鸣琴。臣遂抚弦为《幽兰》《白雪》之曲。女乃歌曰:'独处室兮廓无依,思佳人兮情伤悲。有美人兮来何迟?日既暮兮华色衰,敢托身兮长自私。'玉钗挂臣冠,罗袖拂臣衣。时日西夕,玄阴晦冥,流风惨洌,素雪飘零,闲房寂谧,不闻人声。……臣乃脉定于内,心正于怀,信誓旦旦,秉志不回,翻然高举,与彼长辞。"

相如既病免,居茂陵,武帝闻其病甚,使所忠往取书[14],至则已死(前一一七)。仅得一卷书,言封禅事。盖相如尝从胡安[15]受经。故少以文词游宦,而晚年终奏封禅之礼矣。于小学,则有《凡将篇》[16],今不存。然其专长,终在辞赋,制作虽甚迟缓[17],而不师故辙,自摅妙才,广博闳丽,卓绝汉代,明王世贞评《子虚》《上林》,以为材极富,辞极丽,运笔极古雅,精神极流动,长沙有其意而无其材,班张潘有其材而无其笔,子云有其笔而不得其精神流动之处云云,[18]其为历代评隲家所倾倒,可谓至矣。

司马迁字子长,河内人,生于龙门,年十岁诵古文,二十而南游吴会，北涉汶泗，游邹鲁，过梁楚以归，仕为郎中。父谈[19]，为太史令，元封初卒。迁继其业，天汉中李陵降匈奴，迁明陵无罪，遂下吏，指为诬上，家贫不能自赎，交游莫救，卒坐宫刑。被刑后为中书令，因益发愤，据《左氏》，《国语》；采《世本》，《战国策》；述《楚汉春秋》，[20]终成《史记》一百三十篇[21]，始于黄帝，中述陶唐，而至武帝获白麟止，盖自谓其书所以继《春秋》也。其友益州刺史任安[22]，尝责以古贤臣之义，迁报书有云：

"……所以隐忍苟活，函粪土之中而不辞者，恨私心有所不尽，鄙没世而文采不表于后也。古者富贵而名摩灭不可胜记，惟倜傥非常之人称焉。盖西伯拘而演《周易》；仲尼厄而作《春秋》；屈原放逐，乃赋《离骚》；左丘失明，厥有《国语》；孙子髌脚，《兵法》修列。……《诗》三百篇，大抵贤圣发愤之所为作也。此人皆意有所郁结，不得通其道，故述往事，思来者。及如左丘明无目，孙子断足，终不可用，退论书策，以舒其愤，思垂空文以自见。仆窃不逊，近自托于无能之辞，网罗天下放失旧闻，考之行事，稽其成败兴衰之理，凡百三十篇。亦欲以究天人之际，通古今之变，成一家之言。草创未就，适会此祸，惜其不成，是以就极刑而无愠色。仆诚已著此书，藏之名山，传之其人，通邑大都，则仆偿前辱之责，虽万被戮，岂有悔哉？然此可为智者道，难为俗人言也！……"

迁死后，书乃渐出；宣帝时，其外孙杨恽[23]祖述其书，遂宣布焉。班彪[24]颇不满，以为"采经摭传，分散数家之事，甚多疏略,或有抵牾。亦其涉略者广博,贯穿经传,驰骋古今上下数千载间,斯以勤矣。又其是非颇缪于圣人:论大道则先黄老而后六经,序游侠则退处士而进奸雄,述货殖则崇势利而羞贫贱,此其所蔽也。"汉兴,陆贾作《楚汉春秋》,是非虽多本于儒者,而太史职守,原出道家,[25]其父谈亦崇尚黄老,则《史记》虽缪于儒术,固亦能远绍其旧业者矣。况发愤著书,意旨自激,其与任安书有云:"仆之先人,非有剖符丹书之功,文史星历,近乎卜祝之间,固主上所戏弄,倡优畜之,流俗之所轻也。假令仆伏法受诛,若九牛亡一毛,与蝼蚁何异。"恨为弄臣,寄心楮墨,感身世之戮辱,传畸人于千秋,虽背《春秋》之义,固不失为史家之绝唱,无韵之《离骚》矣。惟不拘于史法,不囿于字句,发于情,肆于心而为文,故能如茅坤[26]所言:"读游侠传即欲轻生,读屈原,贾谊传即欲流涕,读庄周,鲁仲连传即欲遗世,读李广传即欲立斗,读石建传即欲俯躬,读信陵,平原君传即欲养士"也。

然《汉书》已言《史记》有缺[27],于是续者纷起,如褚先生,冯商,刘歆[28]等。《汉书》亦有出自刘歆者,故崔适以为《史记》之文有与全书乖,与《汉书》合者,亦歆所续也;至若年代悬隔,章句割裂,则当是后世妄人所增与钞胥所脱云。[29]

迁雄于文,而亦爱赋,颇喜纳之列传中。于《贾谊传》录其《吊屈原赋》及《服赋》,而《汉书》则全载《治安策》,赋无一[30]也。《司马相如传》上下篇,收赋尤多,为《子虚》(合《上林》),《哀二世》,《大人》等。自亦造赋[31],《汉志》云八篇,今仅传《士不遇赋》一篇,明胡应麟以为伪作[32]。

至宣帝时,仍修武帝故事,讲论六艺群书,博尽奇异之好;征能为楚辞者,于是刘向[33],张子侨,华龙,柳褒[34]等皆被召,待诏金马门。又得蜀人王褒字子渊,诏之作《圣主得贤臣颂》,与张子侨等并待诏。褒能为赋颂,亦作俳文,后方士言益州有金马碧鸡之宝,宣帝诏褒往祀,于道病死。

参 考 书:

《史记》(卷一百十七,一百三十)

《汉书》(卷五十七,六十二,六十四)

《史记探源》(崔适)

《中国大文学史》(第三编第四及第五章)

《支那文学史纲》(第三篇第六章)

《支那文学之研究》(日本铃木虎雄)第一卷

　*　　　*　　　*

〔1〕　司马相如(前179—前117)　字长卿,西汉蜀郡成都(今属四川)人。所撰辞赋甚多,有《司马文园集》。事迹见《汉书》本传。

〔2〕　司马迁(约前145—约前86)　字子长,西汉夏阳(今陕西韩城)人。《史记·太史公自序》称"迁生龙门",唐张守节《正义》引《括地志》:"龙门山在夏阳县,迁即汉夏阳县人也,至唐改曰韩城县。"所撰《史记》,为我国第一部纪传体通史。事迹见《史记·太史公自序》及《汉书》本传。

〔3〕　蔺相如　战国时赵国人,官至上卿。事迹见《史记·蔺相如传》。

〔4〕　以訾为郎　语见《汉书·司马相如传》。唐颜师古注:"訾读与赀同。赀,财也。以家财多得拜为郎也。"

〔5〕 杨得意 西汉蜀郡（治今成都）人。《汉书·司马相如传》载："蜀人杨得意为狗监，侍上。上读《子虚赋》而善之，曰：'朕独不得与此人同时哉！'得意曰：'臣邑人司马相如自言为此赋。'上惊，乃召问相如。"狗监，颜师古注："主天子田猎犬也。"

〔6〕 《喻巴蜀檄》 《汉书·司马相如传》载："相如为郎数岁，会唐蒙使略通夜郎、僰中，发巴蜀吏卒千人，郡又多为发转漕万余人，用军兴法诛其渠率。巴蜀民大惊恐。上闻之，乃遣相如责唐蒙等，因谕告巴蜀民以非上意。"颜师古注："夜郎、僰中，皆西南夷也。"下文《难蜀父老》，《司马相如传》又载："相如使时，蜀长老多言通西南夷之不为用，大臣亦以为然。"相如"乃著书，藉蜀父老为辞，而己诘难之，以风天子，且因宣其使指，令百姓皆知天子意。"《喻巴蜀檄》、《难蜀父老》二文均见《汉书》本传。

〔7〕 关于相如讽谏游猎信谗，据《汉书·司马相如传》载：相如"尝从上至长杨猎，是时天子方好自击熊豕，驰逐野兽，相如因上疏谏，……上善之。还过宜春宫，相如奏赋以哀二世行失"。赋中有云："持身不谨兮，亡图失势；信谗不寤兮，宗庙灭绝。"《谏猎疏》及《哀二世赋》均见《汉书》本传。

〔8〕 《大人赋》 《汉书·司马相如传》载："相如见上好仙，……以为列仙之儒居山泽间，形容甚癯，此非帝王之仙意也，乃遂奏《大人赋》"。颜师古注："儒，柔也，术士之称也，凡有道术皆为儒。""大人，以谕天子也。"赋见《汉书》本传。

〔9〕 贾谊升堂，相如入室 扬雄语。语见《汉书·艺文志》："诗人之赋丽以则，辞人之赋丽以淫。如孔氏之门人用赋也，则贾谊登堂，相如入室矣，如其不用何！"意谓相如辞赋造诣高于贾谊。

〔10〕 文章冠天下 班固语见《汉书·地理志》："巴、蜀、广汉本南夷，秦并以为郡"，"及司马相如游宦京师诸侯，以文辞显于世，乡党慕循

其迹。后有王褒、严遵、扬雄之徒,文章冠天下"。

〔11〕 **王褒** 字子渊,西汉蜀郡资中(今四川资阳)人,宣帝时为谏大夫。所撰《圣主得贤臣颂》,以为"圣主必待贤臣而弘功业,俊士亦俟明主以显其德",见《汉书·王褒传》。又有俳文《僮约》,是一篇反映当时奴仆劳苦生活的游戏文章,见《艺文类聚》卷三十五。李尤,字伯仁,东汉广汉雒(今四川广汉)人,安帝时为谏议大夫。受诏与刘珍等撰《汉记》,又撰有赋、铭多篇及《七叹》、《哀典》等。事迹见《后汉书·文苑列传》。

〔12〕 **《长门赋》** 相如为谪居长门宫的陈皇后作。赋中描写一个弃妇的寂寞痛苦,以求感动武帝。收入《文选》。

〔13〕 **《美人赋》** 司马相如游梁时作。赋中叙述相如不慕女色,以自炫高洁。收入《古文苑》。扬雄语见《汉书·司马相如传赞》:"扬雄以为靡丽之赋,劝百而讽一,犹骋郑卫之声,曲终而奏雅,不已戏乎!"按班固引扬雄的话非专对《美人赋》而发。又,《史记》本传末"太史公曰"亦有这段文字,但司马迁早于扬雄多年,不可能引用扬雄的话,当系后人所加。

〔14〕 **《汉书·司马相如传》:**"天子曰:'司马相如病甚,可往从悉取其书,若后之矣。'使所忠往,而相如已死,家无遗书。问其妻,对曰:'长卿未尝有书也,时时著书,人又取去。长卿未死时为一卷书,曰有使来求书,奏之。'其遗札书言封禅事,所忠奏焉。"封禅书,见《汉书》本传。所忠,武帝近臣,曾任谏大夫,事迹散见《食货志》、《郊祀志》等。

〔15〕 **胡安** 西汉蜀郡临邛(今属四川)人。清嘉庆《邛州直隶州志》卷三十四《人物志》载:"胡安,旧志临邛人,聚徒教授白鹤山点易洞。先生明天文历象阴阳之数,司马相如从学焉。后乘鹤仙去。"

〔16〕 **《凡将篇》** 《汉书·艺文志》:"武帝时司马相如作《凡将篇》,无复字。元帝时黄门令史游作《急就篇》,成帝时将作大匠李长作《元尚

篇》,皆《苍颉》中正字也。《凡将》则颇有出矣。"《凡将篇》唐时尚存,宋代已佚。

〔17〕 关于相如制作迟缓,据《汉书·枚皋传》:"司马相如善为文而迟,故所作少而善于皋。"《西京杂记》:"枚皋文章敏疾,长卿制作淹迟。"

〔18〕 王世贞 参看本卷第193页注〔4〕。他撰有《弇州山人四部稿》、《艺苑卮言》等。《艺苑卮言》卷二:"《子虚》、《上林》,材极富,辞极丽,而运笔极古雅,精神极流动,意极高,所以不可及也。长沙有其意而无其材,班、张、潘有其材而无其笔,子云有其笔而不得其精神流动处。"长沙,指贾谊。班、张、潘,指班固、张衡、潘岳。子云,指扬雄。

〔19〕 谈 司马谈(?—前110),西汉夏阳(今陕西韩城)人,武帝时任太史令。《史记·太史公自序》载,谈"学天官于唐都,受《易》于杨何,习道论于黄子。"所撰《论六家之要指》,见《太史公自序》中。

〔20〕 《左氏》 即《春秋左氏传》,参看本卷第405页注〔4〕。《国语》,《汉书·艺文志》著录二十一篇,相传为左丘明撰,记载西周末年和春秋时期周、鲁、齐、晋、郑、楚、吴、越各国贵族的言论,可与《左传》相参证。《世本》,《汉书·艺文志》著录十五篇,战国时史官编撰。记述自黄帝至春秋时诸侯、卿大夫的氏姓、世系及都邑、制作等,后人曾有增补。原书已佚,现有清人辑本多种。《战国策》,《汉书·艺文志》著录三十三篇,战国时各国史官或策士所辑,西汉刘向编订,内容系记载战国时期游说之士的谋略和言论。《楚汉春秋》,《汉书·艺文志》著录九篇,西汉陆贾撰,记项羽、刘邦初起及汉惠帝、文帝时事。原书已佚,现有清人辑本。

〔21〕 《史记》一百三十篇 《史记》全书有表十篇、本纪十二篇、书八篇、世家三十篇、列传七十篇,共一百三十篇。陶唐,即帝尧。尧初定居陶丘(今山东定陶),后迁于唐(今河北唐县),故称陶唐氏。武帝获白麟,《汉书·武帝本纪》:"元狩元年(前122)冬十月,行幸雍,祠五畤,获白

麟。"《春秋》止于鲁哀公十四年(前481)获麟,《史记》止于汉武帝元狩元年获麟。

〔22〕 任安(? —前91) 字少卿,西汉荥阳(今属河南)人。武帝时官益州刺史、监北军使者。征和二年巫蛊之祸起,太子被诬谋逆,任受牵连,被判腰斩。他在狱中致书司马迁,司马迁回书,叙述自己不幸遭遇及《史记》撰写过程。此书即《报任安书》,见《汉书·司马迁传》及《文选》。

〔23〕 杨恽(? —前54) 字子幼,西汉华阴(今属陕西)人。宣帝时封平通侯,迁中郎将,后被免为庶人,又因怨望被处死。事迹附见《汉书·杨敞传》。《汉书·司马迁传》载:"迁既死后,其书稍出。宣帝时,迁外孙平通侯杨恽祖述其书,遂宣布焉。"

〔24〕 班彪(3—54) 字叔皮,东汉扶风安陵(今陕西咸阳)人。曾任望都长。《后汉书·班彪传》载:"武帝时,司马迁著《史记》,自太初以后,阙而不录,后好事者颇或缀集时事,然多鄙俗,不足以踵继其书。彪乃继采前史遗事,傍贯异闻,作后传数十篇,因斟酌前史而讥正得失。其略论曰:'……(《史记》)采经摭传,分散百家之事,甚多疏略,不如其本,务欲以多闻广载为功,论议浅而不笃。其论术学,则崇黄老而薄'五经';序货殖,则轻仁义而羞贫穷;道游侠,则贱守节而贵俗功:此其大敝伤道,所以遇极刑之咎也。'"鲁迅下文所引文字据《汉书·司马迁传赞》,取意于班彪《史记论》。

〔25〕 关于太史职守原出道家。道家创始人系老子李聃,《史记·老子韩非列传》载,老子曾为"周守藏室之史"。唐司马贞《索隐》:"藏室史,周藏书室之史也。"藏书室是古代帝王收藏图书文献的地方;史,古代掌管图书、记事、历象的官。

〔26〕 茅坤(1512—1601) 字顺甫,号鹿门,明归安(今浙江吴兴)人。嘉靖进士,官至大名兵备副使。引文见《茅鹿门先生文集》卷一《与

蔡白石太守论文书》，其中"立斗"、"养士"原作"力斗"、"好士"。

〔27〕《史记》有缺　《汉书·司马迁传》列举《史记》篇目后云："而十篇缺，有录无书。"三国魏张晏注："迁没之后，亡《景纪》、《武纪》、《礼书》、《乐书》、《兵书》、《汉兴以来将相年表》、《日者列传》、《三王世家》、《龟策列传》、《傅靳列传》。"颜师古注："序目本无《兵书》，张云亡失，此说非也。"刘知几《史通·古今正史》以为"十篇未成，有录而已"。

〔28〕褚先生　即褚少孙，参看本卷第 429 页注〔25〕。关于他续《史记》的事，《汉书·司马迁传》张晏注："元、成之间，褚先生补缺，作《武帝纪》、《三王世家》、《龟策、日者列传》。"冯商，字子高，西汉阳陵（今陕西高陵）人。《汉书·张汤传赞》三国魏如淳注："（商）成帝时以能属书待诏金马门，受诏续《太史公书》十余篇"；颜师古注："刘歆《七略》云商……与孟柳俱待诏，颇序列传，未卒，会病死。"《汉书·艺文志》著录冯商所续《太史公》七篇。刘歆，参看本卷第 12 页注〔5〕。关于他补《史记》的事，刘知几《史通·古今正史》云："《史记》所书，年止汉武，太初已后，阙而不录。其后刘向、向子歆及诸好事者，若冯商、卫衡、扬雄、史岑、梁审、肆仁、晋冯、段肃、金丹、冯衍、韦融、萧奋、刘恂等相次撰续，迄于哀平间，犹名《史记》。"

〔29〕崔适（1854—1924）　字怀瑾，一字觯甫，浙江吴兴人，曾任北京大学教授。著有《春秋复始》、《史记探源》等书。《史记探源》卷一《序证》："案《汉书》亦有自言出自刘歆者。《艺文志》曰录《七略》、《律历志》曰录《三统历》是也。乃《儒林传》言经师受授，与《七略》相表里；《律历志》言六历、五德，与《郊祀志》、《张苍传》相牵属；《天文、地理志》言分野，与五经相印证；皆可知其为歆作。《史记》之文，有与全书乖，与此合者，亦歆所续也。至若年代悬隔、章句割裂，当是后世妄人所增，与钞胥所脱。"

〔30〕《汉书·贾谊传》除载《治安策》外，也录有《吊屈原赋》及

《服赋》。

〔31〕 关于司马迁造赋。《汉书·艺文志》著录司马迁赋八篇。《艺文类聚》卷三十收有司马迁《悲士不遇赋》。

〔32〕 胡应麟 参看本卷第 16 页注〔35〕。主要著作有《少室山房笔丛》、《诗薮》等。《诗薮·杂编·遗逸》："董仲舒有《士不遇赋》，直致悁忿，殊不类江都平日语。且《汉志》无仲舒赋，伪无疑。太史亦有此赋，尤可笑。"认为此二赋系"六朝浅陋者"的"赝作"。

〔33〕 刘向 参看本卷第 12 页注〔5〕。《汉书·艺文志》著录刘向所序六十七篇，原注："《新序》、《说苑》、《世说》、《列女传颂图》也"；又刘向赋三十三篇，多已亡佚，现存《九叹》（见《楚辞》）、《请雨华山赋》（见《古文苑》）等。

〔34〕 张子侨 又作张子蟜。《汉书·王褒传》载："宣帝时修武帝故事，讲论六艺群书，博尽奇异之好，征能为《楚辞》九江被公，召见诵读；益召高材刘向、张子侨、华龙、柳褒等待诏金马门。"《汉书·艺文志》著录光禄大夫张子侨赋三篇，已佚。华龙，事迹附见《汉书·萧望之传》。《汉书·艺文志》著录汉中都尉丞华龙赋二篇，已佚。柳褒，著作不详。